플라이어

플라이어

초판 1쇄 발행 2017년 4월 25일

지은이 DEMIAN
일러스트 Cho Yong Joon
펴낸이 장길수
펴낸곳 지식과감성#
출판등록 제2012-000081호

디자인 이다래
편집 최예슬, 평소라
교정 정혜나
마케팅 고은빛, 윤석영

주소 서울시 금천구 가산동 60-5 갑을그레이트밸리 B동 507호
전화 070-4651-3730~4
팩스 070-4325-7006
이메일 ksbookup@naver.com
홈페이지 www.knsbookup.com

ISBN 979-11-5961-600-6(03810)
값 12,000원

ⓒ DEMIAN 2017 Printed in Korea

잘못된 책은 구입하신 곳에서 바꾸어 드립니다.
이 책의 전부 또는 일부 내용을 재사용하려면 사전에 저작권자와 펴낸곳의 동의를 받아야 합니다.

이 도서의 국립중앙도서관 출판예정도서목록(CIP)은 서지정보유통지원시스템 홈페이지(http://seoji.nl.go.kr)와 국가자료공동목록시스템(http://www.nl.go.kr/kolisnet)에서 이용하실 수 있습니다. (CIP제어번호 : CIP2017009795)

홈페이지 바로가기

플라이어

Author DEMIAN

FLYER

나에게 절대로 꺾이지 않을 날개를 달아준 모모.
그리고 그 날개를 지켜주기 위해 헌신해 온 마리.
나라는 존재 때문에 너무도 많은 것을 빼앗겨 온 썬.
내 작은 몸짓 하나도 그냥 지나치는 법이 없는 라일.
항상 자신의 두 눈으로 확인한 것만을 믿는 자렌토.
내가 사랑하는 이들에게 이 이야기를 바칩니다.

본 책에 등장하는 인물, 지명, 회사, 단체 등 명칭들과 사건 등은 모두 허구로 창작된 것이며, 만일 실제와 같은 경우가 있더라도 이는 우연에 의한 것임을 밝힙니다.

프롤로그 · 8

제1장 뜻밖의 제안 · 13
제2장 플라이어즈 · 37
제3장 크리스마스에 만난 친구 · 75
제4장 바라 친위대 · 97
번외 I 바라의 이야기 · 129
제5장 메멘토 모리 : 복수의 씨앗 · 167
제6장 메멘토 모리 : 발아의 온도 · 189
제7장 메멘토 모리 : 그들의 거래 · 211
제8장 메멘토 모리 : 뫼비우스의 띠 · 247
번외 II 레이의 이야기 · 267
제9장 우연한 재회 · 289
제10장 후크의 꿈 · 327
제11장 영원한 삶 · 363
제12장 마리의 작별인사 · 399
번외 III 라일의 이야기 · 423

에필로그 · 455

프롤로그

일본 효고 현. 고베 시. 산노미야 역.

그 맞은편에 위치한 거리에는 나 혼자뿐이었다. 5월이지만 자정이 넘어 날씨는 제법 쌀쌀했다. 나는 추위를 피하고자 외투를 더욱 동여맸다. 바로 그 순간, 등 뒤에서 발소리가 들렸다.

드디어 올 것이 왔군.

세 달 전부터 누군가 나를 미행하고 있었다. 하지만 짐작 가는 이유도, 사람도 없었다.

나는 빨리 걷기 시작했다. 그러자 뒤따르던 발소리도 빨라졌다. 이번에는 방향을 틀어 좁은 골목으로 들어갔다. 그곳으로 놈을 유인할 생각이었다.

만약의 상황을 대비해 세 달 전부터 호신술을 익혀 왔고 주머니 안에는 호신용 스프레이가 들어있었다. 설령 그것들이 무용지물이라 할지라도 나는 언제든 쉽게 도망칠 수 있으니 별다른 걱정은 하지 않았다.

골목 끝에 다다르자 높은 벽이 눈에 들어왔다. 앞이 막혀버린 것이었다. 나는 재빨리 몸을 돌려 뒤를 확인했다. 그러나 그곳에는 아무도 없었다.

어디로 간 거지? 방금까지도 뒤에서 발소리가 났었는데? 분명히……!

"날 찾아?"

오랜만에 듣는 한국어였다. 그 소리는 내 등 뒤에서 들렸다. 나는 깜짝 놀라 몸을 다시 뒤로 돌렸다. 벽 앞에는 인형 같은 외모의 한 소녀가 서 있었다. 나는 그녀에게 물었다.

"누구시죠?"

하지만 그녀는 아무 말이 없었다. 물끄러미 나를 관찰할 뿐이었다. 나도 그녀를 바라보았다. 그러나 그녀의 국적도, 나이도 가늠하기가 힘들었다.

혼혈인가?

그런 생각을 하고 있을 때 그녀가 입을 열었다.

"I believe."

하지만 내가 아무런 반응이 없자 그녀가 반복했다.

"I believe."

나는 그 말에 잠시 그녀의 표정을 살피다가 물었다.

"음. 저, 무슨 소리인지 모르겠네요. 그보다 나를 계속 뒤따라오던 사람이 당신인가요?"

"아니. 네가 내 앞을 가고 있던 거지."

"저기요. 저는 농담할 기분이 아니에요. 다시 물어보죠. 지난 세 달 동안 쭉 저를 미행해 온 사람이 당신 맞나요?"

내 물음에 그녀는 틀렸다는 듯 손을 휘저었다. 그리고는 말했다.

"틀렸어. 최소 1년은 넘었지."

"네? 저를 미행한 지가 1년이 넘었다고요?"

"아. 맞다. 대놓고 따라다닌 건 세 달 맞네."

그녀는 장난스럽게 말하더니 눈을 가늘게 뜨며 말을 이었다.

"나는 분명 너를 뒤쫓고 있었어. 그런데 이렇게 앞에서 나타났지. 내가 과연 어떻게 한 걸까?"

나는 그 말에 잠시 고민했다. 그러다 결국, 그녀에게 물었다.

"어떻게 내가 뒤를 돌자마자 다시 내 뒤에서 나타난 거죠?"

그 물음에 그녀가 눈을 살짝 찡그리며 나를 응시했다. 그 눈빛에 마치 발가벗겨진 기분이 들었다. 이윽고 그녀가 입을 열었다.

"당신 같은 사람이 이 지구상에 하나뿐일 거라 생각해?"

그녀의 말에 숨이 턱하고 막히기 시작했다. 그리고 높은 곳에서 떨어지는 꿈을 꿀 때면 항상 느껴지던 그 쏠림이 손가락 마디마다 밀려들었다. 나는 마음을 진정시키려 애썼지만 이미 온몸은 굳어있었고 오직 심장만이 망치질 당하듯 뛰고 있었다.

그녀는 천천히 내 앞으로 다가오더니 작게 속삭였다.

"당신. 날 수 있지?"

제1장

뜻밖의 제안

그렇다. 나는 날 수 있었다. 그러나 그게 특별한 건 아니었다. 먹고 살기 위해 이렇게 편의점에서 야간 아르바이트를 하고 있는 것만 봐도 그건 분명한 사실이었다. 내가 날아다닌다고 국가 보조금이라도 나온다면 모를까.

편의점 업무는 한국과 비슷했다. 그래서 가끔 언어적인 문제를 제외하면 큰 어려움은 없었다. 물론 야간근무로 인한 피로는 어쩔 수 없겠지만 비교적 여유롭게 근무할 수 있으므로 그건 패스.

—삐리리리리리

도어벨 소리가 들리자 나는 기계적인 인사를 했다.

"이랏샤이마… 아… 또 왔군?"

"거의 끝났지?"

그녀가 계산대로 다가와 능숙한 한국어로 나에게 물었다. 첫 만남 이후 일주일 째, 그녀는 내 퇴근 시간에 맞춰 편의점에 들르고 있었다. 나는 잠시 뜸을 들이다가 그녀에게 물었다.

"네, 그렇긴 하죠. 아. 혹시 레이 씨는 나이가 어떻게 되시나요?"

"그건 왜?"

내가 그런 질문을 했던 것은 나보다 한참은 어려 보이는 그녀가 반말하는 것이 못마땅했기 때문이었다. 그녀가 되물었다.

"한국은 나이부터 따지는 문화라지?"

그 말에 속으로는 뜨끔했지만 아무렇지 않은 체하며 대답했다.

"아 네, 뭐 그런 면이 없지 않아 있긴 하죠."

"우유부단한 말투군."

"네?"

"불편하면 너도 말 편하게 해."

그녀의 말에 매우 찜찜함을 느꼈지만 상대가 미인인 관계로 그냥 참기로 한 뒤 나는 입을 열었다.

"아, 그래, 뭐 그러자. 그럼 편하게 얘기할게. 그런데 레이. 너 한국인은 아닌 거지? 대체 어느 나라 사람이야?"

"말 못해. 규칙이거든."

그녀는 내가 물어보는 질문들에 항상 이렇게 답했다. 그녀의 말에 따르면 규칙상 알려줄 수 있는 것은 가명과 직업뿐이었다. 그래서 일주일간 내가 알아낸 사실은 그녀의 닉네임이 레이라는 것과 그녀가 여행작가라는 것이었다. 정확히는 '일러스트레이터'라고 했는데 감이 잘 오지는 않았다.

―삐리리리리리

다시 도어벨 소리가 들렸고 이번에는 진짜 손님이었다. 나는 레이에게 신경을 끈 채 그 손님에게 인사했다. 그러자 그녀는 잡지 코너 앞으로 가 어떤 잡지를 꺼내 보고 있었다.

쟤는 오늘도 나를 기다리는 건가? 대체 무슨 속셈이지?

"아, 근데. 우리 처음 만났을 때. 레이 네가 'I believe'라고 나한테 말했었잖아. 왜 그랬던 거야?"

편의점 문을 나서며 내가 그녀에게 물었다.

"서로를 확인하는 방법이야."

"서로를? 혹시 내가 날 수 있는 사람인지를 확인한다는 거야?"

"응. 우리 멤버인지를."

나는 농담조로 그녀에게 물었다.

"그러면 내가 그때 'I can fly'라고 답하기라도 했었어야 돼?"

내 질문에 그녀는 고개를 끄덕였다. 나는 속으로 꽤 유치하다는 생각을 하면서 그녀에게 물었다.

"그런데 그건 R. kelly 노래잖아. 〈I believe I can fly〉 그 노래 제목에서 따 온 거야?"

"응. R. kelly도 우리 멤버거든."

"뭐?! 그럼 그 사람도 날 수 있는 사람이었어?! 아, 물론 아무한테도 얘기하지는 않겠지만."

나는 주변을 살피며 그녀에게 속삭였다.

"정말 신기하긴 하다. 결국, 그 사람은 실제 경험을 통해 그 노래를 작곡한 거였잖아?"

"당연히 농담이지. 생각보다 잘 속네?"

레이는 그렇게 말하고 자신의 왼쪽 손목에 찬 시계를 바라보았다. 곧 그녀가 입을 열었다.

"나 모레 떠나. 그전에 할 얘기가 있어."

"응? 갑자기? 근데 떠난다는 게 무슨 말이야? 어디로 가는데?"

"일 때문에. 다른 나라로."

"레이. 너 그럼 여기에서 사는 게 아니었어?"

"아냐. 내가 묵는 호텔로 가자."

그녀는 길가에 서 있는 택시를 잡았다. 나는 택시비가 걱정되어 조금 주춤했지만 그녀는 개의치 않았다.

곧 택시가 출발했고 잠시 후 우리는 고급스러워 보이는 호텔 입구에 도착했다. 레이는 기사에게 택시비를 지불한 후 건물 안으로 향하고 있었다.

그녀의 방은 스위트룸이었는데 그 안에는 또 다른 방이 세 개나 더 있었다. 나는 정신없이 그 방들을 구경하기 시작했다. 그런 날 보며 레이가 손님용 테이블을 가리켰다.

"여기 앉아."

"응. 레이, 택시비 고마워."

레이는 나의 인사에 뭘. 하고 짧게 대답하더니 말을 이었다.

"너 돈 없잖아. 평소에 생 라면만 먹던데?"

"음. 그렇지. 내가 생 라면을 좋아하기도... 하기도? 에? 잠깐. 네가 그걸 어떻게 알아?"

"대충 알아."

그 말에 나는 눈을 게슴츠레 뜨고 물었다.

"그래, 말 나온 김에 얘기 좀 해보자. 대체 너는 그동안 왜 나를 미행했던 거야?"

"미행이란 말은 듣기 불편해."

그녀는 진지하게 덧붙였다.

"관찰이라고 하자."

이봐. 그게 더 이상해.

레이는 계속 말을 이었다.

"내가 널 관찰한 이유는 바라의 부탁 때문이었어."

"바라? 그게 누구인데?"

"우리 모임의 리더야."

"모임? 그런데 그 리더가 어떻게 나를 알게 된 거지?"

그녀는 조용히 답했다.

"바라는 새로운 플라이어를 원했을 뿐이야. 때마침 내가 널 발견한 거고."

"플라이어?"

"F-L-Y-E-R, 우리처럼 날 수 있는 사람들을 말하는 거야."

"그럼 우리 둘 말고도 날 수 있는 사람들이 더 있단 말이야?"

"그래. 그런 사람들이 모이다 보니 만들어진 게 바로 우리 모임이고. 날 수 있는 사람들의 모임, 플라이어즈."

나는 잠시 생각을 정리하다 그녀에게 물었다.

"음. 아무튼, 그 리더가 나를 새 멤버로 들이기 위해 1년 동안 평가해 온 거라고 보면 되나?"

"역시 비슷해."

"근데 레이. 너는 내가 나는 걸 언제 본 거야?"

"딱 한 번. 집 2층 창문에서 뛰어내리더군."

나는 그 말에 잠시 기억을 되짚어본 후 그녀에게 말했다.

"아아. 그때 아르바이트 시간에 늦어서. 하지만 그런 경우는 거의 없어. 평소에는 눈에 띄지 않으려고 어두울 때만 나니까."

"꽤 빠르게 이동하더군."

"내가 빨라? 그럼 다른 플라이어들은 나보다 느려?"

"응. 높이 뜨는 건 어렵고 그 상태로 이동하는 건 더 어려워. 하지만 가장 어려운 건 공중에 뜬 채로 빠르게 이동하는 거야."

그녀는 의자 등받이에 몸을 깊숙이 파묻고 다시 말을 이었다.

"비행 유형은 천차만별이야. 그러나 보통은 cm 단위로 비행하지."

"뭐? cm? 그럼 1m도 채 못 뜨는 거야? 그건 비행이라고 할 수 없지 않아? 공중부양이라고 해야지. 그럼 뜬 상태로 이동하긴 해?"

"응. 아마 걷는 게 더 빠르겠지만."

그 말에 나는 잠시 숨을 고르다 진지하게 그녀에게 물었다.

"그래, 좋아. 아무튼, 그렇다면 나는 선생 자격으로 모임에 초빙되는 건가? 다들 나한테 비행 강습이라도 받으려는 거야?"

내 물음에 레이는 피식 웃더니 나에게 말했다.

"〈갈매기의 꿈〉을 너무 많이 본 거 아니야?"

"〈갈매기의 꿈〉이라면 소설을 말하는 거야? 조나단 리빙스턴?"

"그래. 멤버들은 비행 기술에 큰 관심 없어."

"이해가 안 가. 플라이어라면 더 빨리, 높게, 멀리, 오래 날고 싶어 하지 않을까? 실제로 나도 그랬고."

"아니. 그들은 날 수 있다는 사실만으로도 충분히 만족해해."

그녀는 약간 실망하는 내 표정을 보더니 다시 말을 이었다.

"물론 모두가 그렇지는 않아. 비행 고도가 2km에 다다른 멤버들도 있긴 하니까."

"뭐? 2km? 그 정도면 상당한 높이 아니야?! 나는 고층 건물보다 조금 더 위에서 날아다닐 뿐이야. 물론 뭐 그 정도도 충분하니까 더 높이 올라가지 않았던 것도 있지만 말이야."

"너도 상당히 높이 비행할 수 있구나?"

"뭐 나도 방금까지는 몰랐었지만 오늘 들어 보니 상대적으로 그런 편인 것 같네. 그나저나 그렇게 높이 날 수 있는 멤버들이 대체 누구야?"

"두 사람인데 한 명은 바라, 그리고 나머지는 전 멤버였어."

"전 멤버? 그럼 그 사람은 모임에서 탈퇴라도 한 거야?"

"비슷하지."

그 말과 함께 레이는 뭔가를 생각하고 있었다. 내가 물었다.

"레이, 모임의 인원은 얼마나 돼?"

"일곱. 너까지 합류하면."

"뭐? 그럼 지금은 여섯 명이야? 왜 그거밖에 안 돼?"

"설명하긴 복잡해. 일이 많았거든."

그녀는 대수롭지 않다는 듯 말을 이었다.

"그리고 너처럼 아직 발견되지 않은 플라이어도 아마 많을 거야."

그 말에 고민하는 내 표정을 본 레이가 물었다.

"차라도 한 잔 줄까?"

"아니, 나는 괜찮아. 너 마셔."

"나도 괜찮아."

우리 사이에는 침묵이 흘렀다. 나는 그녀에게 물었다.

"아, 레이. 혹시 플라이어를 찾는 방법이 따로 있어? 온종일 하늘만 바라보고 있을 수는 없는 거잖아."

"대충 느낌이 나. 주변에서 누군가 날면."

"느낌? 그게 무슨 느낌인데?"

"설명하기는 어려워."

레이는 난감하다는 듯 머리를 긁었다. 나는 그녀에게 말했다.

"그렇지만 나는 여태까지 살면서 그런 느낌을 한 번도 받은 적이 없는데?"

"물론 개인차는 있어. 나는 좀 민감한 편이지."

"개인차라니? 그 차이가 뭔데?"

"나중에 바라를 만나면 물어봐. 나보다 잘 알려줄 거야."

그녀의 말에 나는 머릿속으로 전에 그런 느낌을 가져본 적이 있었는지 곰곰이 생각해보았다. 나는 그녀에게 물었다.

"레이. 혹시 플라이어즈 멤버 중에 한국인도 있어?"

"아니."

"그럼 네가 본 플라이어 중 한국인은 내가 처음인 셈이군."
"글쎄. 애매해."
그녀의 애매한 대답에 나는 다른 질문을 했다.
"왜 너희 리더는 새로운 플라이어를 원하는 거지?"
"그건 나도 잘 몰라."
"그럼 플라이어즈는 뭘 하는 모임인데?"
"여러 가지야. 딱히 정해져 있지는 않고."
그녀는 그렇게 말하고는 잠시 생각하더니 나에게 다시 답했다.
"대충. 전단지 배포?"
"뭐? 전단지 배포?"
그 말에 내 표정이 안 좋아 보였는지 그녀가 덧붙였다.
"아니다. 그냥 친목 도모라고 생각해둬."
"사교모임 같은 거야?"
"그런 셈이지."
"그렇군. 모임은 얼마나 자주 가져? 따로 갖는 장소가 있나?"
"1년에 한 번 열흘 동안 열려. 장소는 매번 다르고."
"장소가 매번 다르다는 건 무슨 말이야?"
"당해 모임에서 그 다음 해의 모임 장소를 결정하지. 작년에는 브뤼셀이었어."
"그럼 여행 경비가 많이 들겠는데?"
"걱정 마. 모임은 거의 바라의 돈으로 운영되니까."

"그 바라라는 사람은 상당한 재력가인 모양이네?"

"그런 셈이지."

나는 고개를 몇 번 끄덕이다 간단하게 답했다.

"뭐 대충 알겠어."

"더 궁금한 건 없니?"

"응, 글쎄 뭐 더 없는 것 같네."

내 말에 그녀는 곧바로 물었다.

"모임에 들어올 거야?

"음, 글쎄."

일단은 둘러대기로 하고 나는 다시 입을 열었다.

"사실 나도 뭐 새로운 사람을 만나면 반갑지. 그래서 함께하고 싶은 마음이야 굴뚝같지만. 아무래도 지금 내 상황이 여의치가 않기도 하고. 아 물론 레이, 네 제안은 정말 고맙지만…"

"전부 립 서비스군?"

그녀는 마뜩잖은 표정을 하고 있었다. 나는 그녀에게 말했다.

"그래, 솔직히 얘기할게. 현재 내 상황이 여의치 않다는 건 사실이야. 사교모임은커녕 친한 친구들조차도 못 본 지 오래되었으니까. 지금은 여유가 없어. 차라리 내가 취업한 후에 그 모임에 가입하면 안 되는 거야? 그땐 내가 직접 찾아갈게."

내 말에 그녀는 잠시 생각하더니 나에게 말했다.

"바라가 지금이 아니면 안 된다고 했어."

"왜? 내가 그 모임에서 당장 해야만 하는 일이라도 있는 거야?"

그녀는 잘 모르겠다는 듯 어깨를 으쓱해 보였다. 나는 한숨을 내쉬며 차근차근 그녀에게 설명하기 시작했다.

"레이. 나는 현재 워킹홀리데이 중이야. 그게 뭔지는 알지? 그래서 작년에 다니던 직장도 때려치우고 여기로 왔어. 그 후엔 열심히 산다고 살았는데 아무런 소득도 없이 조만간 비자가 만료될 거야. 그러면 아마 귀국해서 구직활동을 또 해야겠지."

레이는 턱을 괴고 내 말을 듣고 있었다. 어쩌다 보니 외국인에게 내 신세 한탄을 하고 있는 꼴이었다. 나는 말을 이었다.

"뭐 아무튼, 중요한 건 이래저래 곧 정신없을 거라는 거지."

레이는 내 대답을 듣고 한참을 생각하더니 입을 열었다.

"그래, 어쩔 수 없네. 강요할 생각은 없었어. 왜냐하면."

그녀는 잠시 뭔가를 생각하다가 다시 말을 이었다.

"여행은 여유로 떠나는 게 아니라 간절함으로 떠나는 거니까."

로비에는 아무도 없었다. 나는 그녀가 준 택시비로 호텔 입구에서 택시를 탔다. 창밖으로 스쳐 가는 풍경들을 바라보았는데 가로등 불빛 때문에 거리는 온통 어두운 주황빛이었다.

불과 몇 년 전만 해도 나는 한국에서 남부럽지 않은 직장생활을 하고 있었다. 그러나 고된 근무환경과 연줄로 이루어진 회사생활에 깊은 회의감을 느끼게 되었다. 결국, 회사를 그만두고 무작정 일본으로 오게 된 것이다.

얼마 지나지 않아 한국에서 모아온 돈이 모두 바닥나 버렸다. 그래서 현지에서 일자리를 구하려 했지만 언어의 벽은 생각보다 높았다. 결국, 한인 식당에서 일을 시작했다. 양파와 마늘을 까고 파를 다듬고 접시를 닦는 일이 내가 안정을 포기하면서 도전을 택한 결과였던 것이다. 다행히 언어는 생각보다 빨리 늘어 일자리를 구할 수 있게 되었지만 그래 봤자 아르바이트였다. 결국, 직장을 잡아 정착하려던 목표는 흐지부지되었고 어느새 나는 귀국을 앞두고 있었다.

여기서 좀 더 도전해야 할지 아니면 귀국하여 다시 취업준비를 해야 할지 한창 고민하고 있을 때 택시는 집 앞에 도착해 있었다.

며칠 뒤, 어학원 수업 중에 사무실 직원이 찾아와 누군가 나를 기다리고 있다고 전해주었다. 나는 매우 의아해하며 밖으로 나갔다. 나가 보니 나를 기다리고 있던 사람은 레이였다.

"레이? 아직 안 갔어? 일 때문에 다른 나라로 간다고 했잖아."

"이제 곧 가. 가기 전에 부탁 좀 하려고."

"무슨 부탁?"

내 물음에 레이는 자신의 가방 속에서 흰 서류 봉투를 꺼냈다. 그리고 그것을 나에게 건네며 말했다.

"비행기 표와 여행경비야."

내가 그 말에 어리둥절해 하자 그녀가 다시 말을 이었다.

"만약 오지 않는다 해도 안 돌려줘도 돼. 모임에 오는 거 다시 한번 생각해줘."

"그럼 내가 이 돈과 비행기 표를 마음대로 해도 상관없다는 거네?"

"응. 없어."

나는 그녀가 건넨 서류봉투를 받아들고서 물었다.

"왜 갑자기 태도가 변한 거야? 무슨 사정이라도 생긴 거야?"

"나에게 중요한 일이 나만큼 너에게도 중요할까?"

나는 그녀의 말이 결국 네 일 아니니 신경 끄라는 의미인 것 같아 급히 화제를 돌려 물었다.

"아. 근데 날짜랑 시간, 장소를 모르는데?"

"그 안에 다 있어."

레이는 그렇게 말하며 가방을 정리했다. 떠날 채비를 하는 모양이었다. 그녀가 대뜸 나에게 다시 물었다.

"내 어시스턴트 해볼래?"

"어시스턴트? 레이 네 밑에서 여행 작가 보조를 하라는 거야?"

"응. 임금은 추후 협의."

"갑자기 그런 제안을 하는 이유가 뭐야?"

"일자리가 생기면 모임에 들어올 것 같아서."

그 말에 나는 혀를 차며 그녀에게 물었다.

"정말 이렇게까지 하는 이유가 뭐야?"

"그게 궁금해? 내 대답 들으면 들어올래?"

나는 잠시 고민하다 그녀에게 호기롭게 말했다.

"좋아. 그럼 그 대답 듣고 이 자리에서 바로 결정할게. 어때?"

내 말에 그녀는 잠시 생각하더니 입을 열었다.

"바라를 실망시키고 싶지 않아."

한동안 우리 사이에 정적이 흘렀다. 내가 물었다.

"그게 다야?"

그녀는 고개를 끄덕였다. 나는 한참 동안 그녀를 쳐다보았다. 그러다 그녀에게 말했다.

"그래. 뭐, 알았어. 모임 하는 날짜와 장소는 확인해봐야겠지만 아무튼, 가는 거로 할게. 그날 보자."

"정말? 갑자기 왜?"

"뭐 네 눈빛이 간절해 보이기도 하고 좀 그래서."

"역시 우유부단한 말투야."

"갑자기 그게 무슨 소리야?"

하지만 그녀는 내 말에 답하지 않고 다른 얘기를 꺼냈다.

"닉네임 지어 와. 그리고 모임의 공용어는 영어니까 알아서 잘 지키고 다른 인적사항에 대해서는 밝히면 안 돼."

"그러면 모임에 가서는 레이 너와도 영어로 대화해야겠네?"

내 물음에 그녀가 고개를 끄덕이고는 그날 보자 하고 그대로 계단을 내려갔다. 나는 그녀가 사라진 자리를 멍하니 바라보다 다시 강의실로 향했다.

　집으로 돌아와 흰 서류 봉투를 열어 보니 비행기 표와 여행경비 그리고 명함 한 장이 들어있었다. 화폐는 유로였는데 계산해 보니 한화로 300만 원이 넘는 돈이었다. 이 돈으로 뭘 할지 고민하고 있을 때 켜져 있던 노트북에서 알림이 울렸다. 한국에 있는 친구에게서 온 연락이었다. 나는 이미 메신저에 접속한 상태여서 그 연락에 바로 답을 할 수 있었다. 요즘 같은 스마트 폰 시대에 아직도 2G를 사용하고 있는 나에겐 이런 실시간 연락이 흔치 않은 일이었다.
　[라일. 잘 지내?]
　[똑같지 뭐. 계속 공부 중이야.]
　라일은 나의 가장 친한 친구이다. 아니, 차라리 형제라고 해도 될 만큼 가까운 사이다. 라일, 그의 이름은 어릴 적 별명이었는데 자라다 보니 입에 붙게 되었다. 라일은 얼마 전까지 컴퓨터를 전공으로 두바이에서 유학생활을 해왔다. 그러다 돌연 한국으로 귀국했고 얼마 전부터 공무원 시험을 준비하고 있다.
　[라일. 너무 조급해하지 마. 요즘은 고등학교만 졸업하면 바로 공무원 시험 본다더라.]
　[그래, 정말 온 국민이 공무원 시험 준비만 하는 것 같아. 요즘엔 별로

사는 낙도 없네.]

[라일. 혹시 무슨 일 있는 거야?]

[그냥 뭐. 이런저런 일.]

[뭔데? 걱정 있으면 나한테 얘기해.]

[농담이야. 별일 없어. 그냥 예전 생각이 많이 나서.]

[예전이라면 언제? 고등학교 때?]

[뭐 그때도 그렇고. 그러고 보니 밴드부 생각도 많이 나네.]

[아아. 데스페라도? 나도 그래. 우리 그때 참 스펙터클했었는데.]

[맞아. 근데 그 시절에 비하면 지금은 할 수 있는 게 훨씬 더 많아졌는데도 불구하고 어쩐지 더 무기력해진 느낌만 들어.]

그 말에 그에게 무슨 일이 있는 것 같다는 느낌이 들었다. 내가 뭐라고 답을 해야 할지 고민하던 찰나 라일이 다시 답을 해왔다.

[나는 다시 공부해야겠다. 너도 몸 관리 잘해.]

나는 그렇게 라일과의 짧은 대화를 종료했다. 그는 원래 자신의 속마음을 절대 입 밖으로 드러내지 않는 성격이었는데 형제 같은 나에게도 그것은 예외가 아니었다. 나는 그를 떠올리며 깊은 한숨을 내쉬었다. 결국, 지금 내가 그를 위해 해줄 수 있는 것은 아무것도 없었다.

나는 이내 몸을 일으켜 옷을 갈아입었다. 아르바이트 시간이 가까워 왔기 때문이었다. 실내의 모든 불을 끈 후 나는 무거운 발걸음으로 집을 나섰다.

비자 만료일이 일주일 앞으로 다가왔다. 동시에 모임 날짜도 그만큼 다가왔다. 나는 그사이 내 닉네임을 지었고 다른 멤버들과 대화하기 위해 틈나는 대로 영어회화 연습을 하고 있었다.

봉투에는 여행 경비 말고도 명함과 쪽지가 들어있었다. 그 명함 앞면에는 하늘색 바탕에 'FLYER'라는 글자가 쓰인 흰 구름이 그려져 있었다. 뒷면에는 모임의 날짜와 시간 그리고 장소가 안내되어 있었는데 올해의 모임 장소는 독일의 뒤셀도르프였다. 쪽지에는 레이의 메일 주소가 쓰여 있었는데 가끔 그녀와 메일을 주고받기도 했다.

모임이 얼마 남지 않은 관계로 나는 그녀에게 메일을 보냈다.

[레이. 나 데미안이야. 잘 지내지? 혹시 가능하다면 독일 도착 후 나와 만나서 함께 모임 장소로 가는 거 어때? 답장 기다릴게.]

나는 메일을 보낸 후 짐을 꾸렸다. 요즘은 거의 매일 짐을 싸느라 방도 내 정신도 엉망이었다. 짐은 크게 두 종류였는데 하나는 한국으로 보낼 짐 그리고 나머지는 독일로 여행을 갈 짐이었다. 독일 여행을 먼저 한 후 한국으로 돌아갈 계획이었기 때문이다. 짐을 거의 꾸렸을 무렵 노트북이 딩동 하는 소리로 메일이 도착했음을 알렸다. 확인해 보니 레이의 답장이었다.

[데미안 너도 잘 지내지? 그날은 일이 있어서 안 될 것 같아. 대신 다른 사람을 보낼게. 그럼 이만.]

나는 잠시 고민하다가 그녀에게 답 메일을 보냈다.

[그럼 사람을 어떻게 찾지? 혹시 그 사람의 연락처 좀 알려줄 수 있어?]

이번에는 곧바로 그녀의 답 메일이 도착했다.
[공항에서 기다려. 그가 널 찾을 거야.]

지하철을 타고 롯코역에 내려 조금 걸으면 고베 대학이 나온다. 그리고 그 근처에 「神戸の香」라는 서점이 있다. 그곳에는 이 도시의 서점 중 유일하게 한국인 점원이 있다. 게다가 가끔 한국어로 된 책도 들어오기 때문에 나는 이곳을 자주 이용해왔다.

가게 문을 열고 들어가니 점원 누나가 나를 반겨주었다.

"엇?! 오랜만이네. 곧 다시 한국 돌아간다며? 준비는 잘 돼 가?"

"아, 네. 짐은 거의 다 꾸렸어요. 이제 일주일 뒤면 떠나요."

"시원섭섭하겠네. 근데 오늘은 무슨 일로 온 거야?"

"아, 필요한 책이 있어서요. 혹시 독일어랑 영어 여행 회화 책 있을까요? 간단한 소책자 정도면 될 텐데."

"어디 여행이라도 가는 거야?"

"독일로 가서 여행 좀 하다가 한국으로 돌아갈까 해서요."

"오오. 여기서 그동안 돈 좀 꽤 모았나본데? 한국어로 된 책을 찾는 거지?"

"아, 네. 혹시나 해서요. 있을까요?"

"음. 아마 있을 것 같기도 하다. 잠깐 기다려 봐."

그녀는 그렇게 말하고 왼쪽 벽에 붙어있는 작은 계단을 통해 위층으로 향했다.

　나는 그사이에 천천히 서점을 둘러보았다. 그러다 뒤셀도르프에 대해 알아볼까 하는 마음에 여행 코너로 천천히 자리를 옮겼다. 그러다 어떤 한 책이 내 눈길을 사로잡았다. 그 책의 이름은 〈The seasonal cycle of death and rebirth〉이었는데 정작 내 눈길을 끈 것은 작가의 이름이었다. REI. 작가의 이름은 레이였다. 나는 무의식적으로 그 책을 꺼내 보았다. 표지는 파스텔 톤이었는데 거친 느낌의 그림과 무늬들로 가득했다. 그러나 정작 표지 안에 책은 없었다. 그저 책 모양의 모형만이 그 자리를 대신하고 있을 뿐이었다. 그때 점원 누나가 계단을 내려오며 말했다.

　"많이 기다렸지? 근데 어떡하니? 찾는 책은 없네."

　"아 그래요? 어쩔 수 없죠. 괜히 저 때문에 고생만 하셨네요. 아! 근데 누나. 이 책은 뭐에요? 표지만 있고 안에 책은 없네요?"

　"엇?! 너 그 책 좋아하니?"

　"네? 그냥 여행코너를 살펴보던 중에 우연히 보게 되었어요."

　"아아, 그랬구나. 예전에는 사람들이 몰래 훔쳐가는 일이 많아서 그렇게 해놨었거든. 깜빡 잊고 그대로 두었나 보다."

　"훔쳐가요? 책을요? 대체 왜요?"

　"그 책이 꽤 유명세를 탔었거든. 넌 그 작가 모르지?"

　나는 그 책의 작가가 내가 아는 레이일지 확실치 않았기 때문에 일단 모른다고 대답했다.

"아, 네. 잘 몰라요. 유명한가요?"

"레이라고 마니아들 사이에서는 유명하지. 나도 사실 그 작가의 열렬한 팬이걸랑. 아! 혹시 그 책 가격 봤니?"

책 가격은 만 엔이었다. 나는 그녀에게 말했다.

"만 엔? 이거 너무 비싼데요?"

"그렇지? 그런데 아이러니하게도 처음에는 비싼 가격 덕에 잘 팔리기 시작했지."

"네? 그게 무슨 말이에요?"

"돈 있는 사람들이라면 이 책 한 권쯤은 꼭 가지고 있었거든. 과시용으로 말이야. 게다가 출판사에서 이 책을 한정판의 개념으로 소량만 찍어내서 더욱 희소하기도 했지. 원래 그런 사람들은 한정판이라고 하면 사족을 못 쓰잖아."

"그럼 처음에 이 책은 사치품 같은 거였군요?"

"그래서 한때 말이 많았지. 상대적 박탈감을 조장한다며 비난 여론이 일기도 했고. 그런데 시간이 지날수록 이 책의 그림을 보며 마음이 편해지는 경험을 한 사람들이 생겨나기 시작한 거야. 심지어 평소 악몽을 꾸던 사람들도 이 책을 보면 숙면을 하게 된다는 말까지 있었지. 결국, 이 책은 심리학계 화두로 떠올랐어. '실질적인 효과가 있느냐 아니면 자기암시일 뿐이냐'의 문제로 귀결된 거지."

"그래서요? 결국, 이 책의 효과가 과학적으로 밝혀졌나요?"

"아니, 결국 밝혀진 것은 없었어. 하지만 이 책의 인기가 정점을 찍을 수 있었던 건 바로 사카이 마사토 때문이었지."

"사카이 마사토라면 일본의 인기 배우 아닌가요?"

"너도 아는구나. 맞아. 그가 드라마 촬영 당시 쉬는 시간에 이 책을 보고 있는 장면이 생방송으로 중계가 된 적이 있었거든. 리포터가 그에게 그 책에 관해 물었고 사카이 마사토는 연기 전에 그 책을 봄으로써 마인드 컨트롤을 한다고 답했어. 그 방송이 나간 직후부터 이 책은 없어서 못 파는 책이 되었지. 절도 사건도 빈번히 일어났고 말이야."

나는 그 말에 잠시 생각을 정리하다 입을 열었다.

"근데 이 과정이 뭔가 너무 전략적으로 느껴지지 않나요?"

"뭐. 실제로 말이 많기는 했어. 노이즈 마케팅과 간접광고가 아니냐는 논란이 있었지. 다른 나라에서도 상황은 비슷했었고."

"그럼 이 책은 아직도 인기가 많아요?"

"아니. 지금은 공급이 많아져서 예전 같지는 않아. 그래도 초판은 아직까지 굉장히 희소하긴 해. 게다가 레이는 마니아층 사이에서 여전한 인기를 구가하고 있고. 자. 여기."

그녀는 계산대 아랫부분에 깊숙이 보관된 책 한 권을 꺼내 나에게 건넸다. 그것은 내용물까지 완벽한 〈The seasonal cycle of death and rebirth〉이었다. 나는 그 책을 쭉 훑어보며 말했다.

"음. 아무튼, 덕분에 이 출판사는 그동안 돈이란 돈은 다 긁어모았겠네요?"

"긁어모으긴 무슨. 지금 길거리에 나앉게 생겼는데. 레이가 그 출판사를 상대로 소송을 걸었어. 저작권 침해로. 작가 동의 없이 새 판을 출판했다는 거지. 결국 작가에게 엄청난 배상금을 물어야 했고."

"그런 일이 있었어요? 그럼 그 후에 이 작가는 어떻게 되었나요?"

"후에 아예 자기 이름으로 된 출판사를 세웠지. 덕분에 그는 더욱 유명해졌지만 극도로 노출을 꺼려서 쉽게 접할 수는 없어. 아직까지 그 흔한 사인회 한 번도 없었으니까. 사실 그 탓인지 작가 레이가 생각보다 많이 알려져 있지는 않아."

나는 혹시나 하는 마음에 그녀에게 조심스레 물었다.

"아. 저 누나. 혹시 이 레이라는 작가는 남자예요?"

"응. 그것도 금발의 미남."

나는 작가 레이가 남자라는 사실에 다소 실망하고 있었다. 그런 나의 표정을 오해했는지 그녀가 내 어깨를 다독이며 말했다.

"그나저나 어떡해? 찾는 책이 없어서."

"아. 괜찮아요. 떠나기 전에 겸사겸사 인사도 드리려고 온 거니까요. 처음 와서 말 서투를 때부터 저한테 도움 많이 주셨잖아요."

나는 작가 레이의 책을 한 번 더 훑어보고 서점을 나와 지하철 역으로 향했다. 그렇게 길을 걷던 중 머릿속에 불현듯 뭔가가 떠올라 발걸음을 멈췄다. 나는 방금 떠오른 생각을 확인하기 위해 다시 서점으로 발걸음을 옮겼다. 내가 다시 서점 안으로 들어서자 누나가 나에게 물었다.

"또 왔네? 뭐 놓고 갔어?"

"아, 아니요. 누나, 죄송한데 혹시 그 책 다시 한번만 보여 주실 수 있을까요?"

"응? 무슨 책?"

"작가 레이의 책이요."

"아. 그거? 잠깐만."

내 대답에 누나는 〈The seasonal cycle of death and rebirth〉를 다시 꺼내 나에게 건넸다. 나는 그 책을 받아 아까 무심코 지나쳤던 책의 맨 끝장을 다시 펼쳐보았다. 그것을 확인하자 나는 작가 레이가 바로 내가 알고 있는 그 레이일지도 모른다는 생각이 들었다.

흰 여백으로 가득 찬, 맨 끝장의 가운데에는 작은 글씨로 이렇게 쓰여 있었다.

[For VARA]

제2장

플라이어즈

입국 심사대는 끝도 없는 줄이 늘어져 있었다. 나는 유럽 시민권자 전용 줄에서 30분을 허비했는데 짐을 찾고 나가 보니 도착한 지 1시간이 지나있었다. 나는 레이가 보낸다던 그 사람을 찾기 위해 주변을 살펴보고 있었다. 하지만 그 사람의 모습은 어디에도 보이지 않았다. 바로 그때 공항 구석의 긴 의자에 앉아 가부좌를 틀고 있는 동양인 남자를 발견할 수 있었다. 그의 발밑에는 검은 펜으로 휘갈겨 쓴 듯한 [DEMIAN]이라고 적힌 종이가 있었기 때문에 나는 그 남자가 내가 찾던 그 사람이라는 것을 알 수 있었다.

나는 천천히 그에게로 다가갔다. 그는 자는 건지 명상을 하는 건지 두 눈을 감고 있었다. 나는 그에게 영어로 인사했다.

"아. 저, 안녕하세요?"

그러나 내 인사에도 그는 미동조차 하지 않았다. 잠시 후 그가 조용히 눈을 떴고 나는 그에게 다시 인사했다.

"아, 안녕하세요? 처음 뵙겠습니다."

"데미안?"

"아, 네. 제가 바로 데미안입니다. 혹시 레이가 보내서 와주신 분 맞나요?"

내 물음에 그는 대답 대신 고개를 끄덕인 뒤 일어나 어디론가 향했다. 나도 말없이 그의 뒤를 따랐다.

우리가 도착한 곳에 한 대의 승합차가 서 있었다. 나는 짐을 싣고 조수석에 앉았다. 그러자 그는 운전석에 앉아 곧 차를 출발시켰다. 나는 그에게 말했다.

"제가 좀 늦었죠? 출국 심사대에서 줄이 너무 길어서요. 저 때문에 오래 기다리셨을 텐데 죄송합니다. 그리고 이렇게 데리러 와주셔서 감사하고요."

그러나 그는 아무 말이 없었다. 옆 눈으로 나를 힐끗 보더니 고개를 끄덕일 뿐이었다. 나는 그가 영어를 잘 못하는 게 아닐까 해서 좀 더 천천히 영어로 물었다.

"혹~시 식~사는 하~셨나요?"

내 말에 그는 고개를 저었다. 나는 다시 그에게 물었다.

"아~그럼 조~금 후에 도~착해서 식~사를 하~셔~야~겠~어요?"

그는 고개를 끄덕였다. 나는 다시 물었다.

"저 말고 나~머~지 사~람~들은 이~미 다 도~착을 한 건~가요?"

내 물음에 그는 또 한 번 고개를 끄덕였다.

나는 곧 대화를 포기했다. 그리고 옆 좌석에서 천천히 그를 살펴보기 시작했다. 자세히 보니 얼굴 여기저기에 칼자국 같은 흉터들이 나 있었다. 그는 길고 까만 머리카락을 정갈하게 뒤로 묶었는데 마치 일본의 사무라이 같았다. 물론 꼭 그런 그의 외관이 아니더라도 무언가 범접할 수 없는 내공이 느껴졌다. 나는 그에게 물었다.

"아, 저 실례가 안 된다면 혹시 이름이 어떻게 되시나요?"

"뮤."

"네?"

그는 상당히 귀찮은 듯 나를 힐끗 쳐다보더니 재차 대답했다.

"뮤."

"아~ 뮤! 뮤~ 아 그렇구나. 이름 좋네요. 하하. 혹시 포켓몬스터의 그 뮤인가요?"

내 물음에 그는 심기가 불편한 듯 눈을 찡그렸고 나는 양손을 공손히 모으며 자세를 고쳐 앉았다. 나는 불편한 분위기를 없애려고 그에게 다시 물었다.

"저, 혹시 실례가 안 된다면 뭐하시는 분이신가요? 직업 말이에요."

내 물음에 그가 나직이 대답했다.

"사무라이."

운전한 지 20분 정도 지나자 차는 기하학적으로 설치된 육교를 지나 오른편에 있는 커다란 건물 앞에 멈춰 섰다. 곧 문이 열렸고 벽돌로 이루어진 작은 터널을 지나 건물 안쪽으로 깊숙이 들어갔다. 그는 그곳에 차를 세우더니 내리라는 표시를 했다. 내가 짐을 내리자 그는 반대편으로 향했고 나도 그의 뒤를 따랐다. 주차장을 빠져나가자 커다란 유리문이 세워져 있었다. 그 문을 열고 들어가니 커다란 정원과 유럽식 건물들이 눈에 들어왔다.

뮤는 갑자기 손가락을 들어 한 곳을 가리켰는데 그곳에는 각기 크기가 다른 알록달록한 티피 천막 여섯 개가 불규칙하게 세워져 있었다. 커다란 원목 테이블도 보였는데 그 앞에는 그릴에 고기를 구우며 왁자

지껄하게 떠드는 사람들의 모습이 보였다. 뮤는 손을 거두고 어딘가로 향했다. 아마 내 할 일은 끝났으니 이제 네가 알아서 하라는 것 같았다. 뮤가 사라지자 나는 고기를 굽고 있는 그들에게 다가가 나름 유창한 영어로 인사했다.

"저, 안녕하세요."

내 인사에 정원은 고요해졌다. 모두 나를 신기한 눈으로 바라보고 있을 뿐이었다. 그때 누군가가 나에게 물었다.

"혹시 당신이 이번에 새로 모임에 들어온다던 그 신입?"

나에게 다가온 그 남자는 키가 거의 2m는 되어 보이는 엄청난 거구였다. 전형적인 백인이었는데 올백으로 넘긴 금발 머리가 무척이나 잘 어울렸다. 나는 그에게 말했다.

"아, 네. 제가 데미안입니다."

"데미안? 아아, 헤르만 헤세? 나는 라이트. 반가워요."

그는 어제 막 치과에서 미백 시술을 받은 것처럼 눈부신 하얀 치아를 내보이며 씩 웃더니 나에게 손을 내밀었다. 내가 그와 악수하자 흑인으로 보이는 한 청년이 내 어깨를 감싸며 말했다.

"새로운 멤버도 왔는데 내가 연주 좀 해줄까?"

그러더니 그는 테이블 아래에 있던 기타를 들어 앰프와 연결했다. 곧 경쾌한 연주가 시작되었고 나머지 사람들도 손뼉을 치며 즐기기 시작했다. 이윽고 연주가 마무리되자 정원의 풍경은 내가 도착하기 전으로 되돌아갔다.

"데미안이라. 헤르만 헤세였군. 내 이름은 볼트야. 왜인지 알아?"

나에게 말을 걸어 온 사람은 기타를 연주했던 그 흑인 청년이었다. 그는 밥 말리가 그려진 소매 없는 티를 입고 있었는데 구릿빛 팔 근육이 인상적이었다. 나는 그에게 답했다.

"음, 글쎄? 잘 모르겠는데."

"볼트! 오~! 나의 우상~!"

"아아. 넌 우사인 볼트에서 닉네임을 따왔구나?"

"아니. 애니메이션 〈BOLT〉에서 따 왔어. 몸에 번개가 그려진 강아지가 바로 내 우상이지!"

나는 그의 말이 농담인지 아닌지 구별하기가 힘들었다. 그는 나의 반응에 아랑곳하지 않은 채 다시 기타를 집어 들고 다른 곡을 연주하기 시작했다. 그때 옆에서 누군가가 나에게 인사했다.

"안녕. 반가워 데미안. 데미안이라면 헤르만 헤세겠군."

그는 가장 처음 나와 인사했던 라이트였다. 나는 조금 의아했지만 그래도 반갑게 다시 그에게 인사했다.

"아, 네. 라이트. 저도 반가워요."

그러자 그는 틀렸다는 듯 고개를 좌우로 저으며 나에게 말했다.

"라이트라니? 유감이군. 나는 레프야."

그 말과 함께 그와 똑같은 복제 인간이 나에게 다가오고 있었다. 그는 그 복제 인간을 가리키며 말했다.

"라이트는 이 녀석이지. 우리는 형제야. 얘가 형이고 나는 동생."

신기한 광경이었다. 그들은 외모는 물론이고 심지어 옷 입는 스타일까지 비슷해 보였다. 내가 혼란스러워하자 그 둘은 서로를 향해 말했다.

"거봐, 데미안이 우리를 혼동하잖아, 레프. 그러니까 너는 머리를 내리라고 했잖아."

"올백은 내가 더 잘 어울려. 라이트 네가 머리를 내렸어야지."

둘은 티격태격하다 나의 시선을 느끼고는 다시 나를 쳐다보았다. 나는 그들에게 말했다.

"아, 네. 라이트 그리고 레프트, 아니 레프. 아무튼, 반갑습니다."

나는 자리를 옮기려다 홀로 흔들의자에 앉아 책을 읽고 있는 한 사람을 발견했다. 흰 머리에 흰 수염. 나이가 최소 70은 되어 보이는 노인이었는데 외모로 보아 서양인으로 추측되었다. 이제 남은 사람은 이 모임의 리더, 바라뿐이었다. 나는 그에게 다가가 인사했다.

"저, 안녕하세요. 저는 데미안입니다. 반갑습니다. 바라."

내 인사에 그 노인은 고개를 올려 나를 쳐다보았다. 그리고는 언짢은 표정으로 나에게 되물었다.

"내가 바라라고?"

"아, 네. 레이한테 얘기 많이 들었습니다."

하지만 그는 계속 언짢은 듯 나를 쳐다볼 뿐이었다. 그때 내 뒤에서 볼트의 목소리가 들렸다.

"데~미~안~ 뭔가 착각을 했나 보네~ 이 사람은 바라가 아니라 이안이야~ 바라는 아직 방 안에 있어. 곧 내려올 거야~"

제2장 플라이어즈 **43**

그의 말에 나는 이상하다는 듯 볼트에게 물었다.

"볼트. 내가 듣기로는 멤버가 나까지 총 7명이라는 얘기를 들었는데, 아니야?"

그 말에 뒤에 있던 라이트가 대신 대답했다.

"아니에요. 7명 맞습니다. 데미안이 나 때문에 헷갈렸군요? 나는 플라이어즈의 전 멤버에요. 지금은 탈퇴한 상태죠."

시계를 보니 오후 4시 30분이었다. 모임은 5시라 그 전에 짐을 풀고 와야겠다는 생각이 들어 몸을 움직였다. 바로 그때, 누군가 내 어깨를 툭 건드렸다. 레이였다. 내가 그녀에게 인사하려는 찰나 어디선가 볼트가 나타나더니 장난스럽게 말했다.

"요로레이~ 요로레이~ 레이리레이리~ 뷰티풀 레이~"

레이는 그런 볼트를 무시한 채 나에게 말했다.

"잘 도착했군."

규칙이라 그런지 레이는 한국어가 아닌 영어로 말했다. 나도 그것을 의식하고는 영어로 대답했다.

"덕분에. 저기 근데 이 짐들을 어디다 풀면 돼? 아직 내가 묵을 곳을 몰라서."

"따라와."

나는 그녀를 따라갔다. 그녀는 가장 왼쪽 건물로 들어갔다. 3층짜리 건물이었는데 오래된 호텔 같은 분위기였다. 레이는 빈방 중 아무 곳이나 사용하라고 말했고 나는 잠시 고민하다가 1층의 두 번째 방으로 들어갔다. 승강기가 없어서 짐을 들고 계단 오르기가 불편했기 때문이었다. 레이에게 들으니 독일의 집은 오래된 건물들이 대부분이라 엘리베이터가 거의 없다고 했다. 짐을 풀고 밖으로 나가니 레이가 여전히 나를 기다리고 있었다. 그녀는 앞장서 걸으며 나에게 물었다.

"헤르만 헤세?"

"다들 똑같은 얘기군. 내 이름 말하는 거지? 아니야. 〈Dragon Chaser〉야. 혹시 알아?"

그녀는 모른다는 듯 고개를 저었다. 나는 모르는 게 당연하다고 생각하며 그녀에게 다른 질문을 했다.

"근데 레이. 우리말이야 이 건물로 들어올 때부터 계속 한국어로 얘기하고 있잖아. 영어로 얘기하는 게 여기 규칙이라며. 이래도 돼?"

"뭐 어때? 둘인데."

"그래? 그럼 둘만 있을 때는 한국어로 하자. 솔직히 영어 쓰는 것도 하도 오랜만이라 힘들었거든."

그녀는 고개를 끄덕이더니 나에게 물었다.

"다른 멤버들하고 인사는 했어?"

"대충? 근데 말이야. 아까 그 형제랑 인사를 했거든. 라이트랑 레프트. 아니 레프. 근데 들어 보니까 라이트는 이미 탈퇴했다던데. 전 멤버들도 이 모임에 참석하는 거였어?"

"아니야. 라이트는 바라가 불렀어."

"왜? 뭐 혹시 다시 멤버로 들이려고 하는 건가?"

"여전히 호기심이 넘치는군?"

그 말에 나는 다른 질문을 했다.

"레이. 내가 조금 전에 이안을 바라로 착각하고 인사했어. 근데 상당히 언짢아하더군. 여기서는 그런 게 꽤 실례인가?"

"무시해."

"응? 뭐라고?"

"신경 쓸 필요 없다고."

나가 보니 정원은 아까보다 더 소란스러워져 있었다. 멤버들은 나무로 된 커다란 술통에서 와인과 맥주를 따라 마시며 더욱 흥에 취해 있었다. 레이 또한 정원에 도착하자마자 와인을 한잔 따라 천천히 마시기 시작했다. 나도 와인을 한잔 따라 레이 옆에 앉았다. 와인을 한 모금 들이켠 뒤에 나는 레이에게 말했다.

"레이! 이거 정말 맛있다! 이렇게 맛있는 와인은 처음이야!"

"그렇게 마시다간 혹 갈걸?"

하지만 나는 그녀의 충고를 무시한 채 와인을 연거푸 마시기 시작했고 레이의 말처럼 점점 몸이 노곤해져 갔다. 바로 그때 쩌억 하는 소리와 함께 가운데 건물에서 커다란 문이 열렸다. 나는 소리가 나는 쪽으로 고개를 돌렸다. 밝은 갈색 머리카락을 휘날리며 걸어 나오는 그 사람의 모습은 마치 중세시대에나 나올 법한 기사 같았다. 하지만 점점 가까이 다가올수록 기사보다는 전사의 이미지가 더 잘 들어맞는 것 같았다. 한평생, 전쟁터를 누벼온 전사. 그런 그의 모습을 보고 있자니 온몸에 소름이 돋았다. 그 사람이 나에게로 다가오자 나도 모르게 자리에서 일어났다. 마치 군복무시절 사단장 앞에 선 이등병처럼. 그 사람은 나에게 손을 내밀며 인사했다.

"데미안? 반가워."

나는 단번에 그 사람이 누구인지 알 수 있었다. 플라이어즈의 리더 바라였다. 하지만 그가 남자일 거라는 내 예상은 보기 좋게 빗나갔다. 바라는 여자였다. 나는 그녀를 멍하니 쳐다보다 뒤늦게 그녀가 내민 손을 발견하고는 악수하며 인사했다.

"아, 안녕하세요. 바라. 저도 반가워요."

내 인사에 바라는 잡은 손을 가볍게 흔들더니 이내 멤버들의 한가운데로 자리를 옮겼다. 그러자 잠시 침묵이 흘렀고 그녀에게 모든 이목이 쏠렸다. 그녀는 마치 17세기 유럽의 귀족과 같은 말투로 모두를 향해 입을 열었다.

"제가 조금 늦었네요. 다들 너그러운 마음으로 양해해주시리라 믿어 의심치 않습니다."

그녀는 멤버들의 눈을 일일이 응시하며 말을 이었다.

"오늘로 플라이어즈는 열세 번째 해를 맞게 됩니다. 진심으로 기쁘네요. 물론, 그동안 늘 좋은 일만 있었던 것은 아니죠. 하지만 한 가지는 분명하게 말씀드릴 수 있겠네요."

그녀는 천천히 나에게로 다가왔다. 그리고 내 어깨에 손을 짚더니 말했다.

"오늘만큼은 새 멤버를 환영해 줍시다."

그 말에 모두가 건배하며 와인을 들이켰다. 그리고 본격적인 파티가 시작되었다. 갖가지 요리들이 등장했고 술통은 비우기 무섭게 채워지고 있었다. 다들 죽을 기세로 먹고 마셨으며 정원에는 노랫소리가 끊이지 않았다.

시간이 한참 지난 것 같았는데도 여전히 해는 높이 떠 있었다. 레이에게 물으니 이곳은 여름이면 밤 10시까지도 환하고 겨울이면 오후 4시만 되어도 깜깜하다고 했다. 내가 새로운 사실에 신기해하고 있을 무렵 바라가 자리에서 일어나며 말했다.

"자! 이제 곧 해가 질 텐데 그 전에 데미안의 입단 테스트를 한 번 해볼까?"

그 말에 모든 멤버가 동시에 나를 쳐다보았다. 바라가 나에게 손짓하며 말했다.

"데미안? 갈까?"

그 손짓에 나는 나도 모르게 일어나 그녀를 따랐고 곧 모두가 내 뒤를 따르고 있었다. 나는 다급하게 레이를 불렀다.

"레이! 지금 어디 가는 거야? 입단 테스트는 대체 뭐고?"

"말 그대로야. 테스트지."

"뭐?! 애초에 이런 말은 없었잖아?"

"걱정 마. 간단한 거니까."

우리가 도착한 곳은 건물 뒤편의 야외 수영장이었다. 나는 멍하니 그 수영장을 바라보고 있었다. 나머지 멤버들은 뒤에서 나를 주시하고 있었는데 내가 가만히 서 있자 이상해하는 눈치였다. 그때 바라가 내게 물었다.

"데미안? 왜 그러지?"

"제가 사실 잘 몰라서요. 혹시 지금 제가 뭘 해야 하나요?"

"오호. 아무 얘기를 듣지 못 했나 보네?"

내가 고개를 끄덕이자 그녀는 대수롭지 않다는 듯 말했다.

"어려울 건 없어. 테스트라고 말하기도 뭐할 정도지. 플라이어즈에 들어오기 위해서는 네가 플라이어라는 것만 증명하면 돼. 이 수영장의 총 길이가 아마 150m 정도 될 거야. 날아서 끝까지 건너가면 통과야. 특별히 제한 시간은 없지만 너무 오래 걸리면 안 되겠지? 예를 들어 이틀이 걸린다든가?"

그녀의 마지막 말은 농담 같았지만 나는 웃고 있을 기분이 아니었다. 그때 바라가 모두에게 들리도록 큰소리로 나에게 말했다.

"레이에게 얘기는 들었어. 빠르게 날 수 있다며? 듣기로는 뮤보다도 빠르다고 하던데?"

바라의 말에 멤버들이 웅성댔다. 나는 한숨을 내쉬고는 아무 말 없이 앞으로 나아가 멈춰 섰다. 그러자 모두 입을 다물었다. 나는 눈을 감았다. 그리고 심호흡을 크게 세 번 한 뒤 다시 눈을 떴다. 술기운이 사라지고 정신이 맑아지기 시작했다. 나는 마음을 가다듬었다. 점점 몸이 가벼워지는 것을 느꼈다. 뮤가 얼마나 빠른지는 모르겠지만 늘 하던 대로만 하면 된다는 생각이 들었다. 물은 아무런 파동도 없이 내 발 한 치 앞에 있었다.

나비처럼 날아서 벌처럼 쏘겠어!

나는 한 마리의 새가 되어 몸을 던졌다.

"야. 해봐. 빨리 해봐."

10살 정도 되어 보이는 남자 아이들이 나에게 닦달했다. 그중 한 아이가 나에게 말했다.

"야! 네가 진짜 날 수 있다고?! 뻥치시네! 보여줘! 학교 끝나고 오면 보여준다며?!"

"아, 아니. 내가 너한테만 보여준다고 했잖아! 다른 아이들까지 데리고 오면 어떡해!"

그러자 그 아이가 비웃으며 나에게 말했다.

"괜히 못 하니까 핑계 대네! 야! 뻥쳤으면 뻥쳤다고 그냥 자백해, 이 사기꾼아!"

"사기 아니라고! 나는 보는 사람 많으면 잘 못 해!"

내 말에 다른 아이들은 그러면 그렇지. 라는 표정들을 짓고 있었다. 그러자 그들 중 하나가 말했다.

"야, 그냥 가자. 집에 가서 만화 봐야 돼."

"그래. 시간 아깝다. 그냥 집에나 가자. 넌 뺑치니까 일본 놈이다! 일본에 가서 살아라!"

그 말과 함께 기다리던 아이들은 모두 돌아가려 했다. 나는 다급히 그들을 불러 세웠다.

"자, 잠깐! 알았어! 하면 되잖아! 대신 내가 나는 거 보여주면 너네 다 나한테 무릎 꿇고 형님이라 그래!"

"그래! 대신 네가 못 날면 너는 이제 우리 꼬붕 해야 돼! 집에 갈 때 우리 가방이랑 신발주머니까지 다 들어! 알았지?!"

나는 대답 대신 내 뒤에 있는 정글짐을 향해 걸어갔다. 그리고 메고 있던 가방을 팽개친 채 정글짐의 가장 높은 곳으로 올라갔다. 나는 그곳에서 다른 아이들을 내려다보며 말했다.

"야! 너네 다 잘 봐! 나 이제 진짜 난다!"

나는 그 말과 함께 곧바로 몸을 날렸다.

그러자 아이들 모두가 비명을 질러댔다. 아까까지 나를 비웃던 아이들은 걸음아 나 살려라 하며 도망가고 있었다. 다들 이렇게 외치면서.

"사람이 죽었다! 사람 살려!"

나는 눈을 깜빡이며 바닥에 엎드려 있었다. 눈앞에 붉은색 액체가 흐르는 것으로 보아 머리에서 피가 나는 것 같았다. 그러나 이상하게도 전혀 고통은 느껴지지 않았다.

사람이 죽었다니? 나는 죽지 않았는데? 나는 아무렇지도 않은데?

나는 이런 생각을 하며 바닥에 엎드려 있었다. 단지 점점 졸려왔고 두 눈은 따끔거렸다.

바로 그때였다. 나보다도 어려 보이는 여자 아이가 얼굴을 바닥까지 내려 나를 바라보고 있었다. 나도 그 아이의 얼굴을 힘겹게 쳐다보았다. 단 한 번도 본 적 없는 이상하게 생긴 얼굴이었다. 그 꼬마가 나에게 물었다.

"괜찮니?"

나는 가까스로 그 애에게 대답했다.

"아니…"

내 말에 그 아이가 다시 물었다.

"너 정말 날 수 있어?"

"응. 하지만 친구들이 안 믿어줘."

나는 말을 더 이으려 했지만 졸음이 밀려와 그러기가 힘들었다. 눈꺼풀은 아까보다 무거워졌다. 그때 갑자기 그 여자 아이의 뒤에서 발 하나가 더 나타났다. 발만 보였기에 누구인지는 알 수 없었지만 크기로 보아 어른인 것 같았다. 그들은 서로 대화를 주고받았는데 머리를 다쳐서 그런지 나는 그 말을 전혀 알아들을 수가 없었다. 점점 정신이 아득해져 갔다. 나는 있는 힘을 다해 그 여자 아이의 얼굴을 다시 한번 쳐다보았다. 역시 이상하게 생긴 얼굴이었다. 나는 마지막 힘을 짜내어 그 꼬마에게 말했다.

"근데 난 이제 쟤네 꼬붕이 돼서 맨날 가방을…"

나는 그대로 잠들어버렸다.

"이제 좀 정신이 드니?"

눈을 떠 보니 침대 위였다. 바라는 침대 옆 의자에 앉아 나를 바라보고 있었다. 둘러보니 내가 짐을 풀어둔 방 안이었다.

"아, 저, 어떻게 된 거죠? 제가 왜 여기 있나요?"

바라는 미소 지으며 나에게 말했다.

"너 물에 빠져서 거의 죽기 직전이었어. 아무도 구하려 하지 않았으니까. 우리는 네가 장난치는 줄 알았거든."

"아아. 제가 물에 빠졌었군요."

그녀는 고개를 끄덕이더니 거울이 달린 수납장으로 다가갔다. 그리고 그 위에 놓인 작은 쟁반을 들고 와 나에게 건넸다.

"자. 먹어봐. 둘세데레체라는 건데 밀크 잼 같은 거야. 보통은 빵이나 와플에 찍어 먹지만 나는 가끔 그냥 한 숟갈씩 퍼먹고는 해."

나는 쟁반 위에 놓여있는 유리병의 동그란 뚜껑을 열었다. 그리고 갈색빛의 둘세데레체를 한 숟갈 맛보았다. 처음이었지만 굉장히 맛있었다. 바라는 어릴 적 자신이 아플 때면 엄마가 이 둘세데레체를 한 숟갈씩 먹여주었다고 했다. 잠시 후 나는 티스푼을 내려놓고 바라에게 물었다.

"바라. 그럼 저는 테스트를 통과하지 못했으니 이 모임에 들어올 수 없는 건가요?"

"글쎄. 사실 나도 이런 경우는 처음이야. 이건 마치 원숭이가 나무에서 떨어진 거랑 같거든."

나는 힘없이 고개를 끄덕이다 그녀에게 말했다.

"그럼 술만 깨면 제가 다시 해볼게요. 이번엔 정말 성공할 수 있어요."

그 말에 그녀는 조금 곤란한 표정을 지으며 나에게 말했다.

"미안하지만 데미안. 그건 어려울 것 같아. 기회는 딱 한 번뿐이거든."

"네? 대체 왜죠?"

그녀는 접었던 다리를 쭉 펴더니 나에게 말했다.

"지금이야 이 모임이 이렇게 한적하지만 예전에는 바글바글했었어. 즉, 한해에도 너 같이 수영장을 건너려는 사람들이 많게는 수십 명씩 있었다는 거지. 그래서 우리는 각 개인당 단 한 번의 기회만을 부여하기로 한 거야. 그렇지 않으면 우리는 10박을 수영장 건너는 것만 보고 있어야 할 테니까. 실제로 가비라는 녀석은 혼자서 이틀이 걸리기도 했었어."

"아 그렇군요. 하지만, 지금은 저 혼자밖에 없잖아요. 그러니까 조금만 융통성 있게..."

"그건 안 돼. 데미안, 융통성이라는 건 자기합리화를 듣기 좋게 뜯어고친 단어일 뿐이야. 우리에게도 나름의 규칙이라는 게 있어. 현재 우리가 고작 몇 명밖에 안 된다고 할지라도 동료들과 함께 정한 규칙들을 내 마음대로 어떻게 할 수 있는 건 아니야."

바라는 자세를 고쳐 앉아 다른 곳을 바라보고 있었다. 나는 그런 그녀를 바라보았다. 머리카락 색과 길이, 체형, 옷 입는 스타일까지. 레이와 상당히 비슷해 보였다. 하지만 외모는 조금 달랐다. 레이가 동서양을 구분하기가 힘들 정도의 혼혈 같은 미인형이었다면 바라는 누가 봐도 라틴계의 외모를 가지고 있었다. 나이는 나와 비슷하거나 조금 많은 정도로 보였는데 화장을 하지 않았는데도 상당한 미인이었다. 레이가 온실 속의 화초처럼 자란 도도하고 새침한 공주님의 분위기라면 바라는 거친 여전사 내지는 강인한 여왕의 분위기를 풍기고 있었다.

그녀가 의자에서 일어서며 나에게 말했다.

"일단은 보류야. 그렇게 알고 일단은 푹 쉬어."

그 말과 함께 그녀는 몸을 돌렸다. 문을 닫고 나가려는 찰나 그녀가 나에게 덧붙였다.

"아. 그리고 물에 빠졌을 때 레이가 널 구했어. 고맙다는 인사라도 하는 게 좋겠지?"

그 말과 함께 그녀가 문을 닫고 나가자 나는 바라의 밀크 잼을 한 숟갈 더 퍼서 먹었다.

그때 또다시 누군가의 노크 소리가 들렸다.

-똑똑똑

노크를 한 사람은 레이였다. 그녀는 방으로 들어오며 나에게 괜찮은지를 물었고 나는 괜찮다고 답했다. 그녀는 나에게 물었다.

"바라는 뭐래?"

"아, 보류라고 하던데. 그럼 난 어떻게 된다는 거야?"

"글쎄."

그녀는 그렇게 말하며 깊은 한숨을 내쉬었다. 나는 그런 그녀를 보며 조심스레 말했다.

"레이, 근데 말이야. 바라는 새 멤버가 들어오기를 강력하게 원했다며? 그럼 고민하다가 결국 들어오라고 하지 않을까?"

"그런가?"

그 말과 함께 레이는 뭔가를 골똘히 생각하는 눈치였다. 나는 그런 그녀에게 물었다.

"레이. 왜 이런 테스트가 있다고 나한테 미리 얘기 안 해줬어?"

"그러게. 정말 물에 빠질 줄은 몰랐네."

레이는 내가 먹던 은색 티스푼을 들어 밀크 잼을 천천히 음미하고 있었다. 곧 그녀가 숟가락으로 쟁반을 탁탁 치며 얘기했다.

"아무튼, 쉽지 않아. 우리는 만장일치제거든."

"그게 무슨 말이야? 바라가 리더잖아. 게다가 이 모임도 거의 바라의 돈으로 운영된다며? 그럼 바라가 결정해야 하는 거 아냐?"

그녀는 내 말에 코웃음을 치며 말했다.

"자본주의 논리군? 어쨌든 규칙이야."

"규칙이라. 그래, 좋아. 정리해보면 결국 나 외에 전체 멤버들이 투표해서 만장일치가 되어야만 내가 여기에 들어올 수 있다는 아주 복잡한 상황이라는 거지?"

"그런 셈이지."

그녀는 밀크 잼을 한 숟갈 더 퍼 먹더니 나에게 물었다.

"이 둘세데레체. 바라 것이지?"

내가 고개를 끄덕이자 그녀가 쳇. 하며 다시 말을 이었다.

"치사한 녀석. 내가 달라고 할 땐 안 주더니."

그녀는 은색 티스푼을 내려놓더니 자리에서 일어났다. 나는 그녀에게 물었다.

"이제 가려고?"

"왜? 여기서 자고 갈까?"

나는 그녀의 농담을 웃어넘기고는 구해줘서 고맙다는 인사를 했다. 하지만 정작 그녀는 무덤덤한 반응이었다. 그녀가 손을 흔들며 문밖으로 나갈 때 내가 말했다.

"레이. 내가 여기에 있는 동안 열심히 활동하고 클럽 멤버들이랑 좀 더 친해져서 그들에게 좋은 인상을 심어준다면 아무래도 투표에서 좋은 결과가 나오지 않을까?"

레이는 대답 없이 고개를 몇 번 갸우뚱거리더니 방을 나갔다. 내가 닫힌 문을 확인하고 자리에 누우려는 찰나 다시 문이 열리는 소리가 들렸다. 그리고 그 문틈으로 레이가 고개를 살짝 내밀었다. 나는 그녀에게 물었다.

"레이? 왜? 무슨 일이야?"

레이는 한동안 나를 쳐다보다 조용히 입을 열었다.

"네가 플라이어즈에 들어오는 걸 반대하는 사람이 있어."

독일에 온 지도 거의 일주일이 지났다. 내가 물에 빠진 다음 날, 나 외에 다른 멤버들은 전부 함께 아침 일찍 밖으로 나갔다. 나중에 들은 거지만 그들은 올해도 시내로 나가 정말로 전단지를 돌렸다고 한다. 나는 전날 물에 빠져 몸이 안 좋다는 이유와 아직 정식 멤버가 아니라는 이유로 그 활동에는 참석하지 못했다.

그렇게 며칠을 보내고 사람들은 유쾌하게 헤어졌다. 먼저 라이트, 레프가, 레이가, 그 다음 날에 볼트와 이안이, 마지막으로 뮤가 떠났으며 바라는 흔적도 없이 사라져버렸다. 남을 사람들은 열흘 동안 이 집에서 머물러도 되었기 때문에 나는 떠나지 않고 이 큰 집에서 거의 홀로 지내고 있었다. 여행 경비도 얼마 안 남았고 시차 적응도 더뎌 몸이 매우 피곤했기 때문이었다.

—똑똑똑

귀국에 대한 압박감에서 벗어나기 위해 침대에 누워 잠을 청하려는데 난데없는 노크 소리가 들려왔다. 이 집에는 아무도 없다고 생각해왔기 때문에 나는 조금 무서워졌다. 만약의 경우를 대비하고는 몸을 띄운 후 소리 없이 문 뒤로 이동했다. 그때 바라의 목소리가 들렸다.

"데미안? 자니?"

나는 긴장을 풀고 방문을 열었다. 그러자 그녀가 웃으며 나에게 물었다.

"뭐해? 내가 방해한 건 아니지?"

"아니에요. 바라. 오랜만이네요? 이미 떠난 줄 알았는데."

"그럴 리가. 나는 매일 여기서 잤어. 물론 내가 들어올 때면 데미안, 넌 항상 자고 있더군."

"아, 그러셨군요. 제가 아직 시차 적응이 덜 돼서요."

그녀는 나에게 물었다.

"잘 거니?"

"아. 잘까 말까 고민하던 중이었어요."

"그럼 정원으로 나와. 와인이나 한잔하게."

정원으로 나가 보니 원목 테이블 옆에 작게 모닥불이 피워져 있었다. 우리는 그 주변에 의자를 두고 앉았다. 테이블 위에는 와인과 치즈가 준비되어 있었다. 그녀가 내게 와인을 따라주며 물었다.

"독일은 처음이라 그랬나?"

"네. 사실 얼마 전까지는 일본에 있었어요. 물론 저는 이제 곧 한국으로. 아차! 죄송해요."

"응? 뭐가?"

"여기서는 국적을 밝히면 안 되잖아요."

"괜찮아. 이미 알고 있기도 하고."

내가 멋쩍은 웃음을 보이자 바라가 말을 이었다.

"사실 국적을 포함한 대부분의 개인 정보를 서로 밝히지 않는 이유는 첫 만남에서 가질 수 있는 선입견을 최소화하기 위해서야."

나는 그 말에 대해 곰곰이 생각해보다가 입을 열었다.

"음. 그렇다 해도 눈에 바로 보이는 정보들까지는 어떻게 할 수 없잖아요? 예를 들면 외모 같은 거라든지."

"물론이야. 멤버들도 말은 안 하지만 서로에 대해 대충 파악하고 있을 거야. 나는 단지 최대한 백지 상태에서 상대방을 판단할만한 충분한 시간을 그들에게 보장해주고 싶었을 뿐이야."

그 말에 나는 고개를 몇 번 끄덕였다. 그러자 바라가 주머니에서 전단지를 꺼내더니 나에게 보여주었다.

"짜잔~ 바로 그것이! 올해 우리의 슬로건이었어."

나는 그 전단지를 살펴보았다. 세계 각국의 언어가 쓰여 있었는데 모두 같은 의미 같았다. 그 가운데는 한국어로도 이렇게 쓰여 있었다.

[판단하기 전에 경험하라!]

나는 바라에게 물었다.

"매년 이런 전단지를 돌리는 거예요?"

"응, 이건 작년에 정한 거야. 우리는 매년 회의를 통해 그다음 해의 슬로건을 정해."

"그렇군요. 근데 왜 하필 전단지예요? 다른 방법으로도 얼마든지 이런 공익광고는 할 수 있을 텐데요?"

"10년 전만 해도 우리는 만나면 술이나 마시고 같이 날아다니고 하는 게 전부였어. 그러다 뭔가 의미 있는 일을 해보자는 의견이 나왔지. 그중 캡틴이라는 녀석은 우리의 정체를 언론에 공개하고 정당을 만들어 정치 활동을 시작하자고 하길래 밖으로 던져버리긴 했지만. 아무튼, 그때 에드라는 녀석이 'FLYER'가 영어로 전단지라는 뜻도 있으니 전단지를 돌리자고 하더라고."

"아아. 이유는 그게 다예요? 그럼 매년 날아서 이 전단지들을 뿌리는 건가요?"

그녀는 내 말에 고개를 약간 기울이더니 말했다.

"너 영화를 너무 많이 봤구나? 그냥 길거리에서 나눠주지 뭐 하러 쓸데없이 날겠어?"

"아, 그런가요?"

"꽤 실망한 표정이네?"

"아니요. 그냥 생각했던 것과 좀 달라서요."

그녀는 내가 둘러대는 것을 보더니 차분히 나에게 물었다.

"너는 플라이어들이 대단한 사람들이라고 생각하니?"

나는 그 말에 섣불리 대답하지 못했다. 내가 아무 말이 없자 그녀가 다시 물었다.

"데미안. 우리 같은 사람들이 언제 각자의 능력을 처음 발견한다고 생각하니?"

나는 곰곰이 생각해봤지만 마땅한 답이 떠오르지 않았다. 내가 아무 말도 하지 않자 그녀가 나에게 말했다.

"우리 같은 사람들의 대다수는 자살 시도를 통해 각자의 재능을 처음 발견하게 돼. 그러니까 우리 중 대부분은 스스로 목숨을 끊기 위해 높은 곳에서 뛰어내려 본 경험이 있는 사람들이라는 거야. 네가 보기에는 우리가 그저 유쾌한 사람들로 보이겠지만 대부분 한 번쯤은 바닥을 쳤던 사람들이야. 결코, 대단한 능력을 타고난 게 아니라는 거지."

나는 말없이 와인을 마셨다. 그녀는 잠시 내 표정을 살피더니 천천히 입을 열었다.

"데미안. 너는 늘 걱정이 많아 보여."

"제가요? 여기가 워낙 유쾌한 분위기라 더 그렇게 보일 수도 있겠네요. 뭐 걱정이야 많죠."

"뭐가 가장 걱정이니?"

"글쎄요. 아무래도 취업이겠죠? 저는 이 모임이 끝나면 다시 취직준비를 해야 하니까요."

그녀는 이해하겠다는 듯 몇 번 고개를 끄덕이더니 나에게 말했다.

"데미안. 멤버들이 유쾌해 보인다고 했지? 하지만 멤버들 중에는 말이 좋아 프리랜서지, 하루 벌어 하루 먹고사는 사람들도 많아. 그런데도 그들은 늘 행복하게 살지. 네 걱정도 이해는 가지만 좀 더 행복을 느끼면서 살도록 해. 인생은 생각보다 그리 길지 않아."

나는 잔에 남은 와인을 다 비우고 그녀에게 말했다.

"좋은 말이기는 하지만 너무 교과서 같아서 잘 와 닿지는 않네요. 안정적인 수입이 없는데 어떻게 행복하게 살 수 있을까요?"

내 말에 그녀는 입가에 미소를 지으며 말했다.

"안정적인 수입이 있어야만 행복할 수 있다는 거군?"

"뭐. 꼭 그렇지는 않겠지만 돈이 없으면 불행해질 테니까요."

"왜지?"

"예를 들면 사고 싶은 물건이 있어도 못 사게 되잖아요."

"좀 더 구체적으로 말해 봐."

"음. 저는 돈이 있다면 차를 한 대 사고 싶어요. 주변 친구 중에도 차를 가진 친구들이 많죠. 저는 그들이 부럽긴 하지만 지금 저에게는 그 차를 살만한 돈이 없어요."

"아하. 그래서 데미안은 지금 불행함을 느끼는 거군."

"아, 뭐 조금 과장하면 불행하다고도 할 수 있겠죠?"

"그럼 그 차가 데미안 너에게 꼭 필요한 거니?"

"네? 뭐, 물론 꼭 필요하다고는 할 수 없죠. 대중교통을 이용할 수도 있을 테니까요. 하지만 차가 있으면 편하잖아요."

그녀는 잠시 생각하더니 천천히 입을 열었다.

"1920년대까지 미국 LA에는 세계적인 통근 전차가 있었어. 어느 날 그걸 어떤 자동차 회사에서 사들인 거야. 그리고는 어떻게 했는지 아니?"

그 말에 내가 고개를 젓자 그녀가 말을 이었다.

"차츰 전차를 줄여가며 사람들을 불편하게 만들었어. 결국, 적자라면서 나중에는 모든 전차 운행을 중단시켰고. 사람들이 차를 필요하게끔 한 거지. 대단히 폭력적인 과정이지만 실제로 오늘날의 자동차 문화는 대부분 그렇게 만들어진 거야. 애초부터 자동차를 사려는 사람들은 없었어. 사게끔 만든 사람들만 있었을 뿐. 데미안, 너한테 꼭 필요한 게 없어서 불행함을 느끼는 게 아니야. 네가 남들과 비교하기 때문에 불행해지는 거지."

그 말에 나는 선뜻 답하지 못했다. 그녀는 천천히 와인을 음미하고 있었다. 나는 그녀에게 조심스럽게 물었다.

"그럼. 꼭 필요한 것들이 저에게 없다면요? 수입이 없어 최소한의 의식주도 해결할 수 없다면요? 그건 불행한 걸 넘어서 생사에 지장이 있게 되잖아요."

그녀는 조용하게 몇 번 웃더니 와인을 한 모금 마셨다. 그리고는 혼자 중얼거렸다.

"그렇군. 그래. 그러다 생사에 지장이 생길 수도 있지."

눈을 살짝 찡그리며 그녀가 말을 이었다.

"데미안. 죽는 게 두렵니?"

"솔직히 두려워요."

"막연하게 죽음이 두려운 거니? 아니면 예상치 못한 죽음이 두려운 거니?"

나는 잠시 생각한 뒤 입을 열었다.

"아무래도 후자겠네요. 예상치 못한 죽음이요."

"그럼 만약 네가 너의 죽음에 관해 어느 정도 능동적인 태도를 취한다면 어떨까?"

"음. 능동적인 태도라는 게 정확히 어떤 거죠?"

"너에게 닥쳐올 죽음에 대해 미리 생각해보고 준비해두는 거지. 그럼 그 죽음을 받아들이기가 좀 더 쉬워지지 않을까?"

"아, 뭐 그럴 것 같긴 하지만 그럼 결국 바라가 지금 하는 말은 제가 만약 돈이 없어 굶어 죽기 직전이라면 일을 하기보다는 능동적인 자세로 죽음을 좀 더 쉽게 받아들이라는 소리잖아요?"

"데미안, 너는 굶어 죽기 직전이라면 분명 일을 하겠군."

"당연하죠. 그래서 취업도 하려는 건데요."

"굶어 죽지 않기 위해서?"

"네. 일단은 그렇죠."

"굶어 죽는 게 두려우니까?"

"네. 누구나 그렇죠."

"바로 그거야!"

그녀는 그 말과 함께 와인을 마저 비우더니 말을 이었다.

"그게 바로 산업화 이후 이 사회를 작동시켜온 메커니즘이지. 두려움. 이 사회가 기계라면 그것을 작동시키는 연료는 바로 사람들의 불안함과 두려움이야. 데미안 너는 하고 싶어서 일하는 게 아니야. 굶어 죽을까 봐 두려워서 일하는 거지."

"그럼 결국, 그 메커니즘에 맞서 죽음을 택하라는 소리인가요?"

"생각하라는 거야. 과연 그 메커니즘을 누가 의도하여 설계해놓은 것인지, 그것으로 이익을 보는 사람들은 누구이며 또 고장 날 때 손해를 보는 사람들이 누구인지를 말이야. 지금 이 세상은 지나칠 정도로 살아가는 것에만 초점이 맞춰져 있어. 매일 쏟아져 나오는 광고와 상품들에 시선을 빼앗기다 보면 죽음은 먼 얘기 같거든. 그러면 막연한 게 돼. 그럴수록 더 죽음이 두려워지고. 결국, 어떻게든 살아가는 것만이 정답이 되지. 그러나 죽는 것도 분명 하나의 권리이며 방법이야. 물론 모두들 그걸 잊고 살아가다 이제는 잃고 살아가지만 말이야."

"결국은 죽으라는 소리군요?"

"팁을 알려주는 거지."

"죽는 게 팁인가요?"

"그럴 수도 있지. 네가 능동적으로 죽음을 선택한다면 최소한."

그녀는 이제 와인을 병째로 마시고 있었다. 그녀가 말을 이었다.

"노예는 벗어날 수가 있거든. 바로 이거지."

그렇게 말하며 그녀는 옆에 있던 손전등 뚜껑을 열어 작은 건전지를 꺼내 들고는 말했다.

"사람들 대부분은 이렇게 살아가고 있는 거야. 바로 이 배터리처럼 말이야. 사회 고위층과 기득권을 위한 이 사회가 돌아가려면 건전지가 필요하거든. 결국엔 힘없고 돈 없는 대다수의 사람이 그들을 위한 배터리로 살아가지. 자신들이 착취당하는 것도 인식하지 못하는 채로."

"그럼 결국, 노예를 벗어난다는 건 더 이상 착취당하지 않는다는 뜻인가요?"

"그래. 결국, 네 선택지에 죽음이 없다면 너는 항상 착취당할 거야. 네가 사라져도 너를 대신할 충분한 노동력이 늘 존재하는 한 착취는 계속될 거거든. 하지만 네 선택지에 죽음이 있다면 너는 최소한 착취를 당할지 말지 너 스스로 결정할 수가 있어. 나중에 그건 너의 가장 큰 무기가 될 테고."

바라는 그 말과 함께 손전등 뚜껑을 다시 닫고 있었다. 나는 그녀에게 물었다.

"하지만 죽는 것 말고도 방법은 얼마든지 있어요. 열심히 일하다 보면 노예를 벗어나서 크게 성공할 수도 있잖아요?"

"오호."

그녀는 미간을 찌푸리며 말을 이었다.

"아직도 그런 순진한 생각을 하고 있었다니. 의외인 걸?"

"실제로 그런 사례는 꽤 있어요. 예를 들면 빌 게이츠처럼요."

그녀는 내 말에 후후. 하고 웃더니 나에게 말했다.

"그건 당연한 거야. 메커니즘을 만든 녀석들도 대중들에게 그런 신화 몇 개쯤은 보여줘야 하지 않겠어? 데미안. 그래서 희망은 무서운 거야. 희망이 있는 한 다들 목숨 걸고 쳇바퀴 안으로 들어가려고 할 테니까 말이야."

바라는 들고 있던 와인 병을 빙빙 돌리며 다시 말을 이었다.

"잘 들어. 데미안. 이미 판은 다 짜여있어. 가끔 신분제 폐지나 금융위기처럼 사회의 기본 틀 자체가 근본적으로 무너져 내리는 사건들이 발생할 때, 누구도 의도치 않았던 평등한 환경이 잠시나마 주어지지. 그 제한적인 시기에 간혹 빌 게이츠 같은 사람들이 나오기도 하지만 기본적으로 수직적 계층이동은 불가능해. 그 틀은 복구되면 될수록 더욱 공고해지거든. 결국, 네가 성공하고 싶다면. 다시 태어나야만 해. 금수저를 물고서 말이야."

나는 그녀의 자신만만한 표정을 보고는 물었다.

"바라는 마르크스주의자였군요?"

"사상은 중요한 게 아니야. 진실은 불편해도 진실이지."

그녀는 다 비운 와인 병을 한쪽으로 치우면서 말했다.

"말했지만 플라이어즈의 대부분이 한 번쯤은 그 능동적인 죽음을 택했던 사람들이야. 그러나 그들은 운 좋게 살아남았고 현재는 새로 얻은 인생을 사는 셈이지. 공짜로 얻은 거니 언제 잃는다 해도 아쉬울 것도 손해 볼 것도 없어."

그녀는 경청하고 있는 나를 보며 웃더니 말을 이었다.

"'하면 된다.'가 아니라 '되면 한다.'라는 말을 입에 달고 사는 사람들. '내일은 더 낫겠지.' 라는 막연한 기대로 소중한 오늘을 허비하지 않는 사람들. 내일은 결국, 또 다른 오늘이라는 사실을 온몸으로 깨달은 사람들. 그게 바로 플라이어즈야."

바라는 잔에 묻어있는 와인 방울을 혀로 핥으며 말을 이었다.

"그래서 우리는 특별한 사람들이 아닌 거야. 누구보다도 부족한 사람들일 뿐이지."

모닥불은 거의 다 타들어 갔고 빈 병들은 구석에 치워져 있었다. 바라는 이제 반쯤 눈을 감고 있었다. 나는 그녀에게 물었다.

"바라가 새로운 멤버를 필요로 한다고 들었어요. 왜죠?"

"진심으로 유감이지만. 아직 데미안. 널 신뢰할 수가 없어. 지금은 노코멘트 할게."

그녀는 몸을 의자 깊숙이 묻었다. 나는 그녀에게 다시 물었다.

"레이한테 투표에 관해 들었어요, 만장일치제라더군요. 저에 관한 투표 결과는 어땠나요?"

그녀는 내 말에 한숨을 쉬더니 자세를 고쳐 의자에 똑바로 앉았다. 그녀는 천천히 입을 열었다.

"플라이어즈의 전, 현직 멤버를 관통하는 규칙이 있어. 그건 바로 비밀 유지야. 이건 데미안 너에게도 마찬가지로 적용되지. 네 목에 칼이 들어와도 아니 그 칼이 네 목 깊숙이 박힌다 해도 우리에 대해 절대 발설해서는 안 돼. 나와 약속할 수 있겠니?"

"네. 최대한 노력할게요."

"아니. 노력 갖고는 안 돼. 무조건 지켜야만 돼."

그 말에 나는 눈을 감고 고개를 숙였다. 정원은 고요했다. 가끔 꺼진 모닥불에서 틱틱 거리는 소리만이 그 정적을 깨트릴 뿐이었다. 잠시 후 나는 그녀에게 물었다.

"만약 이 자리에서 바라와 약속을 못 하겠다고 하면요?"

"왜지?"

"그 약속을 지킬 자신이 없어서요."

내 말에 바라는 지그시 눈을 감고 말했다.

"그러면 데미안 너는 이 자리에서 죽게 되겠지."

그녀는 눈을 떠 나를 바라보았다. 아까와는 다른 기운이 그녀에게서 풍겨져 나왔다. 나는 그녀에게 물었다.

"그렇다면 제가 만약 바라와 약속을 했는데 피치 못할 사정으로 그것을 지키지 못했다면요?"

"그러면 다른 자리에서 죽게 되겠지."

나는 그 말에 잠시 눈을 깜빡이다 그녀에게 말했다.

"바라. 약속을 안 하면 설마 날 죽일 생각인가요?"

"맞아. 내 말이 농담처럼 들리나?"

그 말에 나는 그녀의 표정을 살폈다. 미소를 띠고 있었지만 어이없게도 그녀의 말은 진심인 것처럼 보였다. 나는 처음으로 누군가의 살기를 온몸으로 느낄 수 있었다.

"아니요. 바라의 진심이 느껴지네요. 그럼 이래나 저래나 저는 죽게 되겠군요? 비밀을 지키다 적에게 죽든 비밀을 지키지 못해서 바라에게 죽든."

"그런 셈이지."

나는 크게 심호흡을 한 뒤 그녀에게 대답했다.

"그럼 저는 약속하지 않겠습니다."

"왜? 지킬 자신이 없어서?"

"아니요. 그냥 약속하기 싫어서요."

내 말에 바라는 고개를 갸웃거리고 있었다. 나는 그녀를 바라보다 잠시 생각을 정리했다. 그리고 깊은 한숨을 내쉰 뒤 그녀에게 말했다.

"저는 어릴 적부터 호불호가 강한 성격이었어요. 학교에서 시험을 보면 좋아하는 과목은 만점을 받는 반면에 싫어하는 과목은 0점이 나오곤 했죠. 한 과목을 만점 받는다 해도 결국, 평균은 50이 되는 거니까 손해였지만 특별히 개의치는 않았어요."

그녀는 내 말에 의아해하는 표정이었다. 나는 계속 말을 이었다.

"나이를 먹을수록 그 호불호는 점점 더 심해지더군요. 덕분에 잘 다니던 회사를 그만두었죠. 남들은 저보고 미쳤다고 했어요. 왜 굴러들어온 복을 발로 차냐고요. 그런데 돈을 아무리 많이 줘도 도저히 마음에 안 들어서 못해 먹겠더군요. 뭐 앞뒤 볼 것 없이 때려치우고 제가 좋아하는 나라로 유학을 떠났죠."

나는 한숨을 내쉰 뒤 다시 입을 열었다.

"내 방식이 옳고 그르다는 걸 얘기하려 게 아니에요. 단지 내 방식은 분명 손해를 본다는 거예요. 그리고 그 손해가 정말 우습게도, 저처럼 나이를 먹고, 해가 지날수록 자라더군요. 분명 어릴 때 손해 보는 건 겨우 시험점수 한두 개쯤이었던 것 같은데 이 나이 먹고 손해를 보는 건 제 인생 전체더라고요."

나는 그녀의 표정을 살폈다. 분위기상 얘기를 계속해도 될 것 같아 말을 이었다.

"분명 오늘도 저는 제 선택 때문에 손해를 볼지도 모르죠. 하지만 그렇다고 해도 저라는 사람은 역시. 싫은 건 절대 못 하겠네요. 이유는 그게 전부에요."

내 말에 그녀는 몇 번 코웃음을 치더니 덤덤하게 말했다.

"그럼 결국, 여기서 죽겠다는 거군?"

"음. 얘기가 그렇게 되나요? 그래도 어쩔 수는 없어요. 저도 꽤 고집이 있는 편이거든요. 이왕이면 최소한 노예는 벗어나겠다는 의지로 생각해 주셨으면 해요."

나는 그렇게 말하고는 바라를 쳐다보았다. 그녀는 무표정한 얼굴로 나를 보고 있었다. 나는 그녀의 눈빛에 압도당하고 있었지만 혹시 모를 상황에 대비해 만반의 준비를 하고 있었다. 이내 그녀는 억지로 웃음을 참기 시작했다. 내가 그 모습에 어리둥절해할 때 그녀가 크게 웃더니 나에게 말했다.

"내가 한 방 먹었군. 뮤 이후로는 꽤 오랜만이야."

그녀는 나에게 얼굴을 가까이하며 물었다.

"손해가 나이를 먹고 자란다라. 좋은 말이야. 어디서 들은 거지?"

"네? 제가 그냥 생각 없이 한 말인데요."

"그래? 그럼 내가 나중에 다른 데서 써먹어도 되지?"

그녀는 그렇게 말하고는 뒷주머니에서 작은 수첩을 꺼내더니 그 말을 적고 있었다. 이내 그녀가 수첩을 접으며 나에게 물었다.

"그건 그렇고 데미안. 그럼 대체 어떻게 해야 나와 약속할 거지?"

"약속을 해야죠. 지금까지 바라가 했던 건 공갈 협박이잖아요."

내 말에 그녀는 몇 번 웃더니 부드럽게 내 손을 잡으며 말했다.

"좋아. 데미안. 당연히 이해하겠지만, 만약 비밀이 노출된다면 플라이어즈는 커다란 위험에 노출될지도 몰라. 나는 나의 동료들을 보호하고 싶어. 그러니 우리에 대한 비밀을 지켜줘. 어떤 위협이 온다 해도 말이야. 약속해줄 수 있겠니?"

그녀의 부드러운 말투에 나는 나도 모르게 그녀에게 답했다.

"네. 약속을 지키기 위해 항상 최선을 다하겠습니다."

테이블 옆에 피워두었던 작은 모닥불은 그 생명을 다한 지 오래였다. 나는 고개를 들어 한 여름밤의 풍경을 바라보았다. 손만 뻗으면 닿을 것 같은 짙은 남색 하늘에는 창백한 달이 정원과 가깝게 떠 있었고 어느새 정원에 가득한 초록 풀잎 사이사이에 그 하얀 달빛이 내려앉아 있었다. 나는 다시 고개를 돌려 바라에게 물었다.

"바라. 그러면 저도 이제부터 플라이어즈의 정식 멤버가 된 건가요?"

나의 물음에 그녀는 활짝 미소 지으며 답했다.

"내가 말 안 했었나?"

"네. 따로 말씀은 없으셨어요."

그 말과 함께 나는 괜찮다는 듯 살짝 눈을 감았다 떴다. 그녀는 그런 날 보며 한 손으로 머리를 넘기고 있었다. 잠시 후 부드러운 미소를 지으며 그녀가 나를 불렀다.

"데미안."

"네. 바라."

그녀는 나에게로 몸을 가까이하고 말했다.

"투표는 부결됐어. 우리에 대해서는 잊어줘. 그리고 아까 약속한 대로 비밀 유지! 꼭 부탁할게. 알았지?"

제3장

크리스마스에
만난 친구

크리스마스 이브. 사람들로 가득 차 있는 거리마다 커다란 초록색 트리들이 즐비하게 놓여있었고 똑같은 캐럴들이 쉴 새 없이 나오고 있었다. 그리고 이런 날이면 빠질 수 없는 수많은 커플들은 자정이 다 된 시간이었지만 여전히 거리를 활보하고 있었다. 나는 저 커플들이 모두 들어가기에는 주변의 숙박업소가 부족하지 않을까라는 걱정을 하며 거리를 걷고 있었다.

지금 막 친구들을 만나고 헤어져 집으로 돌아가는 길이었다. 한국에 들어온 지는 6개월이 되어가지만 정작 나의 귀국을 주변 지인들에게 알린 건 불과 몇 주 전이었다. 그렇기 때문에 요즘 오랜만에 얼굴이나 보자는 연락이 쇄도하고 있었다. 물론, 현재 내 처지가 외국생활에 실패하고 돌아와 다시 취업을 준비하는 한낱 취업준비생이었기에 체면도 제대로 서지도 않았고 주머니는 텅 비어 월세 내기도 빠듯해 웬만하면 그 제안들을 거절하고 있었다. 그러나 거절도 한두 번이라 가끔 한 번씩은 이렇게 지인들을 만나기도 했던 것이다.

모임은 내가 귀국했다는 그럴싸한 명분이었지만 결국은 얼마 전 3년 만에 취직에 성공한 친구의 축하파티였다. 그러다 갑자기 친구 한 명이 근처에 여자 친구가 있다며 부르자 약속이나 한 듯 나머지도 자신의 여자 친구들을 부르기 시작했다. 곧 나를 제외한 6명의 친구들이 모두 짝을 이루고 있었다. 자신의 여자 친구를 자랑하며 결혼에 관한 이야기를 하는 친구. 직장에서의 고된 업무, 직장 상사와의 마찰로 하소연하는 친구. 이직을 준비하는 친구와 이미 이직에 성공한 친구의 대화. 뜬

금없이 얼마 전 풀 옵션으로 차를 한 대 뽑았다고 자랑하는 친구. 그러나 나는 그런 그들의 대화 속으로 도저히 비집고 들어갈 틈이 없었다. 그래서 친구들이 2차로 자리를 옮길 때 나는 몸이 안 좋다는 진부한 핑계를 대고 먼저 그들과 작별 인사했다.

나는 빠른 걸음으로 지하철 역 계단을 내려갔다. 아직도 그 굴 같은 곳에서 많은 사람들이 빠져나오고 있었다. 내가 사람에 치여 힘겹게 개찰구에 도착했을 때 그 앞에서 역무원이 소리쳤다.

"금일의 운행이 모두 종료 되었습니다! 들어오지 마세요! 이제 차 없습니다!"

그 소리에 나는 쏜살같이 지하철 역을 빠져나갔다. 지하철이 끊겨 버린 상황에 버스라도 잡아야 했기 때문이다. 나는 버스들이 정차하는 중앙 차로를 향해 달려갔다. 오늘 같은 날에는 택시들도 물 만난 고기처럼 승차 거부를 해 댈 테니 버스를 놓친다면 무조건 집까지 걸어가야 하는 신세였다. 중앙 차로에는 우리 집 방향의 버스가 이미 승객들을 태우고 있었다. 나는 신호에 걸려 발을 동동 구르다가 목숨을 걸고 무단 횡단을 하여 아슬아슬하게 그 버스에 올라탔다.

버스는 이미 만원이었다. 막차라 사람들이 한꺼번에 몰린 듯했다. 나는 뒷문 근처까지 들어가 사람과 사람 사이에 그대로 끼어 있었다. 도로에는 차가 거의 없었기 때문에 버스는 막힘없이 달렸고 곧 다리 입구에 진입했다.

귀국했을 때 부모님께서는 내게 별말씀을 하지 않으셨다. 아마 나에게 어떤 부담을 주지 않기 위해 말을 아끼는 것 같았다. 부모님께서는 방이 비었으니 취직 전까지 함께 지내자는 제안을 하셨다. 얼마 전까지 부모님 댁에서 지내던 동생이 갑작스레 해외로 나갔기 때문이었다. 물론 그렇게 되면 돈 걱정 없이 구직활동에 전념할 수 있겠지만 한때 취업준비생으로 부모님과 생활해봤던 나로서는 그것이 서로에게 얼마나 못 할 짓인가를 온몸으로 깨달았기 때문에 그런 부모님의 제안을 정중히 거절했다. 부모님은 나의 뜻을 존중해 주셨고 여전히 나에게 말을 아끼는 것 같았다. 그래서였을까? 부모님께서는 이번 크리스마스를 맞아 아들인 나에게 여전히 말을 아끼고는 두 분이서만 몰래 동남아로 여행을 떠나셨다.

나는 레이를 떠올렸다. 한 두어 달 전쯤 메일을 주고받았는데 그녀는 현재 일 때문에 이집트에 있다고 했다. 나는 그녀에게 바라와의 일을 전했지만 딱히 어떤 반응을 보이지는 않았다.

내가 물에 빠졌던 날 밤. 레이는 내가 모임에 들어오는 걸 강력하게 반대해온 사람의 정체에 대해 귀띔해 주었다.

'반대하는 사람? 대체 그게 누군데?'
내 물음에 그녀는 입을 열었다.
'이안.'
'이안? 이면 그 노인네. 아니 나이가 많아 보이던 사람?'
'응. 노인네.'

'대체 그 사람이 왜? 이유가 뭔데?'

그 말에 그녀는 잠시 생각하더니 나에게 말했다.

'네가 테러를 일으킬까 봐?'

'레이. 지금 농담할 기분 아니야.'

그녀는 그 말에 어깨를 으쓱하더니 다시 말했다.

'이안은 보수적이야. 멤버 중 유일하게.'

'뭐? 이유가 그게 다야?'

내 말에 대답 대신 그녀는 손가락으로 날 가리키며 말했다.

'이안하고 친해져 봐.'

하지만 이안과 친해지기는커녕 말 한마디 나눠볼 시간조차도 없었다. 멤버들은 평소에는 무얼 하는지 모습을 잘 드러내지 않았고 공식적인 회의가 끝난 후에 각자 여행을 떠났기 때문이었다. 결국, 투표는 이안의 반대로 부결된 것 같았다.

나는 레이가 보낸 메일의 추신을 떠올리며 쓴웃음을 지었다.

[P·S - 어시스턴트직 제안은 아직 유효함.]

−끼이익

갑자기 버스가 급정거했고 승객 중 몇몇은 중심을 잃고 쓰러지며 비명을 질렀다. 나는 가까스로 중심을 잡은 채 귀에 꽂은 이어폰을 빼고 상황을 살폈다. 버스 기사가 어떤 차를 향해 쌍욕을 하고 있었다. 아마 그 차가 방향지시등도 켜지 않은 채 급하게 차선을 변경하여 버스 앞으로 끼어든 것 같았다. 승객들도 그 차를 향해 한마디씩 거들었지만 그 차는 신경도 쓰지 않는 듯 곧 유유히 사라졌다. 버스 기사는 아직도 분이 덜 풀렸는지 툴툴거리며 다시 버스의 시동을 켜기 시작했다.

―쿠르릉 쿠르릉

버스 기사가 당황한 듯 혼잣말로 중얼거렸다.

"뭐, 뭐야? 이거 왜 시동이 안 걸려?"

―쿠르릉 쿠르릉

버스 기사는 식빵과 계산기 그리고 시베리안 허스키를 찾으며 계속 시동을 걸기 위해 애썼지만 버스는 요지부동이었다. 결국, 10분 가까이 버스와 씨름하던 그 기사는 뒤를 돌아 승객들에게 외쳤다.

"에잇. 다 내리세요! 다른 버스 타세요! 버스 고장 났어요!"

결국, 버스 안에 있던 수많은 승객들은 다리 한가운데에 서서 다 함께 오들오들 떠는 처지가 되었다. 기사는 아까 그 식빵 같은 차를 잡아야 한다며 길길이 날뛰었지만 추위 때문에 누구 하나 그를 신경 쓰는 사람은 없었다.

꽤 오랜 시간이 흘렀지만 버스 기사가 요청했다던 예비 버스는 올 기미를 보이지 않았다. 신경이 예민해진 사람들은 툴툴거리기 시작했고 몇몇은 결국, 기다림을 이기지 못하고 걸어서 다리를 건너기 시작했다. 나도 잠시 고민하다가 결국, 버스 기다리는 것을 포기하고 걷기 시작했다. 작은 옷 틈새로 칼바람이 밀려들어 왔다. 나는 후드에 달린 모자를 눌러 쓰고 팔짱을 낀 채 걷기 시작했다. 그러다 문득 느껴지는 싸한 느낌에 뒤를 돌아보았다. 아니나 다를까 고장 난 버스는 온데간데없고 그 앞에서 기다리던 수많은 승객들마저 모두 사라진 뒤였다. 바로 그때 예비버스가 내 옆을 휑하니 지나갔다. 나는 한동안 멍하니 그 광경을 바라보며 서 있었다. 하지만 그것도 잠시 이내 추위 때문에 다시 걷기 시작했다. 시계를 보니 거의 자정이었다. 나는 마음을 바꿔 다리 난간으로 다가갔다. 그리고 그곳에 기대어 새까만 한강을 감상했다.

이럴 때는 라일이랑 사케 한 잔 했는데. 보고 싶군.

나는 귀국한 뒤 가정 먼저 그를 찾았지만 라일은 이미 두바이로 떠난 뒤였다. 물론 그에게 연락해볼까도 했었지만 괜한 하소연으로 그를 걱정시킬까 봐 몇 번이나 그만두고는 했다.

강 위를 날면 집은 5분 거리였다. 물론, 그러면 다음 날에 분명 얼굴에 1도 동상을 입겠지만 개의치 않았다. 다리 위에는 사람도 차도 없었기 때문에 나는 망설임 없이 양손으로 난간을 잡은 채 훌쩍 뛰어올라 한쪽 다리를 올렸다. 나머지 다리마저 난간으로 올리려는 그때, 갑자기 누군가가 내 다리를 힘껏 잡는 것이 느껴졌다.

"아! 아, 아, 안됩니다! 안돼요! 희, 희망을 가지세요! 삶이 아무리 힘들어도! 우리가 이러면 안 돼요! 안됩니다!"

돌아보니 나와 비슷한 체격을 가진 정장의 중년 남성이 나를 붙잡고 있었다. 술 냄새가 조금 나는 것으로 보아 아마 회사에서 회식이라도 하고 온 모양이었다. 외관상으로는 40대 후반 정도로 보였으나 머리숱이 부족한 탓인지 제 나이보다 더 들어 보이는 얼굴이었다. 그는 울먹이는 표정으로 나를 필사적으로 붙잡고 있었다. 들고 있던 서류가방까지 내팽개친 걸 보면 그는 아마 내가 투신자살을 시도하는 것으로 단단히 오해한 듯싶었다. 그는 이제 나에게 애원하고 있었다.

"저, 저, 저. 이, 일단 내려와요! 네?! 내려와서 얘, 얘기합시다! 내가, 내가 같이 있겠습니다! 정말이에요! 저, 젊은 친구! 이, 이, 일단 지, 지, 진정해. 진, 정하고 내려와서 나랑 얘기 좀 합시다."

오히려 제가 부탁드립니다. 아저씨부터 좀 진정해 주세요.

나는 고민하기 시작했다. 지금 이대로 순순히 내려가자니 자살 시도로 신고라도 당할 것 같고 그냥 날아서 도망가자니 이 사람이 아무리 취했다고 해도 내 정체가 들킬 것 같아서였다. 여전히 그 중년의 남성은 나를 아주 간절한 눈빛으로 바라보고 있었다. 그는 입으로 억지 미소를 지으면서도 나를 붙잡는 힘을 절대 풀지는 않았다. 나는 그에게 말했다.

"저, 아저씨."

"어! 어! 어! 그래. 학생! 내, 내려올 거지?!"

"만약에 제가 이대로 내려가도 경찰에 신고 안 하실 거죠?"

"겨, 경찰?! 이봐 학생. 나는 국가기관에서 일하는 사람은 절대 안 믿는다네! 그러니까 신고 안 해. 안 하고 말고! 그러니 걱정하지 말고 어서 내려와! 부탁이네. 학생."

나는 다리의 도보로 내려갔다. 그제야 그는 나를 붙잡았던 손을 놓고 그대로 땅에 주저앉아버렸다. 잠시 후 그는 서류가방을 든 채 일어섰고 나는 가볍게 그에게 작별인사를 하며 가던 길을 걸어가려했다. 그러나 그는 황급히 나를 불러 세웠다.

"저, 저기 학생! 지, 지금 어디로 가는 건가?"

"네? 저야, 집에 가죠."

"집이 어딘데?"

나는 집 방향을 손가락으로 가리키며 말했다.

"저기요."

내가 손으로 가리킨 방향을 보던 그 아저씨는 미심쩍은 듯이 내 얼굴을 훑어보며 말했다.

"에이~ 아닌 것 같은데? 지금 집 가는 거 아니지?"

"저, 지금 정말로 집에 가는데요?"

"이 추운 날 걸어간다고? 그것도 이 다리를 건너서?"

"아, 네. 버스가 끊겨서요."

"그래? 아 그럼 잘됐네! 나도 사실은 저기로 가야하는 참이었거든! 그러면 이렇게 하지. 여기서 택시를 잡아서 같이 타고 가세나. 돈 걱정은 말게. 내가 낼 테니까."

잠시 후 그와 나는 택시를 타고 함께 이동하게 되었다. 내 생각에는 아무래도 이 아저씨가 딱히 우리 집 근처에 갈 일이 있다기보다는 내가 또 자살 시도를 할까 봐 걱정이 돼서 따라오는 것 같았다. 길거리에서 누구 하나 죽어나도 도와주기는커녕 스마트폰으로 촬영이나 하는 이 시대에 매우 보기 드문 사람임에는 틀림없었다. 곧 택시는 내가 사는 월세 집 앞으로 도착했다. 택시에서 내리자마자 그가 물었다.

"아. 여기가 학생 집 맞아?"

"아, 네."

"아. 근데 학생은 혼자 사나?"

"아. 뭐. 그렇죠."

"그럼, 부모님은 안 계시고?"

"부모님은…"

저 몰래 두 분이서만 동남아 여행을 가셔서 지금쯤 휴양을 즐기고 계실 거랍니다.

나는 그렇게 설명하기가 귀찮아 짧게 말했다.

"멀리 계십니다."

"멀리? 아, 아. 그랬구먼. 저, 미안하네. 내가 괜한 얘기를 했군."

그 아저씨는 정말로 나에게 미안해하는 눈치였다. 나는 본의 아니게 부모님을 고인으로 만들게 되었지만 변명하기 귀찮아 내버려 두기로 했다. 그는 나를 보며 말했다.

"고생이 많았겠어."

"아, 네. 뭐. 다 하는 거죠."

그 아저씨는 나를 측은한 눈빛으로 쳐다보며 말했다.

"저 학생. 성인 맞지?"

"네? 아 네."

내 말에 그는 조심스럽게 물었다.

"그러면 학생. 혹시 이것도 인연인데 자네 나랑 술 한잔하지 않겠나?"

"네? 술이요?"

"아니, 지금 내가 시계를 보니까 자정도 넘어서 이제 크리스마스더군. 크리스마스를 이렇게 보낼 수는 없지 않나. 게다가 저기, 저기에 술집도 있고. 내가 한잔 사고 싶어서 그래! 어떤가?"

시계를 보니 자정이 넘어있었다. 나는 고개를 들어 그를 쳐다보았다. 평소라면 거절했겠지만 나도 왠지 오늘은 술 한 잔이 간절했기에 그의 제안을 수락했고 우리는 함께 술집으로 향했다. 일본식 선술집이었는데 일본에 머물렀던 기억이 떠올라 아련한 기분이 들었다. 크리스마스인데도 가게는 그다지 붐비지 않았다. 몇몇 중년 부부로 이루어진 손님을 제외하면 한적한 편이었다. 그는 사케와 함께 간단한 안주를 시켰다. 곧 주문한 것들이 나왔고 우리는 서로의 잔을 채워 주었다. 나는 그에게 말했다.

"저, 아저씨."

"에이. 아저씨는 무슨. 그냥 형이라 부르게."

"아. 네. 형님, 혹시 술을 이미 한잔하고 오신 것 아닌가요?"

"응? 어떻게 알았나?"

"사실은 아까 저를 잡아주셨을 때 술 냄새가 났었거든요."

"아. 그랬구면. 맞아, 오늘 회사에서 회식이 있었거든. 저 근데 나는 뭐라고 부르면 되나? 학생은 좀 그렇고 말이야."

"아. 저는 데미안이라고 불러주세요."

"데미안? 자네 혹시 교포인가?"

나는 나도 모르게 데미안이라는 이름을 말해버렸지만 애써 변명하지 않기로 하고 말했다.

"뭐 그렇다고 할 수 있죠."

"역시. 그랬군. 자네 생긴 게 딱 보아하니 외국 스타일이야. 근데 어디 출신인가?"

"저는... 음. 아! 독일이요."

"독일? 그랬구먼. 역시. 데미안 자네는 딱 독일 인상이야."

독일 인상이 뭡니까?

"근데 말씀 편하게 하세요. 저보다 나이도 많으신 것 같은데."

"나는 이게 편해. 그리고 나이가 어리다고 막 대하고 무시하는 거! 이거 내가 아주 싫어하는 거야! 질색이라고! 이제 성인이고 어른인데 존중해줘야 맞는 거 아닌가?"

"맞는 말씀이라고 생각합니다. 사실 예전에 직장생활 했을 때 그런 부분들이 잘 안 맞아서 그만두었거든요."

"아, 직장생활을 해봤어? 그럼 자네는 나이가 몇인가?"

"올해로 30입니다."

"30? 나는 데미안 자네를 한참 어리게 봤지 뭔가. 아이고, 미안하네. 어엿한 성인을 몰라보고 말이야."

그는 호탕하게 웃으며 나에게 술을 한잔 더 따라주었다. 그리고는 나에게 말했다.

"그래, 직장생활을 하다 보면 별일이 다 있지. 더러운 꼴도 많이 보고 말이야. 그래도 자네는 어떻게 사표 낼 용기가 생겼나 보구먼. 어린 친구지만 대단해. 나는 사표 쓸 용기가 없어 지금도 이 모양 이 꼴로 산다네."

"뭐 어쩌다 보니 그렇게 됐네요. 그런데 형님께서는 왜 아까 다리 위에 계셨던 건가요? 걸어서 집에 가시고 계셨던 거예요?"

내 말에 그는 사케를 한 잔 쭉 들이켜더니 탁자에 쾅 하고 내려놓으며 말했다.

"와이프 있는 집에 들어가기 싫기도 하고. 그래. 솔직히 말함세. 사실 나도 오늘 죽으려고 했었지. 자네처럼 말이야."

그는 술을 한잔 더 들이켜더니 나에게 말했다.

"그리고 막 뛰어내리려는데 저 멀리서 데미안 자네가 서 있는 것을 보았다네. 근데 기분이 이상한 거야. 꼭 뛰어내릴 것처럼. 그래서 하던 걸 일단 멈추고 자네에게 천천히 다가갔지. 아니나 다를까. 자네가 뛰어내리려 하드만."

그는 술을 한잔 더 들이켜더니 말을 이었다.

"이보게, 데미안. 나야 이제 다 늙어서 낙도 없는 사람이라지만 자네는 대체 왜 그런 행동을 한 거야?"

집에 가려고요.

"꼭 그래야만 했었나?"

네. 집에는 가야죠.

"대체 뭐가 자네 같은 젊은이를 그렇게 하도록 만든 거냐고."

끊긴 지하철과 고장 난 버스요.

그는 느닷없이 열변을 토하기 시작했다.

"나는 아주 이 나라만 생각하면 화가나! 이 망할 놈의 나라! 이 사회가 자네 같은 건실한 청년들을 이렇게 죽음으로 내몰고 있는 걸세! 생각해보게 오늘 나 아니었으면, 나 아니었으면! 자네는 어쩔 뻔했나?"

그냥 집에 갔겠죠. 날아서요.

그는 한숨을 푹푹 쉬며 다시 연거푸 술잔을 들이켰다. 나는 문득 시계를 보다 그에게 물었다.

"아, 근데 형님. 오늘처럼 늦게 들어가시면 아내분이 걱정 안 하세요? 게다가 오늘은 크리스마스잖아요."

"걱정하겠지. 물론 걱정을 하든 말든 나랑은 상관없지만 말이야."

나는 그가 부부싸움이라도 한 건가 싶어 섣불리 대답할 수 없었다. 그런 내 표정을 본 그가 내게 조용히 말했다.

"데미안. 나는 불행한 결혼 생활을 하고 있다네. 억지로 그 여자와 한 집에 살고 있는 셈이지."

그렇게 말한 뒤 그는 한동안 술을 마셨는데 상당히 취해 보였다. 나는 그런 그를 그저 바라보고 있었다. 그가 다시 입을 열었다.

"연애할 때만 해도 나와 내 아내는 서로를 무척 사랑했지. 그래서 결혼하기로 했고. 그러나 우리 집은 가난했던 반면에 아내의 집은 엄청난 재력가 집안이었어. 그렇다고 반대가 있었던 건 아니야. 나도 꽤 젊은 나이에 자리를 잡은 편이었으니 그쪽에서도 흔쾌히 허락했지. 그러나 정작 결혼식을 준비하는 과정에서 문제가 생겼다네."

"결혼식이요?"

"그래. 아내의 집에서 터무니없는 걸 요구하기 시작한 거야. 자기 딸이 지금 의대를 다니고 있는데 곧 졸업이니 병원을 하나 개업해 달라더군. 그것도 우리 집에서 말이야."

"아, 그럼 아내분이 의사이신가 봐요?"

"그렇다네. 수의사지."

"아, 아내분이 대단한 분이셨군요?"

"대단하긴 개뿔! 아버지가 의사니까 자식도 의사 시키려다 마음처럼 안 되니 돈 하고 빽 써서 결국은 수의사라도 시키더구먼! 그렇게 하면 나도 하겠다! 이런, 젠장맞을!"

그는 거칠게 술을 들이켜더니 잠시 후 차분히 말을 이었다.

"그 당시 나는 신입사원인데 무슨 돈이 있었겠나? 우리 집도 그럴 능력이 안 되었고. 하지만 그 집에서는 막무가내였어. 자신들이 요구하는 걸 들어주지 않는다면 우리를 결혼시키지 않겠다고 으름장을 놓았지."

"그래서요?"

"결국, 울며 겨자 먹기로 내가 빚을 내서 작은 병원을 하나 차려주었지. 하지만 그것마저도 성에 안 찼던지 그 집은 늘 눈치를 주더군. 결국, 그때부터 그 빚을 갚느라 아무리 더러운 꼴을 당해도 회사를 때려치우지 못한다네."

그는 다시 연거푸 술을 들이켜다가 말을 이었다.

"할 수만 있다면 결혼을 물리고 싶다네. 더 이상 아내를 사랑하지 않거든. 그 사람이야 내가 이런 걸 알 리가 없겠지만."

그는 씁쓸한 표정으로 술을 더 들이켰다. 그리고는 후회스러운 표정으로 말을 이었다.

"데미안. 내 생각에는 말이야. 자기 부모와 맞서지도 못하는 그런 애송이들은 결코, 결혼할 자격이 없는 거네."

"그런가요? 저는 결혼을 안 해봐서 잘 모르겠지만 자신의 부모와 맞서는 게 예의에 어긋난다고 생각해서 그런 것 아닐까요?"

"흠. 맞아. 그렇겠지. 하지만 이 세상에 자기 부모를 싫어하고 효도하지 않으려는 자식이 어디 있겠나. 원수를 졌어도 그렇게는 안 할 걸세. 맞서라는 건 자신의 역할을 충실히 하라는 거네. 역할의 문제라는 거야. 배우자로서 해야 할 역할 말이야."

"음. 저한테는 상당히 어려운 얘기네요."

"그렇지. 결혼은 어려운 거라네. 그래서 신중해야 해. 그저 식만 올리면 자동으로 부부가 되는 거라고 생각하겠지만 실은 그렇지가 않아. 평생을 두고 공부해야 하는 거라네."

그는 술을 자신의 잔에 채우며 말했다.

"왜 어려운가 하니 역할이 하나가 아니거든. 배우자의 역할에는 최소한 자식으로 해야 할 역할도 중첩되어 있다네. 그리고 이 역할들을 동시에 잘해내려고 할수록 상황은 더욱 악화된다네."

"그러면 그럴 때는 어떻게 해야 하나요?"

"역할의 우선순위를 정해야지. 그 두 역할이 충돌할 경우를 대비해서 말일세."

"그럼 형님께서는 자식으로서의 역할보다는 남편으로서의 역할을 더 우선적으로 생각하시는 건가요?"

"한때는 그랬었지. 그리고 그건 내 부모에게 효도하지 않겠다는 의미가 아니라네. 내 부부관계를 우선시하며 동시에 부모님의 부부관계 또한 존중하겠다는 거지. 그리고 생각해보게. 내가 만약 좋은 남편이 되어 내 아내와 행복하게 사는 모습을 부모님께 보여드린다면 그것이야말로 진정한 효도가 아니겠는가?"

"듣고 보니 그러네요. 아무래도 자식의 가정에 불화가 있기를 바라는 부모는 없을 테니까요."

"그렇다네. 내가 맞서라고 했던 말은 부모에게 버릇없이 대들라는 뜻이 아니네. 결혼한 이상 각 가정은 분리되어야만 하고 그때부터는 내 가정을 위해 부당함에는 당당히 맞서야 한다는 것이지. 설령 그게 내 부모라 할지라도 말이야."

그는 깊은 한숨을 내쉬었다. 나는 그에게 물었다.

"그렇다면 그 당시에 형님께서도 맞섰던 건가요?"

"내가? 설마 아내의 부모와 말인가?"

"아, 네. 그쪽에서 부당한 걸 요구하셨다면서요."

그는 허탈하게 몇 번을 웃더니 나에게 말했다.

"데미안 자네는 아직 결혼을 안 해서 잘 모르겠지만. 내가 내 부모와는 맞설 수 있어도 상대방의 부모와는 맞설 수 없는 거라네. 그래서 그럴 때는 내 배우자가 대신 맞서줘야 하는 거지. 그 당시에 내 아내가 그랬어야만 했어. 평생을 함께할 나를 위해서 말이야. 그러나 그 사람은 결혼생활 내내 사사건건 자기 집 편만 들더군. 결국, 내 편은 어디에도 없는 셈이라네."

그는 사케 하나를 더 시켜 연거푸 따라 마셨다. 그가 말했다.

"데미안. 자네는 꼭 그런 사람과 결혼하게. 나를 위해서 자신의 부모와도 대신 맞서줄 수 있는. 그런 여자 말일세."

"좋은 말이네요. 뭐 아직은 먼 얘기 같지만요."

그는 술을 계속 들이켰다. 하지만 안주는 그대로여서 나는 안주를 먹기 시작했다. 그런 그가 날 보며 말했다.

"이보게 데미안. 먹고 싶은 거 있으면 더 시켜. 오늘은 내가 사는 거니까! 오늘 이렇게 좋은 친구가 생겨 얼마나 기쁜지 모른다네."

"네? 친구요?"

"왜? 이상한가? 꼭 나이가 같아야 친구가 아니라네. 이렇게 마음 터놓고 술 한잔할 수 있으면 그게 친구지."

"아. 뭐 듣고 보니 그러네요."

내 대답에 그는 가까이 얼굴을 들이밀며 조용히 말했다.

"그러면 나를 형님이라고 부르지 말고 이디라고 부르게."

"네? 이디요?"

"그래. 이디! 아. 솔직히 내 이름을 알려주고 싶은데. 사실, 어릴 적부터 나는 내 이름 때문에 콤플렉스가 심해서 말이야. 아무튼, 영어로 E · D라네. 혹시 영어로 G · D라고 있지 않나? 지디?"

"아. 빅뱅 말씀하시는 거예요? 빅뱅의 지드래곤?"

"빅뱅은 또 누군가? 그리고 지드래곤 말고 지디라니까."

형님. 동일인물입니다.

그는 아까와는 달리 즐거운 표정으로 말하기 시작했다.

"내 딸 아이가 좋아하는 연예인이라는데. 그 사람처럼 내 이름의 머리글자를 따서 저런 멋진 이름을 지어 주었다네."

"아 따님이 있으셨어요?"

"그렇다네. 이제 내가 이 세상을 살아가는 유일한 이유지."

우리는 새벽 거리를 걷고 있었다. 그가 숨을 크게 들이마시며 말했다.

"아아. 데미안. 공기 좋구먼. 음~ 이 미세먼지~"

나는 그에게 다가가 감사 인사를 했다.

"아, 저 형님. 아니 이디. 잘 먹었습니다."

"아 별것도 아닌데 뭘. 그나저나 오늘 내가 너무 떠들었지? 괜히 꼰대가 잔소리했다고 생각할까 봐 겁나는구먼."

"아닙니다. 저야말로 좋은 말씀 해주셔서 감사하죠."

"데미안 자네가 그렇게 말해주니 고맙구먼. 어이쿠! 이게 뭐지? 눈이 내리는구먼! 이야. 이거 화이트 크리스마스네?! 하하하."

이디. 더할 나위가 없군요. 이제는 내 앞에 산타가 걸어가도 별로 놀랍지 않을 듯합니다.

우리는 함께 눈을 맞으며 걸어갔다. 이디는 나를 집 앞까지 데려다준 후 자신의 핸드폰을 꺼내 나와 번호를 교환했다. 그리고는 근처에 세워져 있던 택시를 타고 곧 내 시야에서 사라졌다.

시간은 새벽 3시를 넘어가고 있었지만 여전히 많은 눈이 내리고 있었다. 물론, 기상청의 일기예보에 눈 소식이 전혀 없었기 때문에 모든 사람들이 화이트크리스마스를 충분히 예상하고 있었다.

눈은 까만 아스팔트 위에 쌓이고 있었고 가로등 불빛이 그 광경을 적나라하게 비춰주고 있었다. 나는 내리는 눈 사이로 미끄러지듯 집을 향해 달려갔다.

집에 들어가니 한기가 느껴졌다. 가스비를 아끼기 위해 보일러를 아예 끄고 생활하기 때문이었다. 나는 어릴 적 읽은 성냥팔이 소녀의 마음을 십분 이해하며 전기장판을 틀고 곧바로 그 위에 누웠다. 곧 이불까지 덮으니 온몸이 녹아내리는 기분이었다. 씻고 자야 했지만 졸려서 몸을 움직일 수가 없었다. 결국, 누운 자세로 발만 들어 겨우겨우 불을 끈 채 잠이 들었다. 여전히 많은 눈이 내리고 있었다.

―샤라랑

핸드폰 문자 소리에 나는 눈을 떴다. 시계를 보니 새벽 4시였다.

―샤라랑

한 번 더 문자 도착 알림이 울렸지만 확인하기 귀찮아 반쯤 뜬 눈으로 핸드폰의 종료 버튼을 찾기 시작했다.

―샤라랑

하지만 한 번 더 울린 알림에 나는 억지로 핸드폰에 도착한 문자를 확인했다.

[데미안!]

나를 데미안으로 부르는 사람은 얼마 없었다. 나는 분명 방금 헤어진 이디의 안부 문자일 거라 예상하고 다음 문자를 열어보았다.

[나 레이야. 도와줘.]

분명 레이의 문자였다. 나는 눈을 비비고 다시 한번 그 문자를 확인했다. 그녀는 지금 분명 나에게 도움을 요청하고 있었다. 나는 몸을 일으켜 그 다음 문자를 확인했다. 잠이 한꺼번에 달아나는 느낌이었다. 나는 내 눈을 의심할 수밖에 없었다.

[바라가 납치됐어.]

제4장

바라 친위대

―처억

나는 30여 분을 날아 한 건물의 옥상에 착지했다. 사방이 고요했기 때문에 나의 착륙 소리만이 주변을 울렸다. 칠흑 같은 어둠뿐이었다. 나는 일단 그 어둠에 적응하려고 애썼다. 잠시 후 시야가 조금씩 밝아지자 나는 천천히 몸을 움직였다.

이곳은 한 초등학교 건물이었다. 레이는 분명 바라가 이곳에 잡혀 있다고 했다. 물론 그게 전부였다. 바라가 언제, 어떻게, 왜, 이곳까지 오게 된 건지는 알 수가 없었다. 레이에게서 그 이상의 연락은 받지 못했기 때문이었다. 나는 오른손에 들고 있던 야구 방망이를 잠시 내려놓았다. 그리고 주머니에서 핸드폰을 꺼내 목적지에 도착했다는 문자를 레이에게 전송했다.

이곳은 내가 6년 동안 다니던 초등학교였다. 물론 졸업 후에 바로 전학을 갔지만 여전히 나에게는 익숙한 장소였다.

한참을 기다렸지만 레이에게서는 어떠한 답도 받지 못했다. 나는 다른 멤버들도 이 사실을 알고 있을지 궁금해졌다. 이내 다시 야구 방망이를 들고 몸을 띄웠다. 그리고 학교 건물들의 창문 근처를 날아다니며 안쪽을 살펴보려고 애썼다. 하지만 안은 깜깜해서 설령 바라가 있다 해도 못 보고 지나칠 정도였다. 그때 나는 멀리서 흘러나오는 작은 불빛을 발견했다. 그것은 본관 5층이었고 나는 곧바로 그곳으로 날아갔다. 그 불빛의 정체는 촛불이었다. 커다란 촛불 몇 개가 교실 안을 밝히고 있었고 책상과 의자들은 어지럽게 외각으로 밀려나 있었다.

바라?! 바라가 저 안에 있어!

그녀는 교탁 근처에 있었는데 의자에 묶여 있는 것 같았다. 나는 좀 더 가까이 다가가 그녀를 확인했다. 움직임이 없는 것으로 보아 기절한 듯 보였다. 나는 바로 안으로 들어가려다 이내 움직임을 멈췄다. 이렇게 경계가 허술할 것 같지는 않았기 때문이었다. 함정일 수도 있겠다 싶어 일단 상황을 지켜보기로 했다. 나는 공중에 뜬 채로 다시 핸드폰을 확인했다. 여전히 레이에게서는 아무런 답이 없었다.

바로 그 순간 한 남자가 교실 안으로 들어왔다. 그 남자는 키가 190은 되어 보이는 거구였는데 챙이 달린 검은 모자를 깊게 눌러쓰고 있어 얼굴을 확인하기는 힘들었다. 그는 검은색 장갑과 워커 그리고 긴 야상을 착용하고 있었는데 그 야상의 길이는 너무 길어 거의 바닥에 닿을 정도였다. 나는 그가 누구인지 주변에 다른 일행은 없는지를 추측해보고 있었다.

그때 기절해있던 바라가 깨어나는 것이 보였다. 그녀는 매우 지쳐 보였다. 그 남자가 막 깨어난 바라에게 말을 걸기 시작했다. 무슨 대화인지 들을 수가 없어 답답했지만 일단은 그 상황을 지켜보는 수밖에 없었다. 둘의 대화는 계속되었다. 그러다 그 남자가 주머니에서 뭔가를 꺼내 천천히 바라의 이마에 겨냥하기 시작했다. 그것은 총이었다. 바라는 그저 눈을 감고 있을 뿐이었다.

-와장창

나는 야구 방망이로 유리창을 깬 후 그대로 그 남자를 향해 몸을 날렸다.

그리고 그의 머리를 향해 방망이를 있는 힘껏 내리쳤다.

"윽!"

−쿠당탕탕 철퍼덕

당연히 두 동강 날 거라 생각했던 그 남자의 머리가 갑자기 사라져버렸다. 그는 내 공격을 간단히 피한 후 나의 목을 잡아 책상과 의자 더미 사이로 던져버렸던 것이다. 나는 심한 충격과 함께 바닥에 내동댕이쳐졌다. 거구이기 때문에 둔할 거라는 나의 예상은 보기 좋게 빗나갔다. 그의 움직임은 마치 훈련받은 군인처럼 기민하고 군더더기가 없었다. 나는 급히 몸을 일으켜 바라의 근처로 향했다. 입술이 찢어졌는지 내 입가에는 피가 흐르고 있었다. 나는 바라를 향해 작게 물었다.

"바라. 괜찮아요?"

자세히 보니 바라의 얼굴과 몸 여기저기에는 상처가 나 있었다. 그녀는 힘겹게 나에게 답했다.

"여기는 어떻게 왔어?"

그러나 바라와 팔자 좋게 대화나 하고 있을 시간은 없었다. 그 남자가 우리를 향해 걸어오고 있었기 때문이었다. 나는 문득 내 오른손이 허전함을 느꼈다. 나의 유일한 무기이던 야구 방망이가 없어졌던 것이다. 아까 받았던 공격에 놓친 듯 싶었는데 어디에서도 그것을 찾을 수가 없었다. 내가 당황해하고 있을 때 바라가 날 불렀다. 하지만 나는 거기에 신경 쓸 여력이 없었다. 점점 그 남자와의 거리는 가까워졌다. 나 혼자라면 모를까 바라까지 들고 날아서 도망치는 건 불가능했다. 나는 멤버 중 누구라도 도와주러 와줄 거라 믿고 일단 어떻게든 시간을 끌어보기로 했다. 나는 그 남자에게 외쳤다.

"자, 잠깐!"

그 남자는 나의 말에 걸음을 멈췄다. 잠시 후 그가 입을 열었다.

"뭐야? 불렀으면 말을 해야지?"

지하 동굴 3000m 아래서 들려오는 것만 같은 목소리. 게다가 매우 유창한 영어 발음으로 보아 분명 영어권 국가의 사람임을 알 수 있었다. 그러나 아직도 그의 얼굴은 잘 보이지가 않았다. 나는 그에게 질문을 던졌다.

"당신은 누구지? 왜 바라를 납치한 거야?"

"어차피 잠시 후면 알게 될 거야."

나는 그 남자를 있는 힘껏 노려보았지만 그는 여유로운 표정이었다. 그렇게 대치상태가 이어졌다. 그 남자가 입을 열었다.

"이제 더 이상은 시간 낭비이겠군."

그 남자는 총을 들어 나를 겨냥했다.

나는 그 장면을 그저 바라보고 있을 뿐이었다.

-탕

그 남자는 총의 방아쇠를 당겼다. 굉음이 내 귀를 강타했고 동시에 내 뒷목 중앙에서 찌릿한 느낌이 들었다. 나는 정신을 잃고 쓰러졌다.

눈을 떠 보니 아무도 없었다. 단지 촛불만이 여전히 교실 안을 비추고 있을 뿐이었다. 단지 전과 차이가 있었다면 내가 의자에 묶여있다는 것이었다. 나는 곧바로 내 몸을 구석구석 살폈다. 분명 총에 맞았는데도 크게 다친 곳은 없는 것 같았다.

-드르륵

내가 의자와 나를 묶고 있는 줄을 풀려고 애쓰고 있을 때 교실 문이 열렸다. 바로 그 남자였다. 그는 아무 데나 널려있는 의자 중 하나를 가져오더니 내 앞에 내려놓고 앉았다. 그리고는 나에게 말했다.

"일어났군. 데미안."

그는 웃으며 나를 쳐다보았다. 이제 그는 더 이상 모자를 쓰지 않고 있었다. 덕분에 그의 얼굴이 정확히 보였는데 민머리의 백인이었다. 그의 콧수염은 구레나룻과 턱까지 합쳐져 있어서 마치 미국의 프로레슬링 선수처럼 보였다. 나는 그에게 물었다.

"내 이름을 어떻게 알고 있지?"

"당연히 들었지. 바라라는 여자한테 말이야."

"바라는 어디 있지?"

"너무 서두르지 마. 곧 만나게 될 테니까. 그보다 이제 우리는 대화를 나눠야 해."

그는 두둑 하는 소리를 내며 손을 풀기 시작했다. 그리고 위협하듯이 나에게 말했다.

"하지만 각오하는 게 좋을 거야. 좋게 하면 대화겠지만 그게 아니라면 정말 불미스러운 일이 생길 테니까 말이야."

나는 그 남자를 노려보았지만 속으로는 두려움을 몰아내기 위해 무척 노력하고 있었다. 그는 나의 시선을 무시한 채 말을 이었다.

"이미 저 여자한테서 들을 건 거의 다 들었어. 하지만 그걸 다 믿을 수가 있어야 말이지. 난 너에게서 단지 몇 가지만 확인할 거야. 저 여자가 한 얘기가 사실인지 아닌지만 말이야."

"그게 무슨 소리지?"

"너희에 대해. 그리고 미리 말해두겠는데 질문은 자제하도록. 그러다 내 심기를 건드리면 후회할 걸? 자! 플라이어즈의 현재 멤버는 총 몇 명이지?"

"플라이어즈? 무슨 소리야? 나는 모르는 얘기야. 그리고 바라가 그런 얘기를 했다는 거야?"

—퍽

—우당탕탕

나는 그 남자의 주먹에 교실 구석까지 날아가 있었다. 그는 다시 나를 끌고 와 원래대로 놓더니 말했다.

"질문은 내가 한다. 다시 말하지만 이미 저 여자에게서 다 들은 얘기야. 넌 그저 확인만 해주면 돼. 네가 순순히 협조만 해준다면 내 이름을 걸고 너는 그냥 보내주지. 들어 보니 어차피 너는 그 멤버도 아니라고 하던데."

내 입술은 아까보다 더 크게 찢어져서 겨우 멈췄던 피가 다시 흐르기 시작했다. 나는 그에게 거칠게 말했다.

"나는 아는 게 없어. 분명 넌 지금 나를 시험하고 있는 거야."

"어떻게 해야 네 녀석이 믿으려나. 혹시 레이라고 아나?"

나는 아무 대답하지 않았다. 그는 계속해서 말을 이었다.

"레이라는 녀석도 너희 멤버지? 이런 걸 내가 어떻게 알았을까?"

나는 그에게 현혹될까 봐 여전히 아무런 대꾸도 하지 않고 있었다. 그것을 본 그가 말했다.

"오호~ 아예 입을 다물겠다? 데미안이라고 했나? 그러다 너도 골로 갈 수 있어. 그 레이라는 녀석처럼 말이야."

그 말에 방금까지 꿋꿋하게 버티던 내 집중력은 순식간에 흩어져 버렸다. 나는 그에게 물었다.

"뭐? 그게 무슨 말이야?"

"레이라는 녀석이 너보다 먼저 도착해 그 꼴을 겪었지. 끝까지 입을 안 열더군. 어차피 너도 있고 하니 쓸모가 없어져서 방금 처리하고 오는 길이긴 하지만 말이야."

나는 그의 말을 애써 무시하며 다시 말했다.

"거짓말이야."

"못 믿겠으면 옆방에서 데려올까? 시신이라도 좋다면 말이야."

그 남자는 재미있다는 듯 웃고 있었다. 나는 정신이 아득해지는 것을 느꼈다. 마치 TV에서 정규시간이 끝나면 나오는 화면 조정시간의 삐- 소리가 들리는 것 같았다. 아까까지도 나와 문자를 주고받던 그녀가 이제는 더 이상 이 세상에 없다고 생각하니 대단히 이상한 기분이 들었다. 하지만 그는 그런 내 기분은 아랑곳하지도 않고 하던 말을 계속했다.

"뭐, 얘기할 생각이 없는 것 같은데. 그럼 일단 들어보라고. 듣고 맞는지만 확인해주면 되니까. '예. 아니오.'로만 답해도 돼. 잘 들어. 플라이어즈의 멤버는 총 6명이야. 그리고 너도 그들 중 하나가 될 뻔했고. 그 모임의 수장은 바로 저 리더 바라, 나머지 멤버는 방금 저세상으로 간 레이, 뮤, 그 다음……."

그 남자의 말은 계속 이어졌다. 하지만 나는 마치 물 먹은 솜처럼 늘어져 있을 뿐이었다. 그는 말을 모두 마쳤는지 나에게 확인 차 되물었다.

"자. 이제 말해보시지. 이 사실들이 모두 정확한가?"

나는 고개를 들어 그를 바라보았다. 그는 나의 대답을 기다리고 있는 듯했다. 나는 특별히 그에게 한국어로 대답했다.

"씨발, 모른다고. 그냥 빨리 죽여."

그러나 그는 내 말을 무슨 뜻 인지 이해하지 못하고 고개를 갸우뚱거렸다. 그는 내 눈을 쳐다보더니 말을 이었다.

"이거 원. 그냥 죽이라는 눈빛이군. 난 알아. 많은 경험을 통해 너 같은 놈은 이 총도 소용이 없다는 걸. 그럼 잠시 기다려봐."

그는 교실 문을 나가더니 잠시 후 누군가와 함께 돌아왔다. 그건 바라였다. 그녀의 몸은 더 이상 묶여 있지 않았다. 그 남자는 의자 한 개를 더 가져와 거기에 바라를 앉혔다. 그리고 자신도 자리에 마저 앉은 후 말을 이었다.

"자. 이제 삼자대면인 건가? 어이 리더! 이 데미안인가 뭔가 하는 놈을 설득시켜줘야겠는데? 안 그러면 아까 그 녀석처럼 아까운 목숨 하나 더 버리는 걸 테니 말이야."

그 말에 바라는 날 바라보았다. 나도 그녀를 바라보았다. 나는 그녀에게 천천히 물었다.

"바라. 정말 이 사람에게 모든 사실을 전부 얘기한 건가요?"

그녀는 크게 한숨을 내쉬면서 짧게 대답했다.

"그래."

"대체 왜죠? 저에게 분명 비밀을 잘 지켜달라고 부탁했잖아요."

나는 조용히 물었지만 그녀는 아무 말도 없었다. 나는 다시 그녀를 향해 입을 열었다.

"바라. 당신은 분명 자신의 동료들을 지키고 싶다고 말했잖아요."

내 차분한 질문을 듣던 그녀는 입을 열었다. 그녀는 어쩔 수 없었다는 표정을 하고 있었다.

"미안하다. 하지만. 나도 어쩔 수가 없었어."

나는 그 말에 조용히 말했다.

"분명 나한테 말했었잖아요. 죽는 걸 두려워하지 말라고."

"그래. 그랬었지. 나는 죽는 걸 두려워하는 게 아니야. 단지 내가 목표한 바를 이루지 못하고 허무하게 죽어버리는 것이 두려울 뿐이지. 나에겐 죽기 전에 반드시 해야 할 일이 있어. 언젠간 죽겠지만 그게 오늘은 아니야."

나는 그녀의 표정을 읽을 수가 없었다. 나는 천천히 물었다.

"바라. 레이는 정말 죽었나요?"

바라는 말없이 고개를 끄덕였다. 그리고는 체념한 듯 나에게 입을 열었다.

"난 어떻게든 레이를 살리려고 노력했어. 그 애에게 그냥 다 얘기하라고 몇 번을 말해도 도저히 듣지를 않더군. 이미 내가 사실을 전부 털어놓은 것도 모른 채로 말이야."

그녀는 자세를 좀 더 편하게 고쳐 앉았다. 바라는 좀 더 부드럽게 나를 불렀다.

"데미안?"

내가 바라를 쳐다보자 그녀가 말을 이었다.

"나는 이미 전부 말했다. 그러니 너도 말해. 아니 그저 확인만 해주면 돼. 내가 한 말이 정확하다는 것만 말이야. 그러면 우리 둘 다 살 수 있어. 비겁하지만 목숨은 소중한 거야. 일단 살자. 살고 보자. 다른 건 그 뒤에 생각해도 늦지 않아."

잠시 생각을 정리한 후 나는 덤덤하게 그녀에게 말했다.

"바라. 당신을 비난하지는 않을게요. 솔직히 나도 죽는 게 무서워요. 그러니까 이 상황에 놓인 인간이라면 누구나 변할 수 있다고 생각해요."

"그게 다야?"

"네."

우리의 대화를 조용히 듣고 있던 거구의 남자는 자리에서 일어서더니 입을 열었다.

"자. 나도 바쁜 사람이라 더 이상 들어줄 수는 없겠군. 보아하니 얘기도 거의 끝난 것 같은데 어서 마무리해볼까?"

—철컥

그는 군더더기 없는 손놀림으로 총을 나의 이마에 겨냥했다. 그가 나에게 말했다.

"자. 마지막 기회다. 대답하지 않거나 거부하거나 혹은 거짓을 말한다면 널 죽이겠다. 이 여자가 했던 얘기가 전부 사실인가?"

크리스마스라 그런지 다시 태어나면 산타로 태어나고 싶다는 생각이 들었다. 연 1회 근무가 부럽다는 생각이 들어서였다. 이런 어이없는 생각을 하면서 나는 애써 두려움을 쫓고 있었다. 그런 나를 쳐다보며 바라가 소리쳤다.

"데미안! 내 말 이해 못 해? 나는 이미 전부 다 말했다고! 네가 꼭 말하지 않아도 어차피 이 남자는 우리에 대해 다 알아 버렸다는 소리야! 너는 그 헛된 자존심 때문에 죽게 되는 것뿐이야. 영예롭게 비밀을 지키다 죽는 게 아니라고. 이건 개죽음이야!"

나는 그녀의 말을 한 귀로 흘린 채 웃으며 그녀에게 말했다.

"이미 말했었잖아요. 나는 싫은 건 절대 안 한다니까요."

나는 눈을 감았다. 그리고 그것을 끝으로 더 이상 어떠한 말도 꺼내지 않았다. 그것은 나에게 닥친 죽음을 순순히 받아들이겠다는 표시였다.

거구의 남자가 나에게 가까이 다가오며 말했다.

"그래. 결정은 끝났나 보군. 아까운 목숨 하나 이렇게 또 잃게 되니 무척 안타깝지만 뭐 어쩔 수는 없지. 그럼 잘 가게."

그렇게 말하는 동시에 그 남자는 총의 방아쇠를 당겼다.

ㅡ탕

잠시 후 나는 천천히 눈을 떴다. 나의 눈앞에는 오른쪽 다리를 꼬고 화장지로 얼굴을 닦고 있는 바라와 어쩔 줄 몰라 하는 표정으로 나를 바라보고 있는 그 거구의 남자가 보였다. 내가 눈을 뜬 걸 확인한 그는 재빨리 나에게 다가왔다. 그리고 황급히 내 몸에 묶여 있던 줄을 풀기 시작했다. 그리고는 나에게 말했다.

"아이고 미안하다 데미안. 고생 많았지?"

그의 목소리에서 진심으로 미안해하는 감정을 느낄 수 있었다. 어느새 그는 내 몸에 묶여 있던 줄을 다 풀어주고는 내 입술에 흐르는 피까지 닦아주고 있었다. 그는 나에게 말했다.

"내가 이 짓을 하면서 얼마나 마음이 아팠는지 모른다. 내 뜻이 아니었어. 모든 건 저 사악한 놈 때문이야."

그는 바라를 가리키며 말했다. 그러자 바라가 비아냥대며 그에게 대답했다.

"어이 캡틴. 나는 데미안의 얼굴을 때리라고 시킨 적은 없는데? 나는 아까 네가 때리는 거 보고 데미안 강냉이 몇 개는 나갔을 줄 알았다. 악의 없이는 절대 그렇게 못 하지."

그러자 캡틴이라고 불린 남자는 당황한 목소리로 따지듯 말했다.

"야! 바라! 네, 네가 리, 리얼하게 하라며?! 그 상황에서 최소한 내가 그 정도는 해야 데미안도 믿을 거 아냐?!"

그 말에 바라는 귀로 손을 파는 시늉을 하며 그에게 말했다.

"저런 녀석이 정치는 무슨 정치를 한다고. 캡틴. 내가 언제 행동을 리얼하게 하라 그랬어? 바로 분장! 나처럼 분장을 완벽하게 하라는 소리였지. 나 봐봐. 나는 몇 마디 하지도 않았는데 데미안이 감쪽같이 속았잖아. 근데 너 옷은 그게 뭐냐? 무슨 블록 레스너냐? 가서 레슬링이나 해라."

"뭐라고?! 그러는 너는 아까 데미안의 뒤에서 목에 전기 충격기를 쏴서 기절시켰잖아! 데미안이 얼마나 아팠겠냐고?!"

"그럼 어떻게 하냐? 네놈 총이 공포탄인데. 그러면 차라리 실탄을 가져와서 아예 죽여 버리지 그랬어?"

그녀의 말에 캡틴은 더욱 열을 내고 있었다. 그들은 한참을 아옹다옹하고 있었고 나는 그 둘의 광경에 어찌할 바를 몰라 가만히 앉아있었다.

"데미안?"

멍하니 그들을 바라보던 나를 바라가 불렀다. 나는 놀란 눈으로 그녀를 바라보았다. 그녀는 비장한 미소를 지으며 말을 이었다.

"고생했다. 넌 이제 우리 멤버야."

―똑똑똑

문밖에서 들리는 노크 소리에 문을 열었더니 바라가 서 있었다.

"할로! 데미안. 여기가 네가 사는 집이구나?"

"네. 근데 바라. 생각보다 일찍 왔네요?"

"일찍은 무슨? 지금 오후 2시야. 해가 중천인데?"

"아, 그런가요? 그런데 엄청 피곤하네요."

"당연하지. 어제 우리가 새벽 6시쯤 헤어지지 않았나?"

"아마 그럴걸요? 제가 집에 와서 씻고 누우니까 밖이 서서히 밝아지더라고요. 자. 여기 앉으세요."

"그래. 아무튼, 고마워 데미안. 그래도 내가 오늘 온다니까 이렇게 맞아주고 말이야. 자."

그녀는 커다란 봉투를 나에게 내밀었다. 그 안에는 리본으로 예쁘게 묶인 돈 뭉치. 그리고 예쁘게 포장된 작은 상자가 들어있었다. 돈 뭉치 옆에는 작은 쪽지가 있었는데 펼쳐 보니 [데미안, 정말 미안해] 라고 쓰여 있었다. 나는 그걸 보고 바라에게 물었다.

"바라. 이것들은 다 뭐에요?"

"아아. 캡틴이 너한테 꼭 좀 전해달라고 하더라고. 때린 게 연신 마음에 걸렸나 봐. 소심한 자식."

"네? 그렇다고 이 돈뭉치를 줬다고요?"

"그 녀석, 정말 급하게 가느라고 약이나 선물 살 시간도 없었거든. 성의 표시라도 하고 싶다고 그렇게 주더라고 나름 리본도 묶어서. 누가 자본주의의 심벌 아니랄까 봐."

"그래도 보기보다 세심한 구석이 있으시네요. 그런데 캡틴 그분은 오늘 안 오세요?"

"돌아갔어. 자기 나라로."

"아 그래요? 같이 오시는 건 줄 알았는데. 금방 가셨네요."

"그 녀석 그래 봬도 꽤 바쁜 녀석이라. 하원 의원이거든."

"하원 의원이요? 상당히 젊어 보이시던데요?"

"아마 나랑 비슷한 나이일걸? 하원은 25세부터 가능하니까."

"아 그래요? 아무튼, 대단하시네요."

"우리 정체를 밝히고 정당을 만들자던 게 엊그제였는데 결국은 정치판으로 뛰어들더군. 군복무 하다 경찰 하던 놈치고 아주 출세했지. 아! 그리고 그 포장된 상자는 내 선물이야."

"선물이요?"

"응. 오늘 크리스마스잖아."

그 안에는 무겁고 커다란 직사각형 모양의 철 상자가 들어 있었다. 상자 덮개를 열어 보니 복잡한 문양의 원들이 튀어나와 있었는데 그것들은 마치 시계 같기도 하고 나침반 같기도 했다. 하지만 모두 멈춰있었다.

"바라. 이게 뭐죠? 탁상시계인가요?"

"아아. 오르골이야. 시계는 장식이고. 바닥에 구멍이 몇 개 있는데 거기다 태엽을 감으면 소리가 날 거야."

그 말에 나는 상자 바닥을 살펴보며 바라에게 물었다.

"바라. 근데 태엽이 없는데요?"

"아. 태엽은 잃어버렸어. 열쇠처럼 뺐다 끼웠다 하는 거라 자주 있는 일이지."

"네? 그럼 이거 결국, 작동 안 되는 거예요? 시계도 아예 멈춰 있잖아요?"

"그렇긴 하지만 나한테는 무척 소중한 거야. 전 세계에 딱 하나뿐이거든. 앞으로 나 대신이라 생각하고 소중히 간직해줘."

바라의 진지한 말투에 나는 고개를 끄덕이며 말했다.

"네. 알겠어요. 안 그래도 방 안에 둘 인테리어 소품이 필요하던 차였는데 잘됐네요. 감사합니다. 그런데, 저는 아무것도 준비를 못 했네요."

"괜찮아. 나한테는 데미안, 네가 우리 멤버가 된 게 큰 선물이지."

그녀는 씩 웃어 보였다. 나는 그녀에게 물었다.

"아, 마실 거라도 갖다 드릴까요?"

"괜찮아. 좀 이따 마리가 사 올 거야."

"네? 마리요? 혹시 누가 또 오나요?"

"응. 나랑 같이 한국으로 온 사람이 두 명 있거든. 한 명은 어제 봤던 캡틴. 그리고 잠시 후에 도착할 마리. 우리 멤버 중 가장 중요한 사람이야. 모든 정보를 알아내고 다룰 수 있지. 어제 네 핸드폰으로 문자를 보냈던 사람도 바로 마리야."

"정말요?! 저는 정말 레인인 줄 알았어요."

"레인은 지금 이집트에 잘 있단다. 물론 속였던 건 미안해."

그녀는 멋쩍게 웃어 보였다. 그때 누군가 문을 두드리는 소리가 들렸다.

-똑똑똑

나는 얼른 일어나 문을 열었다. 문 앞에는 기껏해야 나의 절반 정도밖에 되지 않는 작은 여자 아이가 서 있었다. 큰 눈과 작은 입술을 가진 귀여운 외모의 동양 여자 아이였다. 그 여자 아이는 빨간 코트와 노랑 목도리, 초록 털모자 그리고 보라색 어그부츠를 신고 있었는데 알록달록한 색깔 때문에 마치 크리스마스트리가 집 안으로 들어오는 것 같았다. 그녀는 길고 까만 생머리를 찰랑거리며 갑자기 나에게 배꼽 인사했다.

"아-론-하-쌔-여. 초옴-백개-세여."

나는 그 여자아이의 서툰 한국어로 보아 그녀가 최소한 한국인은 아니라는 걸 알 수 있었다. 나도 그녀에게 고개 숙여 정중히 인사했다.

"네. 안녕하세요. 저도 반갑습니다. 어서 들어오세요."

나는 그 소녀에게 방 안으로 들어오라는 손짓을 했다. 그러자 그녀가 부츠를 벗고 방안으로 폴짝 뛰어 들어왔다. 그녀의 양손에는 그녀만한 봉지가 들려있었는데 풀어 보니 음료수, 빵, 과자, 초콜릿 등의 간식이었다. 그런 그녀를 보며 바라가 말했다.

"자. 데미안. 내가 아까 말했던 우리 팀의 에이스야. 이름은 마리. 마리? 이쪽은 데미안. 이미 알고 있지?"

그 소녀는 고개를 끄덕였다. 간단한 소개가 끝나자 그녀는 자연스럽게 내 부엌에 있는 접시들을 가져오더니 사 온 것들을 펼치고 있었다. 나는 바라에게 말했다.

"제가 생각했던 거랑은 많이 다르네요. 팀의 에이스가 이렇게 어린 친구일 줄은 몰랐어요."

"음. 글쎄. 정말 어린지는 두고 봐야겠지? 우리야 나이를 알 수 없으니 정확하게 얘기할 수는 없겠지만. 데미안, 너보다 많으면 많았지 결코, 적지는 않을걸?"

나는 그 말에 놀라 그녀를 다시 한번 바라보았다. 하지만 그녀는 나의 시선을 그다지 신경 쓰지 않은 채 접시에 담은 간식들을 우리에게 나누어 주고 있었다. 나와 바라는 감사 인사와 함께 그 간식을 먹기 시작했다. 출출했는지 접시는 빠르게 비워졌고 거의 다 먹었을 무렵 바라가 입을 열었다.

"자. 데미안. 이제 본격적인 얘기를 시작해볼까? 어제는 너무 경황이 없었지?"

"아, 네. 사실, 아직도 뭐가 뭔지 잘 모르겠네요."

"간단히 말해 나는 네가 신뢰할 수 있는 녀석인지 아닌지를 시험해 봐야 했어. 그래야 널 믿고 함께 갈 수 있을 테니까."

"그렇다면 저번에는 떨어졌어도 이번 테스트는 통과했으니 결국, 합격이란 소리인가요?"

"아니. 거기서는 떨어진 거지만 여기서는 합격이지."

"네? 거기? 여기? 모임은 한 개가 아닌가요?"

"내가 비공식적으로 만든 모임이 따로 있어. 이름은 바라 친위대야. 플라이어즈와는 전혀 다르지."

"바, 바라 친위대요? 근데... 이름이... 음. 그렇군요. 아, 뭐. 아무튼, 그건 바라의 직속 부대 같은 건가요?"

"비슷해. 내 정예 멤버들이라 할 수 있지."

"그럼 플라이어즈 멤버들도 바라 친위대에 대해 알고 있나요?"

내 말에 바라는 아니라는 표시로 고개를 저었다. 그리고는 빈 컵을 들었는데 마리가 거기에 음료수를 따르고 있었다. 바라는 날 보며 말했다.

"나는 애초부터 너를 플라이어즈에 들일 생각이 없었어. 새 멤버가 필요했던 건 바라 친위대였으니까. 그래서 물에 빠트렸어. 떨어트리려고."

"네? 그게 무슨 말이에요?"

"데미안. 네 와인에 약을 탔었어. 그 약으로 인해 네 몸 안의 산소와 이산화탄소의 양은 일시적으로 일반인의 수치와 가까워져 있었을 거야. 결국, 너는 어떻게 해도 날 수 없었겠지."

"음. 잘 이해가 잘 안 가는데요."

"그럴 수밖에. 복잡하니 자세한 건 나중에 설명하도록 하지."

바라는 음료수를 들이켰다. 나는 그녀에게 물었다.

"저. 그렇다면 제가 굳이 플라이어즈 모임에 참석할 필요가 있었을까요? 애초부터 바라 친위대로 들어왔으면 됐잖아요."

"아니지. 나는 분명히 레이에게 새 멤버가 필요하니 찾아달라고 부탁했었어. 레이는 꽤 여기저기를 돌아다니다 어렵게 너를 발견한 거고. 그런데 막상 찾으니 모임에 데려오지 말라고 할 수는 없는 거잖아? 그렇다고 플라이어즈가 아닌 바라 친위대로 들인다고 얘기할 수도 없는 거고. 말했지만 이 모임은 비공식적인 거니까."

"그럼 레이 말고 애초부터 바라나 혹은 바라 친위대 멤버들이 새 멤버를 직접 찾아다녔으면 되는 거 아니에요?"

"물론 그게 제일 간단한 방법이기는 하지만 레이가 플라이어를 찾는 감이 가장 좋거든. 다른 사람이었다면 찾는데 몇 년은 더 걸렸을 거야."

그 말에 나는 레이가 전에 자신이 플라이어를 찾는데 민감한 편이라고 했던 얘기가 떠올랐다. 나는 바라에게 물었다.

"그럼 제가 플라이어즈와 바라 친위대. 양쪽에서 모두 활동하면요? 물론 플라이어즈 멤버들에게는 비밀로 하고요. 그럼 굳이 저를 꼭 떨어트릴 필요까지는 없었잖아요."

"물론. 뮤가 예외적으로 그런 상황이긴 해. 하지만 나는 새 멤버가 적에게 노출되는 걸 원하지 않았거든."

"네? 적이라니요?"

"플라이어즈를 주시하고 있는 무리가 있지. 네가 플라이어즈에 들어오는 순간 아마 너는 그 녀석들의 표적이 됐을 거야."

"그들이 대체 누군가요?"

그녀는 음료수를 다 마시더니 말했다.

"전에도 얘기했었지만 우리 모임도 멤버들로 북적이던 때가 있었어. 거의 이백 명 가까이 되는 동료들이 있던 때였지. 참 좋은 시절이었어."

그녀는 간식을 다 먹었는지 휴지로 입가를 닦아내고 있었다. 그리고는 계속 얘기를 이어갔다.

"그러나 결국, 우리는 분열되었어. 그리고 그 분열의 중심에는 내전이 발발한 국가 출신의 플라이어들이 있었지. 그들은 자신의 국가에 내전이 일어났으니 이제야말로 전 세계에 있는 플라이어들이 도와야 할 때라며 멤버들을 설득하고 다녔지. 물론, 나중에는 그들 안에서도 반군과 정부군으로 파가 나뉘기는 했지만 어쨌든 처음에는 크게 인도적인 차원에서 내전에 참전하자는 측과 반대하는 측으로 파가 나누어져 팽팽히 맞서고 있었지."

마리는 조용히 과자를 먹고 있었다. 바라는 계속 말을 이었다.

"결국, 모든 멤버들은 나의 결정을 기다리고 있었고 나는 참전하지 않기로 했어. 그러자 그들은 탈퇴를 선언했고 새로운 단체를 조직했지. 하지만 결국, 반군은 패배했어. 그러자 탈퇴했던 멤버들이 우리에게 앙심을 품게 되었지. 물론 나는 그때까지도 그걸 심각하게 생각하지는 않았어. 하지만 내 판단 착오였던 거야. 얼마 지나지 않아. 그들의 공격으로 우리 멤버 중 하나가 죽게 되었거든."

—아작

마리는 여전히 과자를 먹고 있었다. 바라는 말을 이었다.

"모두가 복수하려 했어. 하지만 그들은 이미 도망친 뒤였고 나는 더 이상 동료들의 희생을 원치 않았기 때문에 그들을 쫓지 않기로 했지. 물론, 그 결정에 불만을 품은 멤버들도 곧 탈퇴했어. 나가서 따로 단체를 만든다거나 하지는 않았지만."

바라는 한숨을 내쉬더니 말을 이었다.

"시간이 흘렀고 도망쳤던 우리의 적들은 테러리스트가 되어 다시 돌아왔어. 전 세계적으로 악명을 떨치는 테러집단의 중심에는 항상 그들이 있었지. 그렇지, 마리?"

"응 응. 맞아! 내가 다 조사했어."

그녀는 서툰 영어발음으로 말했고 바라는 말을 이었다.

"그들 모임의 이름은 'Resistance'. 그들은 그들 스스로를 레지스탕스라 칭하지. 그들의 세력은 점점 커져갔고 우리는 그들의 표적이 되었어. 그래서 나는 멤버들을 보호하기 위해 일부러 모임 내에 끊임없는 갈등을 만들어 그들 스스로 모임을 탈퇴하게 만들었지. 그들은 불화로 인해 탈퇴한 멤버들은 건드리지 않았거든. '적의 적은 결국, 친구다.'라는 거겠지. 물론, 바라 친위대 소속 멤버들도 공식적으로는 플라이어즈를 탈퇴한 걸로 되어있어."

"그럼 현재 플라이어즈 멤버들은 레지스탕스의 표적이 되었겠네요?"

"그래. 하지만 그걸 알면서도 멤버로 남겠다고 했어. 물론 뮤나 레이, 레프 같은 경우는 저쪽에서 쉽사리 건드릴 수 있는 상대가 아니야. 볼트는 도망치는 데 선수고."

바라는 자세를 고쳐 앉고는 다시 말했다.

"아무튼, 그러다 일이 터졌어. 레지스탕스가 우리 모임에 들어오려던 신입들 속에 자신들의 첩자를 심어 놓았던 거야. 만약 그때 그자의 자살테러가 성공했더라면 우리는 지금 여기 없었겠지. 마리의 정보가 조금만 늦게 도착했어도 말이야."

"그래서 제가 모임에 들어오는 걸 이안이 반대해 온 거였군요."

내 말에 바라가 의아해하는 표정으로 물었다.

"이안이 반대해왔다는 건 어떻게 알고 있지? 레이에게 들었나?"

나는 아차 싶었지만 이미 한 말을 주워 담을 수는 없는 노릇이라 멋쩍게 고개를 끄덕였다. 바라가 말을 이었다.

"그래. 이안은 널 반대해왔었지. 1년 동안 말이야. 우리는 그 테러 이후로 한참 동안 신입을 받지 않았었으니까. 아무튼, 그 직후 다른 멤버들에게는 알리지 않고 바라 친위대를 결성했어. 캡틴, 뮤, 마리와 함께 레지스탕스를 거의 전멸시켰지. 하지만 안타깝게도 몇몇은 도망쳤고 그 중에는 레지스탕스의 리더 쉬무트도 있었지."

"쉬무트?"

"그래. 애초에 플라이어즈에 있을 때부터 말이 많았던 놈이었어. 독재를 사랑하고 나치를 찬양한다든지. 제국주의와 군국주의를 동경한다든지. 아무튼, 레지스탕스는 여전히 보코하람이나 IS 같은 국제적인 테러 집단 내에서 활동하고 있어. 레지스탕스의 수는 많지 않지만 아마 그 속에서 중추적인 역할을 하고 있을 거야. 무서운 건 바로 그거지. 그 테러 집단의 힘을 그들이 이용할 수 있다는 것."

"그렇군요. 그럼 테러집단에서는 레지스탕스의 정체를 이미 알고 있다는 건가요?"

"그건 아닐 거야. 그들도 기본적으로는 플라이어고 우리처럼 남들한테 들켜봤자 좋을 게 없거든. 물론 플라이어라고 해봤자 잘 날 수 있는 녀석들은 별로 없어. 그 녀석들 비행 실력이야 내가 잘 아니까."

"그럼 그 리더라는 쉬무트도 마찬가지인가요?"

"아. 그래도 그 녀석은 제법 잘 나는 편이지. 내가 가르쳤으니까. 뭐 그 얘기는 별로 하고 싶진 않지만."

나는 바라가 그의 얘기하는 것을 꺼리는 느낌이 들어 일부러 화제를 돌려 물었다.

"아! 근데 이건 약간 다른 얘기인데요. 레이에게 듣기로는 사람마다 비행기술이 천차만별이라더군요. 대체 왜일까요?"

바라는 잠시 마리를 바라보더니 나에게 말했다.

"솔직히 말해 정확한 이유는 알 수 없어. 하지만 마리와 했던 몇 가지 실험들을 통해 추측하는 것들은 있지."

"그게 뭔데요?"

"우리가 비행할 수 있는 건 아마 헬륨 때문일 거야."

"네? 헬륨이요? 혹시 헬륨가스? 풍선에 넣는 헬륨가스 말인가요?"

"그래. 맞아. 실험 결과, 날고 있는 플라이어들의 호흡에서 상당한 양의 헬륨이 검출되었어. 따라서 우리는 플라이어들이 평소 호흡을 할 때 일반 사람보다 더 많은 헬륨을 받아들인다는 가설을 세우게 됐지. 받아들인 헬륨을 몸 안에 축적하여 농도를 조절해 공기보다도 몸을 가볍게 만든다는 거야."

 나는 몇 번 고개를 끄덕였다. 그것은 감탄하고 있다는 표시였다. 나는 그녀에게 물었다.

 "오오. 그렇군요. 저는 헬륨 풍선 때문인지 모르겠지만 헬륨은 공기 중에 있는 게 아니라 인위적으로 만드는 것인 줄 알았어요."

 "헬륨은 자연 상태에 존재하는 비활성기체야. 네가 말했던 헬륨 풍선을 상상해봐. 플라이어들 대부분이 바로 그 풍선처럼 떠 있는 거야. 그래서 너처럼 빠르게 이동한다거나 높이 나는 경우는 흔치 않아. 그렇게 되기 위해서는 많은 연습이 있어야만 하거든."

 "그럼 연습하면 되지 않을까요? 예전에 레이를 통해 들으니 플라이어 멤버들은 비행기술에는 그다지 관심이 없다고들 하더군요."

 "물론 그런 것도 있긴 하지만 그 전에 내가 잘 허락하지도 않아."

 "잘 허락하지 않는다고요? 그건 왜죠?"

 "여러 가지 이유가 있지. 너도 알다시피 수직 상승은 속도에 따라 엄청난 중력의 영향을 받는다. 너도 아마 알 거라고 생각하는데?"

 "아. 네. 물론 급하게 날아 올라가다 보면 몸이 무거워지는 건 있죠. 그런데 그렇게 심하지는 않아요. 저는 보통 높이 올라가지는 않으니까요."

 "그래. 물론 개인차는 존재해. 내 말은 플라이어에 따라 고난도의 비행이 꽤 위험할 수 있다는 뜻이야. 특히 잘 이동하지 못하는 플라이어들에게 바람은 매우 치명적일 수가 있는데 고도가 높아질수록 대류현

상도 심해지니까 더 위험해지지. 또 경험이 부족한 플라이어들은 산소 부족과 기압의 문제도 종종 발생해. 아주 가끔은 기온의 문제도 발생하고 말이야. 고도가 1km 상승할수록, 온도는 대략 6.4℃씩 떨어지니까 말이야. 물론 너도 날아봤으니 그것에 대해서는 충분히 알고 있을 거라 생각해."

나는 고개를 끄덕였다. 그녀의 말을 전부 이해하기는 힘들었지만 최대한 집중하고 있었다. 그녀는 계속 말을 이었다.

"아무튼, 고난도의 비행을 하려면 사전에 여러 가지를 충분히 고려해야만 해. 하지만 몇몇 플라이어들은 멋모르고 높이 그리고 빠르게 비행하려다가 여러 가지 위험에 직면하고는 했었지. 그래서 나는 충분한 비행 실력을 갖춘 플라이어에게도 1km 고도 이상의 비행이나 연습은 금지하고 있는 거야. 물론 웬만하면 비행 자체를 장려하고 있지는 않아. 다른 사람들 눈에 띌 염려도 크고 사실, 이렇게 말하기는 좀 그렇지만 비행 실력은 타고나는 게 크거든. 개인차가 커서 1m를 날아도 힘들어하는 사람이 있는 반면에 1km를 날아도 끄떡없는 사람이 있지."

그녀의 말에 마리는 옆에서 고개를 세차게 끄덕이고 있었다. 그녀는 다시 나에게 말했다.

"자! 아무튼, 사람마다 비행기술이 다른 것은 아마 몸 안에 축적할 수 있는 헬륨의 질량이 사람마다 다르기 때문일 거야. 물론 이건 단지 추측이긴 하지만."

나는 다시 고개를 끄덕이다 그녀에게 물었다.

"레이는 플라이어가 주변에서 날고 있으면 어떤 느낌을 감지한다고 했거든요. 그 느낌도 그 헬륨과 관계가 있는 걸까요?"

"아마 그럴 거야. 물론 플라이어마다 그 느낌에 반응하는 민감도는 분명 다를 테지만 말이야. 아까도 말했듯이 레이는 상당히 민감한 편이라 다른 플라이어들을 쉽게 찾아낼 수 있지."

"아. 그렇군요. 그렇다면 플라이어들은 대체 어떻게 일반 사람보다 더 많은 헬륨을 몸 안으로 받아들이고 축적할 수 있는 걸까요?"

"나와 마리는 그 질문의 답을 얻기 위해 수년간 플라이어들의 공통점을 조사해봤지만 아직까지 딱히 찾아낸 건 없어. 대기 중의 헬륨은 0.1%도 안 되는 데다가 무색, 무취의 특성이 있다는 점을 생각해 볼 때 그건 정말 불가사의 한 일이지."

그 말과 함께 그녀는 살짝 웃어 보이더니 화제를 돌려 말했다.

"자. 이제 우리 얘기로 다시 돌아가볼까? 아무튼, 나는. 지금까지 레지스탕스를 소탕하려는 시도를 계속해왔어. 하지만 그 녀석들은 매번 잘도 빠져나가더군. 결국, 프랑스 파리와 벨기에 브뤼셀에서 일어났던 테러를 우리는 막지 못했지. 하지만,"

그녀는 눈을 가늘게 뜨고서 말을 이었다.

"올해 독일에서 일어날 뻔 했던 테러는 결국, 막아냈어. 물론 라이트의 도움이 있었지만 말이야. 라이트는 공군이거든. 이번에 아주 큰 활약을 했지."

"네? 독일에서 일어날 뻔한 테러를 막았다고요? 게다가 그 전부터

막으려 했고요? 정말 믿을 수가 없네요. 그럼 매번 모임 장소가 바뀌는 데에는 다 이유가 있었던 거군요?"

"그래. 물론 플라이어즈의 멤버들이야 모임 시기와 장소를 플라이어즈 회의를 통해 대충 결정하는 건 줄 알겠지만 절대 그렇지 않아. 마리가 사전에 알려준 테러 시기와 장소에 관한 정보에 따라 내가 주도적으로 결정하는 거지."

"그럼 처음부터 그랬던 건 아니었겠네요?"

"그렇지. 사실 초창기만 해도 모임 장소는 늘 우리 집이었어."

그 말과 함께 그녀는 잠시 마리의 머리를 쓰다듬었다. 나는 그녀에게 물었다.

"바라. 나중에 레이가 이 사실을 알면 서운해하지 않을까요?"

그러자 그녀가 웃으며 나에게 답했다.

"그래도 어쩔 수 없어. 그 녀석까지 위험에 빠트릴 필요는 없으니까. 게다가 레이에게는 꼭 이 일이 아니더라도 개인적으로 해야 할 일이 많을 거야."

그녀는 잠시 숨을 고르더니 말을 이었다.

"슬슬 대화를 마무리해야겠군. 데미안. 그 전에 너를 두 번이나 시험했던 것에 대해서 기분이 상했다면 진심으로 사과할게. 하지만 여러 가지 일들을 겪고 나니 좀처럼 사람을 믿기가 쉽지 않아. 그러나 나는 이제 너를 신뢰하고 있어. 그렇기 때문에 오늘 이렇게 많은 대화를 한 거고."

그렇게 말하는 그녀의 눈은 빛나고 있었다. 그녀가 물었다.

"데미안. 나를 도와 레지스탕스를 소탕하자. 나에게 힘이 되어줘."

12월 31일. 한 해의 마지막 날. 어디에나 새해를 맞으려는 사람들로 북적였다. 거리는 '내년에는 그나마 좀 더 낫겠지'라는 근거 없는 희망들을 가진 사람들의 들뜬 분위기로 가득 차 있었다. 해는 일찍 지기 시작했다.

해가 지자마자 사납게 눈이 쏟아지기 시작했다. 나는 여행용 배낭과 캐리어를 옆에 둔 채 창문을 통해 눈에 덮여가는 도시를 바라보고 있었다. 월세방은 깨끗이 비워져있었다. 불필요한 짐들은 중고로 팔거나 주변에 나눠주었고 중요한 짐들은 부모님 댁으로 미리 옮겨 놓았다.

바라 친위대는 나를 포함해 바라, 뮤, 마리, 캡틴까지 총 다섯 명이었는데 그녀는 그동안 인원이 모자라 활동하는 데 어려움이 많았다고 했다. 그녀는 아직 경험이 부족한 나에게 목숨을 건 전투 같은 일은 없을 것이며 그저 간단한 임무나 옆에서 보조를 해주는 정도면 충분하다고 했다. 그러면서 활동하는 대가로 대기업 초봉보다 높은 수준의 연봉을 제시했으며 바라 친위대 활동이 끝나더라도 안정적인 일자리를 제공하겠다는 약속까지 해주었다. 그렇게 말하는 그녀의 모습은 간절해 보였다. 결국, 나는 그녀의 제안을 수락했다. 그러나 솔직히 그녀가 제시한 돈이 아니었다면 이런 결정을 내릴 수 있었을지 잘 모르겠다.

아무튼, 그녀는 나에게 첫 임무를 주었고 덕분에 나는 이제 곧 공항으로 출발하게 되었다. 일단, 부모님과 주변 지인들에게는 독일에 있는 회사에 취업이 된 것으로 알렸다. 부모님은 기뻐하셨고 친구들은 외국 생활과 외국계 회사의 근무환경을 무척이나 부러워했지만 나는 독일로 가지 않는다.

사납던 눈발이 잦아들더니 이내 그쳤다. 나는 여행 가방을 메고 한 손으로는 캐리어를 든 채 6개월 넘게 지내왔던 이 방을 쓱 한 번 둘러본 후 집을 나섰다.

밖으로 나가니 눈은 완전히 그쳐있었다. 나는 버스정류장으로 향했고 때맞춰 공항버스가 도착했다. 나는 캐리어를 버스 앞에 있는 캐리어 전용 공간에 실어놓고 빈 좌석에 앉았다. 창밖으로 풍경들이 내 뒤를 향해 달리고 있었다. 나는 오른손을 만지작거렸다. 내 손에는 세부행 비행기 표가 들려있었다. 그동안 이집트에 머물렀던 그녀도 지금쯤 필리핀 세부를 향해 날아가고 있을 것이다. 나는 기내에서 담요를 덮고 곤히 잠들어 있을 그녀의 모습을 상상하며 미소 지었다.

번외 I

바라의 이야기

봄이 아직은 여름의 기세를 거뜬히 누르고 있던 어느 날. 달빛 한줄기 없는 밤에 한 소녀가 혼자 길을 걷고 있었다. 뒤이어 복면을 쓴 남자가 그녀를 뒤를 쫓았다. 한참을 걷던 그 여자가 갑자기 그 자리에 멈춰 서 있었다. 그러자 뒤따르던 남자도 그 자리에 멈춰 섰다. 여자는 자신의 뒤를 돌아보았다. 그러나 이미 그 남자는 기척을 감춘 뒤였다. 다시 그녀의 발걸음 소리가 들리는 순간 그 남자가 다시 그녀의 뒤를 밟기 시작했다.

"헉?!"

그 남자의 입에서 들릴까 말까 한 작은 신음소리가 들렸다. 평소, 대단히 과묵한 그의 성격상 그의 입 밖으로 내는 이런 소리가 분명 자신에게 닥친 이 상황에 대해서 무척이나 놀라고 있음을 여실히 보여주고 있었다. 그도 그럴 만 했다. 남자는 자신을 이 시대 최고의 무사라고 자부하고 있는 사내였기 때문이다. 그런데 그런 그의 추적에서 한 번도 아닌, 두 번씩이나 자신을 따돌린 최초의 사람이 바로 방금까지 자신의 눈 앞에 있었다. 그리고 그녀는 방금 막 자신의 추적을 세 번씩이나 따돌린 최초의 사람이 된 것이다.

'또? 어디로 사라졌지?'

그는 침착하게 사방의 기척을 살피려고 노력했지만 이미 사라진 그녀의 모습을 찾기란 불가능했다. 잠시 골똘히 생각하던 그는 별수 없었는지 곧 자신의 숙소로 되돌아갔다.

그가 도착한 곳은 남루한 여관의 2층 방이었다. 그는 불을 켜지 않은 채로 복면과 신발 그리고 장갑을 벗었지만 끝까지 자신의 등에 달린 커다란 칼집은 내려놓지 않은 채 침대에 털썩 주저앉았다. 복면을 벗은 사내는 동양인의 모습이었는데 이제 막 성인이 되었을 법한 앳된 얼굴을 하고 있었다. 길고 쌍꺼풀 없는 날카로운 눈, 뒤로 정갈하게 묶였지만 많이 길지 않은 머리가 마치 동양의 무사를 보는 듯했다. 그는 짧게 한숨을 내쉬었다. 그리고 대체 어떻게 평범한 소녀가 자신의 추적을 세 번씩이나 따돌릴 수 있었는지 천천히 생각해보았다. 그러나 아무리 생각해도 답을 알 수가 없었다. 그는 다음번 추적에서는 자신이 일반인에게 단 한 번도 사용하지 않던 비장의 기술을 사용해야겠다는 결심하고서 침대에 누웠다. 물론 잠을 자기 위한 것은 아니었다. 그는 원래 거의 먹지도 자지도 않은 채 하루 중 대부분의 시간을 명상과 검술 훈련으로 보내는 사람이었기 때문이다. 그러나 오늘은 머릿속을 정리하기 위해 이쯤에서 잠을 청하기로 한 것이었다.

이 남자의 이름은 뮤. 물론 본명은 따로 있지만 암살자로 활동하며 얻은 그의 이름이었다. 그가 존경하는 인물은 바로 일본의 추앙받는 검호 미야모토 무사시이다. 그의 이름을 따 처음에는 무사시로 활동하였으나 그 후에는 짧게 뮤로 불리고 있었다. 보통의 청부 살인업자들과는 달리 그가 의뢰를 받을 때 중요하게 여기는 것은 대의명분이었다. 그는 사무라이였고 정의를 실현한다는 목적에 따라 철저히 악인들만을 심판해왔다. 그리고 그런 자신이 이번에 의뢰를 받은 대상은 바로 이 아이티라는 작고 가난한 나라에서 온갖 악행을 일삼는다는 마녀. 일명 '바라'라는 소녀를 제거하기 위해서였다.

  그녀는 몇 해 전 강력한 지진으로 아비규환이 된 이 땅에 천사의 얼굴로 발을 내디뎠다고 한다. 그리고 사람들을 돕겠다는 명분으로 자신의 회사를 세워 많은 봉사를 실천했다. 그러나 얼마 지나지 않아 그 악마는 자신의 본색을 드러내기 시작했다. 사람들을 돕던 그 손길을 거두어버리더니 온갖 악행과 착취를 일삼았던 것이다. 덕분에 커다란 자연재해를 겪고 상심하던 이곳의 주민들은 이제는 거의 노예처럼 살고 있었다. 뮤에게 정의란, 반드시 그 마녀를 제거하고 이곳 사람들에게 그들의 정당한 몫을 돌려주는 것이었기에 몇 번의 실패가 있다 하더라도 절대 멈출 수 없었다. 그는 곧 모든 생각을 멈추고 잠에 빠져들었다.

  여전히 그 소녀는 새까만 늦봄의 밤을 혼자 걷고 있었다. 남자 혼자도 걷기 두려울 정도로 피폐한 이 도시를 어떻게 저런 어린 소녀 혼자 아무렇지도 않게 걷고 있는지 뮤는 잘 이해가 되지 않았다. 갑자기 그녀가 뒤를 돌아보았다. 그러나 이미 뮤는 완벽하게 자신의 모습을 은폐하고 있었다. 뮤는 오늘 자신이 그동안 숨겨왔던 비장의 기술을 사용하기로 했다. 그는 지금껏 그 누구에게도 말하지 않은 자신만의 비밀이 있었다. 그는 하늘을 날 수 있었다. 정확하게 말하면 공중에 떠 있을 수 있었다. 그리하여 그는 공중에서 10cm 정도를 뜬 채로 빠르게 이동하는 기술을 연마하기에 이르렀다. 그것은 무협 소설에서나 등장하던 여러 보법과 검술들을 가능하게 만들었는데 그는 이 기술을 '온소쿠'라고 이름 지었다. 그것이 뜻하는 바는 바로 음속(音速). 즉, 음의 속도만큼 빠르다는 것이었다. 실제로 그는 마치 자기부상열차가 공중에 떠서 달리는 것처럼 빠르게 미끄러져 나갈 수 있게 되었다. 물론, 너무도 위험천만한 이 기술을 실전에서, 그것도 일반인을 대상으로 사용해본 적은 없었지만 만약 언젠가 그것을 사용하게 된다면 설령 적이 누구라 할지라도 단 한 번의 공격만으로 반드시 죽일 수 있다는 자신감을 갖고 있었다.

그는 앞서가는 소녀의 등을 바라보았다. 그리고 자신의 몸을 완전히 은폐한 상태에서 조용히 등 뒤에 검을 빼 들었다. 그리고 천천히 온소쿠를 시전하였다. 곧 몸이 가벼워졌음을 느끼는 동시에 그는 지체하지 않고 그 소녀를 향하여 미끄러져 나갔다.

'없어!'

그러나 그는 빈 허공을 가로 질렀을 뿐이었다. 이미 그 소녀가 있던 자리에는 아무도 없었기 때문이다. 그는 도저히 믿을 수 없다는 표정으로 사방을 살피고 있었다. 그가 망연자실하고 있을 때 어디선가 그 소녀로 추정되는 목소리가 들려왔다.

"지금 나를 찾고 있나?"

갑작스럽게 들린 영어에 그는 빠르게 검을 들어 경계 태세를 취했다. 평소 전 세계에서 의뢰를 받는 그였기에 모국어 이외에 영어 정도는 익혀두고 있었다. 그는 재빨리 그녀를 찾았다. 하지만 그 소녀의 모습은 어디에서도 찾을 수 없었다. 그가 당황하고 있을 때 그녀의 목소리가 재차 울렸다.

"나한테 한 방 먹었군. 여기야! 네 바로 위!"

그 말에 뮤는 자신의 머리 위를 쳐다보았고 태어나 처음으로 놀라 거품을 물고 쓰러지기 직전이었다.

'나, 날고 있어?!'

그는 자신의 눈을 믿을 수가 없었다. 그렇다. 그 바라라는 소녀 역시 자신처럼 날 수 있었던 것이다. 그것도 자신보다 훨씬 더 높이 떠 있었다. 그 소녀가 뮤를 향해 소리쳤다.

"요 근래 내 뒤를 밟던 녀석이 너지? 남자라면 복면을 벗고 정체를 밝혀라."

그는 마치 팝콘처럼 사방으로 튀어나갈 듯한 정신을 가까스로 부여잡은 채 바라라는 소녀를 바라보고 있었다. 곧 냉정함을 되찾은 그는 천천히 자신의 얼굴을 가리고 있던 복면을 벗었다. 바라는 뮤를 보며 재미있다는 듯 물었다.

"오호~ 동양인? 대체 너는 누구야?"

그러나 그는 아무런 대답하지 않은 채 여전히 방어 태세를 취하며 동시에 공격할 틈을 찾고 있었다. 그녀가 물었다.

"이봐. 너 가만히 있는 거 보니 네 녀석이 날 수는 있어도 여기까지는 못 올라오나 보군?"

뮤는 태어나서 놀라야 할 일들을 오늘 전부 겪는 것은 아닌가 하는 생각이 들었다. 아무에게도 말한 적 없던 자신만의 비밀을 그녀는 이미 알고 있었다. 그녀는 계속 말을 이었다.

"네 이름이 뮤지?"

뮤는 이제 더 이상 그 소녀가 어떠한 얘기를 한다고 해도 놀라지 않을 것 같았다. 뮤는 작은 소리로 바라에게 물었다.

"어떻게 내 이름을?"

그 말에 바라가 조롱하듯 말했다.

"너 보기보다 둔하구나? 이미 음지에서는 네 소문이 파다했어. 네가 날 제거하러 온다는 소문 말이야. 정작 당사자만 몰랐나 보네?"

뮤는 짧은 한숨을 쉬었고 그 소녀는 다시 말을 이었다.

"아! 네가 날 수 있다는 건 방금 알게 된 거야. 느낌으로. 아무튼, 사람들이 너를 가지고 이렇게 말하더라고. 그에게 의뢰는 곧 죽음이다. 하하하. 이제 그 말도 바뀌어야겠군. 그에게 의뢰는 곧 허탕이다. 푸하하 하하하. 역시 소문은 소문일 뿐이야. 그치?"

뮤는 입술을 꽉 깨물었다. 평소에 침착하고 냉정하기 둘째가라면 서러운 그였지만 지금 저 바라라는 소녀는 자신의 심기를 자꾸 건드리고 있었다.

'반응하지 말자. 대꾸하지 말자. 침착하자. 저건 지금 나로 하여금 냉정함을 잃게 할 의도이다.'

그는 냉정함을 잃지 않으려 애썼지만 바라는 계속 깐족거리며 뮤의 화를 돋우고 있었다. 그들은 그렇게 한참을 대치하고 있었다. 잠시 후 바라가 조용히 입을 열었다.

"이봐, 뮤. 나와 대화할 용의가 있나?"

갑자기 그녀의 태도가 진지해지자 뮤는 의아함을 느꼈다. 잠시 고민하던 뮤는 등 뒤에 있던 자신의 칼집에 칼을 꽂아 넣음으로써 그녀와 대화할 용의가 있다는 표시를 해 보였다. 그 광경을 본 바라가 그와 멀찍이 떨어진 곳에 가볍게 착지하고는 입을 열었다.

"설마 이러고서 다시 공격하는 건 아니겠지?"

"나의 무사도를 욕되게 하지 마라."

"워워~ 진정해, 진정. 혹시나 해서 그런 거니까. 자! 이제 대화를 좀 시작해볼까? 어차피 내 이름이야 의뢰받은 네가 잘 알 테고. 대체 나를 죽이려는 이유가 뭐지?"

뮤는 바라의 얼굴을 천천히 살펴보았다. 늘 뒷모습만 봐서 몰랐었는데 이렇게 가까이서 보니 평범한 소녀의 느낌은 아니었다. 그녀는 상당한 기백을 갖고 있었다. 외관은 남미사람 같지만 동양의 느낌도 섞여 있는 조화로운 얼굴이었다. 꾸미지 않아서 그렇지 상당한 미모의 소유자라는 것을 알 수 있었다.

"의뢰다."

뮤의 말에 바라는 코웃음을 치며 말했다.

"의뢰? 하! 방금까지 무사도니 뭐니 하더니 그건 다 개수작이었냐? 무사도 정신에 입각한 무사가 그렇게 돈만 준다고 사람을 다 죽이고 다녀?"

그 말에 뮤는 태어나 처음으로 소리를 쳤다.

"말을 삼가라!"

"너나 삼가라!"

바라의 맞불에 뮤가 주먹을 꽉 쥐며 덧붙였다.

"돈은. 중요치 않다! 다만!"

"다만?"

"중요한 건 정의다."

"웃기고 있네."

바라의 말에 뮤의 눈썹이 꿈틀거렸다. 바라는 입을 열었다.

"중요한 건 정의라는 놈이 왜 나를 죽이려 하지? 나야말로 이 땅에 정의를 실현하려는 구세주이건만."

평소 감정을 잘 드러내지 않는 뮤이지만 방금 그녀의 말에 자신도 모르게 살짝 입꼬리를 올렸다가 내리고 있었다. 이미 의뢰인을 통해 이 정도는 충분히 예상하였기 때문이다. 바라라는 소녀가 오히려 자신이 정의의 사도인 척 행세할 것이라고 미리 전해 들은 바가 있었다. 뮤는 조용히 입을 열었다.

"믿지 않는다."

"아하. 그러셔?"

그녀는 팔짱을 끼고 다시 말을 이었다.

"그래 뭐. 믿고 안 믿고는 네 자유야. 하지만 한 가지는 알아둬. 나도 너만큼이나 잔인하다는 걸. 마지막 경고야. 한 번 만 더 내 뒤를 밟는다면 그때는 반드시 널 죽이겠어."

바라는 그 말을 마지막으로 다시 날아 어딘가로 사라졌다. 뮤는 방금 전, 태어나 처음으로 누군가의 살기에 흠칫 놀랐지만 곧 냉정함을 되찾았다. 그는 다시 숙소로 돌아갔다. 어쩐지 일이 생각보다 간단하지 않을 것 같다는 생각이 들었다. 그러나 어차피 이번 의뢰의 기한은 아직 한 달이나 남았기에 조급해하지 않았다. 그는 전략을 바꾸기로 했다. 바라라는 그 마녀를 과소평가했음을 인정한 것이다. 그 소녀는 자신의 생각보다 강인해 보였다. 그는 생각을 정리한 후 침대에 누워 잠을 청했다.

바라는 허름한 창고 앞에 서서 주변을 살폈다. 아무도 없는 걸 확인한 그녀는 안으로 들어가 커다란 상자를 옆으로 밀었다. 그러자 상자 밑에 깔려 보이지 않았던 바닥의 작은 문이 보였다. 그녀는 그 문을 열고 지하로 들어갔다. 불이 환하게 켜진 지하의 방들은 의외로 아늑해 보였다.

"바라!"

동양인으로 보이는 어린 소녀가 바라를 반갑게 불렀다. 바라는 그녀에게 인사하며 물었다.

"응, 마리. 잘 있었어? 오늘은 좀 어때?"

"뭐 여전하지. 자기들한테 악영향을 끼치는 소식들은 다 통제하고 좋은 것들만 뿌려대더라고. 게다가 이제는 사람을 돈으로 사서 여론을 일으키고 있어. 뭐. 그래도 나름대로 선방하고 있지만. 히히."

마리라고 불린 귀여운 외모의 소녀는 그렇게 말하며 웃어 보였다. 겉으로 보기에는 그들은 마치 언니와 동생 같아 보였지만 바라는 마리를 자신과 비슷한 또래 정도로 예상하고 있었다. 바라가 지친 듯 마리에게 말했다.

"그래. 수고했어. 이제 시대가 바뀌어서 직접 발로 뛰는 건 별로 소용이 없네. 다 인터넷에서 떠들고, 떠드는 대로 휩쓸릴 뿐이야."

바라와 마리가 여기 아이티로 들어와 맞는 두 번째 해가 흘러가고 있었다. 그것은 이 땅이 대형 지진으로 인해 참혹한 폐허가 된 지 두 번째 해가 되었다는 얘기이기도 했다. 국토의 5분의 1이 소실되었고 인구의 3분의 1이 죽거나 다치는 대형 참사였다.

직업이 의사였던 바라는 현지 병원 등에 자원하여 환자들을 돌보았고, 얼마 전까지 유명한 국제 해커 단체의 일원이었던 마리는 여러 가지 정보를 통해 그런 바라를 돕고 있었다. 그러나 그들이 도착한 지 3개월이 되어가던 그 시점에 'REBBOR' 그들이 나타났다.

그룹 레보어는 근래 엄청난 성장을 거듭한 다국적 기업이었다. 그들이 급성장하게 된 원인에 대해서는 의견이 분분했지만, 어찌 되었든 많은 이들이 그들의 성장 그 자체에 대해서만큼은 아낌없는 찬사를 보내고 있었다. 그들은 초창기만 해도 기업윤리와 사회적 책임을 중시하는 이미지를 내세워 많은 주민들의 박수를 받았고 실제로 기부활동과 의료봉사 등의 다양한 지원 사업을 통해 그들을 돕기도 했다.

그러나 얼마 지나지 않아 조금씩 근무 환경에 대한 잡음이 새어 나오기 시작했다. 레보어에서 일하던 노동자들이 무임금 노동으로 착취당하고 있으며 여성 노동자들의 일부는 성폭행을 당했다고 주장한 것이다. 이 일은 매스컴을 통해 보도되려 했지만 어째서인지 흐지부지되었고 그것을 취재하던 기자는 지진이 가장 강하게 발생했던 마을의 강 하류에서 차가운 시신으로 발견되었다.

바라도 처음에는 이 소식을 알지도 믿지도 못했다. 그러나 그녀가 치료해오던 한 여인에게서 성폭행의 흔적을 발견하게 되었고 레보어의 노동자였던 그 여인의 입을 통해 그러한 사실들을 전해 듣게 된 것이다. 바라는 문제의 심각성을 느끼고 곧바로 마리와 조사에 착수했다. 놀랍게도 그 여인의 말은 전부 사실이었다. 더욱 놀라웠던 것은 그들이 저지른 악행이 그게 다가 아니라는 것이었다. 그들은 뇌물을 수수하고 현지 노동자들에게 협박과 공갈을 일삼고 노조 결성을 막거나 해체하기 위해 그들을 강제로 구금하기까지 했다. 바라는 그 사실에 분노했다. 그리고 지체 없이 의사가운을 벗어 던졌다. 그리고 예전처럼 다시 전사의 길을 걷기로 한 것이었다.

바라는 아르헨티나의 한 재력가 가문에서 태어났다. 그녀는 아무런 부족함 없이 자라 곧 아름다운 숙녀가 되었지만 정작 바깥세상에 대해서는 전혀 아는 게 없었다. 마치, 빵이 없다고? 그럼 고기를 먹어. 라고 했던 사람처럼 말이다. 그래서 그녀 주위에는 항상 그녀의 돈과 미모만 보는 사람들뿐이었다. 하지만 정작 그녀를 위해주는 사람은 자신의 엄마 그리고 친한 친구 '하라'뿐이었는데 '하라'라는 이름은 바라가 자신의 이름을 '바라'라고 지은 어느 날, 자신의 친구에게도 지어준 이름이었다. 그날 하라는 자신의 이름에 상당히 기뻐하며 바라에게 감사를 표했다.

그러던 어느 날 바라는 우연한 계기로 바깥세상에 눈을 뜨게 되었고 아르헨티나의 유명한 혁명가 '체 게바라'에 심취하여 그와 같은 삶을 살기로 결심했다. 바라는 하라와 함께 아주 오랫동안 아르헨티나와 그 밖의 세계를 돌아다니며 가난하고 힘없는 사람을 위해 대신 투쟁했다. 사람들을 모아 집회를 열고 부패한 정부와 기득권에 대항하는 시위를 주도했으며 사람들을 계몽하는 선생님의 역할까지 하게 되었다. 결국, 그녀들은 부패한 세력들의 표적이 되었지만 수많은 대중의 영웅이었기 때문에 그 누구도 함부로 그녀들을 건드릴 생각조차 하지 못했다.

그렇게 그녀들이 많은 업적을 세워가던 어느 날 그녀의 친구 하라가 세상을 떠나게 되었다. 그 일을 계기로 바라는 부에노스아이레스 대학에 진학하여 의사가 되었다. 물론, 예전처럼 다시 '바다르크'라 불릴만한 민중의 투사로 돌아갈 수는 없겠지만 그녀는 자원봉사 등을 통해 여전히 가난하고 힘없는 사람들을 돕고 있었던 것이다.

그러던 도중 아이티에서 대지진이 일어났다. 집에서 그 광경을 TV로 보던 바라는 자신이 하던 모든 업무를 중단한 채 아이티 사람들을 돕기 위해 마리를 데리고 이곳으로 왔다. 그리고 바로 지금. 그녀는 의사 가운을 벗고 다시 여전사의 검을 빼 들은 것이다. 다시 사람들을 모으고 시위를 주도하고 그들의 권익을 위해 투쟁하려 한 것이었다.

그러나 그것은 예전처럼 쉽지 않았다. 세월은 많이 흘렀고 모든 것은 변해있었다. 인터넷의 발달은 많은 사람들에게 자유로운 정보 검색이라는 이점을 주었지만 어차피 그 정보들이야 누군가에 의해서 제한적으로 주어지는 것일 뿐이었다. 결국, 시대가 변해 정보가 곧 힘이 되고 돈이 되면서 그것을 독점한 이들은 전에 권력을 독점한 이들보다 좀 더 쉽게 하지만 더 교묘하고 정밀하게 사람들을 지배해갔다. 그러나 많은 이들은 여전히 자신들이 자유인이라는 착각 속에 살고 있었다. 그럴수록 정보를 독점한 세력들은 그들의 시선을 돌리기 위해 더 화려하고 많은 볼거리를 제공해 주었다. 결국, 폭력과 착취는 눈에 보이지 않게 되었다.

"아! 긍데 바라~ 혹시 바라를 뒤쫓는다던 그 사람은 어떻게 됐엉? 누군지 알아냈엉?"

마리의 말에 급히 생각들을 정리한 바라가 대답했다.

"아아. 역시 뮤라는 사람이었어. 오늘은 아예 내가 먼저 선수를 쳤지. 마리 네 말처럼 마치 닌자 같았어. 아무튼, 레보어에서 나를 제0.거하기 위해 그를 고용한 건 사실이었어."

"봐봐! 마리 말이 맞지? 나는 맘만 먹으면 모르는 게 없다니깐. 나는 어디에도 있고 또 갈 수 있엉. 근데 그럼 오늘도 그 사람이 바라를 쫓은 거야?"

"응. 근데 그 사람. 뭔가 나에 대해 크게 오해를 하고 있는 것 같았어."

"오해라니잉? 무슨 오해?"

"음. 글쎄. 뭐. 아무튼, 생각보다 나쁜 사람 같지는 않았어."

"으~ 바라. 난 무셔. 사람들을 다 죽이자낭."

"하지만. 죽은 사람들 모두 심판받아 마땅한 사람들이긴 했잖아?"

"으~ 그래도 난 무셔."

마리는 거의 울 듯한 표정이었다. 바라가 그런 마리를 안심시키며 말했다.

"괜찮아. 내가 있잖아. 근데 하긴 그 뮤라는 사람. 무지 강해 보이긴 하더라."

"응, 응? 그럼 싸워 봤다는 말이야?"

"음. 아니. 그렇지만 오늘 그 녀석과 대면했을 때 확실히 알 수 있었어. 지금까지 내가 상대했던 그저 그런 놈들하고는 차원이 다른 사람이라는 걸 말이야. 하마터면 그의 기에 눌릴 뻔했을 정도였으니까."

"뭐? 바라가 그럴 정도라구? 으으~ 더 무셔!"

그들은 소박한 음식으로 식사를 마치고 침실로 들어가 불을 껐다. 마리는 누운 채로 옆 침대에 있던 바라에게 물었다.

"아! 근데 바라. 있잖아. 곧 그 '하라'라는 친구의 기일 아니야?"

"아, 응. 얼마 안 남았지."

바라의 말에 마리가 그녀의 눈치를 보더니 조심스럽게 물었다.

"그런데 바라~ 예전부터 궁금했는데 말이양. 그 친구는 어쩌다가 그렇게 된 거야?"

마리의 말에 바라는 한동안 입을 다물고 있었다. 그러자 마리가 더욱 눈치를 보며 그녀에게 말했다.

"움... 아니야! 말하기 힘들면 안 해도 됨. 히히히. 미안행~"

그 말에 바라가 생각에서 깨어난 듯 마리에게 말했다.

"아, 그런 거 아니야. 어떻게 죽었냐는 거지?"

바라는 덮은 이불을 조금 걷어낸 후 말을 이었다.

"내가 죽였어, 하라는."

"뭐어?! 무, 무슨 마, 말이얌?! 바, 바라가? 대, 대체 왜에?"

실내가 어두웠기 때문에 제대로 볼 수 없었지만 바라는 마리가 적잖이 충격을 받은 것 같다는 생각이 들었다. 바라는 말을 이었다.

"그때 난 아마 페루에 있었을 거야. 사상 초유의 대규모 반정부 시위가 한창이었고 정부군과의 마찰은 극에 달해 있었지. 결국, 시위는 진압되었고 정부군은 반정부 시위대의 중심에 있었던 나와 하라를 체포하기 위해 사력을 다했어. 우리는 주민들의 도움을 받아 숨어 지내는 생활을 계속했고. 어찌 되었든 페루를 빠져나가야 했으니까. 사실 나에게는 그건 간단한 일이었어. 마음만 먹으면 언제든 날아서 그곳을 빠져나갈 수 있었으니까. 그러나 하라는 그럴 수 없었기 때문에 나는 이러지도 저러지도 못하고 있었어. 시간이 흘러 우리는 거의 발각될 처지에 놓이게 되었지. 결국, 다시 도망치게 되었고 그 과정에서 하라는 부상을 입게 되었어. 그들은 이미 육·해·공의 모든 통로를 차단한 채 우리를 찾고 있었지."

"그, 그래서엉?!"

"우리는 결국, 한 폐가에 숨어들어 생활하게 됐어. 내가 밤이면 혼자 나가 먹을 걸 구해와 끼니를 때우며 가까스로 생활했지. 그러나 하라의 부상은 좀처럼 낫지 않았어."

"응. 어뜨켕. 그러면 병원에 가면 되잖아?"

"아니. 하라의 부상을 이미 알고 있었던 정부군은 시내 모든 약국과 병원에 24시간 내내 군 병력을 배치해놓았기 때문에 나는 그 흔한 약조차도 쉽게 구할 수 없었어. 게다가 우리의 이름에 수배령이 내려져 있었어. 소문에는 정부가 비공식적인 현상금을 걸어놓았다는 얘기도 있었지. 약은 고사하고 음식을 구해 오는 것도 힘들어진 거야. 그때부터 나는 근처 산에서 먹을 것들을 구해야 했어."

"힝. 너무 슬프다. 그때는 바라가 의사가 되기 전이었지?"

"그래, 맞아. 내가 그 당시에 의사였더라면 금방 하라의 부상을 치료하고 그곳을 빠져나갈 수 있었을 거야."

"흠. 그러면 그 하라라는 친구는 결국, 부상 때문에 죽은 거야?"

"아니야. 나도 처음에는 그 부상이 원인이라고 생각했지만 알고 보니 아니었지. 딱 이맘때쯤이었어. 지금과 비슷한 날씨여서 그 당시 산에서는 어떠한 먹을 것도 찾을 수가 없었어. 좀 더 날이 풀려 풀이 나고 나무에 과일이 열리기를 기다리는 수밖에 없었지. 그러던 어느 날, 늘 그래왔던 것처럼 기대 없이 먹을 것을 찾고 있는데 어떤 나무에 작은 초록색 열매가 열려 있는 것을 발견하게 된 거야."

"와잉! 잘됐다! 다행이얌!"

"그래. 나도 너무 기뻤지. 그러나 그 열매는 몇 개 없었기 때문에 나는 그것을 입에도 대지 않고 모두 하라에게 먹였어. 오랜만에 먹는 음식이라 그런지 하라는 정말 맛있게 먹었어."

"웅, 착한 바라. 너무 감동적이당."

"그래. 난 그 열매를 종종 발견할 수 있었지. 그럴 때마다 그걸 따다 하라에게 매일 먹여줬고."

"다행이다. 그럼 하라도 점점 몸이 좋아졌겠다. 그치잉?"

"아니. 전혀. 오히려 그 반대였어. 하라의 상태는 하루가 다르게 악화되고 있었어. 내 눈에는 그 애에게 다가오는 죽음의 그림자가 보이기 시작했지. 나는 그 그림자를 쫓아내려고 안간힘을 다했지만 그럴 수가 없었어."

"힝. 슬퍼."

"여느 날과 다름없이 나는 열매를 따기 위해 나갈 준비를 하고 있었어. 해가 이제 막 뜨고 있던 새벽이라 나는 하라가 자는 줄 알고 조용히 밖을 나서려는데 그 애가 갑자기 일어난 거야. 그러더니 나한테 얘기를 하더라고. 그건 내가 그때까지 들어본 하라의 목소리 중 가장 차분하고 평화로운 것이었어."

'바라. 나 오늘 기분이 너무 좋아. 몸이 완전히 나은 기분이야.'

'정말? 다행이다. 조금만 기다려! 내가 열매를 따올 테니까! 하라의 몸

만 완쾌되면 우리는 탈출할 수 있어! 다녀올게!'

'잠깐만, 바라!'

'응? 왜?'

'어릴 때는 내가 감히 너와 친구가 될 수 있을 거라고는 생각도 못 했는데. 너는 부잣집 따님이었고 나는 겨우 그 집에서 일하던 가정부의 딸이었으니까.'

'뭐야? 왜 갑자기 그런 얘기를 해?'

'그냥.'

'싱겁긴. 나 이제 갔다 온다!'

'바라!'

'응? 왜?'

'나는 원래 의사가 되고 싶었어. 그래서 아픈 사람들을 돌보고 싶었거든. 물론 내 형편에 그건 어림없는 일이었지만. 나는 바라가 꼭 나 대신 의사가 되어줬으면 해. 바라는 예쁘니까 의사 가운도 잘 어울릴 거야.'

'의사라. 뭐. 나쁘지는 않지. 일단 여기를 빠져나가면 생각해볼게. 그리고 만약 그렇게 되면 같이 공부하자. 돈은 걱정하지 마. 내가 다 내줄게. 우리 집 부자잖아. 그 정도는 괜찮아.'

'고마워. 정말 그렇게 되면 좋겠다.'

'그렇게 될 거야. 나만 믿어.'

"나는 신이 나서 달려갔어. 하라가 거의 다 나았다고 생각했거든. 그

날따라 열매도 많이 열려서 나는 두 손 가득 그 열매를 갖고 폐가로 돌아왔지. 그리고 하라에게 다가갔어. 그 애는 그냥 잠든 것 같았어. 얼굴도 손도 따뜻했었으니까. 그러나 곧 알게 되었지."

'하라…?… 너… 설마… 죽은… 거야?'

"나는 혼잣말로 그 애에게 그렇게 물었지만 당연히 답은 없었어. 나는 몇 날 며칠 동안 죽은 하라 옆을 멍하니 지키고 있었지. 결국, 그녀의 시신을 끌어안고 시내로 내려왔어. 군인들은 곧 나를 발견했고 나는 현장에서 체포되었지."
"대체 왜…?"
"하라의 시신을 두고 혼자 도망칠 수는 없었으니까. 나 혼자 그 애를 들고 집까지 날아가는 건 무리였거든."
"아아. 그래서였구나. 나는 전혀 몰랐어. 나는 그저 바라가 자수한 것을 매스컴을 통해 접하게 되었을 뿐이야."
"그래. 내 발로 교도소로 들어가게 됐지. 물론 쉽게 풀려날 수 없다는 건 이미 알고 있었어. 하지만 하라의 시신은 온전히 집으로 돌려보내졌으니 나는 그걸로 만족했지. 그러고 나서 나의 은인! 바로 우리 마리가! 등장하지!"
"아. 맞아!"
마리는 훌쩍거리면서도 기분 좋은 듯 답했다.

"나는 평소 바라의 열렬한 팬이었어. 그래서 늘 바라의 소식에 관심을 가지고 있었지. 어느 날 바라가 잡혀 들어간 것을 알게 되었고 페루 정부에 한 통의 팩스를 보냈어. 그 팩스로 전달된 문서에는 페루 정부의 비자금 세탁 및 비자금의 유입과 유출 경로에 관한 흐름, 고위층의 뇌물 수수와 성 상납에 대한 스캔들 그리고 그들의 자녀들이 저지른 비리 행각들에 대한 것까지 모든 정보가 들어 있었어. 나는 바라를 아무 조건 없이 석방한다면 그 정보도 아무 조건 없이 폐기하겠다고 했지. 결국, 그들은 내 제안을 받아들였고 바라는 그 정보와 맞교환된 거야."

"그래. 그곳에서 평생을 보내게 될 줄 알았던 나는 갑자기 풀려난 그 상황이 너무 어이가 없었어. 워낙 여러 나라에서 나를 벼르고 있던 판이라 우리 꼰대 돈으로도 해결이 쉽지 않던 상황이었거든. 나중에 마리 네가 날 찾아와 설명해줄 때까지도 믿지 않았어. 생각해봐. 어느 날, 작고 귀여운 소녀가 찾아와서는 자신은 국제적인 해커 단체의 멤버이며 실력도 그중 탑이라고 소개한다면 누가 믿겠어. 그러나 마리가 그들에게 보냈다던 그 문서를 내 눈으로 직접 확인하고 난 후 마리의 말을 전부 믿을 수 있게 되었지. 그리고 마리는 그때부터 나를 돕고 있고."

"돕는다니! 마리는 바라를 위해 일하는 거야! 히히. 그리고 마리는 언제나 이렇게 바라와 함께여서 너무 행복해! 히히. 아! 근데 말이야. 하라라는 친구가 죽은 것은 결국, 바라 때문이 아니었넹?"

그 물음에 바라는 마리를 향해 부드러운 미소를 지으며 말했다.

"하라가 나 때문에 죽은 건 사실이야. 그 당시에는 몰랐었지만 의사

공부를 하다 보니 알게 됐지. 내가 예전에 바라에게 따주었던 열매는 바로 매실이었어."

"매, 매실? 매실 나도 좋아해! 근데 매실은 왜?"

"매실은 청매실과 황매실이 있는데 청매실은 안 익은 거고 황매실은 잘 익은 거야. 언뜻 들으면 별 상관없을 것 같지만 덜 익은 청매실에는 독성이 있어."

"도, 독성?! 서, 설마?"

"그래. 그 당시에 나는 매실에 든 독인, 아미그달린이 하라를 점점 죽여가고 있다는 사실을 몰랐던 거야. 내가 최소한 그 열매의 씨라도 빼고 하라에게 먹였다면 괜찮았을 텐데 말이야. 결국, 나는 며칠에 걸쳐 그녀를 독살한 꼴이 되었지."

"어떻게 그런 일이... 바라... 그 사실을 알고 많이 슬펐겠다..."

"음. 글쎄? 그랬던 것 같기도 하고. 오래전이라 기억이 잘 안 나. 아! 마리. 그나저나 내일 일정은 어떻게 돼?"

바라는 급히 화제를 돌려 물었고 마리가 대답했다.

"응응? 아, 내일? 으응. 내일도 모 비슷행. 통제된 기사는 풀고 풀린 기사는 내리고. 히히. 아! 근데 내일은 레보어에 관해 좀 더 알아볼 게 있어."

"레보어에 대해? 이미 조사는 다 끝났잖아."

"앙~ 아니양. 저번에 내가 해킹했을 때 쉽게 말하면 걔네가 아예 자폭한 셈이어서 정보가 산산조각 나 있었거든. 약간 고생해서 복구해봤는

뎅 아마 더 큰 배후가 있는 것 같앙."

바라는 그 말에 놀라 침대에서 몸을 일으키며 말했다.

"뭐?! 그걸 왜 이제야 말해? 그럼 레보어가 다가 아니란 말이야?"

"아앙. 진정해엥. 모, 아직 확실한 건 아니라 말 안 한 거얌. 정확한 건 좀 더 시간이 필요행."

이미 레보어만 해도 버거웠다. 지금 그들은 단 두 명이서 거대한 다국적 기업과 맞서고 있는 것이었다. 그런데 그런 그들 뒤에 더 큰 배후 세력이 있다는 사실에 바라는 막막함을 느꼈다. 그녀는 다시 침대에 누웠다. 그러자 마리가 물었다.

"바라는? 바라는 내일 뭐행?"

"아. 나는 평소처럼 의료봉사를 갈 것 같아. 뭐. 설마하니 사람들 다 있는 대낮에 날 찾아와 떡하니 죽이겠어? 그리고 의료봉사가 끝나면 다시 주민대표와 노동자대표를 찾아가 설득해 봐야겠지."

"음. 잘 될까앙? 그 사람들 바라를 피하는 것 같던데엠."

"아마 레보어에서 이미 뒷돈을 먹인 것 같아. 사람들을 선동하지 못하도록 말이야. 그 사람들이야말로 여론을 환기할 수 있는 중요한 인물들이니까."

"그럼 그 뮤라는 나쁜 놈은 어쩔 생각이얌?"

"음. 곧 담판을 지어야겠지. 아! 그래서 말인데 혹시 이거 어때?"

"응응? 모? 어떤 거?"

거의 2주째. 뮤는 바라를 끈질기게 추적했고 그 결과 그녀가 숙소와는 별개로 지하에 은신처를 두고 있다는 사실을 알아냈다. 그 은신처는 허름한 부식 창고 아래에 숨겨져 있었는데 바라는 주기적으로 그곳에 드나들고 있었다. 그리고 바로 오늘이 그녀가 그 은신처로 향하는 날이었다. 바라가 은신처로 들어가면 오늘이야말로 반드시 그녀를 제거할 생각이었다.

그의 예상대로 바라는 숙소에서 나와 그 은신처로 향하고 있었다. 주위를 살피던 그녀는 마침내 안으로 들어갔고 그와 동시에 자신의 추적이 성공했음을 직감한 뮤는 등 뒤에 칼을 꺼내 들고 은신처로 몸을 던졌다.

―척

거의 들리지 않는 착지 음과 동시에 뮤는 사방을 살폈다.

'왜 아무도 없지? 그리고 이 흰 연기는 대체 뭐야?'

사방에는 희뿌연 연기가 가득 차 있었다. 바로 그때 바라의 목소리가 들렸다.

"저번에 이어 나한테 또 한 방 먹었군."

그는 소리가 나는 쪽으로 고개를 돌렸다.

"뮤. 뮤. 뮤. 뮤. 이쪽이야."

뮤는 소리가 나는 쪽으로 다가갔다. 그러나 그곳엔 벽이 가로막혀 있었다.

―쿵쿵

그는 그 벽을 주먹으로 몇 번 두드렸다.

"뭐하냐?"

분명 그녀의 목소리가 벽 뒤에서 들렸다. 뮤가 입을 열었다.

"어떻게 된 거지?"

"오호. 다급하니 입을 여는군. 나는 또 말을 거의 안 해서 벙어리인줄 알았지. 하. 하."

"모습을 드러내라."

"너 같으면 드러내겠냐? 난 이미 밖에 있다. 그리고 한 가지 더 알려 주지. 지금 너는 함정에 빠진 거야. 네가 들어왔던 천장의 문은 이미 닫혔거든. 즉. 넌 이 안에 갇혔다는 거지! 하하."

'함정? 이런 젠장!'

그는 그가 들어왔던 문으로 다시 나가보려 했지만 아무리 해도 그 문은 열리지 않았다. 그는 곧 주변을 살펴보았다. 아직도 뿌연 연기가 가득 차 있었다.

'혹시? 이 연기가? 이런. 숨을 쉬면 안 돼!'

뮤는 몸을 납작 엎드려 손으로 입과 코를 감싸고 있었다. 그때 벽 뒤에서 다시 바라의 목소리가 들렸다.

"이봐, 뮤. 내가 꺼내주지 않으면 네 놈은 죽고 말걸? 그 연기를 마시면 코끼리라도 채 5분을 못 버티거든. 자! 내 질문에 대답해라. 네 놈이 말하는 정의란 무엇인가?!"

'뭐?'

바라는 뮤가 아무런 대답이 없자 다시 물었다.

"대답이 없군. 다시 묻는다. 네 녀석이 말하는 정의란 힘없고 약한 자들을 위한 것인가? 아니면 강하고 군림하는 자들을 위한 것인가?!"

뮤는 대답 없이 가만히 엎드려 사태를 지켜보고 있었다. 일단은 자신에게 너무 불리한 상황이었다. 하지만 이 상황을 이미 예상했다는 듯 바라가 대수롭지 않게 말했다.

"역시. 네 녀석이 쉽게 대답할 리가 없지. 아무래도 내 생각에 넌 지금쯤 바닥에 납작 엎드려 개구리가 되어 있을 것 같긴 하다만. 뮤라고 했었지? 솔직히 말하지. 지금 실내에 가득 차 있는 그 흰 연기는 인체에는 전혀 무해한 거니까 걱정하지 마."

그는 천천히 일어나 코와 입에서 손을 떼어 보았다. 그리고 숨을 들이켰다.

'젠장. 속았군.'

바라는 계속 말을 이었다.

"잘 들어. 뮤. 나는 너와 싸우고 싶지 않다. 만약 너의 무사도 정신이란 게 힘없고 약한 자들을 보호하기 위해 존재하는 것이라면 가운데 방, 테이블 위에 있는 휴대용 녹음기를 재생해보길 바래. 그러나 만약 너의 무사도 정신이 그와 대척점에 서 있는 것이라면 그걸 들을 필요도 없겠지. 만약 그렇다면 그대로 나와! 내가 밖에서 기다리겠다. 정정당당히 1:1로 붙자. 아마 아까 열리지 않았던 천장의 문도 이제 다시 열릴 거야. 자, 이제 너에게 달렸어."

잠시 후 뮤는 아무 말도 하지 않은 채 바라가 말한 곳으로 향했다. 테이블 위에는 작은 휴대용 녹음기가 놓여 있었다. 그는 조심스럽게 재생 버튼을 눌러보았다.

-지지직 지지직

-아. 예예. 아. 네... 네 그럼요. 하하. 아. 네네네. 알고 있죠. 아 그러고말고요. 아무렴요.

지지직거리는 소리와 함께 한 중년 남성의 목소리가 들렸다. 그의 목소리는 무척 간사한 느낌이었는데 누군가와 통화를 하고 있는 것 같았다.

-아. 아마 이번 달 안이면 그 바라라는 년도 다 잘 처리가 될 겁니다. 아 그럼요. 우리가 얼마나 그 년 때문에 성가셨습니까? 하하! 뭐. 잔다르크 같은 여전사라나 뭐라나? 하도 다들 그 년을 영웅시해서 우리도 쉽게 건들지 못했는데 아니 그때 딱! 때마침 그 뭐야. 그 청부살인업자 있지 않습니까? 그 유명한 암살자 뮤. 아시죠? 그에게 의뢰는 곧 죽음이다, 그래서 우리가 의뢰한 겁니다! 네? 아~ 아~ 당연히 속였죠. 멍청한 놈이 돈도 받지 않더군요. 자신은 악을 무찌르면 그만이라나 뭐라나. 그놈은 바라 그 년이 아주 적인 줄 알고 있다니까요. 하하하. 칼만 쓰는 무식한 놈인데 그깟 놈이 뭘 알 리가 있나요? 게다가 이제 막 산에서 내려온 놈이라 세상 물정은 모르거든요. 하하하. 그리고 이미 정보는 우리가 다 통제하고 있으니까 그놈은 뭐 우리가 말하면 그런가 보다 하는 거죠. 아 그렇죠. 그렇죠. 하긴 그 뮤라는 놈도 우리한테는 얼마나 성가셨

습니까. 무사도니 뭐니 그런 헛소리 지껄이면서 우리 같은 사람들 위협해온 거 아닙니까? 아무튼, 이참에 뮤가 바라를 해치우든 바라가 뮤를 해치우든 일단 하나라도 제거되면 이익이죠. 그 다음에! 우리가 나머지를 바로 해치우면 되니까요. 아 네네. 이미 다 준비는 되어 있습죠. 하하하! 아이고~ 저희야말로 몸 둘 바를 모르겠습니다. 아니! 미국 대통령이 곧 세계 대통령인데 그 정도는 당연~히! 후원해야죠! 하하하. 네? 네? 네~ 에~? 아이고! 뭘 그런 걸 다! 저희 사업이 그쪽으로만 또 진출할 수만 있다면 뭐. 하하하. 네? 아이고 아닙니다. 저희가 하는 건 기부. 그저 기부에요. 게다가 저희가 뭐 후보님께 직접 현금 찔러 드린답디까?! 엄연하게 재단에 기부하는 거 아닙니까! 그럼요. 요즘에 민중은 개, 돼지라는데 뭘 그리 신경 쓰십니까? 하하하! 걱정 마시고 이번 참에 테러와의 전쟁이나 다시 한번 선포해보시죠? 외부에 공공의 적만 하나 만들어 놓으면 내부야 금방 단결되지 않겠습니까? 희생양이 필요할 뿐이죠. 하하. 아이고. 알겠습니다. 네. 그럼 먼저 들어가 보겠습니다. 아. 네. 네.

—툭 뚜뚜뚜뚜뚜

통화는 거기서 끝이 났다. 그리고 그 목소리는 뮤에게도 익숙한 것이었다. 그는 자신에게 바라를 죽여 달라며 의뢰하던 바로 그의 의뢰인이었기 때문이다. 그는 휴대용 녹음기를 내려놓고 조용히 그 은신처를 빠져나갔다.

"바라. 그 나쁜 놈 갔엉. 이제 나와도 돼."

부식창고의 상자 뒤에 숨어서 뮤가 사라지는 모습을 확인한 마리가 안으로 들어와 바라에게 말했다. 그 말에 바라는 아까 뮤가 주먹으로 몇 번 쳤던 그 벽을 가볍게 부수고 나왔다.

"마리. 이 벽 말이야. 생긴 거는 진짜 벽 같은데 이렇게 조금만 힘을 줘도 부서지네. 대체 어떻게 만든 거야?"

"웅. 생각보다 쉬웡! 근데 그보다 마리는 너무 무셔웠셔. 그 나쁜 놈이 이 벽을 부수면 어떡하나 해서엉."

"그러게 생각보다 운이 좋았네."

"그보다 그 나쁜 놈은 어디로 간 걸까앙?"

"글쎄."

그 말과 함께 바라는 몇 번을 웃더니 말을 이었다.

"아마 자신의 의뢰인을 만나러 가지 않았을까?"

따가운 햇볕이 초여름의 시작을 알리듯 온 땅에 내리고 있었다. 바라는 마리와 함께 아르헨티나의 한 작은 마을에 있는 무덤 앞에 서 있었다. 무덤은 화려하지 않았지만 아담하고 기품 있어 보였다. 바라가 그 앞에서 무덤을 향해 말했다.

"하라! 나 왔어. 잘 있었어? 아이티 가기 전에 들렸던 후로 처음이네. 내가 일이 많아서 바빴어. 네 기일이 맞춰온다고 온 건데 조금 늦었네.

미안해."

바라는 한참을 생각한 뒤 입을 열었다.

"아이티는 그럭저럭 정리된 거 같아. 도시도 거의 재건되었고 사람들도 활력을 되찾았어. 레보어 사장은 결국, 시신으로 발견되었지. 뭐. 아마 영원히 미제사건으로 묻히겠지만. 결국, 모든 사업이 중단되었고 공장은 문을 닫게 되었어. 그러자 점점 농민들이 돌아오고 있어. 아마 산업단지에 빼앗겼던 땅을 다시 찾아 예전처럼 옥수수, 고구마, 콩과 같은 작물을 재배할 수 있게 되겠지. 그리고 한쪽에 세워진 전력공장에서 나오던 폐수도 멈춰서 더 이상 강이 범람하지 않아 주민들도 안심하더군. 모든 것들이 제자리를 찾아가고 있어. 그런데."

그녀는 턱을 쓰다듬으며 말을 이었다.

"그 자리에 다른 회사가 또 들어올지도 모른다는 얘기가 있어. 물론 소문이지만 말이야."

바라는 마리에게 눈짓했고 마리는 가져온 꽃을 그녀의 무덤 앞에 두었다. 마리가 말했다.

"저와 바라가 준비했습니다. 별건 아니지만 받아주세요."

마리는 정성스레 꽃을 놓았다. 그러자 바라가 다시 무덤을 향해 말했다.

"하라! 나 다시 떠나야 해. 이번에는 더 길게 못 올지도 몰라. 더 깊고 커다란 일 속으로 빨려 들어갈 것 같거든."

"저 마리도 그렇습니다용!"

바라는 웃으며 말했다.

"안녕. 다시 볼 그 날까지."

"그럼 안녕히 계세욤."

바라와 마리는 무덤을 지나 좁은 오솔길을 걸었다. 오솔길 끝에 있는 작은집의 모퉁이를 돌아 나가려는 바로 그때였다.

―스윽

"바, 바, 바라?!"

마리는 놀라서 소리쳤다. 바라의 목에 새파란 칼날이 닿아있었던 것이다. 바라는 천천히 그 칼의 주인을 향해 고개를 돌렸다.

"뮤. 너였군. 이번에는 내가 한 방 먹었네. 마리! 가만히 있어!"

바라는 자신을 구하기 위해 뭔가를 시도하려는 마리를 만류했다. 바로 옆에서 뮤가 도끼 어린 눈으로 바라를 향해 적개심을 나타내고 있었다. 바라는 침착하게 말을 이었다.

"어이. 뮤. 어차피 이건 너와 나 사이의 문제잖아? 그러니 저 친구는 좀 빼줘. 너도 무사도 정신이 있는 녀석이니 아무 상관 없는 사람을 무자비하게 공격하지는 않겠지?"

그 말에 뮤는 작게 입을 열었다.

"나에게 덤비지만 않는다면."

한동안 대치 상태가 계속되었다. 바라가 마리를 향해 말했다.

"마리. 먼저 가. 여긴 내가 알아서 할게."

"아, 안 돼. 그, 그럴 수 없어. 이, 이 나쁜 놈아! 너 내가 누, 누군지

아, 알아앙?! 바라 몸에 상처 하, 하나라도 났다가는 너는 물론, 네놈의 가족, 친지, 동네, 국가까지 모조리 불태워 버릴 거야. 농담 같지? 후, 후회하지 말고. 어, 어서 그 칼 내려!"

마리로서는 나름 용기를 낸 외침이었지만 조그만 여자아이가 덜덜 떨며 외치는 그런 말 따위가 뮤에게 전혀 위협이 될 리 없었다. 그런 마리를 쳐다보던 뮤는 다시 바라에게 물었다.

"어디로 가는 건가?"

"오호. 이제 흥신소나 하시려고? 하긴 뭐 그 실력이면 사람 대신 죽여주는 일도 그만 때려치워야 하지 않아?"

"묻는 말에 대답해라."

"알아서 뭐하게?"

뮤의 눈은 진지했다. 당장에라도 바라의 목을 베어버릴 것 같은 기세였다. 그 눈빛에 바라는 한숨을 내쉬더니 뮤에게 말했다.

"아 참나~ 할 수 없군. 우리는 이제 미국으로 간다."

"왜지?"

"야! 뭘 그렇게 캐물어? 그리고 겨우 그런 거 물어볼 거면 칼 좀 치우든가?! 겁나 죽겠네!"

바라의 말에 뮤는 쳇. 하는 소리와 함께 칼을 다시 등 뒤에 칼집에 꽂아 넣었다. 그 모습을 본 마리는 안도의 한숨을 내쉬며 주저앉을 뻔했지만 뮤는 상관하지 않고 말을 이었다.

"말해라. 왜지?"

잠깐 동안을 못마땅한 표정으로 뮤를 바라보던 바라가 물었다.

"레보어 사장. 네 짓이지?"

"그렇다."

"그럴 거 같더라니. 뭐 그 쓰레기만도 못한 인간이야 죽든 말든 내 알 바는 아니지만 중요한 건 네가 죽인 그놈은 겨우 시작이라는 거야."

"무슨 말이지?"

"더 커다란 배후가 있어. 그 사장 뒤에서 이 모든 것을 설계하고 조종했던."

"그게 누군가?"

"나도 몰라. 우리도 이제 그걸 알아보러 가려는 참이야."

갑자기 땅을 내려 보며 한참을 생각하던 뮤가 바라에게 말했다.

"나도 가겠다."

"뭐?"

"뭐라구용?!"

뮤의 말에 바라와 마리가 놀란 듯 동시에 소리쳤다. 마리는 절대 반대라며 바라에게 울먹였다. 뮤가 그들에게 말했다.

"그들은 날 이용했다."

"누구 말이지?"

"그 배후."

"아하~ 그래서 복수하시겠다? 찾아가서 다 죽여 버리려고?"

뮤는 아무 말도 하지 않았다. 바라는 그런 뮤를 향해 고개를 저으며 말했다.

"근데. 이봐. 뮤. 이번에는 장담 못 해."

갑자기 진지해진 바라의 말투에 뮤도 덩달아 그녀의 말에 집중하는 눈치였다. 바라는 계속해서 말했다.

"말했잖아. 이건 겨우 시작이라고. 그 배후는 엄청나게 거대한 괴물일지도 몰라. 리바이어던 같은 괴물 말이야. 우리가 상대할 수 없는 수준의 상대일 수도 있다고. 군대가 될 수도 있고 국가가 될 수도 있어."

"상관없다."

바라와 뮤는 서로를 뚫어지게 바라보았다. 그러다 바라가 조용히 한 구석으로 마리를 데려가 한참을 설득하고 난 뒤에야 세 사람은 함께 길을 떠날 수 있게 되었다. 뮤가 바라에게 물었다.

"미국에서 뭘 하면 되지?"

그 말에 바라가 귀찮다는 듯 말했다.

"일단은 내 동료를 만날 거야."

"동료?"

"응, 그의 이름은 캡틴. 아! 물론 본명은 아니야. 그렇다고 그 녀석이 진짜 캡틴이라는 소리는 더더욱 아니고. 역시 리더는 나니까 말이야. 뭐 그 녀석이야 지금은 군인이고 언젠가 정치판으로 뛰어든다는 헛소리만 하는 녀석이니까 별로 신경 안 써도 되지만."

"만나서 뭘 하지?"

"참 궁금한 거 많네. 넌 궁금한 거 많아서 먹고 싶은 것도 많겠다!"

"난 거의 먹지도 자지도 않는다."

"하! 그러셔~"

"그렇다."

그들은 다시 말없이 길을 걸었다. 이번에는 바라가 뮤에게 물었다.

"아 맞다! 이봐. 뮤. 그나저나 너 우리 모임에 들어오지 않을래?"

"모임?"

"우리처럼 날 수 있는 사람들의 모임. 아. 뭐 아직은 생각뿐이지만 곧 몇 명 모아서 만들어볼까 하고."

뮤는 흠칫하며 마리를 쳐다보았다. 아마 마리가 아직 자신이 날 수 있다는 사실을 모른다고 생각하는 것처럼 보였다. 그것을 본 바라가 말했다.

"아~ 마리는 괜찮아. 우리에 대해 이미 다 알고 있으니까."

바라의 말에 뮤는 다시 무뚝뚝한 표정으로 바라에게 물었다.

"그 모임은 뭘 하는 건가?"

"응? 뭘 하냐니?"

"함께 적들을 물리치는 건가?"

"무슨 그런 무시무시한 말씀을. 그냥 놀 거야. 술이나 마시고."

"그게 다인가?"

"그래! 야! 항상 보면 꼭 너 같은 애들이 있어. 너 어릴 때 영웅물 좋아했지?! 초능력자면 꼭 세계를 구해야 하고 지구를 지켜야 하나? 나는 이번 일만 끝나면 그냥 우리 같은 친구들 몇 명 모아서 꼭 아주 엄청나고 대단하게 놀 거다! 아예 한 10박 정도로 집을 통째로 빌려서 말이야! 그렇게 놀다가! 죽기 전에는 엄청나게 큰 배를 하나 사서 거기서 다 같이 놀다 죽을 거고! 물론, 마지막에는 내 모든 재산을 그 배에 싣고 모든 걸 불사르겠지만 말이야. 그러니 좀 죽자고 덤벼들지 좀 마. 우리 같은 사람들은 일단 태어나기만 하면 중요하고 커다란 일을 해내야만 될 것 같은 그런 사명감을 반드시 가져야만 하는 거야? 웃기시네. 우리는 그냥 태어난 거로 그 사명을 다 한 거야. 보통의 인간들처럼.”

"오옹~ 멋지당! 마리도 동감이얌! 히히.”

뮤가 바라에게 짧게 물었다.

"그 모임의 이름은 뭔가?”

"아직은 없어. 그리고 우리는 아직 몇 명밖에 안 되는데 이름 같은 게 꼭 있어야 하냐?”

뮤의 표정은 어딘가 못마땅해 보였다. 그 표정을 눈치챈 바라가 할 수 없다는 듯 말했다.

"그럼 '바라 친위대'는 어때? 어차피 내가 리더고 나머지는 다 직속 부하들이니까.”

"싫다.”

"뮤. 그냥 넌 나중에 모임 만들어도 들어오지 마라. 너 같은 애 성가시다.”

그 말에 갑자기 마리가 끼어들었다.

"아! 난 바라 친위대 좋앙. 바라!”

"그치? 역시 마리가 안목이 좀 있어!"

그들 셋은 그렇게 마치 오랜 친구처럼 일상적인 대화를 나누며 목적지로 향해갔다. 날은 점점 더 뜨거워지고 있었다.

제5장

메멘토 모리
: 복수의 씨앗

메멘토 모리_ '너는 반드시 죽는다는 것을 기억하라'라는 뜻의 라틴어 낱말

"늦었네?"

갑작스러운 한국어에 뒤를 돌아보니 레이가 서 있었다.

필리핀. 세부에 위치한 막탄 공항. 공항이지만 마치 한국의 지하철 역 같은 느낌이었다. 나는 입국심사를 마친 뒤 짐을 찾아 공항 출구로 나가는 중이었다. 나는 기다리고 있던 레이에게 말했다.

"오랜만이네? 아. 그나저나 마중을 다 와주고 웬일이래?"

"이제부터는 내 어시니까."

우리는 공항 출입문을 열고 밖으로 나갔다. 분명 1월이었고 자정이 넘은 시간이었는데도 펄펄 끓는 찜통 안에 있는 느낌이 들었다. 나는 그제야 여기가 동남아라는 사실을 깨달을 수 있었다. 나는 앞서가는 레이를 향해 외쳤다.

"레이! 어디까지 가?"

하지만 그녀는 대꾸하지 않고 계속 걸어갈 뿐이었다. 하지만 나는 여행 가방에 캐리어까지 끌고 있었기 때문에 그녀의 속도를 맞추기가 쉽지 않았다.

우리가 도착한 곳은 주차장이었는데 마치 옛날 학교 운동장 같아 보였다. 레이는 큰 흰색 벤 앞으로 다가갔다. 그 차는 시동이 켜진 상태였는데 아마 안에 사람이 있는 듯했다. 그녀는 운전석 안을 살피더니. 닫힌 창문에 노크했다. 잠시 후 창문이 열리고 운전석에 있던 사람이 얼굴을 내밀었다. 나는 그 얼굴의 주인공을 향해 소리쳤다.

"엇?! 레프!"

작년 플라이어즈 모임에서 만났던 형제 중 동생인 레프였다. 나는 하마터면 너무 반가워서 그에게 한국어로 인사를 할 뻔했다. 나와 레프가 그렇게 인사를 주고받고 있을 때 레이가 조용히 레프를 불렀다.

"레프?"

그러자 레프가 레이에게 얼굴을 들이밀며 느끼하게 말했다.

"부르셨습니까. 나의 사랑스런 뷰티풀 레이디?~"

"문이나 열어."

"아. 네."

레이의 말에 레프는 황급히 자신의 건치를 감추고 차 문을 열었다. 나는 짐을 들고 레이를 따라 차에 올라탔다. 곧 차가 움직이기 시작했다.

나는 창밖으로 지나가는 풍경을 보고 있었다. 물론 밤이라 잘 보이지는 않았지만 마치 한국의 80년대 같은 느낌이었다. 나는 레프에게 질문했다.

"근데 어째서 레프는 여기 있는 거예요?"

"아하! 그게 궁금할 수도 있겠군. 나는 뭐. 일종의 레이의 보디가드라고나 할까? 하하하. 그녀는 나의 프린세스. 나는 그녀를 지키는 나이트!"

그 말에 레이가 조용히 레프를 불렀다.

"레프?"

"넵! 마이 리틀 프린세스?"

"운전이나 해."

"라져 댓."

어느새 차는 세부 시티 내의 고급 호텔 앞에 도착했다. 그녀는 나보다 일찍 이곳에 도착해 체크인 한 상태였으므로 내 방만 따로 체크인 한 후 함께 15층으로 올라갔다. 레이의 방 왼쪽은 레프의 방이었고 오른쪽은 내 방이었다.

나는 방으로 들어가 짐을 풀고 에어컨을 틀었다. 그리고 샤워를 하고 나와서 침대에 털썩 누워버렸다. 두 사람이 누워도 될 만큼 커다란 침대였다.

바라는 나에게 첫 임무를 주었다. 그것은 바로 레이를 돕는 것, 즉 그녀의 어시스턴트직 제안을 수락하는 것이었다. 물론, 이 임무가 레지스탕스 소탕과 무슨 관련이 있는 건지 그리고 바라가 어떻게 레이의 제안을 알고 있었는지는 잘 모르겠다. 하지만 그것 외에 바라에게서 어떠한 말도 듣지 못했으며 단지 추가적인 임무가 생긴다면 내 메일로 연락주겠다고 했다. 마지막에 그녀는 이 임무를 마치면 자신의 집으로 와서 머물러도 좋다고 덧붙였다. 아무튼, 나는 레이의 정식 어시스턴트로서 근무하게 되었다. 물론, 바라와 레이에게 이중으로 돈을 받게 되는 꼴이라 찔리기도 했으나 그렇다고 양심선언을 할 수도 없는 노릇이므로 열심히 일해서 내 몫을 다 해야겠다는 결심을 했다. 비행의 피로 때문인지 나는 금세 잠이 들었다.

전날 비행 탓인지 평소보다 늦게 일어나게 되었다. 나는 오전 9시가

다 되어 호텔에서 제공하는 조식을 먹기 위해 1층 식당으로 내려갔다. 아침이었지만 해가 마치 점심처럼 떠 있었다. 식당에는 에어컨이 세게 틀어져 있어서 그 안에 있는 사람들 대부분이 겉옷을 걸치고 있었다. 조식은 뷔페식이었는데 시간이 늦어 음식은 많이 남아있지 않았다. 한창 음식을 고르는데 누군가 나를 불렀다.

"이봐 데미안 늦었잖아."

"아. 레프. 레프도 이제 내려온 거예요?"

우리는 남은 음식을 긁어모아 창가 쪽 테이블에 앉았다. 나는 그에게 물었다.

"근데 레프도 레이와 함께 일해요?"

"응. 맞아. 거의 운전기사라고 보면 돼. 일한 지는 꽤 되었고. 아! 데미안 너도 오늘부터 레이의 어시스턴트 아닌가?"

"네. 근데 사실 이런 쪽으로 경험이 없어서 뭘 해야 할지는 잘 모르겠네요."

"뭐. 걱정할 필요 없어. 레이는 그렇게 손이 많이 가는 애가 아니니까. 너한테 전문적인 서포터를 바라는 게 아니야."

레프는 감자튀김을 우걱우걱 씹고 있었다. 나는 그에게 물었다.

"그럼 레프는 레이와 1년 365일 붙어 있겠네요?"

"아니야. 실질적으로는 일 년에 서너 달 정도에 불과해. 보통 레이는 한 작품을 마치면 최소 두세 달 정도의 휴식기를 갖는 편이거든. 그런데 어찌 된 영문인지 이번에는 이집트에서 작품을 마치자마자 바로 여기로 넘어오더라고? 휴식도 없이 말이야. 그래서 좀 의외긴 했지."

우리는 접시를 깨끗이 비운 뒤 다시 음식을 가져와 먹었다. 나는 그에게 물었다.

"레프. 혹시 레프는 레이가 어떤 작가인지를 아나요?"

"응? 그게 무슨 소리야? 여행 작가지. 여태 몰랐던 거야?"

"아. 그게 아니고요. 일본에 있을 때 우연히 레이라는 작가의 책을 보게 되었거든요. 사진과 그림들로 이루어진 책이었는데 듣기로는 팬도 많고 꽤 유명하다고 했어요. 물론 작가가 남자라고 듣기는 했지만 레이와 이름도, 직업도 같아서 혹시 그 작가가 아닐까 생각했었거든요."

그 말에 레프는 먹던 걸 멈추고 날 보며 씩 웃었다. 그가 말했다.

"그 작가 레이가 바로 나야."

"아. 네. 아? 네? 뭐라고요? 그 작가가 바로 레프라고요?"

내 물음에 그는 주변을 살폈다. 그리고는 나에게 몸을 기울이며 더 작게 속삭였다.

"뭐. 사실. 나는 간판일 뿐이야."

"네? 간판이요?"

"쉿! 목소리를 낮춰. 여기도 영어를 쓰니까 알아들을 수 있단 말이야."

나는 그 말에 주변을 살폈다. 그리고 조심스럽게 그에게 물었다.

"근데. 저. 레프. 간판이 뭐죠?"

"대리인 같은 거지. 나는 그저 레이인 척 하고 있는 것뿐이야."

"아. 허수아비 같은 거군요. 그렇다면 그 말은?"

"이봐. 데미안. 허수아비라니 그건 좀 심했잖아. 아무튼, 그 작가 레이가 우리가 아는 레이 맞아."

나는 그 말에 숟가락을 내려놓고 그에게 물었다.

"그럼 왜 레프가 레이 대신 그 작가인 척을 하고 있는 거죠?"

"아아. 레이가 본래 나서기 싫어하는 성격이야. 그래서 바라가 나에게 레이 대신 전면에 나서주길 부탁했지. 사실 그 당시 나는 파일럿이었지만 이직을 고민하고 있었거든. 그래서 흔쾌히 수락했지. 아! 레이가 영국에 자기 출판사를 운영하고 있는 건 아니?"

나는 고베 서점에서 점원 누나에게 들었던 이야기를 떠올리며 고개를 끄덕였다. 그러자 레프가 다시 물었다.

"그럼 그 과정에 대해서도 알고 있고?"

"네. 대충 듣기는 했어요. 근데 그럼 그 소송은 레이가 원한 게 아니었던 건가요?"

"아아. 아니야. 실제로 바라가 한 소송이나 다름없었지. 그때 아마 출판권 설정 기간이 끝났는데도 그 출판사가 레이의 책을 계속 출판해서 문제가 됐던 걸 거야. 아무튼, 자세한 건 잘 몰라. 레이도 마찬가지고. 사실 레이는 작품만 만들었지 정작 그걸 모아서 책으로 만들어 준 사람도 바라였으니까."

"아. 그렇군요. 그럼 설마 책의 가격이라든지 여러 마케팅 전략도 바라의 작품이었던 건가요?"

"아마 그랬던 것 같아. 나중에 책이 나오고 보니까 레이도 황당해했지. 바라는 그때 나 몰라라 하고 있었는데 지금 생각해보면 분명 무언가 치밀한 계산이 있었던 것 같아."

"그렇군요. 음. 역시 바라는 생각보다 대단한 사람이네요."

내 말에 레프가 좀 더 목소리를 낮춰 나에게 물었다.

"데미안. 너 뮤 알지?"

"네. 저번 모임 때 공항에서 저를 픽업해줬어요."

"딱 봐도 알겠지만 뮤는 엄청나게 강한 사람이야. 한때 실패를 모르던 살인청부업자였다. 혹은 암살자였다는 등의 소문들이 떠돌았을 정도니까."

"살인청부업자? 저도 뮤를 만났었고 직접 얘기를 나누어 보기도 했지만 그렇게까지 보이지는 않던데요?"

"소문이 그렇게 날 정도로 강하다는 소리야. 아무튼, 그런 뮤조차도 예전에 바라를 처음 만나 대적했을 때 몇 번씩이나 농락을 당했다더군. 물론 소문이야 과장되기 마련이지만 중요한 건 그 정도의 말이 돌 정도로 바라가 엄청나다는 거야. 그녀는 온갖 무술을 섭렵하기도 했거니와 너도 알겠지만 실전을 누비던 여전사였잖아."

"네? 그게 무슨 소리죠? 여전사라뇨?"

"아, 모르려나? 하긴 옛날 일이니까. 물론 지금은 바라가 의사이기는 해. 하지만 예전에는 인권운동가 내지는 혁명가로 더 알려졌었지. 힘없고 가난한 자들의 영웅이었어. 아마 인터넷이 좀 더 발달한 시대였다면 더욱 유명해졌을 거야."

"아 그래요? 저는 바라의 직업이 의사인지도 몰랐어요. 대단하네요. 근데 그렇다면 바라는 왜 갑자기 인권 운동가에서 의사로 전향을 했던 걸까요?"

"글쎄. 뭐 정확한 건 알 수 없지만 아마 가업을 잇기 위해서가 아니었겠어? 바라의 집이야말로 대대로 유명한 의사 가문이니까. 사실 말이 나왔으니 말이지 바라는 있는 집 자식인데 누리던 모든 것들을 버리고 투쟁하는 삶이 그리 쉬운 건 아니지. 아니면 투쟁방식에 변화를 준 것일 수도 있고."

"투쟁의 방식에 변화를 주었다는 게 정확히 무슨 의미죠?"

내 물음에 레프는 숟가락을 내려놓으며 말했다.

"바라는 부와 명예, 인맥, 권력까지 모든 것을 두루 갖춘 인물이야. 하지만 늘 자신의 배경을 짐짝 취급했었지. 그녀도 어느 정도는 마르크스주의자였으니까. 그러나 어느 순간 바라는 변했어. 물론 그 이유나 계기에 대해서는 알 길은 없지만 중요한 건 그녀가 자신의 배경을 무기로 사용하기 시작했다는 거야. 그리고 자신을 가로막는 것들을 가차 없이 무너트렸지. 그 출판사의 경우도 수단을 가리지 않고 레이를 짓밟으려 했어. 레이는 그 당시 무명작가였고 다른 작가들에게도 본보기를 보여주기 위함이었겠지. 그러나 그들은 곧 레이의 뒤에 누가 서 있는지를 알게 되었어. 그리고 순순히 거액의 손해배상을 하게 되었지."

"바라는 의사보다는 차라리 정치를 하는 편이 더 나았겠어요."

"실제로 그녀를 정치판으로 끌어들이려던 정치인이 한둘이 아니었어.

바라가 전부 고사했지. 오히려 그럴수록 그녀는 더 숨어들었어. 이제는 바라가 뭘 하며 사는지 아는 사람이 거의 없지. 나도 뭐 1년에 한 번 얼굴 보는 게 다고."

레프는 다시 음식을 먹기 시작했다. 나는 그에게 물었다.

"그렇다면 결국, 그 출판사는 바라의 것인가요?"

"아니. 바라가 확실히 선을 긋더군. 출판사에 관해 자신은 일절 관여하지 않겠다고 말이야. 뭐. 형식적으로는 내 회사지. 하지만 결국, 레이의 것이고. 물론 나는 당연히 이 회사에 눈독 들일 생각조차 할 수 없어. 그럼 난 바라한테 찍―"

레프는 엄지손가락을 들어 목을 긋는 시늉을 해 보였다. 그리고는 말을 이었다.

"아. 물론 뭐 대단한 회사라고 생각할 수 있겠지만 그렇다면 아마 실망할 거야. 런던의 대로변에 있는 그리 크지 않은 출판사니까. 잘 찾지 않으면 그냥 지나치기 십상일 정도지 뭐. 처음에는 거의 나 혼자 일을 맡아 했어. 직원도 거의 없었으니까. 새로운 일에 적응하느라 경영 쪽으로 공부도 다시 하고 나름대로 고생 좀 했는데 이제는 직원도 많아지고 전속작가도 따로 둘만큼 성장했지."

우리는 한동안 말을 멈추고 다시 식사하기 시작했다. 잠시 뒤 나는 레프에게 물었다.

"레이는 작품을 위해 여러 나라를 많이 돌아다니는 거 같던데 그럼 힘들지 않아요?"

"괜찮아. 이미 적응도 됐고 나야 워낙 여행을 좋아하는 놈이라. 단지 말이 안 통해서 불편한 게 많았지. 물론 레이랑 있으면 그런 문제들이야 다 해결되지만."

"그래요? 레이는 여러 외국어를 구사할 수 있나 봐요?"

"조금 과장하면 거의 10개 국어 정도 하는 거 같아."

"네? 농담이시죠?"

"아니. 전혀. 내 생각에는 레이가 언어 쪽에 특화된 사람이 아닌가 싶어. 레이는 모르는 언어도 대충 한 달 정도만 익히면 어디 가서든 완벽하다 싶을 정도로 사용하더라고."

나는 그 말에 몇 번 고개를 끄덕이다 레프에게 말했다.

"레이는 언어 분야로 진출했어도 성공을 했겠네요."

"아마 뭘 했어도 성공했을 거야. 재능이 많은 아이니까. 내가 알기로는 어릴 적부터 사격과 복싱도 했는데 복싱은 프로테스트까지 합격한 거로 알고 있어."

"음. 혹시 레이는 어느 귀족 가문에서 나고 자란 거 아닐까요? 집으로 돌아가면 승마를 하고 있을 것 같네요."

"음. 글쎄. 아예 왕가에서 태어났을지도?"

우리는 각자의 방으로 헤어졌다. 나는 책상으로 가 노트북을 열고 수신된 메시지들을 확인했다. 일일이 답장을 하던 중 라일에게 안부 인사

차 연락이 와 있음을 발견했다. 나는 메신저를 통해 라일에게 답장했다.

[라일. 걱정해줘서 고마워. 난 잘 도착했어.]

예상과는 달리 라일의 답장은 바로 도착했다. 현재 메신저에 접속한 상태인 듯했다.

[다행이네. 독일 좋아?]

[좋지. 너도 나중에 놀러 와.]

[안 그래도 조만간 거기로 한 번 놀러 가려고. 집은 어디야?]

나는 라일의 질문에 당황하여 대충 둘러댔다.

[아. 뒤셀도르프. 알아?]

[뒤셀? 들어보긴 했어. 주소 좀 알려줘.]

[주소? 주소는 아직 정신없어서 잘 모르겠네. 조만간 알려줄게.]

나는 급히 화제를 돌려 그에게 물었다.

[그나저나 두바이 생활은 어때? 좀 괜찮아?]

[응? 아. 나 지금 대만에 있어. 당분간은 여기서 지낼 거 같아.]

[정말? 갑자기 대만은 왜?]

[뭐. 프로젝트 때문에. 사람들이랑 같이 작업하느라고.]

[아. 그래? 다시 컴퓨터 쪽으로 공부하나 보네?]

[뭐. 그런 셈이지.]

[의외다. 나는 네가 컴퓨터 공부는 아예 그만둔 줄 알았거든. 하긴 갑자기 공무원 시험 준비한다 그래서 의아하긴 했어.]

[아. 그건 한국에 있던 여자 친구가 공무원이 좋다 그래서.]

[너 여자 친구 있었어?]

[응. 근데 지금은 헤어졌어. 사실 내가 한국에 잠깐 들어왔을 때 사귄 애였거든. 뭐 장거리 커플이라서 힘든 게 많았지. 사실 걔 때문에 그동안 하던 거 다 접고 한국으로 들어가서 공무원 시험 준비한 건데 결국, 헤어진 거고.]

[라일. 너는 꼭 힘든 일은 다 겪고 나서 나중에 이렇게 아무렇지도 않게 얘기하더라? 우리 사이에 너무 한 거 아니야?]

[미안해. 괜히 걱정시키고 싶지 않았어.]

그 말에 나는 화제를 돌려 그에게 물었다.

[그럼 지금 어디서 지내? 게스트하우스?]

[아이린이라고 한국에서 만난 대만 친구가 있는데 그 친구 집에서 지내. 아. 비밀로 해줘. 다른 사람들은 나 여기 온 지도 몰라.]

[아아. 알았어. 그럼 그 아이린이라는 친구랑 같이 프로젝트 작업하고 있는 거구나?]

[그렇지 뭐. 근데 너야말로 어떻게 갑자기 독일에 취업이 된 거야?]

[뭐. 아는 사람 소개로.]

[오오. 잘됐다. 축하해. 근데 회사 이름이 뭐야?]

나는 라일의 질문에 다시 둘러대기 시작했다.

[일단은 뭐, 쉽게 관광업에 종사한다고 보면 돼.]

[아아. 그럼 나중에 네 덕분에 여행 싸게 갈 수 있겠는데?]

[넌 내가 공짜로 보내줄게. 일단 적응하는 게 우선이지만.]

[말이라도 고맙네. 이제 나가봐야겠다. 나 여행가거든.]

[여행? 지금?]

[응. 이제 곧 공항으로 가야 해.]

[그래? 어디로 가는데?]

[미안. 지금 늦어서 내가 또 연락할게.]

그렇게 라일과의 대화가 마무리되었다. 나는 그가 혹시나 날 찾아 독일로 가지는 않을까 걱정하며 침대에 다시 누웠다. 갑자기 피곤이 몰려왔고 나도 모르게 잠이 들었다.

—똑똑똑

노크 소리에 잠이 깼는데 밖에서 레프의 목소리가 들렸다.

"데미안? 안에 있니?"

"아, 네! 저 안에 있어요."

"레이가 30분 뒤에 로비에서 모이자고 하네."

"아, 네. 감사합니다!"

레프는 다시 자기 방으로 돌아갔는지 더 이상 아무 소리도 들리지 않았다. 나는 간단히 씻고 챙겨온 자외선 차단제를 얼굴과 몸에 잔뜩 발랐다. 로비로 내려가니 레이가 이미 나를 기다리고 있었다. 그녀는 밑으로 넓게 퍼져 무릎까지 내려오는 민소매 하얀색 원피스를 입고 있었다. 그녀가 일어나자 그 원피스가 하늘거렸다.

호텔 입구에는 레프가 차를 대기 시켜놓고 우리를 기다리고 있었다. 나는 레이를 따라 차에 올라탔고 차는 곧 출발했다. 나는 말없이 창밖을 바라보고 있는 레이에게 물었다.

"레이. 근데 우리 지금 어디 가는 거야?"

"몰에."

"몰? 우리 쇼핑하러 가? 그럼 작업은?"

레이는 날 보며 어깨를 으쓱하더니 다시 창밖을 바라보았다. 우리 옆으로 사람들을 가득 태운 지프니 한 대가 지나가고 있었다.

곧 차는 몰 안으로 들어섰다. 몰은 쇼핑몰이라기보다는 한국에 있는 대형 마트 수준이었는데 'ㄷ' 자 형태로 만들어져 지하 1층에 마트, 지상 1, 2층은 상점과 음식점들이 들어차 있었다. 우리는 곧장 2층으로 올라가 한 가게로 들어갔다. 그곳은 마사지 숍이었는데 내가 물을 틈도 없이 레이는 곧바로 한 직원을 따라 안쪽으로 들어갔다. 곧 나도 레프를 따라 어느 작은 방으로 들어가게 되었고 40분 동안 마사지를 받게 되었다. 계산대로 나가 보니 이미 레이는 소파에 앉아서 따뜻한 차를 마시고 있었다. 어차피 둘밖에 없었기 때문에 한국어로 그녀에게 물었다.

"레이. 너는 다 끝난 거야?"

"응. 어땠어?"

"아, 뭐. 시원하기도 하고 아프기도 하고. 근데 나는 마사지가 처음이라 여자가 해주길래 깜짝 놀랐어."

"순진한 척하기는."

레이는 그렇게 말하고는 나가자며 자신의 손가방을 들었다. 나는 그녀에게 물었다.

"가자니? 어디로? 아직 레프는 안 나왔어."

"오래 걸릴 거야. 가장 긴 코스니까."

그녀는 그렇게 나오며 종업원들에게 돈을 주었는데 아마 팁인 것 같았다. 그들은 우리에게 문까지 열어주며 연신 잘 가라고 인사했다. 그녀는 아래로 내려가 몰을 빠져나갔다. 그리고는 마치 현지인처럼 곧바로 도로를 건넜는데 자신의 앞으로 차가 쌩쌩 지나가는 것도 별로 개의치 않았다. 그러나 나는 그 자리에 멈춰 서 있었다. 도저히 차가 달리는 도로를 건널 수 없었기 때문이었다. 그녀는 반대편에 서 있는 날 보며 소리쳤다.

"데미안! 뭐해?"

"레이. 도저히 못 건너겠어. 여기 횡단보도는 없어?"

그녀는 내 말에 한숨을 푹 쉬더니 다시 나에게로 건너왔다. 그리고는 내 등을 툭툭 치며 말했다.

"앞으로 가."

나는 그녀 덕분에 강제로 길을 건너가기 시작했다. 내가 말했다.

"야. 레이! 밀지 마! 옆에 차오잖아!"

결국, 도로를 무사히 건너 그녀가 데려간 곳은 다른 몰이었는데 방금 갔던 곳보다 허름해 보였다. 나는 그녀에게 물었다.

"뭐야? 가이사노? 가이사노가 이 몰 이름이야?"

레이는 고개를 끄덕였다. 나는 그녀에게 다시 물었다.

"여기는 어떻게 아는 거야? 와본 적 있어?"

"어릴 때."

"어릴 때? 그러면 부모님이랑 같이 왔던 거야?"

내 말에 그녀는 알 수 없는 미소를 지었다. 그 후 우리는 지하 마트와 1, 2층에 진열된 옷들 그리고 가장 끝에 위치한 작은 극장을 둘러보았다. 한참 주변을 살피고 있는 레이에게 내가 물었다.

"레이. 어린 시절의 추억이 떠올라서 여기에 온 거야?"

"추억이라. 뭐 어떤 면에서는?"

그러면서 그녀는 아직도 볼 게 남았는지 천천히 여기저기를 둘러보고 있었다. 나는 시계를 보며 그녀에게 말했다.

"레이. 이제 갈까? 지금쯤이면 레프도 거의 끝나지 않았을까?"

"끝나면 데리러 올 거야. 여기로."

나는 그 말에 다시 고개를 끄덕였다. 레이는 2층의 외곽으로 향했다. 그곳은 밖으로 통하는 육교와 이어진 곳이었는데 그 초입에 작은 상점이 있었다. 마치 한국의 버스정류장 앞에서 껌이나 음료수를 파는 작은 가게 같은 곳이었다. 그녀는 나를 부르며 그곳으로 손짓했다. 나는 그녀에게 다가가 물었다.

"여긴 뭐 하는 곳이야?"

"너 핸드폰 유심 사줄게."

그녀는 그 가게 안에 있는 사람을 불렀고 곧 가게의 주인으로 보이는 중년 남성이 고개를 들었다. 그의 얼굴은 목까지 기다란 흉터가 나 있어 매우 험악한 인상이었다. 레이는 그에게 가장 비싼 무제한 통화, 문자

유심을 주문했다. 내가 그 유심을 바꿔 끼는 것에 애를 먹고 있을 때 그녀가 주인에게 물었다.

"여기서 오래 장사 하셨나 봐요?"

"뭐 그렇죠. 그런데 아가씨는 그걸 어떻게 압니까? 여기 사람 같지는 않은데."

그 주인은 레이의 얼굴을 보며 국적을 가늠하려는 것 같았지만 소용없는 일이었다. 레이가 그에게 말했다.

"어릴 때 와본 적이 있어요. 그때 본 기억이 나네요."

"아 그렇습니까? 근데 어릴 때라면 그게 언제 적입니까?"

"글쎄요. 10년은 더 된 것 같군요."

"음. 10년이라. 그러면 내가 여기에서 아마 한창 이 가게를 하고 있을 때구먼. 물론 그때는 이렇게 핸드폰 관련한 것들을 팔지는 않았지만 말이죠."

"그때는 아마 과자 가게였었죠?"

레이의 말에 그 주인은 상당히 놀란 듯 대답했다.

"야아~ 이거 아가씨는 상당히 똑똑한 꼬마 아가씨였겠군. 어떻게 그런 걸 다 기억하고. 나이가 몇인지는 모르겠지만 10년 전이었으면 상당히 어렸을 텐데 말이오."

그 말에 레이는 살짝 웃더니 조용히 말했다.

"꼬마 아가씨라. 오랜만에 듣네요."

그 주인은 고개를 돌려 나에게 물었다.

"남자친구요?"

나는 당황하며 그 주인에게 대답했다.

"아, 아니요. 저희는 그냥 친구예요."

"거, 친구인지 아닌지 내 알 바는 아니지만 조심하쇼!"

"네? 대체 뭘요?"

"이런 미인과 다니다 보면 여기서는 항상 표적이 될 수 있다오. 아마 길거리에서 이 아가씨를 보는 남자들은 다들 침을 흘리며 지나가게 될 거요. 항상 옆에서 잘 지키쇼."

우리는 레프가 도착할 1층 입구로 향했다. 나는 그녀에게 말했다.

"레이. 너는 예쁘다는 소리 좀 듣더니 엄청 기분 좋은가보다? 무척 상냥하던데? 말도 길고. 나한테도 그 반만 좀 해봐라. 항상 단답형으로만 얘기하지 말고."

그녀는 내 말에 그게 뭐 대수냐는 듯 말했다.

"기분 좋잖아."

"뭐가. 네가 미인이라는 게?"

"아니. 꼬마 아가씨였다는 게."

우리가 내려가니 이미 레프는 도착해 있었다. 나는 차에 올라탄 뒤 레이와 새로 생긴 핸드폰 번호를 교환하고 레프의 핸드폰 번호까지 받아 저장하였다. 차는 다시 출발했고 나는 그녀에게 물었다.

"아, 레이. 그런데 혹시 이번에 세부에서 작업이 끝나면 다음으로 작업할 나라는 어디야? 그리고 그사이에는 얼마 정도 휴식 기간을 갖는 거고?"

"이번이 마지막이야. 좀 쉬고 싶거든. 몇 년 푹."

그 말에 나는 더 그녀에게 질문하려 했지만 그럴 수가 없었다. 앞에서 조용히 운전하던 레프가 레이에게 소리쳤기 때문이다.

"뭐?! 레이! 뭐라고? 이번이 마지막 작업이라고? 아니 갑자기 왜?! 그보다 그걸 왜 이제 서야 말해? 갑자기 이렇게 말하면 계획한 여러 가지가 엉망이 될 수도 있다고."

"회사는 이제 나 없이도 잘 돌아갈 거야."

레프는 잠시 차선을 바꾸는 데 집중하더니 다시 그녀에게 물었다.

"대체 그건 언제 결정한 거야?"

"얼마 전에. 하지만 늘 생각은 했었어. 세부가 마지막이라고."

"그래? 근데 이집트에서는 나한테 그런 말 전혀 없었잖아?"

레이는 대꾸도 없이 뭔가를 생각하고 있었다. 차는 다시 어떤 건물로 향했는데 방금까지 보았던 작은 몰들과는 차원이 달랐다. 그곳은 아얄라몰이었는데 마치 한국에 있을 법한 대형 백화점 같았다. 레프가 주차를 하고 온 뒤 우리는 몰의 3층에 있는 스테이크 전문점으로 들어갔다. 점심때가 지나서인지 사람은 많지 않았다. 우리는 빈자리에 앉아 음식을 주문했고 레이는 잠시 손을 씻으러 갔다. 레프와 단둘이 남은 나는 그에게 물었다.

"레프는 동남아에 자주 와요?"

"응. 그런 편이지. 여기야 적은 돈으로도 왕처럼 지낼 수 있으니까. 사실 그동안 계속 오고 싶었는데 레이 때문에 못 왔었어. 레이가 더위를 많이 타는 편이라 그동안 동남아는 피해왔었거든. 그런데 갑자기 예정에도 없던 세부를 간다고 해서 의외였지. 이번이 처음이야. 레이랑 동남아에 와본 건."

"레이는 어릴 때 이곳에 한 번 와본 적이 있다는데요?"

내 말에 레프는 잘 모른다는 듯 어깨를 으쓱해 보였다.

호텔로 돌아온 우리는 각자의 방으로 흩어졌다. 나는 헤어지면서 레이에게 대체 작업은 언제 하는 것인지에 관해 물었지만 그녀는 곧 할 일이 많을 테니 즐길 수 있을 때 많이 즐겨두라는 말만 남기고 자기 방으로 들어가 버렸다. 온종일 놀고 먹어서 양심의 가책이 들기도 했지만 머지않아 고된 업무가 시작되리라는 생각에 나는 일찍 잠자리에 들었다.

제6장

메멘토 모리
: 발아의 온도

"레이? 왜 혼자와? 레프는?"

"몸이 안 좋다네."

"아 그래? 어쩌지? 그럼 오늘 일정은 쉬어야 할까?"

"그냥 우리끼리 다니자."

"그래? 하지만 내가 운전을 할 수가 없을 텐데? 이럴 줄 알았으면 미리 면허증을 국제운전면허증으로 바꿔 올 걸 그랬네."

"택시 타면 돼."

"그래? 여기는 택시비도 싼가?"

"엄-청."

우리는 호텔 직원이 잡아 준 택시에 몸을 실었다.

이곳 세부에 온 지도 벌써 보름이 지났다. 그동안 레이는 아무 작업도 하지 않았다. 따라서 나도 아무런 할 일이 없었다. 우리의 일정이란 건 별다를 게 없었다. 오전에는 호텔에서 제공하는 조식을 먹은 후 각자 방에서 휴식을 취했다. 오후에는 밖으로 나가 마사지를 받고 외식과 쇼핑을 하고 저녁에는 분위기 좋은 술집에 가서 재즈를 들으며 유유자적하게 시간을 보내는 것뿐이었다.

우리는 함께 다니는 시간을 제외한다면 거의 반나절 정도는 각자 시간을 보냈는데 레프와 레이가 무엇을 하는지는 알 수 없었다. 다만 가끔 호텔 내에서 마주치는 걸 보면 레프는 거의 헬스장에서 운동을 하고 바에 가서 술을 마시며 가끔은 도시에 있는 유명한 클럽을 드나드는 것 같았다.

그러나 레이와는 단 한 번도 마주친 적이 없었다. 딱 한 번 월급문제로 할 얘기가 있어 자기 전, 레이의 방문을 두드린 적이 있었다. 그러나 아무 소리도 나지 않아 나는 그녀가 일찍 잔다고 생각해 그냥 내 방으로 되돌아왔다. 그다음 날 보니 레이의 양팔에 마치 누군가와 싸운 것 같은 멍 자국이 심하게 들어있었다. 내가 그것에 관해 묻자 레이는 어젯밤 외출 중에 넘어져 생긴 멍이라고 했다. 평소의 그녀를 생각하면 의아한 대답이긴 했지만 어쨌든 그녀도 가끔 밤에 혼자 외출을 한다는 것을 알 수 있었다.

나는 대부분의 시간을 호텔방에서 쉬며 체력을 보충했다. 아무튼, 나에게는 이곳 생활은 힐링 그 자체였지만 한편으로는 레이에게서 월급을 받지 못할 것 같다는 불길한 예감이 들기도 했다.

택시는 아얄라몰로 향하고 있었다. 처음에는 대단히 크고 복잡하게 느껴졌었는데 보름 동안을 매일같이 다니다 보니 이제는 그 몰의 내부까지 전부 외울 지경이었다.

택시는 벌써 30분째 제자리에 서 있었다. 원래 호텔에서 몰까지의 거리가 먼 편은 아니었는데 오늘은 이상할 정도로 정체가 심했다. 나는 레이에게 물었다.

"레이. 앞에 사고라도 난 거 아니야? 러시아워도 아닌데 이렇게까지 차가 막힐 리가 없잖아?"

"그런가. 기사님."

레이의 부름에 계속 백미러를 통해 그녀를 힐끔힐끔 쳐다보던 그 기사는 이제는 아예 고개를 돌린 채 그녀에게 대답했다.

"차가 왜 이렇게 막히죠?"

"글쎄요. 저도 잘은 모르겠지만 보통 이러면 근처에 중요한 행사가 있더군요."

"중요한 행사라면?"

"예를 들어 해외에서 스타들이 온다든가. 아니면 유명 스포츠 스타가 온다든가. 복싱 영웅 파퀴아오 같은 선수 말이에요."

"그렇군요."

레이는 그렇게 말한 뒤 고개를 창밖으로 돌렸지만 그 기사는 여전히 그녀를 훔쳐보고 있었다.

사실 처음에는 잘 몰랐었지만 여기서 지내다 보니 지나칠 정도로 레이를 뚫어져라 쳐다보는 남자가 한둘이 아니었다. 예전에 가이사노몰에서 가게 주인이 했던 그 말이 결코, 과장이 아니었던 것이다. 그나마 내가 같이 다닐 때는 조금 덜 한 편이었지만 내가 잠시 화장실이라도 다녀올라치면 금세 남자들이 개떼처럼 달려들어 레이에게 작업멘트를 날리고 있었다. 물론 내가 다시 돌아오면 쥐 죽은 듯이 떨어져 나가는 거 보면 아마 나를 남자 친구 정도로 보는 듯했다. 택시기사는 여전히 레이의 얼굴, 몸매 구석구석을 훑어보고 있었다. 나는 그 기사가 듣지 못하도록 일부러 레이에게 한국어로 말했다.

"레이. 그냥 걸어가자. 어차피 정체가 풀릴 것 같지도 않은데 괜히 택시비만 계속 오르니까 돈 낭비야. 어차피 몰은 요 앞이잖아."

"음. 그럴까?"

우리는 택시에서 내려 걷기 시작했다. 곧 몰 앞에 도착했는데 이미 주변에는 수많은 인파가 몰려있었다. 나는 레이에게 무슨 행사인지 보고 가자고 했지만 레이는 아랑곳하지 않고 실내로 들어가 버렸다. 나는 아쉬움을 뒤로 한 채 그녀를 따라 들어갔다. 우리가 오늘 할 일은 역시 그냥 쇼핑과 외식이었다. 나는 허기 진 상태였기 때문에 식사를 먼저 하려고 식당가로 향했다. 그러자 레이가 말했다.

"오늘은 쇼핑부터 하자."

나는 그 말에 알겠다며 레이를 따라갔다. 레이는 이곳저곳을 둘러보았는데 안으로 들어가지는 않고 주변을 서성댈 뿐이었다. 나는 레이에게 물었다.

"레이. 왜 가게 안으로 안 들어가? 쇼핑 안 해?"

"글쎄. 딱히?"

"아. 그래? 그럼 식사부터 하고 다시 쇼핑하는 거 어때?"

"별로."

"왜? 딱히 살 것도 없다며?"

"너 여자 친구 없지?"

나는 그녀의 말에 어리둥절해 하며 되물었다.

"여자 친구? 갑자기 그건 왜?"

"없을 것 같아서."

"에? 레이. 대체 뭘 보고 그렇게 판단하냐?"

"네 행동."

레이는 다른 가게 앞으로 다시 이동하면서 말을 이었다.

"쇼핑할 때 보채면 싫어해. 여자들은."

그때부터 나는 입을 다문 채 레이를 따라다니기 시작했다. 그녀는 그 후에도 계속 가게를 옮겨 다니며 아이 쇼핑을 계속했고 결국, 우리는 가장 위층까지 올라가게 되었다. 그러나 위층에서도 별로 특별할 건 없었다. 단지 그녀는 수시로 손목에 찬 시계를 확인할 뿐이었는데 아마 식당의 런치 시간을 계산하고 있는 듯 보였다. 한참을 돌아다니던 레이가 또 시계를 보더니 나에게 말했다.

"밥 먹으러 갈까?"

그녀의 말에 우리는 식당으로 발걸음을 옮겼다. 레이가 말했다.

"먼저 가. 나 화장실 좀 들렀다 갈게."

"아 그래? 그럼 기다릴 테니까 같이 들어가자."

"아니야. 먼저 가서 주문해줘."

"음. 그럼 그럴까? 하긴 저번에 보니까 주문한 것 너무 늦게 나오더라. 알았어. 내가 시켜놓을게. 저번 거랑 같은 거지?"

레이는 고개를 몇 번 끄덕이더니 빠르게 걸음을 옮겼다.

나는 식당 안으로 들어갔다. 해산물을 그릴에 구워 판매하는 식당이었는데 그동안 가장 많이 방문해 온 집이었다. 나는 창가 자리에 앉아 음식을 주문하고 레이가 오기만을 기다렸다.

그때 바깥에서 사람들의 함성이 들려왔다. 그것은 수많은 인파의 환

호성이었다. 그러다 어느 순간 그 소리는 미묘하게 그 분위기가 바뀌어 있었다. 나는 근처에 유명인사라도 온 거겠지 라는 생각을 하고 있었다. 식당 안의 사람들도 나와 같은 생각이었는지 모두 창밖을 바라보고 있었다. 바로 그때였다.

-펑!

엄청난 폭발음이 몰 전체를 강타하고 있었다. 갑작스러운 굉음 때문에 혼비백산한 식당 안의 사람들은 테이블 아래 납작 엎드려있었다. 몇 분 후, 요란한 사이렌 소리가 울리기 시작했다.

-에에에에에에에에에에에엥

군복무 시절 혹은 예비군 훈련 때 자주 듣던 바로 그 익숙한 소리가 온 도시에 넘실거리고 있었다. 직감적으로 나는 이것이 비상사태임을 알 수 있었다. 식당 안에 있던 사람들은 너나 할 것 없이 밖으로 뛰쳐나가기 시작했다. 나도 사람들을 따라 식당 밖으로 빠져나갔다. 아비규환 그 자체였다. 수많은 사람들이 한꺼번에 몰려서 몰 어디든 아수라장이 되어 있었다. 바로 그때 또다시 사람들의 비명소리가 들렸다.

-펑! 펑!

그 직후 연달아 두 번의 폭발음이 들렸다. 사람들은 바닥에 바짝 엎드려있었다. 그때 깜빡 잊고 있었던 레이가 생각이 났다. 나는 황급히 공중에서 10cm 정도 몸을 띄웠다. 그리고 엄청난 속도로 그녀에게 미끄러져 날아갔다. 도착하니 화장실을 막 나오고 있는 레이를 발견할 수 있었다.

"레이!!"

나의 부름에 지금 막 화장실에서 나온 레이가 뒤돌아 나를 바라보았다. 나는 그녀에게 다가가 물었다.

"레이. 지금까지 계속 화장실에 있었던 거야?"

"응."

"아. 다행이다. 그건 그렇고 방금 아까 폭발음은 들었어?"

"응. 무슨 일이야?"

그녀는 담담한 표정이었다. 나는 그녀에게 자초지종을 설명하기 시작했다.

"나도 잘은 모르겠어. 갑자기 사람들이 소리를 지르더니 곧 폭발음이 들렸고 그 후에 사이렌이 울린 게 다야. 몰 안에 있던 모든 사람들은 지금 대피 중이고."

"그럼 우리도 빨리 나가자."

"알았어. 그런데 지금은 사람들이 한꺼번에 빠져나가느라 너무 복잡해. 괜히 출구 쪽으로 갔다간 더 위험해질 것 같아."

"그럼 이리로."

그 말과 함께 그녀는 앞장서 걸었고 나는 그 뒤를 따라갔다. 우리가 도착한 곳은 야외에 있는 공공 테라스였는데 이미 텅 비어있었다. 그녀는 난간에 바짝 다가서더니 나에게 말했다.

"뛰어내리자."

"응? 지금? 여기서? 아니, 뛰어내리는 거야 상관은 없지만 대낮인데 누가 보면 어쩌려고?"

내 말에 그녀는 그러면 너는 오지 마. 라는 표정으로 날 바라보더니 이내 아래로 뛰어내렸다. 나도 될 테면 되라는 심정으로 그녀를 뒤따랐고 우리는 가볍게 날아 바닥에 착지했다. 다행히 그 주변은 아무도 없었다. 하지만 그러거나 말거나 레이는 곧바로 발걸음을 옮겼다. 근처에 세워진 택시에 올라타는 그녀를 보며 내가 말했다.

"레이. 뭐가 그렇게 급해? 이제 밖으로 나왔으니 천천히 가도 되잖아. 여기는 아예 반대편이라 아직 한적해."

그러나 그녀는 아무 대꾸도 없었다. 우리는 곧 호텔로 도착했고 그녀는 잠시 후에 레프를 데려올 테니 함께 식사하자고 말했다. 나는 무척 배가 고팠지만 의리 없이 혼자만 배를 채울 수가 없었기에 일단 알았다고 했다.

나는 방 안으로 들어가 침대에 누워 있었다. 곧 레이가 레프를 데려와 나를 불렀고 우리는 함께 식사하러 갔다. 다시 나가기는 귀찮아 우리는 호텔 내에 있는 식당을 이용하기로 했다. 식당 안으로 들어가 음식을 주문한 후 나는 레프에게 물었다.

"레프? 몸은 아직도 많이 안 좋아요?"

"아니야. 많이 좋아졌어. 레이가 방금 약을 가져다준 덕분에 말이야. 그거 먹었더니 갑자기 괜찮아진 것 같아."

그러더니 레프는 이상하다는 듯 고개를 갸웃거리며 덧붙였다.

"근데 이상하네. 내가 이렇게 아팠던 적이 별로 없거든. 나는 잔병치

레 없는 거로 유명한 데 말이야."

"정확히 어디가 아픈 거예요?"

"몰라. 그냥 많이 아팠어. 몸살 같은 건가?"

나의 물음에 레프가 몸 여기저기를 만지며 레이에게 물었다.

"레이. 나한테 방금 줬던 약이 몸살 약 맞지?"

레이는 그 말에 고개를 끄덕였다. 그걸 본 레프가 말했다.

"그럼 몸살이었나 보다. 그나저나 이 식당 서비스가 영 엉망이군. 아니 손님한테 물 정도는 줘야 하는 거 아냐? 종업원들이 일은 안 하고 저렇게 TV 앞에 모여 있는 꼴이라니."

레프는 못마땅한 듯 얘기했는데 정말 그의 말처럼 모든 직원들이 일을 멈추고 커다란 TV 화면만 쳐다보고 있었다. 처음에는 그다지 신경 쓰고 있지 않던 우리도 그 광경이 계속되자 호기심이 생기기 시작했다. 우리는 그 화면을 쳐다보려 하였으나 그 앞에는 사람들이 잔뜩 모여 있어서 내용을 확인하기란 매우 어려웠다. 레프가 보려던 걸 포기하면서 말했다.

"아니. 대체 뭔데 저래. 사람 궁금하게 말이야. 저 앞에 저러고 다 모여 있으니 화면이 보이지를 않잖아. 안 되겠어. 직원이 음식을 가져다줄 때 무슨 일인지 물어봐야겠다."

곧이어 종업원이 우리에게 음식을 가져다주었고 레프가 그녀에게 물었다.

"아, 저기 마드무아젤? 물을 것이 있소이다."

그녀는 상냥하게 네. 하고 답했고 레프는 다시 그녀에게 물었다.

"아. 지금 저기 T 화면 앞에 사람들이 잔뜩 있어 보이지가 않는데 혹시 무슨 일이라도 있는 겁니까?"

"아, 네."

그녀는 다소 가라앉은 목소리로 우리에게 말했다.

"오늘 오후에 대통령 라파엘 덤라오께서 암살당하셨습니다."

"그럼 너희는 전혀 몰랐었다고?"

시원한 밤공기를 마시며 호텔 스카이라운지에 위치 한 야외 바에 앉아 레프가 나에게 물었다. 나는 그의 물음에 답했다.

"네. 저는 그때 식당 안에 있었고 레이는 화장실에 있었으니까요. 폭발음이 들리고 사이렌이 울리길래 혹시 전쟁이라도 난 건 아닌가 했었죠."

곧 우리가 주문했던 맥주가 나왔다. 레프는 그 자리에서 그 맥주를 원샷 한 후 한 잔을 더 주문했다. 나는 레프에게 물었다.

"근데 레프, 맥주를 또 마셔요? 아까 점심 먹기 전까지 그렇게 아팠던 사람 맞아요?"

"응? 아. 그러게? 씻은 듯이 나은 기분이야. 아무래도 밥을 먹으니 좀 나은 것 같네."

레프는 잠시 말을 멈추더니 다시 입을 열었다.

"아, 물론 레이가 가져다준 약 때문이기도 하고"

레프는 엄지손가락을 치켜세워 레이에게 보였고 그녀는 살짝 웃어 보였다. 나는 레프에게 말했다.

"그보다 결국, 오늘 필리핀 대통령이 아얄라몰 근처를 지나가느라 그렇게 인파가 많았던 거였어요. 저는 혹시 유명 연예인이 팬 사인회를 하러 오는 건 아닐까 기대했었거든요."

"그보다 아직 범인은 안 잡혔다지?"

"네. 방금도 화장실 다녀오느라 나가는 길에 잠깐 보고 왔는데 아직 범인이 잡혔다는 소식은 없었어요. 들리는 소리에 의하면 지금 세부 시티 전체가 폐쇄되었다고 하더라고요. 우리 이러다 여기에서 평생 갇혀 사는 거 아니에요?"

"설마하니 외국인한테까지 그렇게 하려고? 어쨌든 내 생각에 이건 절대 개인의 짓일 수가 없어. 대통령을 암살했고 폭탄을 세 번씩이나 터뜨렸어. 자살폭탄테러일 가능성도 있다던데 말이야. 아무튼, 이건 분명 최소 세 명 이상인 집단의 소행이야. 치밀하게 준비해 온 거지. 뭔가 감이 올 법도 한 데 말이야."

레프는 방금 막 나온 맥주를 들이켜며 말을 이었다.

"그런데 말이야 정말 이상한 게 있어."

나는 그에게 물었다.

"이상한 거라니요? 그게 뭐죠?"

"테러 공격에 비해서 사상자가 별로 없었다는 거야."

"그야 폭탄은 다행히 인적이 드문 곳에서 폭발했으니까요. 아까 뉴스에서 봤어요."

"그러니까 말이야! 그게 이상한 거지. 그들이 폭탄을 실수로 그런 곳에서 터뜨렸을까? 아니야. 내 생각에 그 폭탄은 분명 눈속임이야."

"눈속임이요?"

"그래. 그놈들은 분명히 이 사건의 의도를 혼동시키려는 거야. 그래서 지금 TV에서는 의견이 분분하잖아? 아무래도 범인들은 분명 팀을 나눠 폭발테러와 암살을 동시에 진행했을 거야. 하지만 내 생각에 이번 사건은 테러가 아니야. 분명 뭔가가 있어."

"아─함"

나와 레프의 대화를 조용히 듣고 있던 레이가 갑자기 하품을 했다. 그걸 본 레프가 그녀에게 물었다.

"레이 졸려? 그럼 먼저 가서 잘래?"

그 물음에 레이는 먼저 갈게. 하고는 자기의 방으로 돌아가 버렸다. 레프는 술을 한잔 더 시켜서 마시고 있었다.

나는 나도 모르게 레지스탕스를 생각하고 있었다. 레프에게 그들에 관해 슬쩍 물어볼까 하다가 결국, 그만두기로 했다. 레프가 자리에서 일어나며 말했다.

"데미안. 우리도 가자. 이제 자야지."

일주일 후 필리핀 대통령인 라파엘 덤라오의 장례식이 전 국가적으로 치러졌다. 알고 보니 그는 생전에 마약범죄와의 전쟁으로 많은 시민들의 지지를 받고 있던 인물이었다. 그래서 많은 사람들이 그의 마지막을 배웅했으며 TV에서는 온종일 그 모습을 방송하고 있었다.

얼마 지나지 않아 세부 시내의 폐쇄는 해제되었고 빠르게 원래 상태로 되돌아갔다. 곧 사람들은 언제 그랬냐는 듯 전과 같은 일상을 보내고 있었다. 그러나 우리는 밖으로 나가지 않은 채 호텔 안에서 머무르고 있었다. 아직 범인이 잡히지 않은 탓에 도시 경비가 삼엄하여 분위기가 뒤숭숭했기 때문이었다.

정부는 유력한 용의자로 민다나오 섬 내의 무슬림 테러리스트 집단을 지목하였다. 그리고 그들을 체포하기 위해 거의 모든 군과 경찰력을 쏟아붓고 있었다.

여전히 레이는 아무런 작업도 하지 않고 있었다. 레프의 말로는 아마 레이가 세부에 막상 도착해 시간을 보내다 보니 마음이 바뀌어 작업을 손에서 놓은 것 같다고 했다. 나야 상관없는 일이었지만 한 주만 더 있으면 한 달을 채우게 되는데 이렇게 놀면서 보내고 말았으니 결국, 월급은 물 건너간 건가 하는 생각이 들기도 했다.

시간은 흘러 세부에 온 지도 거의 한 달이 되었다. 우리는 하루 중 대부분의 시간을 각자 보내고 있었다. 나는 관광비자의 기한이 거의 만료되어 그것을 연장하기 위해 레프와 함께 출입국사무소를 방문한 일을 제외하면 그들과 거의 마주칠 수 없었다.

 다음날, 나는 과연 월급을 제대로 받을 수 있을지 없을지에 관해 심각하게 고민하며 로비로 향했다. 레이가 오랜만에 외출을 제안했기 때문이었다. 이미 로비에는 핑크색 원피스를 입은 레이가 소파에 앉아있었다. 나는 그녀에게 물었다.

 "레이. 팔은 좀 어때? 괜찮아?"

 그녀는 내 말에 양팔을 들어 괜찮다는 표시를 해 보였다. 양팔에 생긴 멍은 붉은색에서 이제는 푸른색으로 변했는데 다행히 전보다는 많이 옅어진 듯 보였다.

 곧 레프가 로비로 내려와 우리에게 말했다.

 "아. 저기. 오늘은 너희 둘이 가야겠어."

 "네? 왜요? 레프는 같이 안 가요?"

 "아아. 나는 얼마 전에 만난 뷰티풀 레이디와 오늘 갑자기 데이트 약속이 생겼거든."

 그는 그렇게 말하고 손을 흔들어 보이며 유유히 사라졌다. 레이는 어쩔 수 없지. 하며 호텔 직원들이 잡아준 택시에 올라탔다.

 우리가 도착한 곳은 첫날에 왔었던 가이사노몰이었다. 물론 그 후로도 몇 번이나 왔었지만 레이는 그때마다 늘 몰의 주변을 둘러보며 어린 시절의 추억을 떠올리는 것 같았다. 우리는 그곳에서 식사하고 쓸데없는 잡담을 늘어놓은 뒤 밖으로 나왔다. 바로 그때였다.

 "엇?! 데미안!!"

"엇? 형님! 아, 아니! 이디!"

나를 부른 사람은 바로 이디였다. 그는 흰색 줄무늬 반팔 셔츠에 베이지색 반바지, 등산화를 신고 등산모까지 착용하고 있었다. 그는 나에게 빠른 걸음으로 다가와 내 손을 잡고서는 말했다.

"아이고! 데미안 자네를 여기서 만나게 될 줄이야. 이렇게 만나니 더 반갑구먼! 하하하! 여기 세부에는 언제 온 거야?"

"저는 뭐 거의 한 달 정도 되었어요."

"역시 그랬군. 내가 여기 오기 전에 자네에게 몇 번이나 연락을 했는데 안 되더라고."

"그러시군요. 그러면 이디는 여기에 언제 온 거예요?"

"아아. 나는 한 일주일 되었지. 데미안. 나 여기로 이민 왔네. 은퇴이민 말이야. 하하하."

"네? 이민이요?"

레이는 내 옆에서 이 광경을 그저 신기한 듯 바라보고 있었다. 그런 레이를 발견한 이디가 조심스럽게 물었다.

"데미안. 아, 그런데 혹시 이분은 누구신지...?"

"네 이쪽은 제 친구예요. 이름은 레이구요."

"아 친구! 아아. 아이고. 반갑습니다. 레이씨. 나는 이디라고 해요. 하하! 야. 이거 우리 데미안이 상당히 능력 있는 친구구먼! 이렇게 미인인 아가씨가 여자 친구일 줄은 꿈에도 생각 못 했네. 이야. 부럽구먼."

"아, 아니에요. 저희는 그냥 친구예요."

"허허. 참, 이보게. 데미안. 나한테까지 숨길 게 뭐 있나? 내가 누구한테 말하고 다니는 것도 아니고."

"숨기는 게 아니라 저희는 정말 그냥 친구입니다."

"에헤~! 이 친구 참 깐깐하구먼. 젊은 친구가. 알았네! 알았어! 내 뭔 소린지 잘 알았다고!"

이디는 그렇게 말하고는 레이에게 물었다.

"아 그나저나~ 레이 씨는 한국 분이십니까? 자세히 보니 외국 분이신 거 같기도 하고. 이거 참 헷갈리네. 하하."

나는 이디의 질문에 당황하여 급히 화제를 돌렸다.

"아! 근데 이디! 회사는 그만두신 건가요?"

"회사? 하하. 그놈의 회사 때려치웠지! 거의 20년 동안 노예 생활했으면 이제 노비문서 찢을 때도 된 거지. 암."

주변에 한국어를 아는 사람도 없건만 나는 나도 모르게 작은 목소리로 이디에게 물었다.

"그럼 아내분은 반대 안 하셨어요?"

"아아~ 이보게 데미안. 나는 이제 돌싱이라네."

"네? 그럼 설마 이혼하신 거예요?"

그는 힘차게 고개를 끄덕였다. 그러는 그의 표정은 대단히 홀가분해 보였다. 확실히 전보다 사람이 더 밝아진 느낌이었다. 나는 그에게 다시 물었다.

"아! 그럼 따님은?"

"한국에 있네. 딸아이가 엄마랑 있겠다고 하더라고. 아쉽지만 그 뜻을 존중해줘야지."

"그럼 이디는 여기 온 이후로 뭐 하고 지내세요?"

"골프도 치고 술도 마시고 인생을 여유롭게 즐기고 있지. 아! 그리고 내 친구가 여기서 회사를 하고 있는데 말이야. 몇 해 전부터 회계사가 필요하다고 계속 나를 꾀더군. 아. 사실 나는 회계사거든. 아무튼, 뭐 놀다가 퇴직금이랑 남은 돈이 다 떨어지면 거기서도 한 번 일 해보려고. 대기업 회계 팀에서의 근무경력을 고려하면 최소한 나에게 부장 자리 하나는 내주지 않겠어? 하하. 아! 그나저나 자네는 언제 다시 한국으로 돌아가는 건가?"

"저는 아직 잘 모르겠네요."

"아하. 딱히 기한이 정해져 있지 않은 여행이구먼. 그래 젊을 때 더 놀아야 해. 나이 먹고 돈과 여유가 생겨 좋은 카메라 들고 좋은 곳에 가서 사진 찍어 봐야 예쁘게 나오지를 않는다네. 사진도 한 살이라도 더 젊은 때 찍어야 예쁘게 나오는 법이지."

그러고 나서 그는 한 곳을 가리켰다. 멀리 떨어져 있어 정확히 보이지는 않았지만 그 주변에서 유일하게 솟아있는 고층 건물이었다. 그는 그곳이 자신의 집이라며 떠나기 전에 꼭 한 번 놀러 오라는 말과 함께 핸드폰 번호를 교환했다.

그렇게 이디와 헤어진 후 우리는 택시를 타고 'IT PARK'로 향했다. 세부 시티 내에 IT 계열 회사들이 밀집된 곳이었는데 근처에 술집과 카

페를 비롯한 여러 편의 시설을 두루 갖춘 곳이었다. 나는 택시에서 내려 길을 걷다 그녀에게 물었다.

"레이. 근데 너 작업할 생각이 있기는 한 거야?"

"물론."

"그러면 대체 언제부터 하는 건데?"

"내일."

"내일?"

나는 그녀에게 재차 질문하려했다. 그러나 어느 순간 레이가 내 옆에 없었다. 주변을 살펴보니 그녀는 내 뒤에 멀찍이 서 있었다. 나는 다시 그녀에게 되돌아가 그녀를 불렀다.

"레이. 뭐해? 왜 안 와?"

하지만 그녀는 아무런 반응이 없었다. 그저 무언가에 대단히 집중하고 있는 표정이었다. 이윽고 그녀가 입을 열었다.

"다른 플라이어가 이 근처에 있어."

나는 그 말에 놀라 주변을 살피며 그녀에게 물었다.

"지금도 계속 그 느낌이 나?"

"아니. 방금 사라졌어."

"그럼 그게 누구든 이제는 더 이상 날고 있지 않다는 거네?"

"아마도."

"새로운 플라이어인 걸까?"

그녀는 표정을 풀고 나에게 어깨를 으쓱해 보였다. 나도 고개를 갸웃거리다 다시 걷기 위해 고개를 앞으로 돌렸다. 그리고 하마터면 놀라 기절할 뻔했다. 한 쌍의 남녀가 나란히 걸어오고 있었는데 그중 남자는 매우 익숙한 얼굴이었다. 나는 재빨리 레이에게 어깨동무하고 뒤로 돌아 우리가 걸어온 길을 급히 되돌아가며 말했다.

"레이, 레이. 자, 잠깐만. 잠깐이면 돼!"

갑작스러운 나의 행동에 레이는 영문을 모르겠다는 듯 그대로 나를 따라 걸었다. 처음 택시에서 내렸던 곳까지 걸어간 후에야 우리는 걸음을 멈출 수가 있었다. 나는 그녀의 어깨에서 팔을 풀고 주변을 살폈다. 레이가 나에게 물었다.

"데미안. 왜 그래? 무슨 일인데?"

나는 크게 한숨을 내쉬고 그녀에게 대답했다.

"아아. 방금 길에서 지금 마주치면 안 되는 사람을 보게 됐거든."

"그게 누군데?"

그 물음에 나는 대답했다.

"라일. 내 가장 친한 친구야."

일찍 호텔로 돌아와 샤워를 마치고 침대 위에 누웠다.

하필 라일이 여행 간다던 곳이 여기였을 줄이야. 이거 괜히 라일한테까지 거짓말을 한 건가? 일부러 속이려고 한 건 아닌데.

나는 다시 몸을 일으켜 냉장고에서 맥주 한 캔을 꺼내 벌컥벌컥 마시기 시작했다. 갈증이 풀리니 놀란 가슴도 조금 진정이 되는 듯싶었다. 그리고는 한참 TV를 보며 휴식을 취하고 있었다. 그러다 밖에서 누군가 문을 두드리는 소리가 들렸다. 일어나 문을 열어 보니 그 앞에는 레이가 서 있었다. 그녀는 날 보며 물었다.

"들어가도 되지?"

"아, 뭐 누추하지만. 여기."

나의 손짓에 레이는 안으로 들어와 테이블 의자에 앉았다. 나는 그녀에게 물었다.

"그나저나 레이. 이렇게 늦은 시간에 무슨 일이야? 그동안 우리는 스케줄 후에 보는 일은 전혀 없었잖아."

그녀는 천천히 내 방을 둘러보며 나에게 말했다.

"얘기 좀 하려고."

"응? 무슨 얘기?"

"TV 좀 꺼줄래."

그녀는 TV를 손가락으로 가리키며 말했다. 나는 어 그래. 하고 TV의 전원을 껐다. 그리고 냉장고에서 음료수 꺼내어 그녀에게 건넸다. 그러나 한참이 지나도 그녀는 아무 말이 없었다. 나는 그녀에게 조심스레 물었다.

"저. 레이? 나한테 할 얘기가 있다고 했잖아. 무슨 얘기인데?"

레이는 한숨을 내 쉰 뒤 나에게 물었다.

"내 일을 도와줄 수 있겠니?"

"물론이지. 사실 그러려고 내가 여기 온 거잖아."

그녀는 내 말에 한참을 생각하더니 입을 열었다.

"그럼, 좋아. 데미안. 내 일을 도와줘."

나는 고개를 끄덕였고 그녀는 차분히 계속 말을 이었다.

"그 일이 다 끝날 때까지 말이야."

"그래. 원래부터 그럴 생각이었어."

레이는 나를 물끄러미 바라보았다. 잠시 후 그녀는 나지막하게 입을 열었다.

"내가 죽였어. 그 대통령."

제7장

메멘토 모리
: 그들의 거래

자정이 조금 지난 시간이었다. 안 그래도 어두운 하늘은 먹구름 때문에 더욱 짙어져 있었다. 나는 가이사노몰을 향해 빠른 속도로 날아가고 있었다. 곧 건물 옥상에 가볍게 착지한 후 주변에 사람이 없는지를 확인했다. 그리고 다시 몸을 띄워 빠르게 아래로 내려갔다. 이미 건물의 모든 불은 꺼진 뒤였다. 나는 야외로 통하는 육교의 초입으로 천천히 걸어갔다. 그곳은 내가 레이와 함께 유심을 사기 위해 들렀던 가게였는데 그곳의 불도 꺼져있음은 물론이었다.

—똑 똑 똑 똑 똑 똑 똑 똑 똑

나는 아홉 번 노크를 한 뒤 뒤로 물러나 있었다. 그러자 창을 막고 있던 나무 판막이가 치워지고 한 남자가 모습을 드러냈다.

"누구요?"

"혹시 과자 안 팝니까?"

나의 물음에 그 남자는 이상하다는 듯 나에게 물었다.

"무슨 과자 말이요?"

"아, 물론 맛있으면 더 좋겠군요."

"무슨 맛을 찾으시는데 그러시오?"

"도저히 끊을 수 없는 맛을 찾고 있습니다."

나와 그는 한동안 서로를 바라보며 대치하고 있었다. 잠시 후 그 남자가 옆으로 난 가게의 문을 열고 나오더니 내 앞에 섰다. 그리고 나에게 팔을 올려보라는 손짓을 했다. 내가 양팔을 들어 올리자 그는 나의 몸을 수색하기 시작했다. 아무 이상도 없음을 확인한 그가 나에게 손을 내밀었고 나는 필리핀 화폐인 페소를 그에게 건넸다. 내가 건넨 돈을 받아보던 그 남자가 나에게 말했다.

"좀 모자란데?"

"그건 절반입니다. 나머지는 물건을 받고 드리도록 하죠."

그는 한참 동안 나를 쳐다보더니 따라오라는 손짓을 했다. 잠시 후 그는 주차장에 세워진 차로 나를 데려갔다. 그리고 차에 타라는 표시를 했다. 내가 차에 오르자마자 그 남자는 나에게 안대를 내밀었다. 나는 말없이 그 안대를 차고 안전벨트를 맸다. 곧 차가 출발하는 것이 느껴졌다.

필리핀 전체가 혈안이 되어 쫓고 있는 대통령 암살범. 그 범인이 바로 레이였다. 나는 몇 시간 전 나누었던 레이와의 대화를 회상하기 시작했다.

'레이. 너는 암살이 있었던 날 화장실 안에 있었던 게 아니었어. 너는 그때 대통령을 저격하기 위해 이동했던 거야. 맞지?'

그녀는 순순히 고개를 끄덕였다. 나는 다시 그녀에게 물었다.

'너 혼자 했던 거야? 아니면 함께 가담한 사람들이 있는 거야?'

'전부 나 혼자 했어.'

'그럼 폭탄들도?'

'그래. 암살하기 편하도록 눈을 돌리기 위함이었어.'

'하지만 대체 어떻게 혼자서 그것들을 동시에 했다는 거야?'

'꽤 오래전부터 준비한 거야. 여기 온 이후로 쭉.'

나는 레이의 표정을 살폈지만 아무것도 읽어낼 수 없었다. 나는 다시 물었다.

'좋아. 레이. 대체 왜 죽인 거야? 아무 이유 없이 그러지는 않았을 거 아냐?'

'라파엘 덤라오. 그가 내 엄마를 죽였어.'

한참 뒤에 나는 그녀에게 물었다.

'그래서? 내가 뭘 도와야 하지?'

'더 죽여야 해. 몇 놈을.'

나는 잠시 고민하다 그녀에게 말했다.

'레이. 오해하지 말고 들어. 차라리 이런 일이라면 바라나 뮤한테 도와달라고 하는 게 낫지 않아?'

그녀는 코웃음을 치며 나에게 말했다.

'그들은 내 결정을 반대할 거야. 도와주기는커녕 나를 방해하려 할 거라고.'

나는 한숨을 내쉬고는 그녀에게 물었다.

'그럼 레이. 암살이 있었던 날 레프가 아팠던 것도 혹시 네가 한 거였어?'

'맞아. 내가 약을 탔어.'

'레프가 너의 복수를 방해할까 봐?'

'맞아. 하지만 괜찮을 정도였어. 게다가 바로 와서 해독제를 먹였기도 하고.'

그녀는 음료수를 따서 마시기 시작했다. 나는 물었다.

'그럼 레이. 혹시 오늘 레프가 그 데이트 한다던 그 여자도?'

'맞아. 내 사람이야. 레프는 오늘 안 돌아와.'

'그럼 이번에 내가 너의 제안을 수락한 이후에 갑자기 세부로 일정을 잡았던 것도 우연이 아니었군? 결국, 너는 누군가 너를 돕지 않았으면 이 계획을 실행할 수가 없었던 거야. 그래서 나에게 어시스턴트직을 제안해왔던 거고. 그렇지?'

'그건 아냐.'

그녀가 나의 말을 자르더니 단호하게 말했다.

'처음엔 네가 정말 플라이어즈에 들어왔으면 했어. 그건 정말이야.'

그렇게 말하는 그녀의 얼굴에서 애써 숨기고 있던 초조함이 엿보였다. 나는 그녀에게 물었다.

'너는 레프가 돌아오기 전에 이 일을 끝내고 싶어 하는군. 그렇지?'

'맞아. 도와줄 거야?'

그 물음에 나는 자리에서 일어서며 그녀에게 물었다.

'내가 뭘 하면 되지?'

차는 한참을 더 달렸다. 곧 점점 속도가 줄더니 이내 완전히 멈춰버렸다. 내 옆의 남자가 시동을 끄고 차 열쇠를 뽑는 소리가 들렸다. 그는 나의 안대를 풀었고 내리라는 손짓을 했다. 그와 도착한 곳은 커다란 공장 앞이었는데 지붕은 붉은 철골 뼈대만 남고 살은 덮여있지 않았다. 그는 공장 입구의 작은 문을 두드렸다. 곧 안에 있는 사람과 필리핀 현지어로 몇 마디를 나누자 문이 열렸다.

안으로 들어가 보니 가동된 지 최소 10년은 더 되어 보이는 곳이었다. 여러 기계의 잔해와 부품들은 녹슬고 먼지 쌓인 상태로 여기저기에 널려 있었다. 천장의 전등들은 거의 떨어져 몇 개의 작은 전구들만이 벽에 인위적으로 연결되어있을 뿐이었다.

나와 나를 데려온 그 남자가 안으로 들어서자 공장은 순식간에 조용해졌다. 안에서 수다를 떨며 앉아있던 30여 명의 사람들의 시선이 나에게로 향했는데 그것이 결코, 호감은 아니었다.

나를 데려왔던 그 남자가 나에게로 얼굴을 돌렸다. 역시나 레이의 말대로 얼마 전 우리에게 유심을 팔았던 그 가게의 주인이었다. 그 남자는 나의 얼굴을 기억하는지 영어로 나에게 말했다.

"음? 당신은 저번에 나에게 유심을 사러 왔던 사람이었군. 예쁘장한 아가씨와 말이지."

"기억하시는군요."

"거기 있으면서 외국인을 보는 게 흔한 건 아니니까. 게다가 그 정도 미인이라면 더더욱 그렇고."

"물건은 어디 있습니까?"

나의 질문에 그는 눈을 게슴츠레 뜨며 나에게 되물었다.

"그런데 약은 왜 사려고 하는 거지?"

"네? 왜라뇨?"

"나는 거의 한평생 이 장사를 했어. 대충 보면 감이와. 얘가 약을 얼마나 했는지 정도는 말이야. 근데 당신은 별로 마약 하고는 관계가 없어 보이는데?"

"아. 그런가요? 제가 워낙 깔끔한 이미지이기는 하죠. 예전에 유학생활 중에 친구들 따라 딱 한 번 마리화나를 해본 적이 있었어요. 그리고는 끊었었는데 여기 오니 더 좋은 걸 구할 수 있다고 그래서 관심이 좀 가더군요."

내 말에 그는 한참 동안 나를 훑어보다가 손을 내밀며 말했다.

"그럼. 이제 나머지 돈을 주시지."

"제가 분명 물건을 받은 후에 나머지 돈을 지불하겠다고 말씀드렸을 텐데요."

내가 단호하게 나가자 그는 말없이 나를 노려보았다. 그는 갑자기 뒤로 돌아서 자신의 뒤를 둘러싸고 있던 서른 명의 사람들과 대화를 했는데 역시 필리핀 현지어라 나는 알아들을 수가 없었다. 왠지 서로 반으로 갈라져 논쟁을 주고받는 것을 보면 아무래도 나를 믿을 수 있는 놈인지 없는지에 관해 실랑이를 벌이고 있는 것 같았다. 곧 그들의 대화가 마무리되었고 난 그게 무엇이든 그들이 어떤 결론에 합의를 보았음을 직감할 수 있었다. 그 남자는 다시 나에게 말했다.

"넌 역시 뭔가 수상해. 돈 먼저 내놔."

"물건부터."

그는 강하게 나왔고 나는 그것을 맞받아쳤다.

-철컥

그가 총을 빼 들어 내 머리에 겨냥한 후 말했다.

"말귀를 별로 못 알아먹는 놈이군. 지금! 내가 여기서 마음만 먹으면 쥐도 새도 모르게 널 죽이고 네 돈을 가져갈 수도 있다는 말이야. 이 나라에서 너 같은 외국인 하나 어떻게 돼도 누가 눈 하나 깜짝할 것 같아?!"

바로 그때였다.

-탕! 쨍그랑!

갑자기 벽에 높이 매달려 있던 전구 하나가 깨져 버렸다. 그 안에 있던 사람들 모두가 동시에 그 광경을 바라보고만 있었다.

-탕! 쨍그랑!

"총이다! 누군가가 총을 쏘고 있어! 다들 엎드려!"

누군가 외친 그 말과 함께 다른 전구 한 개가 더 깨졌다. 모두 각자 총을 빼들고는 바닥에 바짝 엎드렸다. 하지만 오직 나를 데려왔던 그 남자만이 한 손으로는 내 멱살을 잡고 반대편 손으로는 내 관자놀이에 총을 겨누었다. 그는 나에게 소리쳤다.

"너 이 녀석! 어쩐지 수상하다 했더니! 함정이었어!"

그러는 순간에도 전구들은 연이어 깨지고 있었다. 나는 왠지 레이가 총으로 모든 전구를 다 깨트릴 때까지 시간을 벌어줘야 할 것 같은 느낌이 들었다. 나는 그를 향해 황급히 둘러대기 시작했다.

"아, 아니에요. 난, 난 정말 모르는 일이에요."

"거짓말하지 마! 너 누가 보낸 거야?! 누구랑 한 패야?!"

그 말과 함께 마지막 전구가 깨졌고 공장 안은 삽시간에 지독한 암흑으로 덮였다. 지붕은 뼈대밖에 없었지만 하늘에는 먹구름이 빽빽이 들어차 있었기 때문에 달빛 한줄기조차도 새어 나오지 못하고 있었다. 그들 중 누구도 쉽사리 몸을 움직이지 못했다.

-퍽! 우당탕탕

"으악!"

나는 어둠 속에서 나의 멱살을 잡고 있던 그놈의 머리통에 정통으로 주먹을 꽂아 넣었다. 그 녀석은 갑작스러운 나의 공격을 미처 예상하지 못했고 그대로 비명을 내지르며 쓰러졌다. 그리고는 미친 듯이 사방에 총을 쏘아댔다. 하지만 나는 그대로 하늘로 날아올랐다. 뼈대밖에 없는 지붕을 통과하여 지붕 위에 뜬 채로 암흑뿐인 아래를 내려다보고 있었다. 바로 그때부터였다.

-펑

"악!"

-펑

"으악!"

-펑

"윽!"

한 발의 총성마다 한 사람의 비명이 들려왔다. 총은 그 종류가 바뀌었는지 아까와 달리 대포 같은 소리를 내고 있었다. 비명은 끊이지 않았고 공장 안은 거의 아비규환이었다.

"으악! 대체 어디서 쏘는 거야?!"

"이렇게 어두운데 어떻게, 윽!"

"젠, 젠장할! 아, 아무것도 안 보여!"

저마다 이 상황을 이해할 수 없다는 듯 한마디씩 내뱉었지만 소용없는 일이었다. 수십 번의 총성이 이어졌다. 곧 사람들의 비명이 멈추자 총성도 멈추었다. 하지만 내 눈에 보이는 것은 여전히 아무것도 없었다. 그때였다. 갑자기 공장의 문을 열고 한 사람이 튀어나오더니 아까 내가 타고 왔던 차에 올라타기 위해 달려갔다.

-펑!

"윽! 아아! 아! 아!!"

차 문을 열려던 그가 갑자기 한쪽 다리를 잡고 쓰러졌다. 아무래도 다리에 총을 맞은 것 같았다. 하지만 그는 기어이 그 고통을 참아내고 다시 차에 올라타려 하고 있었다. 하지만 그의 움직임보다 총성이 더 빨랐다.

-펑!

"아아아아아아악! 대체 누구야!!!!"

그는 나머지 다리까지 부여잡으며 고통스럽게 땅에서 구르고 있었다. 나는 하늘에서 그 광경을 지켜보았다. 그러다 나에게 누군가 다가오는 것이 느껴졌다. 레이였다. 그녀는 검은색 상의와 하의, 검은색 신발과 모자를 착용하여 마치 어둠의 일부처럼 보였다. 그녀가 한 손으로는 총을 들고 나머지 손으로는 착용했던 야간 투시경을 모자 위로 벗어 걸쳐 두고는 나에게 말했다.

"데미안. 고생했어."

그렇게 말하고 그녀는 가볍게 땅에 착지했다. 나도 그녀를 따라 착지했다. 그녀는 쓰러져있는 사람의 외투를 뒤져 차 열쇠를 꺼내더니 나에게 던지며 말했다.

"헤드라이트를 켜줘."

내가 차의 헤드라이트를 켜자 주변이 밝아졌다. 그 빛 때문에 총상으로 쓰러진 그 남자는 눈을 감은 채로 고통을 참고 있었다. 그는 아까 내 멱살을 잡았던 가게 주인이었다. 레이는 그에게로 다가갔다. 그도 이제 서서히 헤드라이트 불빛에 적응하였는지 천천히 눈을 떠 레이를 바라봤다.

"억! 너, 너는 어, 얼마 전에 저 녀석과 함께 왔던 그 여자?! 윽."

그는 두 다리의 고통을 참아내느라 신음 소리를 냈다. 레이가 그에게 말했다.

"기억하고 있군?"

"그래. 그랬었군. 윽. 너희 둘은 내 정체를 이미 알고서 나를 찾아왔던 거야. 그리고 그때부터 윽. 뭔가를 꾸미고 있었던 거고. 내가 미리 눈치를 챘었어야 했는데. 윽."

레이는 그에게 더 다가가며 말했다.

"좋을 대로 생각해. 이 바닥에서는 당신을 '산티아고'라고 불러. 맞지?"

산티아고라 불린 남자는 흐르는 피를 손으로 막으며 레이에게 물었다.

"넌 누구야?! 대체 너희들의 정체는 뭐야?! 서, 설마 경찰이냐?!"

"그보다 산티아고. 나를 왜 기억하고 있지?"

그 남자는 섣불리 대답하지 못하고 그저 레이를 노려볼 뿐이었다. 레이는 장난스럽게 말했다.

"내가 미인이었기 때문이지. 그렇지?"

그 남자는 물론이거니와 뒤에 있는 나까지 레이가 하는 말의 의도를 알 수가 없었다. 그녀는 산티아고에게 재차 물었다.

"그렇다면 또 한 명의 미인을 아직 기억하고 있나?"

그녀는 덤덤하게 덧붙였다.

"르에로 이소엔을?"

르에로 이소엔. 유심을 팔던 가게로 가기위해 가이사노몰을 향해 날아가며 레이에게서 들은 이름이었다. 나는 비행하면서 레이와 나누었던 대화를 떠올렸다.

'르에로 이소엔. 들어본 적 있어?'

레이가 내게 물었다. 나는 고개를 저으며 말했다.

'아니. 그게 뭔데?'

'엄마 이름이야.'

'아. 미안.'

'괜찮아.'

잠시 뒤 그녀가 다시 입을 열었다.

'엄마는 굉장한 미인이었대. 미인대회를 휩쓸었을 정도로.'

'그럼. 레이의 엄마는 유명인사?'

'그랬던 것 같아. 난 몰랐었지만.'

레이는 뭔가를 생각하고 있었다. 나는 그녀에게 물었다.

'레이의 엄마는 필리핀 사람이었던 거야?'

'그럴 거야. 혼혈이었대. 프랑스랑.'

잠시 뒤 우리는 가이사노몰이 잘 보이는 맞은편 건물 옥상에 가볍게 착지했다. 그녀가 잠시 쉬었다 가자고 제안했기 때문이었다. 그도 그럴 것이 레이의 손에는 무기들이 가득 들어있는 커다란 가방 여러 개가 들려있었다. 내가 그녀에게 가방을 함께 들자고 해봤지만 그녀는 그저 고개를 저을 뿐이었다. 나는 그녀에게 말했다.

'레이. 한 번 정리해보자. 잠시 후에 나는 저 작은 가게로 가서 네가 알려 준 암호를 그 가게 주인에게 말할 거야. 그리고 약을 살 것처럼 저들의 본거지로 들어가는 거지. 그러면 너는 다른 곳에서 나를 지켜보고 있다가 뒤쫓아 올 거고. 맞지?'

내 말에 그녀는 고개를 끄덕였고 나는 다시 물었다.

'그럼 그 다음은?'

'시간이 필요해. 내가 주변의 지형, 지물을 파악할 수 있는 시간.'

'그럼 내가 어떤 식으로든 그 시간을 많이 벌어주면 되는 거야?'

'많이는 안 걸려.'

'근데 너 괜찮겠어? 차를 타고 이동할 것 같은데 그 무거운 가방까지 들고 비행해서 쫓아오는 게 쉬운 일은 아닐 거야.'

'괜찮아. 내 걱정은 마.'

우리는 맞은편 위치한 가이사노몰을 바라보았다. 모든 불은 꺼져있었다. 레이가 나에게 말했다.

'딱 한 번 엄마랑 외출했던 적이 있었어. 물론 그때 엄마는 얼굴을 온통 가리고 다녔었지만.'

'그때 와봤다던 곳이 저 가이사노몰이었구나?'

그녀는 고개를 끄덕였다. 나는 레이에게 물었다.

'얼굴을 가렸던 이유는 그녀가 유명인사였기 때문이겠지?'

'아마 그랬던 것 같아.'

'얼굴이 알려진 사람이 공공장소에 다니기가 쉬운 일은 아니었을 텐데. 그런데도 불구하고 딸과 외출했던 걸 보면 레이의 엄마는 레이를 무척 아꼈었나 봐.'

'그런가? 사실 난 태어나면서부터 다른 집에 맡겨져 있었거든.'

'누구한테 맡겨져 있었는데?'

'엄마 친구.'

'그럼 아빠는?'

'그건 노코멘트.'

나는 화제를 돌려 그녀에게 물었다.

'그런데 친구의 자식까지 맡아줄 정도였으면 두 분의 우정이 대단했었나 봐. 아무나 그렇게 못하지.'

'그렇겠지?'

'그럼 레이의 엄마는 레이가 태어나자마자 친한 친구에게 맡겨놓고 일을 하러 간 건가? 연예인 일?'

'아마?'

'레이는 엄마를 얼마나 자주 만났었어?'

'1년에 한두 번? 친구 집으로 와서 1박으로 자고 가고는 했어.'

'겨우 그거밖에 안 돼?'

'내가 살았던 엄마 친구의 동네는 시골이었거든.'

'시골이면 어디? 세부 북쪽 지방?'

'아니. 바콜로드라고 세부랑은 다른 섬이야.'

'레이의 엄마는 다른 곳에서 살았던 거야?'

'응. 세부에서.'

'엄마가 많이 보고 싶었겠네.'

'글쎄.'

'아닌가?'

'나를 돌봐주던 엄마 친구가 내 진짜 엄마인 줄 알았었거든. 그분도 나를 친딸처럼 대해줬고.'

그녀는 자신의 손목에 찬 시계를 바라보고 있었다. 내가 물었다.

'그럼 레이의 엄마는 레이의 존재를 숨겨왔던 것 아닐까? 연예인에게 있어 그건 치명적이잖아.'

'나도 그렇게 생각해. 아무도 나의 존재를 모르는 거 보면.'

그녀는 이제 시계에서 시선을 뗀 채 가이사노몰을 바라보고 있었다. 나는 그녀에게 물었다.

'레이 엄마의 죽음과 가이사노몰의 저 가게와 무슨 관련이 있어?'

'엄마와 함께 저 가게에 갔었어. 예전에는 과자 가게였었지.'

'왜? 과자 사러?'

'아니. 엄마는 그에게 어떤 상자를 주며 무슨 말을 했었어.'

'그라면 설마 우리가 얼마 전에 만났던 저 가게의 주인?'

'그래. 맞아.'

'그 상자는 뭐였어? 그리고 무슨 대화를 나누었던 건데?'

'그건 잘 몰라. 난 뒤에 있었으니까. 그러다 갑자기 그 주인이 나를 불렀어.'

'왜?'

'과자를 줬어. 먹으라면서.'

'역시 그냥 좋은 사람이었던 걸까?'

내 말에 그녀는 살짝 코웃음을 치더니 말했다.

'그 후에 엄마와 나는 모텔방에 있었어.'

'모텔에는 갑자기 왜?'

'글쎄. 피곤해서 쉬려고?'

'레이의 엄마가 피곤해서 쉬려고 모텔로 들어갔단 말이야? 그것도 아이를 데리고? 차라리 그냥 집으로 가서 쉬는 편이 더 낫지 않았을까?'

'그런가?'

'레이 엄마는 그 당시 세부에 살고 있었다며? 집도 가깝지 않았을까?'

'그랬을 거야. 하지만 나를 집으로 데려가긴 쉽지 않았겠지.'

'남들의 이목 때문에?'

'응.'

'오히려 모텔로 들어가는 게 더 위험한 일 아니었을까? 내가 만약에 공인이라면 모텔보다는 내 집으로 가는 것을 택하겠어.'

'그런가?'

'그럼 레이의 엄마가 단지 함께 외출하기 위해 너를 여기까지 데려왔다고 생각하는 거야?'

'그렇지 않았을까?'

'그럼 외출이 끝나면 다시 레이를 친구 집에 데려다주고?'

레이는 내 말을 곰곰이 되새기고 있었다. 나는 그녀에게 물었다.

'엄마의 친구 집에서 레이의 엄마 집까지는 얼마나 걸려?'

레이는 입으로 시간을 되내이며 계산했다. 그러더니 나에게 말했다.

'지금 계산해 보면. 대략 4~5시간?'

'봐봐. 비행기로 왕복 8~10시간 정도 되는 거리를 당일치기하는 사람은 보통 없어. 결국, 어찌 되었든 레이의 엄마가 레이를 데리고 여기까지 왔다는 건 최소 며칠 일정을 생각해야 상식적일 거야. 아니라면 그냥 친구 집에서 하루 묵고 왔겠지. 평소처럼.'

'듣고 보니 그렇긴 하네.'

그 말과 함께 레이는 한참을 생각한 뒤 나에게 물었다.

'그래서. 뭘 말하고 싶은 건데?'

'아무래도 내 생각에는 레이의 엄마가 모텔로 괜히 들어가지 않았을 거 같아. 분명 무슨 이유가 있어.'

'무슨 이유?'

'음. 글쎄. 그야 나도 잘 모르지. 어쩌면 정말 네 말처럼 너무 힘들어서 집에 가기 전에 잠시 쉬려 했던 걸 수도 있지. 하지만 내 생각에 그녀는 레이를 자기 집으로 데려가려고 했던 것 같아. 딸과 함께 며칠이든 마음 편하게 보내고 싶었던 거겠지. 아니면 아예 함께 데리고 살려고 했던가.'

레이는 고개를 끄덕이다 나에게 물었다.

'그게 다야?'

'뭐. 그렇지.'

우리는 말없이 불어오는 바람을 맞았다. 레이가 입을 열었다.

'얼마 안 있어 엄마는 모텔방을 나갔어.'

'레이는 모텔에 혼자 남겨 두고 말이야?'

'응.'

'대체 왜?'

'모르지. 단지, 다시 돌아올 테니 기다리고 있으라고 했어.'
'레이의 엄마는 다시 모텔로 돌아왔어?'
'아니. 대신 몇 명의 남자들이 나를 어디론가 끌고 갔지.'
'그게 누군데?'
'몰라, 하지만 한 사람은 기억해.'
'한 사람? 그게 누군데?'

레이는 턱 끝으로 그 가게를 가리켰다. 나는 그것을 보고 놀라 물었다.

'그럼 저 가게 주인이 모텔방에 있던 레이를 납치했던 거야?'
'아니. 내가 끌려갔던 곳에 저 사람이 있었어.'
'확실해? 어렸을 때인데 그 기억이 확실하다는 보장이 없잖아?'
'확실해.'

레이는 단호하게 말했다. 그녀는 말을 이었다.

'엄마를 고문하는 걸 봤어. 게다가 그의 흉터.'
'가게 주인의 얼굴에 목까지 난 흉터 말이야?'
'응. 그게 내 작품이거든.'
'말도 안 돼. 고작 어린 여자아이가 대체 어떻게?'
'아아. 자꾸 꼬마 아가씨. 라고 하면서 굵길래.'

그녀는 머리를 넘기며 말을 이었다.

'넘어질 때 주웠던 커터칼 심으로 확 그어버렸지.'

그 말에 나는 그녀의 옆에서 살짝 떨어져 섰다. 나는 그녀에게 물었다.

'그러고도 넌 괜찮았던 거야?'

'괜찮기는. 죽도록 매질을 하더군. 그러다 내가 죽었다고 생각했는지 시체를 처리하자며 나를 높은 곳에서 던져 버렸어.'

'정말? 근데 너는 이렇게 멀쩡하게 살아 있잖아?'

'떨어질 때 무의식적으로 날았던 것 같아. 물론 땅에 착지하자마자 기절하긴 했지만. 깨어나 보니 사방이 깜깜하더군.'

'꽤 오래 기절해 있었던 모양이네. 그래서?'

'날이 밝자마자 큰 도로를 찾아 한참을 내려갔어. 그 후에도 일이 많았지만 어쨌든 나중에는 우연히 바라와 만나게 됐지.'

'그럼 바라한테 도움을 요청했겠네?'

'안타깝게도 그러지 않았어. 이미 엄마는 죽었을 거라고 생각했거든. 대신 나는 그 뒤로 바라를 따라갔어.'

'어째서? 엄마 친구의 집으로 되돌아갈 수도 있었잖아?'

'바라를 따라 필리핀을 벗어나는 게 가장 안전하다고 생각했어. 게다가 나도 그녀처럼 강해지고 싶었고.'

'레이 너는 어려서부터 보통이 아니었구나?'

그 말에 레이는 양쪽 어깨를 으쓱해 보였다. 나는 그녀에게 말했다.

'아무튼, 저 가게 주인과 그의 동료들이 그녀를 죽인 거였군.'

'아니야.'

'저들이 레이의 엄마를 납치하고 고문했었다며?'

'나중에 알아본 바로는 무슨 이유에서인지 그녀를 죽이지 않았고 풀어 줬더라고. 그것도 바콜로드 시티에.'

'이해가 안 가네? 레이의 엄마가 납치당했던 곳은 세부였잖아?'

'그래. 맞아.'

'그런데 그들이 다시 그녀를 풀어 주었던 장소는 레이 엄마의 친구가 살던 바콜로드 시티였다고?'

'그래. 이상하지?'

'무척.'

우리는 둘 다 각자 골똘히 그것에 관해 생각해보았지만 별다른 결론을 이끌어내지는 못했다. 나는 그녀에게 다시 물었다.

'그럼 대체 누가 레이의 엄마를 죽인 걸까?'

'라파엘 덤라오. 결과적으로는.'

'그 대통령? 그런데 그 사람은 필리핀의 대통령이잖아. 그런데 직접 사람을 죽였다고?'

'그 당시에 그는 시장에 불과했었어.'

'하지만 그래도 말이 안 되는 건 마찬가지야. 시장이라 하더라도 사람을 마음대로 죽일 수는 없어. 엄연한 법치국가잖아.'

'오늘날에도 법은 멀고 주먹은 가까운 나라가 바로 필리핀이야. 하물며 과거에는 더 했겠지. 그녀는 즉결처분 당했어.'

'대체 무슨 죄로?'

'마약 소지 및 운반. 그게 공식적인 죄명이야.'

'마약 소지? 운반? 레이의 엄마가?'

'응. 엄마는 풀려난 후 바콜로드 시청 근처에서 시장의 경호원들에 의해 발견되었어.'

'어떻게 경호원들이 레이의 엄마를 발견한 거지? 그럼 그 시장도 그 자리에 함께 있었겠네?'

'맞아.'

'경호원들과 산책이라도 나온 길에 그녀를 발견했다는 건가?'

'뭐. 그럴 수도 있지만.'

나는 고개를 갸우뚱했고 그것을 본 레이는 말을 이었다.

'아무튼, 그들이 쓰러져 있는 그녀를 발견한 후에 가장 먼저 했던 일은 그녀를 깨워 불심검문을 한 것이었어.'

'쓰러져있는 사람을 깨워서 다짜고짜 불심검문을 했다고?'

'그리고 그녀의 가방에서는 마약이 발견되었지.'

'그 당시의 바콜로드 시의 시장은 역시 라파엘 덤라오였고?'

'맞아. 뭔가 냄새가 나지?'

나는 생각을 정리하다 레이에게 물었다.

'그 마약은 정말 레이 엄마의 것이었을까?'

'모르지. 하지만 평소에 자신의 가방 안에 마약을 넣고 다니는 사람이 몇이나 될까?'

레이는 그 말을 한 뒤에 가이사노몰을 살피고 있었다. 나는 그런 그녀에게 물었다.

'근데 아무 문제가 없었을까? 그 당시 레이의 엄마는 유명 인사였잖아.'

'물론 어느 정도 논란이 되었겠지만 어쩔 수는 없었을 거야. 그 당시의 라파엘 덤라오는 마약 관련 범죄 소탕의 공을 쌓아 큰 인기를 누리고 있었으니까.'

'그런데 하필이면 그 시기에 때맞춰 레이의 엄마가 마약 관련 범죄를 저지르게 되었고?'

'그런 셈이지. 게다가 나중에 안 것이었지만.'

레이는 조금 씁쓸해하는 표정으로 말했다.

'엄마는 그 전에 마약 문제로 물의를 일으킨 전례가 있었어.'

'그랬다면 분명 그녀에 대한 여론이 좋지 못했을 거야. 그럼 레이의 엄마는 정말로 마약에 손을 댔던 걸까?'

'자세한 건 몰라. 그건 내가 태어나기도 전의 일이니까.'

그녀는 그렇게 말하고는 자신의 시계를 보여주며 손가락으로 툭툭 쳐 보였다. 그것은 이제 시간이 되었으니 각자의 목적지로 흩어지자는 의미였다. 그녀는 바닥에 둔 가방을 다시 들었다. 나는 마지막으로 그녀에게 물었다.

'저 가게주인 일당과 라파엘 덤라오 간에 뭔가 모종의 거래가 있었던 걸까?'

그 말에 레이는 작게 웃더니 나를 보며 대답했다.

'라파엘 덤라오는 이미 죽었어.'

그녀는 그렇게 말하며 난간에 한쪽 발을 올렸다. 그리고 비장한 말투로 말을 이었다.
'이제는 저 녀석에게 물어볼 차례지.'

"르에로 이소엔."
레이에게 산티아고라 불렸던 그 남자는 몇 번이고 그 이름을 중얼거렸다. 그러다 문득 뭔가가 생각났는지 그 중얼거림을 멈췄다. 그러다 놀란 듯 레이의 얼굴을 바라보았다.
"호, 혹시 넌?! 그 자리에 있었던 바로 그 꼬마?!"
그는 다시 입을 열었다.
"그럴 리 없어. 설마. 말도 안 돼. 그때 분명히 주, 죽었어. 그리고 거기서 던져버렸단 말이야!"
"그래, 그랬지."
레이는 그렇게 말하더니 더 작은 소리로 그를 향해 속삭였다.
"하지만 난 죽지 않았어. 그리고 이렇게 살아 있지."
그는 이제 두 다리의 고통도 잊은 듯했다. 이제 더 이상 피가 흐르는 두 다리를 부여잡고 있지 않았다. 그가 물었다.
"너, 넌 뭐야? 대체 어, 어떻게, 어떻게 살아남은 거지?!"
"아마 나도 모르게 날아서 착지했던 것 같아."
레이는 미소를 지으며 말을 이었다.
"이제부터 내가 질문을 할 거야. 잘만 대답한다면."
산티아고의 목에서 침을 꼴깍하고 삼키는 소리가 들렸다. 그녀는 덤덤하게 덧붙였다.

"고통 없이 죽여줄게."

그는 고개를 아래로 처박고 눈알을 마구 굴리고 있었다. 레이가 그에게 다시 말했다.

"얼마 전에 내가 죽였어. 라파엘 덤라오를."

그는 놀란 눈으로 레이를 보았고 레이는 부드럽게 이어 물었다.

"그와 모종의 관계가 있었나?"

하지만 그는 아무 말도 없었다.

—탕

"아!아!아아아아!악!!!!!!"

레이가 산티아고의 허벅지를 향해 총을 쏘았고 그는 미친 듯이 괴로워하며 땅을 뒹굴었다. 그녀는 덤덤하게 다시 물었다.

"그와 모종의 관계가 있었나?"

레이는 다시 한번, 이번에는 그의 반대편 허벅지를 향해 총구를 겨눴다. 그 모습에 산티아고는 기겁을 하며 말을 했다.

"이, 이, 있었어! 있었다고! 그러니까 그만해. 제발. 있었어!"

—탕

"아아아아아아아! 아! 아! 악!!"

그는 울부짖고 있었다. 잠시 후 그는 온몸을 벌벌 떨며 레이에게 기어오고 있었다. 그는 레이에게 가까이 다가와 말했다.

"제발. 제발 그만해! 뭐, 뭐든 다 말할게! 제발. 제발 그만 해!"

그녀는 조용히 한 발자국 뒤로 물러났다. 그리고 다시 그에게 총구를 겨눴다.

"전에도 이렇게 너처럼 애원하던 사람이 있었어. 그게 누구였지?"

그는 레이의 질문에 대답하기 위해 최대한 노력하고 있는 듯이 보였다. 그러나 쉽사리 대답하지 못했다. 그러자 레이가 말했다.

"정답은 르에로 이소엔."

그녀는 살짝 미소 지으며 총의 방아쇠를 당겼다.

―탕

"아!아아아아아아아아아아아아아!악!악!"

다섯 발째 총알이 몸에 박히자 그는 온몸을 사시나무 떨 듯 부들부들 떨고 있었다. 레이는 총을 잠시 내리더니 고통스러워하는 그에게 다가갔다. 그녀가 다가서자 산티아고는 흠칫 놀라며 입가에 침까지 흘리고 있었다. 레이는 조용히 그에게 속삭였다.

"그날 있었던 일을 전부 말해."

"그날 오후 갑자기 한 여자가 날 찾아왔어. 날이 더웠는데도 불구하고 얼굴을 심하게 가리고 있었던 것으로 보면 남편에게 맞은 것이 아닌가 하는 생각이 들 정도였지. 날 찾아오는 고객은 대개 두 종류야. 낮에는 과자를 사는 고객. 밤에는 마약을 사는 고객. 당연히 대낮이었고 여자로 보이는 손님이었기에 마약을 살 거라고는 생각도 안 했지. 역시 그녀는 내 예상처럼 마약을 사러 오지는 않았어. 그런데 그녀가 갑자기 어떤 한 상자를 나에게 내밀었어. 익숙한 상자였지. 그건 내가 얼마 전에 판매한 마약이었으니까. 상자 안에는 마약이 포장 그대로 들어 있더군. 그녀는 그것을 나에게 주면서 맡겼던 물건을 돌려 달라고 했어."

"그게 어떤 물건이었지?"

산티아고는 레이의 작은 소리에도 흠칫 놀라고 있었다. 그는 조심스럽게 입을 열었다.

"그건 내가 마약을 팔았을 때 돈 대신 받은 물건이었어. 잘 기억은 안 나. 저, 정말이야! 주, 중요한 게 아니었으니까! 나에게 마약을 구매해 갔었던 그자는 나에게 마약을 사가면서, 지금은 돈이 없으니 일단은 그 물건을 맡기고 기한 내에 나에게 돈과 물건을 교환하겠다고 했었어."

"그게 가능한가?"

"무, 물론 드문 일이긴 하지만 그 사람은 내 단골이었고, 또 나도 그 사람의 신상정보를 빠삭하게 알고 있었으니 믿고 해 준거지. 만약 돈을 안 갚는다 해도 그때는 찾아가서 죽이면 그만이었고."

"계속해봐."

그 말에 산티아고는 눈치를 보며 입을 열었다.

"나는 당황했지. 이미 팔았던 물건을 다시 환불해주는 경우는 없었으니까. 게다가 본인도 아니었고 처음 보는 사람이 와서 마치 자기 것인 마냥 맡겼던 물건을 다시 돌려달라고 말하니 매우 불쾌하기도 했었어. 하지만 그 자리에서는 어떻게 할 수가 없었지. 워낙 보는 눈이 많았던 탓에 일단은 빨리 그녀를 보내야만 했으니까. 나는 그녀에게서 그 상자를 받은 다음 알았다고 했어. 그리고 지금은 그 물건을 가지고 있지 않으니 가게 문이 닫을 때쯤 다시 들르라고 했지. 그녀는 알겠다며 자신의 뒤에 있던 꼬마. 그래. 바로 당신하고 함께 걸음을 옮겼어. 나는 뭔가 이상한 기분에 재빨리 내 수하를 시켜 그녀를 쫓으라고 했어. 그리고 얼마 지나지 않아 그 수하가 다시 돌아와 지금 그녀가 어린 여자아이와 함께 어느 모텔에 머물러 있다고 전하더군. 만약 약속대로 그녀가 밤에 다시 오지 않으면 나는 내 수하들을 그 모텔로 보낼 생각이었어. 아무튼, 그런 생각을 하며 상자 안에 내용물을 살펴봤지. 그리고 조금 뜯어서 맛을 봤어. 불에도 녹여봤고. 역시 내가 그전에 판매했던 것과 다른 것이었더군. 다소 질이 떨어지는 것이었어. 물론, 보통 사람이라면 눈치 채지 못했겠지만 난 바로 알 수 있었거든. 결국, 나는 알게 된 거지. 이 사람이 그 약을 어떻게 손에 넣은 것인지는 모르겠지만 분명히 그 안의 내용물을 바꿔치기하려던 수작이었다는 것을. 나는 하마터면 속을 뻔했고 그래서 분노했어. 그래서 막 수하들을 모텔로 보내려 하는데 그녀가 나타난 거야. 그것도 너무도 태연히 말이야. 그녀는 아마 내가 그 사실을 눈치 챘으리라고는 꿈에도 생각하지 못했겠지. 나는 그 물건이 있다며 그녀를 여기로 데려왔어. 다른 놈들한테는 모텔에 있던 꼬마도 마저 데려오라고 시켰지. 뭐. 거기부터는 아마 당신도 잘 알 거야. 우리는 데려온 그녀의 얼굴을 확인했어. 믿을 수가 없더군. 그녀는 르에로 이소엔이었어. 우리는 그녀를 죽이려던 마음을 바꾸었어. 분명 그녀는 우리에게 이용가치가 클 거라고 생각했으니까. 그녀에게 물었어. 물건을 어떻게 얻은 거냐고. 그녀는 말했어. 그 상자의 주인에게서 받았다고. 그러면서, 그걸 나에게 가져다주면 자신의 물건을 돌려줄 테니 그걸 좀 받아다 달라고 부탁받았다더군. 그래서 나는 그녀에게 물었지. 대체 당신에게 그 부탁을 한 사람이 누구냐고. 그 사람의 이름을 대라고 했지. 끝까지 말을 안 하더군. 온갖 고문을 해보았지만 그 이름을 몰라서였는지 아니면 알면서도 말하지 않는 것인지, 어쨌든 절대 입을 열지 않았어. 나중에는 나도 오기가 생기더군. 그래서 그자에 대해서는 이미 다 알고 있었으면서도 반드시 그녀의 입에서 그 이름을 꼭 들으려 했었지."

"그래. 그건 됐으니까 이제 모종의 거래에 관해서 얘기해 봐."

그녀는 팔짱을 끼며 말했다. 그 말에 조금 눈알을 굴리던 산티아고는 다시 입을 열었다.

"원래 덤라오와는 그가 시장이 되기 전부터 계속 함께 일해 왔었어. 물론 대통령이 되고 나서야 마약상들과 거리를 두기는 했지만 그 전까지만 해도 꽤 긴밀한 동업자 관계였지."

"뭐라고? 그러면 그 사람도 마약상이었다는 거야?"

뒤에서 조용히 듣던 내가 그에게 물었다. 그는 나와 레이를 번갈아 바라보다 대답했다.

"사실 마약상이라기 보다는 중간 판매책 정도라고 생각하면 좋을 거야. 하지만 시장 자리에 오르면서부터는 그 역할마저도 그만두었지. 자신도 이제 몸을 사려야 했을 테니까. 그때부터는 그저 우리의 활동을 묵

인해주는 대가로 상납금을 받는 정도였어."

"그와 어떤 거래를 했지?"

레이의 질문에 그는 다시 눈치를 보며 대답했다.

"아. 거래 말이지. 사실 우리는 르에로 이소엔을 여기로 데려온 이후로 한동안 계속 감금해두고 있었어."

"감금만 했나?"

"대답하지 않으면 가끔 고문하기도 했고."

"그것뿐인가?"

레이의 물음에 산티아고는 정말 모른다는 표정을 지어 보였다. 레이가 천천히 입을 열었다.

"잘 모르는 것 같은데 내가 대신 말해줄까?"

레이가 비꼬듯이 산티아고에게 말했다.

"너희는 그녀를 성 노리개 삼아 장난감처럼 가지고 놀다가 버렸어. 그녀가 더 이상 여자로서의 기능을 할 수 없을 때까지 말이야. 내 말이 틀린가?"

그 말에 산티아고의 얼굴을 사색이 되었다. 그는 당황한 듯 말을 내뱉고 있었다.

"대, 대체 그, 그걸 어떻게?"

하지만 그럼에도 레이의 표정은 덤덤했다. 그녀는 말했다.

"10년 넘게 한 사건을 파다 보니 별게 다 나오더군."

산티아고는 혹시나 또 보복을 당하지 않을까 두려워하고 있었다. 그런 그를 보던 그녀가 짧게 말했다.

"계속해봐."

그 말에 안도의 한숨을 내쉰 그는 다시 말을 이었다.

"그러던 중 나는 일 문제로 덤라오와 통화를 하고 있었지. 상납금과 관련한 문제였는데 별 문제는 아니었어. 잘 해결 되어가고 있었지. 나는 그에게 정보 하나를 줄 테니 상납금을 조정해달라는 제안을 했어. 그는 일단 들어 본 다음 결정하겠다고 하더군. 나는 감금하고 있던 이소엔에 관한 얘기를 들려줬어. 그 얘기는 즉각 그의 관심을 불러일으켰지. 그는 곧 새로운 제안을 내게 제시했어. 그녀를 통해 약간의 마약을 자신에게 운반해준다면 매달 보내는 상납금의 10%를 감해주겠다는 것이었어. 나야 손해 볼 것 없으니 당연히 그러겠다고 했어. 그러자 덤라오는 나에게 그녀를 보낼 날짜와 시간 그리고 장소를 알려줬고 나는 그대로 했던 거야."

"그리고 너희는 엉망이 된 그녀를 그곳에 버렸지."

레이는 그렇게 말하고는 차분하게 그에게 덧붙였다.

"결국 그녀는 마약 소지 및 운반 죄로 인해 발견된 그 자리에서 바로 사살되었다. 알고 있나?"

"그래. 한때 그걸로 세상이 떠들썩했었으니까 모를 수가 없지."

"왜지?"

갑작스러운 그녀의 물음에 산티아고는 영문을 모르겠다는 표정을 짓고 있었다. 레이가 그에게 재차 물었다.

"시장이 그렇게 간단히 그녀를 죽일 생각이었다면 왜 그녀를 원했던 거지? 단순히 자신의 공적을 쌓기 위해서였나?"

그 물음에 산티아고는 다급히 대답했다.

"그, 그건 나도 몰라. 그저 덤라오가 그러길 원했을 뿐이야. 나는 그가 시키는 대로 한 것뿐이고. 정말이야. 나도 그것에 관해서는 정말 몰라."

그는 애원하고 있었다. 그걸 보고도 레이의 눈빛은 여전히 흔들림이 없었다.

"진실을 말하는 눈이군. 좋아. 그럼 이제 마지막 질문이야."

레이는 그 말과 함께 총구를 정확히 그의 이마에 겨누며 말했다.

"이소엔에게 상자를 부탁했던 그 사람이 누구야?"

레이의 물음에 그는 미친 듯이 양손을 비비며 잘못을 빌고 있었다. 그가 레이에게 기어와 애원하듯 말했다.

"아, 알았어! 마, 말할게! 마, 말한다고."

하지만 레이는 무표정한 얼굴로 손가락을 천천히 방아쇠로 옮기고 있었다.

"이사벨!!!"

다급한 산티아고의 외침에 레이의 눈썹이 꿈틀거렸다. 그는 다급하게 말을 이었다.

"이사벨! 그, 그자의 이름이야! 원한다면 그자의 모든 정보를 알려줄게. 그러니 날 살려줘. 제발, 제발!"

그는 계속 애원했다. 하지만 레이의 태도에는 아무런 변화가 없었다.

그러자 그는 태도를 바꿔 그녀에게 말했다.

"저, 저기 내, 내가 다 말했잖아. 나 다 말했어. 아는 거 다 말했다고! 만약 내가 너한테 그자의 정보를 넘기지 않는다면? 넌 영영 그를 찾을 수 없을 걸? 이름만 알면 뭐해?! 아무 정보가 없는데. 어떻게 이래도, 이래도 날 죽일 거야? 네가 원하는 정보가 내 손에 있는데? 이래도 네가 날 죽일 수 있을 것 같아?! 하. 하. 하하하하하하하하하하!"

그는 갑자기 실성한 사람처럼 웃기 시작했다. 레이는 천천히 산티아고의 이마를 겨냥했던 총을 내리기 시작했다. 그 모습을 본 산티아고가 통쾌한 듯 그녀에게 말했다.

"아하하하하하하하! 거, 거봐?! 역시 저, 정보가 필요한 거였잖아! 하하하하. 내가 그 정보를 순순히 넘겨줄 것 같아? 일단 내 조, 조건부터 말하지! 어때?! 서로의 조건을 교환하는 거야!"

그 말에 레이는 피식 웃더니 산티아고에게 말했다.

"착각하지 마. 내가 총을 잠시 내린 건 너에게 반드시 알려줘야만 할 게 있기 때문이야."

그 말에 산티아고의 표정이 변하기 시작했다. 레이는 천천히 말을 이었다.

"너는 나를 그저 이소엔의 옆에 있었던 꼬마 여자아이로 알고 있을 테지?"

그 말에 산티아고의 표정은 불안해 보였다. 그걸 본 레이가 코웃음을 치며 말을 이었다.

"르에로 이소엔. 그녀는 나의 엄마다."

산티아고는 무슨 말이라도 해보려 했지만 더 이상 그럴 수는 없었다.

—탕

나는 레이가 쏜 총소리에 눈을 질끔 감았다. 그리고 잠시 후 다시 눈을 떴을 때에는 산티아고가 이미 바닥에 머리가 뚫린 채로 죽어 있었다. 그의 눈은 한껏 치켜 떠있었는데 죽는 순간까지도 그 사실을 믿을 수 없다는 듯 보였다.

그녀는 그 자리에 그대로 서 있을 뿐이었다. 나는 아무 말도 하지 않고 레이의 뒷모습을 바라보고 있었다. 한참이 지나고 레이가 천천히 나에게 다가와 말했다.

"이제 갈까?"

나는 잠시 망설이다 그녀를 불렀다.

"레이."

나의 부름에 몇 개의 총만 남기고 나머지는 전부 가방에 담아 버리려던 그녀가 나를 향해 고개를 돌리며 물었다.

"왜?"

"레이. 너 이대로 그냥 가도 괜찮겠어?"

내 말에 그녀가 고개를 갸웃거렸다. 나는 레이에게 다시 물었다.

"그러니까 내 말은 레이. 너는 결국, 그에게서 정보를 얻지 못했잖아. 그런데 이대로 돌아가도 괜찮겠냐고."

"아아."

그녀는 살짝 웃으며 하고 있던 총기 정리를 마저 하더니 나에게 답했다.

"정보는 필요 없었어."

그 말에 나는 미간을 찌푸리며 그녀에게 물었다.

"대체 그게 무슨 소리야? 레이, 넌 복수를 원했잖아. 결국, 레이의 엄마를 죽게 만든 사람은 상자를 부탁한 산티아고의 고객이었어."

"그렇지. 하지만 나는 그자를 이미 알고 있어."

"뭐? 그럼 이사벨이라는 자에 대해서 이미 알고 있었다는 거야?"

"응. 물론 물건을 부탁했다는 사실은 방금 알게 된 거지만."

그녀는 이제 총기 정리를 다 마쳤는지 두 손을 툭툭 털고 있었다. 레이는 잠시 뭔가를 생각하더니 입을 열었다.

"이사벨."

그녀는 입으로 몇 번 중얼거리더니 이내 나에게 말했다.

"엄마는 그녀에게 나를 맡겼어. 그리고 그녀는 그런 나를 친딸처럼 돌봐 주었지."

잠시 후 그녀가 눈을 가늘게 뜨며 말을 이었다.

"이사벨. 그녀는 엄마의 가장 친한 친구였어."

제8장

메멘토 모리
: 뫼비우스의 띠

우리는 바콜로드 시에서 남쪽으로 날아가고 있었다. 먹구름이 걷히면서 달빛도 점점 흩어지기 시작했다. 레이의 왼손에 여전히 총 한 자루가 들려 있었다. 오른손에는 핸드폰이 들려있었는데 그녀는 목적지까지의 경로를 검색하고 있는 중이었다.

그녀는 나의 앞을 날고 있었다. 이제 더 이상 무거운 가방이 없어서였는지 그 모습이 대단히 가벼워 보였다. 한참 핸드폰을 만지작거리던 그녀가 내 옆으로 날아오더니 말했다.

"아! 기분 좋다. 날 때는 아무 생각 안 하게 되니까 자유로워!"

어느덧 우리는 도시를 지나 광활하게 펼쳐진 넓은 밭 위를 날고 있었다. 레이는 그게 사탕수수밭이라고 했는데 처음 보는 것이어서 그런지 나에게는 매우 생소하게 느껴졌다.

몇 분을 더 날아가니 몇 채의 허름한 집들이 보였다. 레이는 서서히 속도를 줄이기 시작했다. 천천히 하강하던 그녀는 가볍게 육지에 착지했다. 뒤따르던 나도 곧 착지했는데 그녀처럼 부드럽지는 못했다.

그녀는 곧 흰 벽에 갈색 지붕이 덮여있는 한 집 앞에 섰다. 아직 새벽이라 어두웠기 때문에 잘 보이지는 않았지만 꽤 커 보이는 집이었다.

"기억나. 바로 여기야."

그 말과 함께 그녀는 총에 소음기를 끼우고 있었다. 그녀가 가리킨 집은 크기가 있는 편이나 왠지 모르게 을씨년스러운 느낌을 주고 있었다.

그녀는 자신의 총을 한 번 더 점검한 뒤 그 집의 문을 밀어 보았다. 마치 우리를 기다리고 있었던 마냥 문은 잠겨 있지 않았다. 시골이라 원래 그런 건지 아니면 필리핀의 집들이 보통 그런 건지는 잘 모르겠으나 어렵게 깨고 부수고 하며 들어갈 필요가 없으니 오히려 우리에게는 잘된 일이었다.

집 안으로 들어가 보니 넓은 방, 구석에서 누군가 웅크려 자고 있는 형체가 보였다. 레이는 벽 여기저기를 만지며 전등의 스위치를 찾아 불을 켰다. 갑자기 집 안이 환해졌고 그 때문에 잠에서 깨버린 그 사람이 놀란 눈으로 우리를 바라보고 있었다.

그녀는 40대 후반의 얼굴을 하고 있었는데 얼마나 놀랐는지 입 모양으로 소리를 내지르고 있었지만 차마 목소리는 내지 못하고 있었다. 그런 그녀의 모습에 레이는 별수 없군. 하면서 그녀에게 총구를 겨냥하였고 그때부터 그 여인은 순순히 레이의 말을 듣기 시작했다.

잠시 후 그녀가 바닥에 무릎을 꿇고 앉았고 나와 레이는 창틀에 적당히 몸을 기댔다. 레이는 그 여인에게 질문했다.

"당신의 이름은?"

레이의 물음에 눈치를 보던 그녀가 답했다

"죠, 죠안, 에비나입니다."

"그렇다면 이 이름은 기억해? 이사벨."

그녀는 흠칫 놀라 레이를 바라보았다. 하지만 레이는 거기서 멈추지 않고 그녀에게 또다시 질문했다.

"하나 더. 이 이름도 기억해? 르에로 이소엔."

그녀는 그 말에 아까보다 훨씬 더 큰 충격을 받은 모양이었다. 그럼에도 레이는 덤덤하게 말을 이었다.

"산티아고에게 들었어. 당신이 그녀에게 상자를 부탁했다지. 무슨 말인지는 아마 알 거야. 너무 오래전 일이라 기억이 안 나나?"

하지만 레이의 말에도 그녀는 그저 눈만 깜빡이고 있을 뿐이었다. 레이는 차분하게 다시 그녀에게 물었다.

"왜 그런 부탁을 했지?"

하지만 그녀는 그 질문에 대답하지 않은 채 레이를 뚫어지게 쳐다볼 뿐이었다. 그러더니 이내 놀라 레이에게 외쳤다.

"너, 너, 넌?! 너는!"

"그래. 나는 당신의 가장 친했던 친구. 이소엔의 딸이야. 한때 당신이 맡아 기르던."

그녀는 무릎이 풀렸는지 뒤로 쓰러질 뻔하다가 다시 자세를 고쳐 잡고 애써 침착함을 유지한 채 물었다.

"하, 하지만 너는 분명 주, 죽었다고 들었어. 분명 산티아고가 나에게 그렇게 말했단 말이야."

"아니. 죽은 줄 알았겠지만 결국은 살았어."

"그, 그렇다면 대체 왜 여기로 다시 돌아오지 않았니?! 여긴 너의 집이었고. 나는 너의 엄마였잖아. 이오나."

"그렇게 부르지 말아줘."

그녀의 부름에 레이가 차분하게 대답했다.

"주어진 이름으로 불리고 싶은 마음은 없어."

그녀는 강하게 숨을 내쉬며 말을 덧붙였다.

"나의 능동적인 정체성은 레이. 내 이름은 레이야. 그러니 그렇게 부르지 마."

레이의 분위기에 움찔한 그녀는 잠시 뭔가를 생각하더니 레이에게 말했다.

"한동안 너를 찾기 위해 가보지 않은 곳이 없었단다. 네가 죽었다는 소식을 듣고 난 다음에도 차마 멈출 수가 없었지."

하지만 그녀의 말에도 레이는 그저 담담할 뿐이었다. 그녀는 조용히 말했다.

"묻는 말에 대답해줘."

"그래. 뭐든 대답 하마. 이오나. 아니 레이. 네가 원한다면 뭐든."

그 말에 레이는 다시 그녀를 향해 입을 열었다.

"왜 엄마에게 그런 부탁을 했지? 산티아고가 속을 거라 생각했던 거야?"

그 말에 이사벨은 체념한 듯 웃더니 말을 꺼냈다.

"아니, 그럴 리가. 그는 날 처음 봤을 때도 내가 어떤 상태인지 단번에 알아맞힐 정도였어. 약에 관해서라면 아마 세상 누구도 그를 속이지는 못할 거야. 나는 그걸 알면서도 일부러 그 상자 안의 약을 바꿔놓았었지."

그 말에 레이가 물었다.

"왜지?"

"왜냐고?"

레이의 물음에 그녀는 모든 것을 내려놓은 듯 말했다.

"죽이고 싶었으니까. 이소엔을 말이야."

레이는 아무 말도 하지 않았다. 그러다 잠시 뒤 조용히 말을 내뱉었다.

"계속해봐."

"이소엔은 태어나면서부터 이 마을의 자랑거리였어. 그 애는 혼혈답게 엄청난 미모의 소유자였지. 한 번이라도 그녀를 본 사람들이라면 모두 넋을 잃고 말았어. 나는 늘 그녀가 부러웠어. 그녀와 나는 어릴 적부터 친구였지만 모든 것이 반대였으니까. 나는 그녀처럼 자상한 부모님이 계시지 않았어. 게다가 우리 집은 그저, 근처에서 딴 코코넛이나 바나나를 시장에 내다 팔던 가난한 사람들이었지만 그녀는 광활한 사탕수수밭을 가진 부농의 딸이었지. 그래도 나는 그런 대단한 이소엔의 가장 가까운 친구라는 사실에 늘 만족해하며 항상 그녀 옆에 붙어있었단다. 그녀는 나이를 먹어갈수록 점점 더 아름다워졌지. 아마 그 애가 열다섯이었을 때일 거야. 어느 날 갑자기 나에게 말하더군. 자기는 미인대회에 나가기 위해 마닐라로 갈 거라고. 물론 부모님께서 허락해주지는 않지만 꼭 온갖 상을 휩쓸어 언젠가는 꼭 그들에게 인정받겠다며 말이야. 나는 그 애에게 너라면 분명 할 수 있을 거라며 응원해주었지만 어린 소녀 혼자 마닐라로 가는 일은 불가능하다고 생각했지. 하지만 이소엔은 정말 가버리더군. 어느 날 밤 혼자 배를 타고 아무도 몰래 이곳을 떠나버린 거야. 나는 혼자 남겨졌고 큰 상실감에 빠져있었지. 그러다 학교를 졸업했고 사정이 생겨 남쪽의 민다나오 섬에 위치한 다바오에서 혼자 지내게 되었어. 세월이 지나가니 상실감도 덜해지더군. 물론, 가끔 외로울 때도 있었지만 적응이 되니 나름 괜찮았어. 마닐라와 다바오는 한참을 떨어진 곳이었지만 나는 아주 가끔 이소엔의 소식을 들을 수 있었단다. 이소엔은 정말 그 애의 말대로 온갖 미인대회의 상을 휩쓸며 승승장구하고 있었어. 자랑스러웠어. 그래도 한때는 나에게 가장 친했던 친구였으니까. 그러나 그녀의 너무 아름다웠던 미모가 오히려 독이 되었던 것일까?"

그녀는 그렇게 말하며 쓴웃음을 지었다. 그녀는 다시 말을 이었다.

"어릴 적 우리와 같은 동네에 살고 있던, 욕심 많은 꼬마가 있었지. 그 아이의 이름은 덤라오. 바로 이곳 바콜로드의 시장직을 맡았었고 나중에는 대통령의 자리에까지 오른 라파엘 덤라오였지"

"그리고 나는 얼마 전 그를 죽였어."

그 말에 그녀는 고개를 들어 레이를 쳐다보았다. 그러더니 이내 실소하기 시작했다. 한참을 웃던 그녀가 말했다.

"그랬었군. 하하. 그 녀석. 그래도 싸지. 다 지가 저지른 일의 대가를 치르는 거야."

레이는 아무 말도 하지 않고 있었다. 그러자 이사벨은 다시 말을 이었다.

"어릴 적부터 덤라오는 이소엔을 좋아했었어. 그래서 늘 그 애를 쫓아다녔지. 하지만 그럴수록 이소엔은 그를 무시했어. 그는 점점 낙담했고 피해의식에 휩싸였지. 그러다 이소엔이 어느 날 갑자기 이곳을 떠나고 마닐라에서 승승장구하자 그는 그녀에게 복수하기로 결심했어."

"당신은 그걸 어떻게 아는 거지?"

레이의 물음에 가벼운 미소를 짓던 그녀가 대답했다.

"그는 이소엔의 가장 친한 친구였던 나를 자주 찾아와 그녀의 소식을 물었거든. 그리고 나에게서 아무것도 듣지 못하고 돌아갈 때면 항상 저런 이야기들을 나에게 늘어놓고는 했지. 언젠가는 복수할거라며 이를 갈더군. 아무튼, 내가 다바오에서 지내고 있을 당시 그가 고향의 시장이 되었다는 소식을 얼핏 듣기는 했지만 그 뿐이었어. 내가 있던 곳은 당시 전기도 잘 들어오지 않던 외지였으니 여러 가지 소식을 접하기는 매우 어려웠거든. 나는 한참 동안이나 이소엔과 덤라오를 잊고 살았어. 그런데 어느 날이었어. 그날도 어김없이 불을 끄고 자려는데 밖에서 누군가가 문을 두드리는 거야. 무서운 마음에 살며시 문을 열고 고개를 내밀었어. 나는 놀라서 주저앉을 뻔했지. 그 사람은 바로 이소엔이었어. 하지만 그녀의 모습은 많이 변해있었어. 예전의 아름답던 그 이소엔이 아니었어. 마치 시들어버린 꽃 같았지. 눈은 퀭 했고 머리카락은 부스스했어. 하지만 내가 가장 놀랐던 것은 그녀의 배가 불러있었다는 거야. 그래. 그녀는 그때 임신 중이었어. 그녀는 손을 부들부들 떨면서도 그 늦은 밤, 내가 차려준 밥상을 깨끗이 비웠지. 얼마나 배가 고팠으면 그랬을까? 물론, 나도 나중에 알게 되었지. 그녀가 그 당시에 부들부들 떨던 그 손은 그녀가 마약을 중단한 데 따른 금단현상이었다는 것을."

나는 레이의 표정을 살폈다. 레이는 왠지 편안해 보였다. 이사벨은 계속해서 말했다.

"이소엔은 어느 날 밤 내 품에 안겨 울며 그간에 있었던 모든 일들을 나에게 털어놓았어. 그 애의 말로는 유명 인사들은 으레 많은 파티에 참석하게 되는데 한 번은 그 파티에 덤라오도 참석을 했다는 거야. 아, 물론 시장의 자격으로 말이야. 그는 이소엔을 찾아가 할 말이 있다며 따로 불러냈어. 그리고 그녀에게 자신의 진심을 다시 한번 고백했지. 그러나 그 당시 절정의 미모와 인기를 구가하고 있던 이소엔의 콧대는 전보다도 훨씬 높아져 있었어. 단칼에 그의 고백을 거절했지. 그러자 덤라오가 갑자기 그녀의 목에 무언가를 찔러 넣었던 거야. 이소엔은 그것이 너무도 순식간이라 미처 피할 새도 없었다더군. 그것의 정체는 주사기였어. 그리고 그 주사기 안에는 마약이 들어있었지. 쓰러진 이소엔을 확인한 덤라오는 그녀의 가방에 포장된 마약을 넣어 놓고는 유유히 그 자리를 빠져나갔어. 아마 이소엔에게 누명을 씌우려 했던 것 같아. 결국, 얼마 지나지 않아 이소엔은 파티에 참석했던 몇몇 사람에 의해 발견이 되었어. 하지만 그녀는 정신을 차리지 못했지. 그 애는 그때 약에 취해 있었던 거야. 그녀의 모습은 누가 봐도 방금 막 약을 하고 난 사람 같아 보였지. 그녀는 있는 힘을 다해 집으로 몸을 피했지만 그 파티에서의 소문은 일파만파 커지기 시작했어. 결국, 점점 걷잡을 수 없게 되더니 곧 큰 논란을 불러일으켰지. 많은 사람들이 그 소문에 관심을 두기 시작하자. 그녀는 자신의 집 안에만 숨어있게 되었어. 그럴수록 이소엔은 더욱 외로움을 느꼈다더군. 때마침 그녀의 가방에는 덤라오가 넣어 두었던 마약이 들어 있었고 말이야. 그녀는 고독함을 견뎌내지 못했어. 늘 주변 사람들의 애정과 관심 속에서만 살아왔던 이소엔에겐 그것이 너무도 가혹한 형벌이었겠지. 그 애는 그때부터 스스로 약에 취하기 시작했어. 그렇게 시간은 흘렀고 식을 줄 알았던 논란은 여전히 그 불씨가 남아있었지. 결국, 그녀는 마치 그녀가 고향을 떠났던 바로 그 날 밤처럼 몰래 그 집을 떠나 정처 없이 떠돌게 되었어. 그리고 그렇게 떠돌다 너를 임신했다. 너희 아빠는."

"그만. 이미 만난 적이 있어. 얘기 안 해도 돼."

그녀의 말에 레이는 중간에 말을 자르며 손을 휘저었다. 이사벨은 믿기 힘들다는 눈치였지만 이내 말을 다시 이었다.

"그래. 아무튼, 그녀는 또 혼자가 되었지. 그녀는 큰 상실감으로 인해 또다시 약에 손을 댔어. 너를 임신한 사실을 알기 전까지는 말이야. 하지만 너를 임신한 사실을 안 이후에 그녀는 정말 독할 정도로 약을 끊어냈어. 자신의 아이에게 좋지 않을지도 모른다는 생각 때문에 이를 악물었지. 어떤 날은 방안에서 그 애가 피를 철철 흘리고 있더군. 놀라 달려가 보니 자신의 손에 칼을 꽂아 넣고 있었어. 자신도 모르게 약을 입에 대려 했던 모양이야. 결국, 그렇게 몇 달을 더 버티던 이소엔은 무사히 너를 낳았지. 그리고 나에게 간절하게 부탁했어. 너를 맡아달라고. 나는 그 애에게 물었지. 그럼 넌 뭘 할 생각이냐고 말이야. 그녀는 다시 마닐라로 가겠다고 했어. 자신이 과거에 누렸었지만 지금은 잃어버린 영광을 되찾겠다고 하더군. 나는 반대했었지. 그녀가 다시 나를 혼자 남겨둔 채 떠난다는 그 사실을 결코 참을 수가 없었거든. 하지만 그 애는 막무가내였고 얼마 지나지 않아 늘 그랬던 것처럼 또다시 나를 떠났어. 이소엔이 남긴 거라고는 그 애가 낳은 아이와 임신 중에 입에도 대지 않았던 그 애의 남은 마약뿐이었지. 그 당시 외지생활을 하고 있던 나는 이소엔이 떠나자 어린 시절과는 비교도 할 수 없을 만큼의 커다란 상실감을 겪게 되었어. 그래. 나는 그녀의 빈자리를 견디지 못하고 결국, 그 애가 놓고 간 마약에 손을 대기 시작한 거야."

그 말과 함께 그녀는 입술을 꽉 깨물었다. 잠시 뒤 그녀가 다시 말을 이었다.

"나는 점점 더 약을 찾게 되었어. 약을 살 돈을 마련하다 보니 생활고에 시달릴 수밖에 없었지. 결국, 그것을 견디다 못한 나는 고향으로 돌아와 다시 부모님과 함께 이 집에서 살게 되었어. 하지만 그 누구도 나를 환영하지 않았지. 생각해보렴. 어느 날 갑자기 돌아온 자식이 딸을 데리고 나타났으니 황당했겠지. 부모님은 물론 이 마을의 모든 사람들이 나를 손가락질했어. 창녀라는 소리까지 듣기도 했었단다. 그러나 설령 그렇다고 해도 나는 네가 이소엔의 딸이라고는 절대 말할 수 없었어. 그때까지만 해도 아직은 이소엔을 보호하고 싶던 마음이 더 컸을 때였거든. 하지만 어딜 가나 따가운 눈총과 손가락질은 계속되었고 그때마다 내 마음속에 서러움보다는 오기가 생겼지. 그럴수록 보란 듯이 너를 더 잘 키워낼 거라는 다짐을 했던 거야. 나는 예전에 이소엔이 그랬던 것처럼 악착같이 약을 끊어냈어. 그리고 너를 위해 모든 걸 다 바쳤단다. 너는 내 딸과 다름없었으니까. 그렇게 시간은 또 몇 년이 흘렀고. 정말로 이소엔은 보란 듯이 재기에 성공했어. 한때의 논란을 이겨내고 다시 승승장구하기 시작한 거야. 그래. 아직 시들기에는 그녀가 너무 아름다웠으니까. 흙이 좀 묻기는 했어도 그녀는 여전히 아름다운 장미였지."

이사벨은 깊은 한숨을 내쉰 뒤 다시 얘기를 이었다.

"그녀는 금의환향했다. 모든 마을 사람들이 그녀를 환영했지만 그녀의 목적은 오직 자신의 딸, 너를 보는 것뿐이었지. 마을 사람들이 보기에 내 딸을 자신의 친딸처럼 아껴주던 그녀를 천사처럼 여겼을 거야. 정작 실상은 반대였는데 불구하고 말이야. 그러나 그때부터 나는 커다란 불안감에 휩싸이게 되었단다. 이소엔은 물론이고 내 평생을 바친 너마저 어느 날 연기처럼 사라져 버릴 것만 같은 예감이 들었거든. 나는 이소엔이 우리 집에 일 년에 한두 번씩 머물렀다 떠나고 나면 그 불안함을 견디지 못하고 그때마다 다시 마약에 손을 대기 시작했지. 그리고 바로 그때 거래하던 사람이 그 바닥에서 산티아고라 불리던 유명한 마약상이었지. 그는 네 달에 한 번 정도는 이 섬에 들어와 있었는데 난 그때마다 그와 거래했어. 물론 본명을 쓰기 싫어 어릴 적부터 이소엔이 불러주던, 그리고 내가 너에게 처음 가르쳐 주었던 바로 그 이름, 이사벨이라는 이름을 사용하고는 했지. 나는 어느새 산티아고의 단골이 되어있었어. 그래서 돈이 없을 때면 대신 물건을 맡겼을 정도로 그와 신뢰를 쌓았었지. 물론 내가 기한 내에 대금을 잘 지불했기에 그런 것도 있었겠지만 말이야. 하지만 내 생각에 그는 언제든 자신의 이익을 위해 날 해칠 수 있는 사람으로 보여서 늘 경계하던 참이었지. 그러던 어느 날이었어."

그녀는 잠시 뭔가를 생각하다 다시 말을 이었다.

"여느 때처럼 이소엔이 널 보러 우리 집에 찾아왔지. 그러나 그날. 우리는 전에 단 한 번도 없었던 큰 다툼을 벌이고 말았단다. 그녀가 이제 널 데려가겠다고 말하더군. 내가 그동안 온갖 손가락질과 멸시를 받아가면서도 내 딸처럼 키우던 너를! 단지 자신의 사정이 나아졌다는 이유만으로! 단 한 순간에 뺏어가겠다는 거였어. 하지만 나는 그녀에게 안 된다고 할 수도 없었지. 너는 결국, 이소엔의 딸이었으니까. 나는 그 애를 협박했다. 이 사실을 모두에게 알리겠다고 말이야. 이소엔은 코웃음을 치며 그러라더군. 그간 산전수전 다 겪어낸 그 애에게 그런 어설픈 협박 따위쯤은 애들 장난 같았겠지. 그래. 그때 나는 결심했어. 끊임없이 나에게서 모든 것을 빼앗아가던 그 애! 그 빈자리에 마약만 남기고 떠나 결국, 나를 약쟁이로 만들어 버린 그 애! 나는 그 애를 죽이기로 결심한 거야. 한동안 말이 없던 나는 한참 뒤에 마음을 바꾼 듯 이소엔에게 순순히 너를 넘겨줬지. 그리고 대신 내 부탁을 들어달라고 했어. 그 애도 마음이 약해졌는지 그 부탁이 뭐냐고 묻더군. 나는 나에게 중요한 물건이 세부에 있다고 했어. 전에 돈이 없어 그 물건을 누군가에게 맡겼는데 그 상자를 가져다주면 그 사람이 다시 내 물건을 돌려줄 거라고 말이야. 나에게는 정말 소중한 거니까 받아서 잘 보관해 두었다가 나중에 이곳에 올 때 꼭 가져다달라고 말했지. 그녀는 알겠다고 하더군. 그리고 너를 데리고 떠났어. 물론 아까도 말했지만 나는 그 안의 약을 미리 바꾸어 놓았다. 그자의 성격으로 봤을 때 분명 사달이 날거라는 걸 알면서도 말이야. 왜냐면 정말 그 애가 잘못되기를 바랐으니까. 복수하고 싶었단다. 이소엔에게."

그녀는 말을 마쳤다. 나는 그녀의 긴 얘기를 들으며 애증이란 게 있다면 이런 걸까라는 생각이 들었다.

결국, 온갖 고초를 겪다 풀려난 이소엔은 덤라오 앞에 떨어졌다. 설상가상이라는 말이 이 경우보다 더 잘 맞을 수는 없을 것이다. 평소 그녀에게 애증의 마음을 품어오던 그는 반드시 자신의 손으로 이소엔을 죽이길 원했을 것이다. 결국, 그녀는 애증으로 인해 고통받다 죽음에 이르게 되었던 것이다.

레이가 천천히 고개를 끄덕이며 입을 열었다.

"그랬어. 그렇게 된 거였어."

레이는 그렇게 조용히 중얼거리고 있었다. 그녀는 마치 다 식어버린 커피처럼 차가워 보였다. 레이는 다시 입을 열었다.

"그거 알아? 엄마는 고문을 당하면서도 당신의 이름을 말하지 않았다더군."

"알고 있어. 나중에 산티아고가 날 찾아와 상자에 관해 물으며 나에게 다 말해줬으니까."

"그럼 당신은 그때 산티아고에게 있는 사실을 전부 털어놓았나?"

"물론 아니었지. 이소엔은 나와 어릴 적부터 친구이긴 하지만 그 사건은 나와 관련이 없다고 했어. 그녀는 이미 나의 사정을 잘 알고 있었기도 했고 전에 약에 손을 댔던 사람이라 내 상자를 훔쳐간 거 같다고 하면서 말이야. 어차피 그녀는 마약 논란이 있었던 인물이었고 그래서 산티아고는 내 말을 쉽게 믿더군."

그 말에 레이는 미소를 지으며 말했다.

"그래. 완벽하군."

레이는 지금껏 기대 있던 난간에서 몸을 일으켜 그녀 앞으로 다가가며 말했다.

"뎜라오, 산티아고. 둘 다 내 손에 죽었어."

레이의 말에 그녀도 천천히 일어서며 말했다.

"그래. 그러면 이번에는 내 차례이겠구나. 하지만 부탁이 있다. 죽기 전 마지막 부탁."

레이는 말없이 그녀를 바라보고만 있었다. 그녀는 간절한 표정으로 말을 이었다.

"너를 꼭 한 번만 다시 안아보고 싶구나."

레이는 한참을 아무 말도 하지 않았다. 그러다 깊은 한숨을 내쉬더니 이내 알겠다는 듯 고개를 끄덕였다. 그녀는 그런 레이에게 천천히 다가가 살며시 포옹했다. 곧 그녀의 눈에서 눈물이 떨어지기 시작했다. 그녀는 뭐가 그렇게도 서러운지 레이의 어깨를 모두 적시고 있었다. 나도 그 광경에 몸을 일으켜 레이 근처로 다가가 그들의 모습을 살폈다. 레이는 무표정한 얼굴로 주머니에 손을 넣은 채 서 있을 뿐이었다.

나는 슬며시 레이의 옆으로 다가갔다. 레이는 작게 한숨을 내쉬었다. 그리고는 내가 뭐라 할 틈도 없이 주머니에 꽂고 있던 오른손을 빠르게 움직였다.

"헉."

이사벨은 짧은 비명을 내질렀다. 그리고 자신의 복부를 가로질러 심장 부근에 깊숙이 꽂혀 있는 레이의 짧은 단검을 바라보고 있었다. 그녀는 온 힘을 다해 고개를 다시 들었는데 일부러 감은 건지 아니면 저절로 감긴 건지는 잘 모르겠지만 아무튼, 눈을 감고 있었다.

나는 예전에 어떤 책에서, 죽어가는 사람들의 눈을 본 사람들의 트라우마에 관한 글을 읽었던 적이 있다. 내 추측이지만 아마 이사벨은 죽는 순간까지도 레이를 위해 자신의 죽어가는 눈을 보이고 싶지 않아 했던 것은 아니었을까?

그녀는 주저앉기 전 들릴 듯 말 듯 한 소리로 레이에게 고맙다는 말을 남겼다. 그리고는 곧 바닥에 평화롭게 누워있었다. 마치 오늘을 간절히도 기다려왔던 사람처럼.

과연, 그녀는 무엇이 고맙다는 것이었을까?

레이의 장대한 복수극이 막을 내린지도 일주일이 지났다. 나는 레이를 볼 때마다 문득문득 그날의 그녀가 떠올라 움찔하고는 했다. 동시에 그녀가 괜찮은지 걱정되기도 했지만 도저히 예전과는 다른 점을 찾아볼 수가 없어 오히려 내가 이상한 사람이 된 것 같은 기분이 들었다. 한편으로는 내가 그녀를 도운 것이 과연 잘한 일인지 아직도 판단이 서지를 않았지만 나는 알고 있었다. 그 복수가 감출 수는 있어도 멈출 수는 없는 것이라는 걸.

우리의 일상은 예전과 같았다. 물론, 레프는 레이가 심어놓은 여자 때문에 사랑의 열병을 앓고 있었지만 우리는 여전히 놀고 먹는 생활을 계속하고 있었던 것이다.

나는 결국, 며칠 전 내가 약속 받았던 만큼의 월급을 바라와 레이에게서 각각 수령하게 되었고 부모님과 동생에게 월급을 탔다는 명목으로 용돈을 송금하게 되었다.

나는 노트북을 켜고 메일을 확인했다. 드디어 바라의 메일이 도착해 있었다. 월급날 이후로 처음이었다. 나는 그녀의 메일을 읽어 내려갔다.

[바라 친위대 소속 4분대장 데미안에게. 데미안 오랜만이야. 세부에 간지도 벌써 한 달이 넘었네? 저번에 월급 보낸 이후로는 일주일 만이군. 그때는 경황이 없어 영수증만 보냈던지라 별로 소식을 듣지 못해 아

쉬웠어. 무엇보다도 데미안, 네가 레이의 일을 잘 도왔는지가 가장 궁금하구나.]

바라가 어쩌면 나로 하여금 레이의 복수를 돕도록 한 건 아닐까 하는 생각이 들기도 했다. 나는 다시 메일을 읽어 내려갔다.

[좋은 소식과 나쁘다고 할 수는 없지만 좋지는 않은 소식을 각각 하나씩 전해야 할 것 같다. 일단 좋은 소식부터 들려주지. 올해도 어김 없이 개최되는 플라이어즈 모임에 데미안 너도 다시 한번 더 참석할 수 있는 영광을 누릴 수 있을 것 같아. 참석 여부가 확정되면 날짜와 시간 그리고 장소는 따로 공지하마.]

나는 그녀의 말에 의아함을 느꼈다. 플라이어 모임은 생각도 안 하고 있었기 때문이었다.

[다음으로 나쁘다고 할 수는 없지만 좋지는 않은 소식을 전하겠다. 두 번째 임무를 부여하마. 나는 플라이어즈를 만들기 전 몇몇 동료들과 함께 레보어라는 회사와 맞섰던 적이 있어. 상당히 질이 좋지 않던 회사였는데 요약하자면 결국, 그들은 패했고 그 땅에서 사라지게 되었지. 그러나 그것이 소멸을 뜻하는 것은 아니야. 그들은 어디에서나 기생했고 곧 힘을 키워 다시 되돌아왔어. 그 기업은 이름을 바꾸고 한국에 진출해 있어. 우리는 오랜 시간 그들과 법적으로 공방을 해왔고 드디어 그 결실을 보기 직전이었지. 하지만 안타깝게도 우리 쪽에 정보를 넘겨주기로 약속했던 사람이 갑자기 마음을 바꿔 해외로 도피했어. 나는 그자가 가진 정보가 필요해. 운이 좋은 건지 나쁜 건지 지금 그 사람은 현재 필리핀

에 체류 중이고 데미안 너와 같은 한국인이야. 그 사람을 만나 설득해서 정보를 나에게 전해주면 돼. 곧 재판이라 시간이 많지는 않아. 무조건 성공해내도록. 데미안 널 믿는다.]

나는 새로 주어진 임무에 다소 난감함을 느끼며 메일의 끝 부분을 계속 읽어 내려갔다.

[그의 신상정보와 사진을 함께 첨부한다. 참고하도록. 바라 친위대대장 바라.]

나는 깊은 한숨을 내쉬었다. 그 사진 속 인물은 내가 익히 알고 있는 사람이었다. 그 사람은 바로 이디였다.

번외 II

레이의 이야기

강렬한 태양이 작열하고 있던 날이었다. 나이지리아의 수도 아부자에서 조금 남쪽으로 떨어진 도로. 한 흑인 소년이 무작정 앞으로 달리고 있었다. 한 손에는 총을 들고 오토바이를 탄 괴한 두 명이 그 소년을 뒤쫓고 있었다. 그 소년은 특이하게 자꾸 공중으로 폴짝 뛰며 달렸는데도 이상하게도 보통사람보다 엄청나게 빨랐다. 하지만 그들 사이의 거리는 점점 좁혀졌고 앞서가던 오토바이의 괴한이 총을 들어 그 소년의 등을 겨누었다. 바로 그때였다.

-퍽 와장창창창

"으아아악!"

갑자기 들린 동료의 비명소리에 총을 겨누고 있던 괴한은 뒤를 돌아봤다. 그러나 뒤따라오던 동료의 모습이 더 이상 보이지 않았다. 자세히 보니 그는 저 멀리 바닥에 널브러져 있었다. 그 괴한은 필시 자신의 동료가 운전 중에 실수를 했을 거라 생각하며 다시 흑인 소년을 추적하기 위해 고개를 앞으로 돌렸다. 그러나 그 괴한은 자신의 눈을 믿을 수가 없었다. 불과 몇 초 전까지 자신이 쫓던 그 소년이 홀연히 사라져 버린 것이다. 그는 급하게 오토바이를 멈춰 세우고 사방을 둘러보았다. 당연히 어딘가에 있어야 할 그 소년의 모습은 보이지 않았다. 그 괴한이 망연자실해 하고 있던 바로 그때였다.

"어어어어어어어~!!"

그 소년의 목소리가 바로 하늘 위에서 들렸다. 괴한이 곧장 고개를 들어 하늘을 보았지만 이미 소년의 몸은 괴한을 덮친 뒤였다. 곧 괴한과 소년의 몸싸움이 벌어지기 시작하였다. 엎치락뒤치락하던 그 싸움은 결국, 괴한이 우세한 쪽으로 진행되어 갔는데 그 소년은 그 괴한에 비해 덩치도 작았고 아무런 무기도 가지고 있지 않았기 때문이었다. 결국, 그 소년은 땅에 그대로 누워 숨을 헐떡일 뿐이었다. 그런 그 소년을 보며 그 괴한이 총을 들었다.

-철컥

"무기를 내려놓고 그대로 투항한다. 어서!"

그 괴한의 뒤통수에 대고 누군가가 총구를 겨냥하였다. 젊은 여자의 목소리였는데 그는 대체 어떻게 갑자기 그녀가 자신의 등 뒤에 나타난 것인지 도무지 알 길이 없었다. 괴한은 천천히 무기를 내려놓고 무릎을 꿇었다. 그녀는 그 괴한이 내려놓은 총을 집은 후 쓰러져 있던 소년에게 물었다.

"이봐, 볼트. 이 녀석 죽일까? 말까?"

그러자 볼트라 불린 그 소년이 바닥에서 몸을 일으켰다. 그가 몸에 묻은 흙먼지를 툭툭 털어내면서 대답했다.

"바라. 그냥 내버려 두자. 안 그러면 이 녀석들 복수한다고 우리를 끝까지 쫓아올 거야."

볼트의 말에 바라라고 불린 여자가 잠시 고민하더니 이내 그 괴한의 오토바이를 세워서 올라탄 채 말했다.

"원래 내 성격 같아선 저 녀석을 깔끔하게 죽이고 싶지만 이번만큼은 볼트 너의 의견을 적극 수렴하겠어. 뒤에 타."

바라와 볼트는 오토바이를 타고 사막 같은 거리를 질주하고 있었다. 한참을 달리던 오토바이가 멈추더니 바라가 볼트에게 말했다.

"내려."

"왜? 더 안 타고 가?"

"어차피 짐이야. 그리고 우리의 흔적을 남기지 않는 게 좋지."

그 말과 함께 바라는 오토바이를 길가에 버려두고 몸을 띄워 날기 시작했다. 볼트는 그런 그녀를 폴짝폴짝 뛰며 힘겹게 쫓아가고 있었다. 공중에서 바라가 외쳤다.

"볼트. 그러기에 내가 혼자 온다고 했었잖아. 나 혼자였으면 그냥 날아서 국경을 넘어가면 그만이었어. 너 때문에 이게 무슨 꼴이냐?"

그 말에 볼트는 조금 주눅이 든 표정으로 대답했다.

"바라! 그렇다고 나를 데리고 날다가 갑자기 그 무장한 놈한테 던지면 어떡해?!"

"볼트. 너 생각보다 엄청 무겁거든? 너 들고 날기가 얼마나 힘든지 알아? 제대로 날아본 적도 없는 녀석이."

그 말에 볼트는 더욱 주눅이 들었는지 아무런 말도 하지 않았다. 그들은 더욱 깊은 외지로 들어갔다.

그들이 도착한 곳은 사람의 흔적을 찾을 수 없는 밀림 같은 곳이었다. 곧 해가 지자 그들은 적당한 나무를 찾아 그 근처의 자리를 정리하고 불을 피웠다. 그들은 한동안 아무 말 없이 각자 나무를 등받이 삼아 기대어 앉아있었다. 볼트가 바라에게 물었다.

"바라. 이제 어떡하지?"

"어떡하긴 뭘 어떡해. 일단 다른 애들이 올 때까지 기다려 봐야지."

"혹시 뮤가 도와주러 오려나?!"

그렇게 묻는 볼트의 눈빛에는 뭔가 동경 어린 눈빛이 담겨 있었다. 그걸 본 바라가 볼트에게 말했다.

"글쎄. 아마 힘들걸. 그 녀석은 지금 소말리아에 있을 테니까."

"소말리아? 뮤가 소말리아는 왜 간 건데?"

"내가 보냈어. 그 주변에 해적 좀 소탕하고 오라고."

볼트는 아. 하고는 작게 탄식했다. 그는 다시 말을 이었다.

"바라. 우리가 괜히 잘못 건드린 거 아닐까?"

"뭘?"

"아니, 이렇게 일이 커질 줄은 몰랐잖아. 사실 우리는 그냥 테러집단에 납치된 아이만 몰래 빼 오려고 한 거였는데 어쩌다 보니 몇 놈이 죽어버렸고 결국, 우리 쫓기는 신세가 되어버렸으니까."

"그건 볼트 네 탓이야. 네가 하도 폴짝대며 다니니까 귀먹은 노인네도 다 알겠더라. 하여튼 도움이 안 돼요. 네 녀석이 따라 온다고 했을 때 말렸어야 했는데."

그들 사이에 잠시 침묵이 이어졌다. 다시 볼트가 입을 열었다.

"그런데 바라. 그 납치된 아이는 어떡하지? 결국, 못 데리고 나왔잖아. 우리가 구했어야 했는데."

"조금 늦게 구할 뿐이야. 걱정하지 마."

볼트는 한숨을 크게 내쉬었다. 그런 그를 보던 바라가 말했다.

"한숨 좀 쉬지 마. 어차피 지금은 해가 져서 그놈들 본거지도 파악하기 어려울 뿐더러 우리도 너무 지쳤으니 더 이상은 무리야. 푹 쉬고 내일 나머지 애들이 오면 함께 움직이자고. 혹시 알아? 라이트와 캡틴이 전투기와 탱크를 끌고 이리로 올지?"

"그, 그런가?"

볼트는 잘 모르겠다는 듯이 짧은 머리를 긁적였지만 바라는 다리를 쭉 펴고 여유 만만한 모습이었다. 그녀는 눈을 감았고 마치 잠든 것처럼 보였다. 볼트는 이런 상황에서도 무리 없이 잘 수 있는 그녀가 대단하다는 생각이 들었다. 한참이 흘러 그녀가 눈을 뜨며 볼트를 불렀다.

"볼트."

"응? 왜? 바라 안 잤어?"

그 말에 그녀는 게슴츠레한 눈으로 물었다.

"너 레이 좋아하지?"

그러자 볼트는 몇 번 기침하더니 써서 덤덤한 척 바라에게 말했다.

"무, 무, 무슨. 하하하. 그, 그런 꼬, 꼬마 애를 누, 누가 좋아한다고. 하하하."

"볼트. 그러면 너도 꼬마지. 너 레이랑 몇 살 차이도 안 나지 않아?"

"무, 무슨 소리야?! 플라이어들은 서로 나이를 묻지 않잖아. 그, 근데 내 나이를 바라가 어, 어떻게 알아?!"

"뭐. 다 아는 수가 있지. 하하."

바라는 볼트를 완전히 놀려 먹고 있었다. 볼트는 주눅이 든 눈으로 그녀에게 물었다.

"바라. 근데 레이는 언제 플라이어즈에 들어온 거야?"

"너보다 일찍. 최연소였지."

"내 말은 어떻게 들어오게 된 거냐고. 그 어린 꼬마가."

"우연히 만났지."

"어쩌다가?"

"아 참. 궁금한 거 많네. 이 녀석."

그 말에 또 주눅이 든 볼트는 입을 다물었다. 그 모습이 좀 안 돼 보였던지 바라가 입을 열었다.

"내가 한창 뮤와 필리핀에 있을 때였어. 오늘처럼 납치된 아이 하나를 구해달라는 의뢰를 받고 사라진 주변을 수색하고 있었지."

볼트는 다시 뮤의 얘기가 나오자 그녀의 얘기를 무척 집중하여 듣고 있었다. 바라는 말을 이었다.

"우리는 아주 외진 섬까지 샅샅이 뒤졌어. 하지만 결국은 그 애를 찾을 수가 없었지. 그래서 포기하고 가려는데 멀리서 무슨 소리가 들리는 거야. 우리는 직감적으로 알았지. 아! 바로 그 애다! 하고 말이야. 우리는 누가 먼저랄 것도 없이 소리가 나는 쪽으로 날아갔어. 움막 같은 집이 있더군. 그 안에는 어떤 나이 든 남자가 10살이 채 되었을까 말까 한 여자아이를 겁탈하려 하고 있었어."

"서, 설마 그, 그게...?"

"그래. 레이였어."

"그럼 찾아달라고 의뢰받았다던 그 아이가 바로 레이였던 거야?"

"아니, 찾고 보니 다른 애였어. 우리가 의뢰를 받았던 아이는 남자 아이였거든. 아무튼, 우리의 등장에 혼비백산한 그 녀석은 곧바로 총을 꺼내들었지. 그런데 하필 그 자리에 뮤가 있었으니 어떻게 됐겠어? 일단은 그 녀석의 손목이 먼저 날아갔고 그 다음은 총이 날아갔지."

그 말에 볼트는 매우 감탄하는 표정이었다. 바라는 말을 이었다.

"처음 본 레이의 모습은 여느 꼬마와는 달랐어. 물론 감탄을 할 만큼 예쁜 꼬마였지만 그보다 더 인상 깊었던 건 전혀 울지도, 소리를 지르지도 않고 있었다는 거야. 심지어는 말도 별로 하지 않았어. 단지 냉정하게 저항하고 있었을 뿐이었어. 나는 직감했지. 아! 이 녀석 애늙은이구나. 그 예상은 실제로 들어맞았지. 나와 뮤가 그 남자를 어떻게 처리할지를 의논하고 있는데 레이가 우리에게 말을 걸었어. 그것도 일본어로 말이야."

"이, 일본어?"

"그래. 그 당시에 나는 일본어를 익히고 있어서 간단한 의사소통 정도는 할 수 있을 정도였거든. 나와 뮤는 그 남자가 우리의 대화 내용을 알수 없도록 영어가 아닌 일본어로 대화하고 있었던 거야. 그런데 그 어린 꼬마가 우리 얘기를 다 알아듣고는 너무도 유창하게 일본어로 말을 걸어 온 거지."

"그래서?"

"우리는 놀라서 그 애에게 다시 영어로 물었어. 레이는 영어도 유창하더군. 나는 호기심이 생겨 스페인어로 다시 물었지. 그것마저 완벽하더군. 나는 이 애가 물건이다 싶었어. 그런 생각을 하는데 레이가 나에게 말하더군. 자기가 그 남자를 죽일 수 있게 해달라고. 우리는 당황했어. 어린 아이 입에서 나올 수 있는 얘기가 아니었으니까. 그래서 다시 물었어. 어떻게 그자를 죽일 생각이냐고. 레이가 답하더군. 내 주머니 속에 있는 총을 빌려달라고. 물론 레이가 어떻게 내 주머니 속에 총이 있었는지를 알았는지 나도 몰라. 하지만 그게 중요한 건 아니었지. 중요한 건 그 꼬마가 구체적인 방법까지 제시하며 그자를 정말 죽이려고 한다는 거였으니까. 물론 뮤는 만류하는 눈치였지만 나는 더 큰 호기심이 생기더군. 잠시 후 레이에게 내 총을 건넸지. 그리고 그 애가 어떻게 할지를 지켜봤어. 레이가 그 남자에게 총을 겨누자마자 방금까지 그 애를 짓밟으려 했던 그 남자가 바닥에 엎드려 사정하더군. 눈물, 콧물 다 쏟아내며 잘못했다고 빌기 시작했어. 그러면 보통 누구나 아니라는 걸 알면서도 동정심이 생기게 마련이잖아? 하물며 레이는 어린 애였으니까 나는 결국, 총을 쏘지 못할 거라고 생각했지. 실제로 레이도 잠시 고민하더니 총을 내려놓았어."

"레이도 마음이 약해진 건가? 그럼 결국은 쏘지 못한 거야?"

"아니야. 레이는 총을 내린 채 차분하게 그자에게 말하더군. 내가 총을 내린 이유는 당신에게 꼭 알려줄 것이 있기 때문이라고 말이야."

"알려줄 것? 그게 대체 뭔데?"

"우리도 궁금해하고 있었어. 이 어린 소녀가 대체 이 남자에게 총을 거두고서 뭘 알려주려는 걸까. 잠시 후 상상도 할 수 없었던 말이 레이의 입에서 나왔어. 그 애는 마치 기계처럼 이렇게 내뱉더군."

'내가 나중에 크면 당신들의 가족들까지 찾아내서 전부 죽이겠어.'

"그 말을 끝으로 레이는 그 남자의 이마에 총을 쏘았지."
볼트는 거의 경악하기 직전의 표정이었다. 그가 물었다.
"결국, 레이는 그 사람을 죽인 거네? 그 어린 꼬마가 말이야?"
바라는 고개를 이리저리 돌리며 몸을 풀더니 대답했다.
"아니었어. 그는 죽지 않았지. 그조차도 자신이 살아있다는 사실을 신기해했어."
"뭐? 어, 어째서? 분명히 그자는 이마에 총을 맞았잖아?"
"맞아. 하지만 레이가 쏜 것은 공포탄이었어."
"뭐? 공, 공포탄?!"
"그래. 나는 레이에게 총을 건네기 전 미리 총알 하나를 공포탄으로 바꾸어 놓았었지."
"정말? 그, 그래서? 그래서 어떻게 되었어?"
"레이는 나에게 이 사람이 왜 안 죽는 거냐며 묻더군. 나는 그건 공포탄이라 소리만 나는 거라고 알려줬지. 그러면서 이번에 쏘는 것은 진짜 총알이니 죽을 거라고 알려주었고."

"그래서? 그래서 레이는 또 총을 쏜 거야?"

"쏘려고 했지. 하지만 결국, 그러지 못했어. 그 애는 총을 나에게 넘겨주고는 밖으로 나갔지."

"그, 그럼 그 남자는 어떻게 되었어?"

"글쎄. 그래도 왼팔이랑 오른발은 남겨두었으니 죽지는 않았겠지? 뭐. 내가 좀 자비로운 여자라 말이야. 하하."

볼트는 그런 바라를 무시무시하다는 듯이 바라보았다. 그녀는 계속해 말을 이었다.

"아무튼, 레이는 우리를 밖에서 기다리고 있었어. 뮤는 아직 안을 정리 중이라 밖에는 나와 그 애 둘 뿐이었지. 나는 레이에게 왜 그를 쏘지 않았느냐고 물었어. 레이가 그러더군. 김이 샜다고."

"뭐? 김이 새서 안 쏜 거라고?"

"둘러댄 거 같긴 했지만 분명 예사로운 녀석은 아니었지. 아무튼, 우리는 의뢰 받은 애 대신에 레이라도 집으로 돌려보내야겠다고 생각했어. 알고 보니 레이는 복잡한 상황 때문에 길을 잃고 헤매다 집까지 데려다주겠다던 그 남자의 차에 올라타게 되었고 그대로 납치된 것이었어. 꽤 먼 곳까지 말이야. 레이에게 집이 어디냐고 물었지. 레이는 잠시 고민하더니 집의 위치를 말하는 것 대신에 자신을 도와 달라더군."

"도와줘? 뭘?"

하지만 바라는 아무 말이 없었다. 그녀는 그저 예전 기억을 떠올리고 있었다.

'날 도와줘요.'

'도와줘? 뭘 말이지, 꼬마 아가씨?'

'날 그렇게 부르지 마요.'

'오오. 그런 눈으로 쳐다보니 무서운 걸? 기분이 나빴다면 사과하지. 그래. 네 이름이 뭐지?'

'아델 이오나.'

'음. 참 예쁜 이름이구나. 네 얼굴처럼 말이지. 아무튼, 나한테 뭘 도와달라는 거야?'

'아빠를 찾으러 가야 해요.'

'아빠? 방금 엄마랑 헤어졌다 그러지 않았던가?'

'네.'

'그럼 엄마를 찾으러 가는 게 먼저 아니야?'

'엄마는 이미 죽었을 거예요.'

'그게 무슨 말이지?'

'우리는 얼마 전까지 납치당했었어요.'

'네 말은 엄마와 네가 한꺼번에 납치를 당했었는데 너 혼자 거기서 탈출했다는 거야?'

'비슷해요.'

'그럼 엄마를 찾으러 가자. 우리가 도와줄게.'

'말했잖아요. 지금쯤이면 죽었을 거예요. 엄마는.'

'음. 그럼 거기가 어디지? 너희 엄마가 납치됐다는 그곳 말이야.'

'잘 몰라요.'

'하긴. 납치된 거니까 그 장소를 알 리가 없나? 그래, 그럼 너희 아빠는 어디 있지?'

'한국이요.'

'한국? 그게 어디인데?'

'나도 몰라요.'

'한국이라. 어디서 들어본 거 같기도 한데. 그런 나라가 있었나? 뭐 아무튼, 그럼 지금 너희 집에 간다고 해도 부모님 두 분 다 안 계시다는 거군?'

'네.'

'이봐. 내가 너희 아빠를 찾아주면 너는 나에게 뭘 해줄 거지?'

'저는…'

'너는?'

'저는 외국어를 잘해요. 당신에게 분명 도움이 될 거에요.'

'글쎄. 내 생각에 그리 도움은 안 될 것 같은데?'

'……'

'네 녀석을 공짜로 도와줄 수는 없잖아. 가진 걸 내놔 봐.'

'난 돈이 없어요.'

'돈? 아하. 돈 말이구나? 음. 그럼 곤란하겠는데? 나는 몹시 가난한 사람이라 돈이라면 사족을 못 쓰거든.'

'그렇다면.'

'그렇다면?'

'……'

'왜 말하다 말아?'

'내 비밀을 알려줄게요.'

'비밀? 네 비밀? 오호. 너처럼 어린 녀석의 코 묻은 비밀 따위가 나에게 그만한 가치가 있을까?'

'네. 분명히 그럴 거예요.'

'오오! 너도 눈에 파도가 있는 녀석이었군. 그래, 좋아. 그 눈빛이 맘에 들었어. 일단 들어보고 맘에 들면 내가 아무 조건 없이 너를 도와주지!'

'사실, 나는.'

'사실. 너는? 계속해봐. 그다음은?'

'사실, 나는…'

"뭐 아무튼, 그때 레이가 날 수 있다는 걸 알게 되었지. 아마 그게 아니었다면 우리의 인연은 거기서 끝났을 거야."

볼트는 바라의 말을 듣더니 그렇구나. 라는 표정을 짓다가 갑자기 무언가 생각이 난 듯 물었다.

"바라. 그럼 결국, 레이의 아빠는 찾게 되었어?"

"음. 아니."

"아아. 그래? 그것 참 안됐다."

볼트는 바라의 얼굴을 바라보았다. 바라는 뭔가 아련한 기억을 떠올리는 듯 시선을 하늘로 두고 있었다.

'이오나. 지금 저 사람이 뭐라는 거야?'

그로부터 얼마 지나지 않아 바라는 약속대로 레이와 함께 한국을 찾았다. 늦은 점심이 지나 그들은 어느 집 앞에 도착했고 이오나의 아빠라는 사람을 만날 수 있었다. 그는 문밖에 서 있는 그들을 짜증 섞인 태도로 대하고 있었다. 그가 자꾸 집 안을 쳐다보는 것으로 보아 안에 있는 사람의 눈치를 보고 있는 것 같았다. 그의 얼굴은 꽤 미남형이긴 했으나 헝클어진 머리, 덥수룩한 수염, 정돈되지 않은 외모에서 불쾌감이 느껴지는 사람이었다. 그는 이 상황을 이해할 수 없다는 표정으로 그들에게 화를 내고 있었는데 한국어라 바라는 그 뜻을 알 수가 없었다. 바라는 레이에게 다시 물었다.

'이오나. 저 사람이 뭐라는 거야? 왜 우리에게 화를 내지?'

하지만 레이는 그저 그 남자의 말을 들으며 유심히 그를 관찰할 뿐이었다. 그 남자는 한참을 격양된 말투로 어떤 얘기를 레이에게 늘어놓았다. 그는 이내 크게 한숨을 쉬며 자신의 양팔을 허리춤에 대고 있었다. 바라는 상황을 지켜보며 레이의 반응을 살폈다. 이내 레이가 이상하다는 듯이 고개를 돌렸다. 그리고는 바라를 바라보았다. 바라가 레이에게 물었다.

'왜 그래? 저 사람이 뭐라는데? 너희 아빠가 아니래?'

'바라?'

'응. 왜?'

'물어볼 게 있어요.'

'물어볼 거? 그게 뭔데?'

레이는 미간을 잔뜩 찌푸리며 바라에게 물었다.

'창녀가 뭐에요?'

'뭐?'

'창녀요. 그건 뭐에요?'

'무슨 소리야? 창녀라니? 그건 갑자기 왜 물어봐?'

그 물음에 레이는 순진한 표정으로 바라에게 대답했다.

'저 사람이 우리 엄마 창녀였대요.'

'뭐?'

'창녀 같은 사람이었대요.'

그날 저녁 뉴스에는 서울의 한 남성이 고층 빌딩의 옥상 간판에 올라 위태롭게 서 있다 구조되는 장면이 소개되었다. 구조될 당시, 그는 자해를 했는지 머리카락의 절반이 없었고 성기에 심한 손상을 입은 상태였다. 그 남성은 인터뷰에서 어떤 여자가 자신을 데리고 날아 그 위에 올려놓은 뒤 자신을 공격했다고 주장했다. 곧 그 남자에 대한 정밀 검사가 있을 거라는 정신과 전문의의 인터뷰와 함께 뉴스는 마무리되었다.

그들은 정처 없이 길을 걸었다. 레이가 앞서 걸었고 그 뒤를 바라가 뒤따르고 있었다. 하늘은 점점 더 어두워져 거리에는 짙은 땅거미가 길게 드리워져 있었다. 두 사람은 여전히 아무 말도 하지 않은 채 걷기만 할 뿐이었다.

레이가 아이들이 뛰어놀고 있는 한 초등학교 운동장 안으로 들어갔다. 방과 후여도 꽤 많은 아이들이 무리를 지어 있었다. 바라가 레이에게 물었다.

'이오나. 이 학교에 왜 들어 온 거야? 여기 아는 곳이야?'

'아니요. 그냥요.'

그들은 운동장 구석에 마련된 벤치에 앉아있었다. 대화는 전혀 없었다. 그저 그들의 옆쪽에 마련된 놀이터에서 아이들이 뛰노는 모습을 하염없이 바라볼 뿐이었다. 그러던 중 갑자기 레이가 자신의 주머니 속에서 작은 쪽지를 꺼내더니 그것을 찢기 시작했다. 그리고 잘게 나누어진 종이 부스러기들을 바람에 날려 보냈다. 그 모습을 본 바라가 물었다.

'이오나. 지금 뭐 한 거야? 그 종이는 뭐고?'

'아빠라는 사람의 집 주소예요.'

'누구에게 받았지?'

'엄마요.'

'엄마가 납치되기 전에?'

'네.'

바라는 문득 레이의 얼굴을 쳐다보았다. 무척 쓸쓸해 보인다는 생각이 들었다.

레이는 '코피노'였다. 코피노의 대부분이 그렇듯 한국 남성이 필리핀으로 여행 와 현지 여성과 가볍게 섹스를 즐기다가 임신이 되면 나 몰라라 도망가 그렇게 낳아지는 즉, 버려진 아이였던 것이다.

바라는 아주 깊은 한숨을 내쉬었다.

갑자기 레이가 자리에서 벌떡 일어났다. 그 모습을 본 바라가 궁금해하며 그녀에게 물었다.

"이오나. 왜 그래?"

그러나 바라의 물음에도 레이는 아무런 대꾸를 하지 않았다. 대신 방금까지 아이들이 뛰놀고 있던 놀이터 쪽으로 발걸음을 옮기고 있었다. 바라는 이오나가 걸어가는 방향을 바라보았다. 무슨 일인지 거기에서 6명 정도 되는 어린 남자아이들이 비명을 지르며 뛰쳐 도망가고 있었다. 바라는 아이들끼리 장난을 치는 거라고 생각했지만 그 아이들이 내지르는 소리가 한국어였기 때문에 정확한 뜻을 알 수는 없었다.

아이들이 도망가고 난 자리에 작은 남자 아이 하나가 바닥에 엎드린 채 피를 흘리며 쓰러져 있었다. 어느새 레이는 자세를 낮추어 바닥에 쓰러져있는 그 아이와 어떤 대화를 나누고 있었다. 바라는 그들에게 발걸음을 옮겼다. 가까이 가보니 그 남자 아이가 생각보다 머리를 심하게 다쳤다는 사실을 발견했다. 바라는 혼잣말로 중얼거렸다.

'뭐야. 피? 이 녀석 다쳤잖아?'

그 말에 레이가 바라를 향해 입을 열었다.

'자기가 날 수 있다면서 갑자기 저기서 뛰어내렸어요.'

레이가 가리킨 곳은 커다란 정글짐 꼭대기였다. 아이들이 놀기에 상당한 높이였다. 그걸 본 바라가 가까스로 화를 억누르며 말했다.

'뭐?! 하여튼 이 나라는 어찌 된 게 다 정신 나간 녀석들뿐이야?! 아오! 여기에 괜히 왔어!'

'바라. 혹시 얘 진짜 날 수 있는 거 아니에요?'

레이의 말에 바라가 코웃음을 치며 말했다.

'날 수 있기는 무슨. 그냥 꼬마 애들끼리 장난치다 이렇게 된 거지.'

'물어봤더니 날 수 있다던데요?'

'순진하기는. 그걸 믿냐? 애늙은이인 줄만 알았는데 역시 너도 애는 애구나?'

바라의 말에 레이는 약간 고개를 갸우뚱하더니 다시 그녀에게 물었다.

'얘. 어떡하죠?'

'뭘, 어떡하긴 어떡해. 병원에 데려다줘야지.'

바라는 자세를 낮춰 그 아이의 머리를 몇 번 만져봤지만 그 아이는 꿈쩍도 하지 않았다. 아마 이미 기절한 것 같았다.

바라는 그 애를 안아 들고 높이 날아 병원 옥상을 통해 의사에게 데려갔다. 그리고 그 애의 주머니 속에 치료비 명목의 돈을 넣어준 후 곧바로 병원을 빠져나왔다. 그리고 그들은 자신들이 묵는 숙소로 되돌아갔다.

"바라? 왜 아무 말이 없어? 무슨 생각해?"

"응? 아아. 아니야."

"그럼. 결국, 레이는 그 후에 플라이어에 들어오게 된 거였네?"

"그렇지."

"근데 말이야. 바라."

"말해."

"음. 저. 혹시 레이는 어떤 남자를 좋아해?"

"아하. 레이의 이상형이라. 보자. 그렇지! 너랑은 정반대인 남자를 좋아하겠군."

"뭐?! 대체 왜? 내, 내가 뭐 어때서?!"

"걔는 너같이 소심하고 주눅 드는 남자를 질색하거든. 레이는 남자답고 대범한 사람을 좋아하지."

"거, 거짓말."

"안 믿으면 말고."

"아, 아니. 뭐, 내가 안 믿는다기보다. 농담이야 농담. 하하.

볼트는 그녀에게 다시 다른 질문을 하려고 했다.

"바라. 그럼 레이는…"

"쉿!"

갑자기 몸을 일으킨 바라가 손가락을 입술에 갖다 대며 다급히 외쳤다. 그 모습에 볼트도 덩달아 긴장하게 되었다. 바라는 주변 상황을 몸으로 느끼려는 듯 눈을 감고 있었다. 곧 눈을 뜬 그녀가 천천히 사방을 살폈다. 이윽고 그녀가 입을 열었다.

"큰일이군. 우리가 너무 깊이 들어 왔나 봐."

"뭐라고? 지, 지금 장난치는 거지? 에이~ 바라. 장난치지 마!"

그러나 그런 볼트의 말을 비웃기라도 하듯 서서히 그들의 주위를 둘러싼 여러 개의 빛이 보이기 시작했다. 그것은 야생에 사는 맹수들의 눈동자에서 나오는 것이었다. 그걸 확인한 볼트는 망연자실한 눈치였다. 바라는 볼트에게 작게 속삭였다.

"튀어!"

그 말과 함께 바라는 몸을 하늘로 띄워 날아가고 있었다. 그런 바라를 보며 볼트는 황급히 그녀의 뒤를 쫓고 있었다.

"바라! 그렇게 혼자 가면 어떡해! 같이 가!! 나 좀 살려줘!"

그렇게 그들은 밤새 넓은 밀림 속을 휘젓고 다니게 되었다. 어느새 조금씩 해가 뜨고 있었다.

제9장

우연한 재회

해가 질 무렵 나는 한 건물 안으로 들어섰다. 그 건물은 세부 시티 내에서 흔치 않은 고층 건물이었는데 상당히 고급스러운 외관을 갖추고 있었다. 나는 곧바로 입구 맞은편에 있는 승강기를 타고 18층에서 내렸다. 그리고 문 옆에 있는 작은 벨을 누르자 곧 이디가 나와서 나를 반갑게 맞아주었다. 이디의 옆에는 작고 검은 불도그 한 마리가 나를 보며 짖다 이내 꼬리를 흔들고 있었다.

바라에게 두 번째 임무를 부여받자마자 공교롭게도 이디에게서 먼저 연락이 왔다. 그는 나를 초대했고 그에 응하여 이렇게 그의 집을 방문한 것이었다.

안으로 들어가 보니 드라마에서나 나올 법한 집의 모습이 눈앞에 펼쳐져 있었다. 나는 그에게 작은 봉투를 건넸다. 그것은 내가 이디의 초대에 보답하는 작은 선물이었다. 그는 감사 인사를 한 뒤 나를 식탁으로 안내했다. 식탁에는 그가 준비한 음식들이 펼쳐져 있었는데 모두 한식이었다. 우리는 함께 식사를 했고 어느새 작은 불도그가 내 다리로 와 꼬리를 흔들고 있었다. 그 불도그는 무척이나 심술궂게 보였는데 귀가 유난히 커 얼굴을 거의 다 덮고 있었다. 내가 이디에게 물었다.

"이디. 이 불도그는 이디가 기르는 강아지인가요?"

"맞네. 혼자 있으니 적적해지더구먼. 그래서 한 마리 샀지. 이름은 순실이라네."

"네? 순실이요?"

"응. 참 정감 가는 이름 아닌가? 어릴 때 우리 시골 동네에 사는 개 이름 순실이었는데 고놈이 생각나서 그렇게 지었다네. 어떤가?"

"아. 하하. 좋은데요. 뭐 정감도 가고요."

"그렇지? 역시! 데미안 자네는 안목이 있어. 역시 개 이름은 순실이가 딱이지. 암. 하하."

식사가 마무리되자 이디는 술과 간단한 과일 안주를 준비해왔다. 곧 우리는 술잔을 나누며 이런저런 얘기를 나누기 시작했다.

"이디. 이민 생활은 좀 어때요? 만족하세요?"

"하하. 언어 때문에 고생이지. 나이 먹고 영어공부 다시 하려니 아주 죽을 맛이라네. 이럴 줄 알았으면 대학 다닐 때 좀 더 열심히 해둘 걸 그랬어. 그러고 보니 데미안 자네는 영어를 곧잘 하는 거 같더구먼."

"저희야 십 년 넘게 영어만 파다가 취업하려면 또 새로 파야 하는 세대니까요."

"하긴. 그 망할 놈의 나라. 영어는 아주 필수 아닌가! 그럴 거면 아예 미국의 51번째 주로 편입을 하라지. 하여튼 윗대가리들. 예나 지금이나 그놈의 사대주의!"

이디는 혀를 끌끌 차며 술을 들이켰다. 그가 물었다.

"자네는 언제 한국으로 다시 들어가나? 아직도 고민 중인가?"

"네. 아무래도 당분간은 여기에 좀 더 머물러야 할 것 같아요."

"그래? 혹시 자네 여자 친구분이랑 말인가? 저번에 보니 정말 굉장한 미인이시더구먼."

"레이요? 이디. 그 친구는 정말 그냥 친구일 뿐이에요."

"정말인가? 나는 그냥 나한테 둘러대는 건 줄 알았는데?"

"아니에요. 제가 뭐 하러 이디한테까지 숨기겠어요."

"그래? 근데 정말 아무 사이도 아닌데 단둘이 여행까지 온다는 말인가?"

"아하! 그래서 오해를 좀 하셨군요. 저희는 둘이서만 여행 온 게 아니에요. 나머지 일행은 몸이 아파서 그 날만 저희 둘이 다니고 있었던 거예요."

"아아. 그런가? 그럼 여기서는 계속 친구들과 같이 지내는 건가?"

"아니요. 친구들은 곧 자기 나라로 돌아갈 거예요."

"그래? 그럼 자네는 지금 그 호텔에서 계속 묵을 생각인가?"

"아아. 친구들이 떠나면 다른 호텔로 옮기려고요. 사실 지금 묵는 호텔은 조금 비싼 편이거든요."

"그래? 그럼 혹시 생각해 둔 곳은 있고?"

"뭐 이제 슬슬 알아봐야죠."

이디는 내 말에 아, 그래? 라고 하더니 잠시 혼자서 뭔가를 생각하는 모양이었다. 잠시 후에 그가 입을 열었다.

"데미안. 혹시 자네 나랑 이 집에서 한 번 지내보는 게 어떤가?"

"어디 갔다 와?"

호텔 방으로 가려고 로비를 지나칠 때 뒤에서 누군가의 목소리가 들렸다. 레이였다. 나는 그녀에게 물었다.

"레이. 뭐해? 아직 안 자고?"

"그냥."

나는 걸음을 멈추고 레이의 맞은편 소파에 앉았다. 나는 잡지를 읽고 있는 그녀에게 물었다.

"레이. 레프랑 언제 영국으로 돌아간댔지?"

"22일."

"그럼 이제 일주일도 안 남았군. 너는 여기 더워서 빨리 떠나고 싶어 했잖아. 그런데 생각보다 늦게 떠나네?"

"레프 때문에."

"레프? 레프가 왜?"

"시눌로그에 가고 싶대. 필리핀에서 이맘때면 열리는 축제야."

"레이. 너도 그 축제에 참여하려고?"

"글쎄."

레이는 나에게 대답하며 계속 잡지를 읽고 있었다. 나는 물었다.

"레이. 네 집은 영국에 있어?"

"집이라고 하긴 그렇고 숙소라고 해두자."

"그게 무슨 소리야? 집은 어디 있는데?"

"없어. 어디에도."

"레프한테 듣기로는 네 집이 영국에 있다고 하던데?"

"둘이서 내 얘기를 즐기나 봐?"

나는 잠시 그녀의 시선을 피했다. 그녀는 읽고 있던 잡지를 테이블에 내려놓더니 나에게 물었다.

"데미안. 너에게 집이란 뭔데?"

"집? 글쎄, 먹고 자고 편안히 쉴 수 있는 장소?"

"끝이야?"

"왜? 아닌가?"

레이는 잠시 생각하는 눈치였다. 나는 그녀에게 물었다.

"레이. 그럼 너는 집을 대체 뭐라고 생각하는데?"

"돌아가고 싶은 곳 정도?"

"에이. 그건 너무 당연한 거 아니야?"

"그래? 그럼 너는 지금 당장 집으로 돌아가고 싶다는 거야?"

"그야…"

내가 머뭇거리자 레이는 다시 잡지를 들고 읽기 시작했다. 나는 그런 그녀를 보며 말했다.

"아무튼 네가 생각하는 집의 정의란 '돌아가고 싶은 곳'이군?"

"정의 내린 적 없어. 대충 그런 느낌이라는 거지."

"음. 상당히 난해하군."

"원래 모든 건 난해해. 굳이 구체적으로 표현하려고 하지 마."

"어렵네. 그게 무슨 말이지?"

내 물음에 그녀는 방금까지 보고 있던 잡지의 한 페이지를 펼쳐 나에게 보여주었다. 그 페이지에는 아름다운 자연의 풍경이 담겨 있었다. 레이는 나에게 물었다.

"이 사진을 보면 무슨 느낌이 들어?"

"아름답다? 평화롭다?"

"또?"

"음. 한적하다? 멋지다?"

"다른 건 더 없어?"

"글쎄. 다른 것도 다 대충 그런 비슷한 느낌?"

내 말에 그녀는 부드러운 미소를 짓더니 나에게 말했다.

"결국, 네가 표현할 수 있는 그 느낌이란 건 고작해야 많아도 열 개밖에 안 될 거야. 하지만 그 의미가 네가 받은 느낌을 그 정도 개수라고 하는 건 아니야. 단지 언어로 표현되는게 그 정도뿐이라는 거지."

그녀는 다시 잡지를 테이블에 내려놓으며 말을 이었다.

"언어는 도구에 불과해. 마치 색연필 같은 거지. 많으면 많을수록 좋아. 더 다양하게 색칠할 수 있으니까."

"네 말은 구체적으로 표현하는 게 별로 좋지 않다는 거야?"

"모든 걸 구체적으로 표현할 필요는 없다는 거지."

"내가 좀 그런 편인가?"

"자주?"

"하지만 구체적으로 표현이 안 되면 나한테는 좀 어려워. 그 의미가 한 번에 다 안 들어온달까?

그 말에 그녀는 살짝 웃으며 나에게 말했다.

"네 말대로 구체적인 건 편해. 받아들이기 쉬우니까. 하지만 그만큼 표현의 폭을 좁게 만들지. 그래서 위험하다는 거야. 언어는 강력하니까 자칫하면 그 프레임에 갇혀버릴 수 있거든."

"레이 넌 역시 정말 어려운 애구나."

"칭찬이지?"

그녀는 그렇게 말하고는 자리에서 일어났다. 나도 그녀를 따라 일어났다. 우리는 승강기 앞으로 가 버튼을 누르고 잠시 기다렸다. 갑자기 레이가 나에게 물었다.

"넌 여기에 계속 있을 거야?"

"아마? 혼자서 휴양을 좀 더 즐기려고."

마침 엘리베이터가 도착했고 우리는 그 안으로 들어가 15층 버튼을 눌렀다. 문이 닫히자 그녀가 나에게 물었다.

"영국에 같이 갈 생각은 없어?"

"진심이야?"

"응. 왜?"

"좀 뜻밖이라서."

"뭐가?"

"그냥."

곧 엘리베이터가 15층에 도착했다. 우리는 서로 잘 자라는 인사를 나누며 각자의 방으로 흩어졌다. 나는 방안으로 들어와 그대로 침대에 드러누웠다. 그리고는 레이와 했던 대화를 떠올렸다.

아까 그녀가 지금 당장 집에 돌아가고 싶은 거냐고 물었을 때 왠지 그렇다. 라는 대답이 쉽사리 나오지 않았었다. 나는 머릿속으로 상상해 보았다. 만약 지금 내가 당장 한국으로 돌아간다면?

주변에서 나를 향해 날아오는 수많은 시선. 밥 먹는 것처럼 봐야만 하는 눈치들. 누군가 정해 놓은 기준과 잣대들. 그리고 그만한 나이가 되었기에 반드시 저 기준과 잣대를 충족시켜야만 하는 허접스러운 압박들. 좋아하는 일이 아니어도 해야만 하는 취업과 부당해도 참아야만 하는 회사 생활. 그저 나밖에 모르지만 자신의 필요에 따라서 남을 위하는 척하는 얄팍한 인간관계들. 그곳에서 최소한의 인간 대접이라도 받기 위해 가장 필요한 돈. 그 돈이 있는 사람들만 누릴 수 있는 시간과 여유. 번지르르한 껍데기만 있고 알맹이는 텅 빈 그 곳. 바로 그 곳으로, 과연 나는 다시 돌아가고 싶은 것인가? 그곳에 과연 내 집이 있었던가?

그런 생각을 하던 중 시간이 지나면 더 귀찮아질 것 같아 나는 간단히 샤워를 했다. 곧 불을 끄고 커튼을 쳤다. 달빛이 계속 커튼 사이로 흘러 들고 있었다.

일주일 뒤, 레이와 레프는 영국으로 떠났다. 나는 공항까지 그들을 배웅했는데 레프는 연신 아쉬움을 표했다. 공항에 도착해 그들과 작별인사를 하는데 갑자기 레이가 잠시 동안 나를 꼭 안아주었다. 그 모습에 레프도 가까이 오더니 갈비뼈가 으스러지도록 나를 안아 주었다. 우리는 서로에게 손을 흔들어주며 아쉬움을 뒤로 한 채 헤어졌다.

며칠을 더 그 호텔에 묵은 나는 체크아웃을 하고 이디의 집으로 향했다. 이디는 그의 집에서 당분간 지내겠다는 나의 결정에 두 팔을 벌려 환영해주었다. 나는 감사함을 느꼈지만 한편으로 그에게서 정보를 얻어야 하는 처지였기 때문에 다소 불편한 마음이 들기도 했다. 그렇게 나와 이디의 동거는 시작되었고 우리는 많은 시간을 함께 보내게 되었다.

그의 일정은 특별할 것이 없었다. 하루 중 대부분의 시간을 요리하는 데 썼는데 상당히 진지한 태도였다. 나는 항상 그의 음식을 맛봐주었고 그는 나의 평가를 토대로 더 좋은 요리들을 만들어 내고 있었다. 나는 그의 옆에서 요리를 보조했으며 설거지와 뒷정리를 도맡아했다. 주말이면 집 청소까지 맡아 했는데 이디는 만류했지만 나는 차라리 그렇게 하는 편이 더 마음이 편했다.

"데미안. 나 지금 술집인데 혼자 있거든. 괜찮으면 여기로 와서 같이 한 잔 해줄 텐가?"

한밤중에 걸려온 이디의 전화에 나는 곧 택시를 타고 그가 알려준 술집으로 향했다. 필리핀에는 드문 일본식 선술집이었는데 자정 가까운 시간임에도 꽤 많은 사람들이 북적이고 있었다.

"어이! 데미안 여기일세!"

가장 구석 자리에 있는 테이블에서 이디가 손을 흔들어 나를 부르고 있었다. 나는 인사하며 그의 맞은편에 앉았다.

"이디. 술을 많이 드신 것 같네요? 오늘 내기 골프 한다고 했잖아요? 친구분들은 다 가셨어요?"

"나는 먼저 간다고 하고 나왔다네."

"아니. 왜요? 어디 아프세요?"

"아니. 뭐 그나저나 데미안. 자네가 이렇게 나와 주니 참 반갑고 고맙구먼."

그는 말없이 술만 들이켤 뿐이었다. 한참이 지나서야 그는 입을 열었다.

"젠장 맞을! 오늘 그놈들을 골프장에서 만났다네. 그 꼴 보기 싫은 얼굴을 여기 필리핀까지 와서 또 보게 되었단 말일세."

"그놈들이요?"

"예전 내 직장상사들 말일세! 분명히 또 해외 출장 간다는 핑계로 단체로 골프나 치러 왔겠지. 이런 망할 놈들. 에잇."

그는 술을 거칠게 들이붓고는 입을 열었다.

"친구들이랑 같이 골프를 치고 있는데 나에게 와서 인사를 하더군. 누군지 봤더니 그놈들이었어. 나는 외면하려 했지만 20년 노예생활 때문인지 무의식적으로 허리 숙여 인사를 하게 되더구먼."

나는 말없이 그의 얘기를 듣고 있었다. 그는 계속 말을 이었다.

"그리고는 친구들 앞에서 나를 망신을 주더군. 퇴직금도 빚 갚느라 다 썼을 텐데 골프나 치러 다니면서 팔자 좋다고 말이야."

그 말과 함께 그는 고개를 숙였다. 한참 동안 속상한 표정으로 땅만 바라보던 이디가 고개를 들더니 나에게 말했다.

"사실, 나한테는 정말로 그들에게 복수할 기회가 있었다네."

"복수할 기회요?"

"그래. 한창 유럽에 테러가 났을 때 유럽으로 해외출장을 가야했지. 나와 내 상사 둘, 총 세 명이 가게 되었네. 그날도 일을 마치고 나는 내 호텔 방에서 쉬고 있었지. 그런데 누가 노크를 하더군. 문을 열었더니 룸서비스였어. 그러나 나는 그런 걸 시킨 적이 없었기 때문에 아니라는 표시를 그에게 보였지. 그는 나에게 뭐라고 얘기를 했지만 영어여서 나는 잘 알아들을 수가 없더군. 아마 자기가 방을 잘못 찾은 것 같다고 하는 것 같았어. 그리고 웃으면서 죄송하다는 말과 함께 어떤 쪽지를 나에게 보여주더군. 그 쪽지에는 아주 충격적인 얘기가 한국어로 적혀있었어."

"그게 대체 뭐죠?"

"그 내용은 '당신은 지금 도청당하고 있습니다.'였네."

"도청이요?"

"그래. 그리고 그 뒷면을 보여주더군. 거기에는 다음날 만날 시간과 장소가 쓰여 있었어. 나는 결국, 그 장소에 나갔다네. 호기심 때문에 말일세. 거기에는 귀여운 외모의 한 동양인 여자가 나를 기다리고 있더군. 한국어를 꽤 능숙하게 하는 것으로 보아 아마 교포일 거라는 생각이 들었지. 아무튼, 그녀는 지금까지 내가 모아온 회사 관련 정보들에 대해 이미 알고 있었어."

"그 정보가 뭐였죠?"

"뭐, 여러 가지일세. 내가 틈틈이 촬영해둔 동영상. 근무 시간에 땡땡 이치고 몰래 사우나 가고 골프 치는 뭐 이런 자잘한 것들이 보통이었지만 말이야. 또 그들과의 통화 녹음 파일들과 마지막으로 갖가지 서류파일들."

"이디는 왜 그 정보들을 모아온 거죠?"

"나중에 다 터트리기 위해서였지. 나는 늘 복수의 칼을 갈며 살았었거든. 아무튼, 그녀는 나의 정보들이 필요하다고 말하더군."

"그 여자가 이디에게 그런 정보가 있다는 사실을 어떻게 알고 있었던 거죠?"

"그건 정말 모른다네. 나는 아무에게도 이런 얘기를 하지 않았었으니까. 아무튼, 그녀는 그 정보를 넘긴다면 자기가 대신 회사를 무너트려 주겠다고 말하더군."

"이디. 이해가 잘 안 가는데요? 그 정보들이 한 회사를 쓰러트릴 만큼 그렇게 엄청난 것이었나요?"

"사실은 그게 나도 의문이었다네. 그것들은 그저 내 직장 상사들을 엿먹일 생각으로 모은 거였거든. 그래서 그녀에게 이런 의문점을 얘기하니 그녀가 답하더군. 물론 내 정보도 필요하지만 자기들이 필요로 하는 정보가 더 있으니 그것도 좀 구해달라고."

"그게 어떤 정보죠?"

"그들은 나에게 회사와 직장 상사들의 차에 달린 블랙박스 녹음 파일들 그리고 어떤 서류들을 언급했다네."

"어떤 서류라뇨? 그게 뭐였나요?"

"데미안. 내가 다니던 회사는 세계적인 대기업 '프라우드'라네."

"네?! 프, 프라우드요? 프라우드면 명문대 출신도 들어가기 힘들다는 바로 그 대기업이요?"

"맞네. 그 회사의 전신이 바로 '레보어'네. 물론 그때는 주력 사업 분야도 달랐고 주로 해외진출에 중점을 두어 완전히 다른 회사라고 보면 되긴 하네만 아무튼, 그 레보어때 부터 지금까지의 비리가 총 망라된 서류가 있다더군."

"그게 필요하다는 거였군요. 그럼 협조하겠다고 하셨나요?"

"대답은 그렇게 했지만 협조할 생각은 없었다네. 나는 그들도 믿을 수 없었거든. 그리고 한동안 그들에 대해서는 까맣게 잊은 채로 지냈지. 그러다 우연히 홀로 야근하던 날 밤. 폐용지를 버리러 지하 창고에 갔다가 우연히 그 서류들을 발견하게 되었네. 어마어마하더군. 사람을 한둘 죽여 세워진 회사가 아니었어. 수많은 사람들의 희생이 있었더구먼. 게다가 기업 하나 망하는 문제로 끝날 게 아니었어. 다른 기업들은 물론 정치권까지 엮여있었지. 국내 그리고 국외의 수많은 정치인들이 연루되어 있더군. 그 문서가 사실이라면 겨우 내 직장상사 몇 놈 모가지 날아가는 건 일도 아니라는 생각이 들 정도였지. 나는 손을 벌벌 떨면서도 그걸 전부 사진으로 촬영해놓았다네. 그리고는 깨달았네. 호텔에서 만났던 그 여자가 했던 말이 모두 사실이라는 것을 말일세. 그래서 그때부터 나는 회사 차와 직장상사들의 운전기사를 자처했지. 내가 조사를 하며 알아낸 것 중 가장 놀라웠던 점은 회사가 직원들을 개인 사찰 하는 경우가 실제로 있었다는 거지. 10년 차 이상의 경력을 가진 직원이면 주기적으로 개인 사찰을 당하고 있더군."

"도저히 믿을 수가 없군요. 그러면 한국에 돌아온 뒤로 그 여자와 연락을 한 적이 있으셨나요?"

"그럼. 그 여자는 어떻게 알았는지 나에게 다시 연락을 해왔어. 자신을 앤지라 부르라더군. 몇 번 만났고 꽤 긴밀한 관계를 유지했지. 사실. 나는 그들에게 그 정보를 넘기기로 약속했었네."

"그럼 약속대로 정보를 넘기셨나요?"

"아니. 모든 걸 정리하고 무작정 여기 필리핀으로 도망쳤다네. 그 앤지라는 여자가 아마 지금쯤 나를 애타게 찾고 있을 테지."

나는 속으로 뜨끔함을 느끼며 그에게 물었다.

"이디 왜 기회가 있었음에도 복수하지 않았던 거예요? 이디는 평소 그들에게 칼을 갈고 있었다면서요."

이디는 말없이 술잔에 술을 따르고 있었다. 나는 그에게 무슨 말이라도 나오길 기다렸다. 이윽고 그는 입을 열었다.

"두려웠다네."

나는 잠시 고민하다가 그에게 되물었다.

"저. 단지 그것뿐인가요? 그러니까 제 말은 뭐 어떤 협박이 있었다든가 거절할 수 없는 회유가 있었다든가 그것도 아니라면 뭔가 커다란 음모가 있었다거나 뭐 그런 것들은 없었나요?"

"응? 아니. 그런 것은 없었다네. 그저 나는 두려웠을 뿐이지. 이러다 잘못되는 거 아닌지. 큰일 나게 되는 거 아닌지 말일세. 그리고는 나 스스로를 자꾸 합리화시켰지. 결국, 나는 나갈 사람인데 이러고 나가면 나한테 득 될 게 뭐가 있나 하고 말이야."

그 말에 나는 술을 한잔 들이켰다. 그리고 그에게 물었다.

"그럼 이디는 지금도 그 정보를 갖고 있는 거예요?"

내 말에 그의 눈에서 대답하기 조금 망설이는 빛이 느껴졌다. 그것을 확인한 나는 재차 입을 열었다.

"불편하시면 대답 안 해주셔도 돼요."

그는 내게로 몸을 가까이하더니 속삭였다.

"아직 갖고 있다네."

그는 그렇게 말하며 나의 술잔과 자신의 술잔에 술을 따랐다. 그리고는 그의 잔을 내 잔에 부딪히더니 빠르게 술을 들이켰다. 그가 나에게 조용히 물었다.

"데미안. 자네. 나를 비겁한 사람이라고 생각하지?"

내가 그 물음에도 아무 대답이 없자 그가 말했다.

"괜찮네. 사실대로 말해보게."

그 말에 나는 생각을 정리했다. 그리고 그에게 입을 열었다.

"그런 상황과 마주하면 누구나 그럴 수 있다고 생각해요. 약속을 지키지 못했다고 해서 그 약속을 지키려 고군분투했던 이디의 모습까지 없던 게 되는 건 아니잖아요. 이디는 훌륭했어요."

내 말은 진심이었다. 거대한 힘 앞에서 한 개인은 너무도 무력하다. 그가 짊어져야만 했던 그 중압감은 말로 하지 않아도 엄청났을 것이다.

우리는 일상에서 늘 소소한 비겁함을 행하며 살아간다. 누군가가 곤경에 빠졌는데도 자신에게 피해가 올까 봐 그것들을 애써 무시하며 지나치고 비난 전에 비판할 수 있는 수많은 부당함을 대부분 참으며 살아간다. 모두 다 '예.'를 외칠 때 자기 혼자 '아니오.'를 외치는 일 따위는 젊은 날의 철없는 객기쯤으로 치부하며 힘 있는 자 앞에서 바닥을 핥고 힘 없는 자 위로 군림하려 한다. 이런 소소한 비겁함이 그의 조금은 덜 소소한 비겁함과 그리 차이가 있을까?

그는 내 대답을 듣자마자 애써 쏟아지려는 눈물을 참고 있었다. 우리는 말없이 몇 잔의 술을 더 나누었다. 그러다 갑자기 그가 테이블을 쾅 하고 치더니 나에게 말했다.

"데미안. 자. 이거 받게."

"네? 이디. 이게 뭔가요?"

그는 주머니 속에서 뭔가를 꺼내더니 나에게 넘겼다. 흰 닭의 모양을 한 피규어였다. 그는 그 닭의 목을 분질렀다. 정확히 반으로 분리했는데 분리된 머리는 뚜껑이었고 몸통은 USB였다.

"이디. 이건...?"

"그렇다네! 그들을 끝장낼 수 있는 바로 그 정보들일세. 자네가 마음대로 해주게!"

"네?!"

"사실 그 USB 안에는 앤지라는 사람의 연락처도 담겨 있다네. 그녀는 그 정보를 넘기는 대가로 엄청난 사례를 나에게 약속했었지. 원한다면 그걸 내 이름으로 사용하고 그 사례는 자네가 받도록 하게. 하지만 자네도 나처럼 겁이 난다면 그것을 보관해두거나 아니면 버려도 상관이 없다네."

"하지만 이디. 제가 만약 이걸 이디의 이름으로 사용한다면 이디가 불이익을 당할 수도 있잖아요?"

"물론. 그럴 수도 있겠지. 그런데 말이야. 만약 그렇게 된다 해도 결코, 자네를 원망하는 일은 없을 테니 걱정 말게나. 자네를 만나 내 인생은 변했네. 자네는 나의 은인이야. 자. 어서!"

나는 잠시 망설이다 그가 내밀고 있는 USB를 받아 바지 주머니 속에 넣었다.

우리는 말없이 술을 더 나누었다. 이디의 기분은 전보다는 확실히 좋아 보였다. 그는 가게 안에 있는 사람들을 따뜻한 눈으로 훑어보고 있었다.

"어이구. 다들 지인들과 좋은 시간을 보내고 있는데 저기 저분만 저렇게 혼자 술을 드시는구먼."

이디가 가리킨 곳은 반대쪽 구석의 테이블이었는데 그곳에는 나이든 남자가 혼자 술을 마시고 있었다. 머리에 가득한 흰머리로 보아 상당히 나이가 많은 사람임을 알 수 있었다. 이디는 그 노인의 뒷모습을 한참 쳐다보더니 나에게 제안했다.

"이보게 데미안. 우리 저 어르신과 합석을 하는 게 어떻겠나? 나이도 꽤 있으신 거 같은데 이런 데서 혼자 술을 드시면 얼마나 적적하시겠어."

나는 잠시 망설였다. 그러다 이디에게 알았다고 대답한 뒤 그 노인에게로 다가갔다.

"아. 저. 안녕하세요."

나는 영어로 그에게 인사했다. 그러자 그 노인은 뒤를 돌아 나의 얼굴을 바라보았다. 나는 아무 말도 할 수 없었다. 그 노인은 바로 이안이었다.

이안과 나는 말없이 대치하고 있었다. 그때 뒤에서 이디의 목소리가 들렸다.

"데미안. 뭐하나? 아직 말씀 안 드렸나? 아이고. 이거 서양분이시구면. 필리핀 분이 아니셨어. 그럼 이분도 영어를 쓰시려나?"

이디가 하는 한국어를 듣던 이안이 나에게 영어로 물었다.

"이 사람은 지금 나에게 뭐라고 하는 겐가?"

"우리와 합석하자고 하시네요."

내 말에 잠시 고민하던 이안은 알았다며 우리 테이블로 자리를 옮겼다. 그때부터 이디는 손짓 발짓을 섞어가며 이안에게 최대한 영어로 말했고 어느새 그 둘은 조금씩 대화를 하고 있었다. 물론 간간이 통역을 필요로 할 때면 나의 도움을 받기도 했다. 그렇게 술을 마신 지 두 시간 정도가 지나자 이디는 테이블에 엎드려 자고 있었다. 잠든 이디를 바라보던 이안이 나에게 물었다.

"별일이군. 자네를 여기서 다 만나다니. 그런데 여기서 뭘 하고 있는 겐가? 여행?"

"아, 네. 이 분 집에서 머물면서 여행을 하는 중입니다. 그러는 이안도 여기서 여행 중이신가요?"

"뭐. 비슷하지. 가족들과 왔네."

"그러세요? 그럼 왜 여기 혼자 계시나요?"

"가족들은 아까 다 떠났으니까."

"떠나다니요? 같이 여행 오셨다고 하지 않으셨나요?"

"나는 가족들과 떨어져 산다네."

그렇게 말하는 이안은 이미 꽤 취해 보였다. 그는 말을 이었다.

"아내와는 오래전부터 별거를 해왔지. 아이들은 둘이 있는데 전부 애 엄마와 살고 있고. 우리는 1년에 딱 한 번 이렇게 해외에서 만난다네. 나머지 가족들은 아까 저녁 비행기로 떠났지. 나는 그들을 배웅해주고 오는 길에 이 술집에 들른 거라네."

"아, 그래요. 유감입니다."

그는 내 말에 큰 소리로 몇 번 웃더니 내게 말했다.

"그래. 진심인 것 같아 고맙구먼. 올해 모임에 자네가 또 참석할 수도 있다지?"

나는 그 물음에 섣불리 답하지 못했다. 그러자 그가 다시 물었다.

"바라가 이미 자네에게도 그 사실을 알린 거로 아네만."

"네. 저도 얼마 전에 메일을 받았습니다."

"그럼 자네는 모임에 참석할 마음이 있는 건가?"

"네. 참석시켜만 주신다면요."

그 말에 이안은 내 표정을 천천히 살피다 입을 열었다.

"난 솔직히 자네를 믿을 수가 없었네."

"그러신가요? 그래서 투표에서 반대표를 던지셨던 거군요?"

"투표? 아아. 자네를 플라이어즈에 들이는 투표 말인가?"

그 말과 함께 이안은 술을 한잔 더 따라 마신 뒤 말을 이었다.

"물론, 자네를 쭉 반대해 왔지. 자네는 모르겠지만 예전에 자네 같은 신입 멤버가 테러를 일으킬 뻔한 적이 있었다네. 다행히도 그건 불발되었지만 나는 그 이후부터 신입 멤버를 반대해왔지."

"제가 테러를 일으킬까 봐 반대하셨던 거군요?"

"그런 것도 있었지만 자네 얘기가 처음 나왔을 때부터 느낌이 별로더군. 그래서 1년이나 지켜보자고 했었지."

"덕분에 이렇게 되었으니 이제 만족하시겠군요?"

그는 내 물음에 몇 번을 웃더니 나에게 대답했다.

"내가 자네를 반대했던 건 사실이지만 그렇다고 반대표를 던졌다고는 하지 않았네. 막상 만나보니 생각이 바뀌더군."

"네? 그렇다면 반대표를 던졌던 사람은 대체 누구죠?"

"그건 말할 수가 없네. 규칙이니까. 아무튼, 나는 자네가 분명히 이렇게 나에 대해서 오해하고 있을 거라 생각하고 있었네. 그래서 언젠가 한 번쯤은 만나서 오해를 풀고 싶긴 했지. 그 시간이 이렇게 빨리 오리라고는 생각 못 했지만 말일세. 그래서 나는 이미 자네가 이번 모임에 참석하는 것에도 찬성했다네."

"그럼 참석 여부도 저번처럼 투표를 통해 결정되는 건가요?"

"투표까지는 아니지만 반대가 있으면 곤란하긴 하다네."

"이번에도 반대하는 사람이 있겠군요?"

"규칙일세. 나는 누군가 자네를 반대하고 있다는 그 사실을 자네에게 절대 알려줄 수가 없구먼."

이안은 친절히 나에게 그 사실을 돌려 말해주고는 술을 한잔 더 따라 마셨다. 나는 화제를 돌리기 위해 그에게 말했다.

"그런 거 다 일일이 신경 쓰려니 바라가 늘 고생이네요."

"자네는 바라를 무척 좋아하는 것 같군."

"아, 그렇게 보였나요?"

"사실. 예나 지금이나 많은 멤버들이 바라를 좋아하지. 모두 그녀를 진심으로 믿고 따른다네."

"아아. 그렇군요. 역시 바라는 대단하네요."

내 말에 그는 술을 따르다 말고 나에게 말했다.

"하지만 그런 그녀도 역시 실수란 걸 할 때가 있다네. 사실 어떻게 보면 자네가 모임에 오기 전 일어났던 테러도 바라의 실수가 원인이 된 거라고 할 수 있지."

"그게 무슨 말이죠?"

"그 테러는 우리 모임의 멤버였던 사람 중 하나가 탈퇴를 하고서 사주한 것이라네. 그리고 그가 그렇게 탈퇴한 데에 바라의 책임도 분명히 있지. 바라는 젊네. 젊고 강하지. 그래서 빠른 속도로 가기는 쉬워도 완급 조절을 하면서 가기는 어려운 법이라네. 그 완숙미란 상당한 경험을 필요로 하는 거니까 말일세. 그리고 그 당시의 그녀는 지금보다도 어렸네. 그래서 자신에게 닥친 갈등을 지혜롭게 해결하기가 어려웠지."

"그 갈등이라는 게 정확히 어떤 거였나요?"

내 물음에 그는 대답을 망설이다 이내 입을 열었다.

"그 당시는 바라의 아버지께서 돌아가신 지 얼마 되지 않은 때였지. 바라의 아버지는 의사셨는데 난민들의 테러로 돌아가셨어. 내가 알기로는 그녀의 어머니도 비슷하게 돌아가셨다네."

"바라의 부모님은 모두 테러로 인해 목숨을 잃으셨던 거군요?"

"그렇다네. 바라에게는 무척 갑작스러운 일이었을 거야. 물론 겉으로 드러내지는 않았지만 무척이나 상심이 컸을 테지."

그는 술을 한잔 더 따라 마시고는 말을 이었다.

"멤버 중 쉬무트라는 자가 있었네. 그가 바로 그 테러를 사주한 자였지. 그는 난민 출신으로 유럽에 들어왔다네. 지금도 그렇지만 그 당시에도 세계 곳곳에서 벌어지는 난민들의 테러 때문에 그는 어디에서나 환영받지 못하던 사람이었어. 모임 내에서 아무도 그와 어울리려 하지 않았지. 물론 그가 난민이라는 이유만으로 차별했던 것은 아니라네. 쉬무트는 평상시에는 멀쩡하다가도 술만 마시면 헛소리를 해서 많은 이들의 반감을 샀었거든. 피해의식이 무척이나 많던 자였었지. 그런데 어느 날 그의 고향에서 내전이 발발했네. 그 나라에서 내전은 일상적이라지만 그때 다시 발생한 내전은 좀 달랐던 모양이야. 왜인가 하니 그 내전 지역에는 쉬무트가 두고 온 아내와 자식들이 있었어. 지금이야 우리 모임이 1년에 딱 한 번뿐이라지만 그 당시만 해도 한 달에 한 번꼴로 모였을 정도로 활발했다네. 그 날도 그런 모임 중 한 번이었는데 바라의 방에는 나와 바라, 뮤, 캡틴, 레이, 볼트가 있었지. 우리는 얼마 전 발생했던 테러단체와의 충돌에 관해서 심각하게 대화를 하고 있었어. 바로 그때 쉬무트가 헐레벌떡 뛰어 들어왔지."

'바라! 할 얘기가 있어.'
'할 얘기? 그게 뭐지?'
'둘이 얘기할 수 있어? 지금?'
'그건 힘들겠는데. 지금 우리도 심각한 얘기 중이었거든.'
'내 얘기가 더 심각할 거야. 들어줘.'
'정 얘기하고 싶다면 거기서 그냥 얘기해.'

"그 안에 있던 모두가 의아하게 그를 쳐다보고 있었지. 쉬무트의 목소리는 다급해 보였지만 바라는 냉정했어. 내 생각에는 바라가 아마 처음부터 그를 그렇게 좋게 보고 있지는 않았던 것 같아. 그는 망설이더니 이내 그녀에게 얘기했어."

'바라. 이제부터는 우리가 나서야 할 때야. 플라이어즈의 멤버 다 같이 내전 지역으로 가자!'

'그게 무슨 소리지?'

'지금 시리아에 내전이 다시 발발했어.'

'거기서 내전이야 하루 이틀은 아닐 텐데?'

"쉬무트는 고민하기 시작했어. 하지만 둘러댄다고 먹힐 분위기가 아니라는 것을 깨달았는지 사실대로 얘기하더군."

'그곳에 내 아내와 두 딸이 남겨져 있어. 그들을 함께 구하러 가자. 나를 도와줘.'

'그건 무리야.'

'왜?! 어째서?! 멤버들 다 같이 모여서 뭔가 의미 있는 일을 많이 해보자며? 이건 우리 모두에게 분명 의미 있는 일이 될 거야.'

'그건 의미 없는 희생일 뿐이야.'

'뭐? 조, 좋아. 그, 그럼 바라 너는 참가하지 않아도 돼. 그저 허락만 해줘. 다들 너의 허락이 필요하대. 네가 가고 싶은 사람은 가도 좋다고 멤버들에게 허, 허락만 좀 해줘.'

'허락할 수 없어.'

'왜, 왜지? 대체 왜?'

'나는 내 동료들의 희생을 원치 않아. 그들을 사지로 몰아넣을 수는

없어.'
 '그, 그럼 그들은?! 그곳에서 주, 죽어가는 이들은? 아무 도움도 주지 않은 채 그저 두고만 볼 거야?!'

"그 말에 바라는 기가 찬 듯 웃더군. 그리고 그에게 말했지."

'왜. 우리가. 그들을. 도와야만 하지?'

"그 말에 쉬무트는 말문이 막혀 아무 말도 못 하고 서 있었지. 물론 바라의 눈빛이 너무 살벌했던 것도 있었겠지만 말이야."

'바라. 이러지 마. 제, 제발 부, 부탁이야.'
'내가 할 말은 다했어. 나가봐.'

"쉬무트는 갑자기 무릎을 꿇었어. 아니 거의 엎드려 그녀에게 빌었지. 눈물을 쏟기까지 했어. 하지만 그녀는 그저 그런 쉬무트를 차갑게 내려다볼 뿐이었어."

'부탁이야. 제발 도와줘. 그들을 살려줘.'
'그렇게 간절하다면 너 혼자라도 가면 되지 않아?'
'그건 불가능해. 나 혼자 셋을 다 들고 날 수가 없어. 그럼 좋아! 딱 두 사람! 내가 내 아내를 들 테니 내 두 딸을 들고 날, 딱 두 사람만 붙여 줘. 애들이 크지도 않아. 멤버들 중 딱 두 사람만 같이 갈 수 있도록 해 줘. 다들 바라 너의 허락이 있어야만 한대. 제발 부탁이야.'

'그렇다면.'

'그, 그럼 도, 도와주는 거야?'

'아내든 두 딸이든 차례대로 구하도록 해. 하나를 먼저 구하고 그다음 다시 가서 나머지를 구하고.'

"바라의 말에 갑자기 그는 광분했어. 그래서 그녀에게 미친 듯이 소리 치기 시작했지."

'그럼 그 시간에 나머지 사람들은 다 죽고 말 거야! 게다가 있었던 사람들 중 하나가 갑자기 사라져버리면 정부군 놈들이 나머지 사람들을 가만둘 거 같아! 바라 너도 그 정도는 알 거 아니야?!'

"그러자 바라가 탁자에 앉은 채로 몸을 앞으로 천천히 기울이더니 쉬무트에게 말하더군."

'단. 한 번만. 더. 나에게. 소리를. 지른다면. 다시는. 날지 못하게. 만 들어 주겠어.'

"나는 그녀의 그 눈빛을 아직도 잊을 수가 없다네. 마치 쥐를 사냥하는 매의 눈초리였지. 그 눈빛에 쉬무트도 압도당했는지 아무 말도 하지 못했어. 하지만 시간이 조금 지나자 그는 다시 용기를 내어 입을 열었지."

'서, 설마, 바라. 너! 얼마 전 너희 아버지가 난민한테 테러를 당해 죽었다고 지금 나를 도와주지 않는 거야? 그에 대한 보복으로?'
'뭐? 보복?'

"그녀는 그렇게 중얼거리며 웃더군. 우리 중 누구도 쉽사리 말을 꺼내지 못하고 있었어. 잠시 후 바라가 입을 열더군."

'그래. 듣고 보니 그렇군. 우리가 개고생해서 여기로 그들을 구해와봐야 어차피 그들은 잠재적인 테러리스트 아닌가? 결국, 나중에 우리를 죽일 사람들을 왜 지금 우리 손으로 직접 구해와야 하지?'
'뭐, 뭐라고? 이봐, 바라. 나도 우리 가족도 결코, 테러리스트가 아니야.'
'나는 그들을 테러리스트라고 한 적 없어. 단지 잠재적인 테러리스트라고 했을 뿐.'
'젠장할! 너는! 바라. 너는 지금까지 우리를 원망하고 있었군!'
'그러게. 방금까지는 나 자신도 몰랐던 사실인데 말이야. 아마 그랬었나 보군.'
'바라! 네가 지금 이렇게 한낱 사사로운 감정에 이끌려서 행동하는 게

맞는 거라고 생각해?'

'지금 쉬무트. 네가 하고 있는 행동도 사사로운 감정에 이끌린 것이란 걸 알고 있나?'

'하지만 나와 너는 달라. 바라 너는 이 모임의 리더잖아!'

'아하. 그래서 네 말은, 너의 고통은 아픈 거고 나는 리더라서 괜찮은 거다?'

'그게 아니라 내 말은 단지. 바라 너는 리더니까 사적인 감정보다는...'

'이봐. 쉬무트.'

'..................'

'이렇게 세금이나 축낼 시간에 나가서 일자리나 알아보지 그래. 남의 나라에 들어가서 일도 안 하면서 집 받고 돈 받는 주제에 말이야.'

'뭐, 뭐?!'

'만약에 네 아내와 아이들을 여기로 데려온다고 해도 네가 이런 모습이라면 매우 창피해하지 않을까?'

'바라. 너, 너 이 녀석!!'

—스윽

"쉬무트는 흥분해서 그대로 탁자에 앉은 바라에게 달려들려고 했었지. 그러나 뮤의 칼이 더 빨랐어. 그가 조금만 더 움직였더라도 아마 뮤의 칼에 목이 날아가 버렸을 거야. 바라가 조용히 말했어."

'뮤. 됐어. 그만해.'

"그 말에 뮤는 칼을 내렸지만 그 무시무시한 살기는 그대로였어. 쉬무트는 분했겠지만 이미 온몸을 떨고 있었어. 그는 분한 듯 두고 보라고 소리치며 밖으로 나가더군. 나는 바라가 좀 더 지혜롭게 대처했다면 어땠을까 하는 아쉬움을 항상 가지고 있다네. 그 당시, 그녀는 난민들의 테러로 인한 연이은 부모님의 죽음 때문에 아마 그들에게 심한 반감을 품었던 것 같아. 물론 바라가 그것을 밖으로 표시했던 것은 아니지만 나는 그날 분명 그것을 느낄 수 있었지. 만약 바라가 쉬무트를 도와주었더라면 혹은 그에게 거절하더라도 조금 더 부드럽고 완곡하게 했었더라면 아마 오늘 우리가 처한 이 상황은 달라져 있을지도 모른다네. 물론 바라도 곧 자신의 행동을 후회한 것 같더군. 같이 있었던 볼트에게, 나가서 쉬무트를 위로해주라고 했었으니까. 그래도 모임 내에 유일한 쉬무트의 말동무가 볼트였거든."

"아아. 볼트와 쉬무트가 원래부터 가까운 사이였었나요?"

"물론, 그건 아니라네. 볼트도 쉬무트를 꺼렸지. 사실 그건 바라의 의도였다네. 평소 사람들과 잘 어울리지 못하던 쉬무트를 보며 볼트에게 그와 말동무가 되어주라고 지시한 거였거든."

나는 고개를 끄덕이다 이안에게 물었다.

"그렇다면 이안은 애초에 바라가 쉬무트와의 의견대립에서 보였던 행동을 실수라고 생각하는 거군요?"

"그렇다네. 물론 작은 실수였네. 하지만 실수의 크기는 그다지 중요한 게 아니지. 그 작은 실수가 지금의 결과를 초래했으니까 말일세."

나는 그 말에 한숨을 내쉬고 그에게 말했다.

"솔직히 말씀드리면 제 생각은 조금 다릅니다. 쉬무트가 했던 얘기나 태도는 처음부터 너무 억지스러웠어요. 자신의 가족들을 구하자고 다른 사람들을 희생시키자는 얘기잖아요. 바라의 결정은 리더로서 현명했다고 생각해요."

내 말에 이안은 눈을 감고 고개를 끄덕이더니 나에게 말했다.

"글쎄. 거기에 대한 내 생각은 또 다르다네. 쉬무트는 분명 억지스러웠어. 그러나 그걸 뒤집어 말하면 그만큼 간절했다는 뜻이기도 하지. 나는 쉬무트, 그의 마음을 이해한다네."

"네?"

"바라나 자네에게는 아직 배우자나 자식이 없지 않은가? 만약 쉬무트와 같은 상황이었다면 자네도 그와 같은 행동을 하지 않았을 거라고 장담할 수 있겠나?"

나는 아무 말 없이 이안을 바라보고 있었다. 그는 시선을 멀리 둔 채 말을 이었다.

"그 당시의 바라에게 배우자나 자식이 있었다면 얘기는 달라졌을지도 모르지. 그게 안타깝다네. 나는 이해할 수 있는 것들을 그녀가 이해하지 못한다는 게. 하지만 그건 어쩔 수 없는 것 아니겠나? 아마 그녀도 내 나이쯤 되어 더 어린 친구들을 볼 때면 이런 생각들을 할지도 모르겠군."

나는 그의 말을 곰곰이 생각해보았다. 이디는 여전히 테이블에 엎드려 자고 있었다.

내가 생각을 정리하고 있을 무렵 이안은 혼자서 조용히 중얼거리고 있었다.

"나는 쉬무트를, 그를 이해한다네."

집에 들어오니 순실이가 반갑게 꼬리를 흔들고 있었다. 그러나 나는 거기에 대꾸해 줄 여력이 없었다. 만취한 이디를 업고 오느라 내 모든 힘을 쏟았기 때문이었다. 나는 이디를 그의 방 침대에 던져놓고 내방으로 들어왔다.

바라에게 내 전화번호와 함께 지금 전화 통화를 하고 싶다는 메시지를 메일로 보냈다. 얼마 지나지 않아 책상 위에 있던 내 핸드폰이 울리기 시작했다.

"바라?"

"그래. 데미안. 전화 달라며?"

"아. 이렇게 전화가 빨리 올 줄은 몰랐네요."

"그래서 불만이야?"

"그럴 리가요. 바라, 저 그 정보 받아냈어요."

"정말? 농담 아니고?"

"제가 이렇게 갑자기 전화해서 농담하는 녀석이에요?"

"아니. 의외라서. 아무튼, 단지 그것 때문에 전화하려는 건 아닐 테고?"

"이 정보를 바라에게 보내기 전에 할 얘기가 있어요."

"해봐."

"사실, 이 정보를 가지고 있던 사람은 저와 원래부터 아는 사이였어요. 그러니까 바라가 이 임무를 저에게 주기 전부터 말이에요. 저는 그를 이디라고 부르죠. 그는 제 친구고 지금은 그의 집에서 함께 지내고 있어요."

"그것도 농담은 아닐 테고. 좋아. 그런데?"

"사실 이 임무를 맡으면서 내내 마음이 너무 불편했어요."

"친구를 속이는 것 같아서?"

"네. 솔직히 그랬어요."

"그럼 데미안 너는 왜 그 사실을 내게 미리 말하지 않은 거지?"

"고민은 했어요. 말해야 하나 말아야 하나."

"결국은 안 했군."

"뭐 시기를 놓쳤다고 생각해주세요."

"그래. 좋아. 그래서?"

"아무튼, 이디가 먼저 그 정보를 저에게 건네주더군요."

"우리의 정체를 밝힌 건가?"

"전혀요. 저는 아무 말도 하지 않았어요. 그저 얘기를 들어주었을 뿐이죠."

"그렇군. 계속해봐."

"아, 얘기가 길었는데요. 바라는 이제 선택을 해야만 해요."

"선택?"

"이 정보를 이디의 이름으로 사용할 건가요?"

"아하. 데미안 너는 네 친구를 걱정하고 있는 거군."

"네. 만약 이디가 그 정보들을 넘긴 것이 밝혀지면 그는 여러 가지로 곤경에 처할 수도 있어요."

"그래. 하지만 증거에서 출처란 대단히 중요하게 작용할 수도 있어. 출처가 없는 증거는 증거능력이 부족할 수 있다는 뜻이야."

"그렇다면 결국, 바라는 그 증거의 출처가 이디라는 것을 밝힐 셈인가요?"

"만약 그렇다면?"

"이 정보를 넘겨드릴 수 없어요."

"오호. 증인 보호가 확실히 보장되는 경우에만 그 정보를 넘기겠다는 거군?"

"네."

"틀림없나?"

"네."

"음. 좋은 자세야. 좋아! 약속하지. 내 이름을 걸고."

"네. 감사합니다. 그럼 메일로 이 정보를 보내드릴게요."

"그래. 근데 걱정할 거 같아서 미리 말해주는 거지만 아마 안심해도 될 거야. 사실 그 정보 중에 쓸모 있는 건 얼마 안 될 거거든."

"네? 그게 무슨 말이죠?"

"우리도 법적인 분야는 따로 맡아서 해주는 사람이 있기 때문에 그 사람이 잘 알아서 하겠지만 아마 동의 없는 녹취록이나 영상물들은 증거 능력이 인정되기가 힘들지도 몰라. 오히려 불법행위로 처벌받을 수도 있거든. 서류도 비슷하겠고."

"네? 그럼 왜 이디에게 있던 정보들을 원하셨죠? 게다가 다른 정보들은 대체 왜 구해오라고 한 거예요?"

"오호. 그걸 어떻게 알았지?"

"이디가 말해줬어요. 앤지라는 여자가 그걸 구해오라고 했대요."

"그랬군. 뭐 아무튼, 네 질문에 답하자면 그게 다 쓸모없지는 않을 거야. 단지 적을 뿐이겠지만. 그중에서도 법적으로 가치 있는 정보들을 골라내고 가치 없는 것을 가치 있는 것으로 탈바꿈시키는 고난도의 작업이 필요하겠지만."

"음. 그래요? 솔직히 말해 뭔가 힘이 빠지긴 하네요."

"그래? 그럼 나도 더 솔직히 말하지. 애초부터 우리는 그 정보를 증거로만 이용하려고 했던 건 아니야."

"네? 하지만 현재 법적 공방 중이고 그래서 반드시 그 정보가 필요하다고 하셨잖아요. 결정적이라고 하면서요."

"결정적인 건 사실이야. 그 정보에서 확인할 게 있거든. 매우 중요한 실마리야. 앞뒤 맥락을 알아낼 수 있을지도 모르거든. 물론 그 정보가 공적인 증거로 인정이 된다면 더할 나위 없겠고."

"음. 무슨 소리인지는 잘 모르겠지만 아무튼, 이디의 이름이 거론될 것 같지는 않아서 안심이네요."

"아마. 그럴 일은 거의 없을 거야."

"그러면 대체 나를 왜 떠 본 거에요?"

"너의 비장한 모습이 무척이나 귀엽길래."

나는 오늘 세부에서 이안을 만났던 얘기를 바라에게 할까 하다 도로 그만두었다. 나는 그녀에게 말했다.

"아무튼, 알았어요. 정보들은 메일로 보낼게요. 아, 근데 바라. 저의 이번 모임 참석 여부는 확정되었나요?"

"음. 아직."

"그렇군요."

"조금만 더 기다려줘. 결정되는 대로 알려줄 테니까."

"알겠어요. 그건 그렇고. 그럼 이제 바라한테 갈까요?"

"그게 좀 힘들 것 같네."

"왜요? 분명 임무가 끝나면 와서 지내도 좋다고 했잖아요."

"사정이 생겼어. 참석 여부가 확정되면 알려줄 테니 모임 때 보자."

"그럼 만약에 제가 모임에 참석하는 것이 불가능하게 되면요?"

"그래도 뭐 언젠간 보게 되지 않겠어?"

그녀는 말을 더 덧붙였다.

"걱정 마. 그래도 네 월급은 계속 나가니까 알아서 적당히 놀고 먹고 있으라고. 우리는 곧 만나게 될 거야."

바라와의 통화를 마무리한 후 나는 바로 메일을 통해 이디가 준 정보들을 바라에게 전송했다.

피곤했었는지 나는 침대에 눕자마자 잠이 들었다.

다음 날 아침, 갑자기 들리는 이디의 비명 소리에 나는 잠이 깨고 말았다. 나는 방 밖으로 뛰쳐나가며 그를 불렀다.

"이디?! 왜, 왜 그래요?!"

그는 거실에서 미친 듯이 몸을 뒤적이고 있었다. 한참 동안 정신을 못 차리던 그가 나에게 말했다.

"아, 저. 내, 내가 뭘 잃어버려서 말이야."

"뭘 잃어버렸는데요?"

"음, USB라네. 흰색이고 닭같이 생긴 피규어인데 말이야."

"네? 이디. 기억 안 나요? 그거 어제 나한테 줬잖아요?"

"뭐?! 내가 그걸 자네에게 주었다고? 대체 왜?"

나는 잠시 고민을 하다가 다시 그에게 말했다.

"아, 그거요. 이디가 혹시 술에 취해서 그 USB를 잃어버릴까 봐 잠깐 동안만 저에게 맡아달라고 했어요. 잠시만요. 지금 가져다 드릴게요."

내가 USB를 가져다주자 이디는 안도의 한숨을 내쉬며 나에게 연신 감사를 표했다.

"데미안. 고맙네. 이 USB가 별거 아닌 것처럼 보여도 나에게는 보험이고 복권 같은 거라네. 자네가 날 살렸어. 정말 고맙네."

그 말과 함께 이디는 보답으로 해장국을 끓여주겠다며 부엌으로 향했다. 연신 콧노래까지 흥얼거리며 칼질을 하고 있는 그의 뒷모습을 보며 나는 작은 한숨을 내쉬었다.

그 정보 중에 쓸모 있는 것은 불과 몇 개 안 될 거라는 것과 이제는 앤지에게 연락을 해도 소용없을 거라는 것을 그에게 말해주고 싶었지만 차마 그럴 수가 없었다.

제10장

후크의 꿈

바라가 주었던 두 번째 임무도 무사히 완수한 뒤, 나는 이디의 집에서 두 달가량을 더 머물렀다. 하지만 가끔 비자를 연장하기 위해 외출한 것을 제외하면 늘 같은 일상이었다. 보통은 이디와 함께 식사와 술자리를 했고 주말이면 그와 모알보알이나 보라카이 같은 휴양지에 다녀오기도 했다.

시간은 흘러 필리핀에서 3월을 전부 보내버리기 딱 하루 전, 나는 그의 집을 떠났다. 이디에게는 세계여행을 할 것이며 그 첫 단추로 유럽에 갈 것이라고 밝혔는데 그는 무척 서운해하면서도 이내 나의 결정을 응원해주었다.

그는 내가 떠나기 전날 그동안 갈고 닦은 요리 실력으로 나에게 손수 구첩반상을 차려주었는데 부모님에게도 받지 못한 그런 커다란 대접을 받으니 감사하면서도 한편으로는 기분이 묘했다.

그는 공항까지 나를 배웅해주었는데 결국, 헤어지기 전 눈물을 보이고 말았다. 그는 애써 눈물을 참으며 나에게 흰 봉투 하나를 건넸고 그 안에는 상당히 많은 여행 경비가 들어있었다. 그는 언제든 다시 자신을 찾아주길 바란다는 말과 함께 자주 연락하겠다며 나에게 끝까지 손을 흔들어 주었다.

처음으로 도착한 곳은 영국이었다. 레프의 말도 있었지만 사실은 레이가 더 보고 싶었기 때문이었다. 그러나 막상 도착해 보니 그녀는 이미 어디론가 떠나버리고 없었는데 레프는 이런 일이 일상다반사라며 대수롭지 않아 했다.

레이의 출판사 이름은 'voyage'였는데 그것은 프랑스어로 여행이라는 의미였다. 나는 그 이름이 왠지 레이와 잘 어울린다는 생각이 들었다.

나는 레프의 집에서 2주 동안을 머물며 그와 함께 많은 시간을 보냈다. 영국을 떠나기 전 그는 언제든 자신을 다시 찾아와도 좋으며 만약 일자리를 구하지 못한다면 나중에 자기 출판사에서 일해도 좋다는 말을 나에게 남겼다.

그 뒤로는 유럽 곳곳을 여행했는데 한 국가당 대략 1~2주 정도를 머물렀다. 물론 즐거웠지만 우여곡절이 많았던 여행이었다.

스위스 취리히에서 잘 들고 있던 지갑을 소매치기당할 뻔했으며 체코의 프라하에서는 실제로 소매치기를 당했다. 물론 스위스에서 배운 경험을 토대로 그 전에 지갑을 미리 비워놓았기에 망정이었지 정말 아찔한 기억이었다. 파리에서는 지하철을 탔는데 동양인으로 보이는 한 여자가 출입문 근처에 서 있었다. 그런데 지나가던 프랑스 남자가 다짜고짜 그 여자의 뺨에 키스하는 장면을 목격했다. 그 여자가 놀라 영어로 그에게 뭐하는 거냐며 따졌지만 그 프랑스인은 이게 프랑스식 인사라며 웃고는 가버렸다. 스페인 마드리드에서 기차를 타고 이동할 일이 있었는데 기차역에 나 말고도 한국인으로 보이는 남자 둘이 자신들의 짐을 지키며 기차가 도착하기를 기다리고 있었다. 그들이 대화하며 웃고 떠드는 사이, 집시처럼 보이는 남자 둘이 그들의 짐을 들고 사라졌다. 특이한 점은 남의 짐을 마치 자기 것을 되찾아 가는 것처럼 여유롭고 침착하게 가져갔다는 것이었다. 잠시 후 그 한국인 둘은 짐을 잃고 망연자실해 있었다. 독일 쾰른에 갔을 때는 더 황당한 일도 목격하게 되었다. 한 동양인 소녀가 핸드백을 들고 길을 걷는데 그녀의 뒤에서 난민으로 보이는 여자 둘이 다짜고짜 그 핸드백을 잡아당긴 것이었다. 그 동양인 여자는 놀라서 핸드백을 자신의 쪽으로 급히 잡아당겼다. 그러자 그 난민들은 얘 왜 이래? 하는 표정으로 가던 길을 걸어갈 뿐이었다. 설마, 독일에서 대낮에 그런 신종 날치기가 있을 거라고는 생각 못 했던 나로서는 의아함을 감출 수가 없었다. 이탈리아 로마에 갔을 때 나는 세리에A의 축구팀인 인터밀란의 유니폼을 입고 있었다. 그런데 한 이탈리아인이 나에게 오더니 왜 로마에서 밀라노팀의 유니폼을 입고 다니냐며 화를 냈다. 그의 말이 이탈리아어였기 때문에 잘 알아듣지도 못했을 뿐더러 기분도 좋지 않았기에 나는 그를 무시한 채 길을 가고 있었는데 그가 그의 친구들을 불렀는지 내 뒤에서 한 무리의 이탈리아인들이 날 우르르 쫓기 시작했다. 나는 재빨리 인적이 없는 골목으로 들어가 그대로 날아서 도망가버렸다.

여행을 계속하던 중 나는 목적지를 바꿔야만 했다. 6월 25일, 올해의 플라이어즈 모임이 있었기 때문인데 나는 그것을 불과 보름 전에 통보받게 되었다. 올해 모임 장소는 아르헨티나의 수도 부에노스아이레스였다. 그리고 얼마 전 레이와의 연락을 통해 나는 그 장소가 바라의 집이라는 것을 알게 되었다.

부에노스아이레스 공항에는 많은 사람들이 분주하게 움직이고 있었다. 공항 밖으로 나서자 나도 모르게 몸을 움츠리게 되었는데 6월 말인 데다가 남미라는 걸 고려했을 때 상당히 더울 거라는 나의 예상이 보기 좋게 빗나가 버린 것이다. 그곳은 마치 한국의 4월 정도 되는 날씨여서 나는 마드리드에서 샀던 축구팀의 재킷을 몸에 걸치고 바라의 집으로 향했다.

택시 안에서 바라본 아르헨티나의 풍경은 마치 스페인과 필리핀을 합쳐놓은 것 같은 느낌이었다. 공항 택시로 약 1시간 가량을 달려 라플라타 강 하구에 위치한 항구도시인 라플라타에 도착했다. 그리고 라플라타 대성당에서 조금 더 가자 어떤 집이 보였는데 택시 기사는 그곳이 내가 알려준 주소라며 나를 내려주었다.

나는 바라의 집으로 보이는 문 앞에 섰다. 내 예상과 달리 그녀의 집은 아담한 편이었다. 하지만 기품 있고 아늑해 보였다. 대문 살 사이로 보이는 정원은 마치 동화에서나 나올 법한 풍경이었다. 가운데는 네 개로 나누어진 분수가 흐르고 있었고 4등분 된 귀퉁이마다 동물 모양의 동상과 여러 종류의 과일나무들이 심어져 있었다. 그 뒤로는 5층짜리 건물과 작은 건물 두 채가 앞뒤로 세워져 있었다.

나는 잠시 그녀의 집을 감상하다 어느 순간 대문 양옆으로 두 명의 검은 양복을 입은 남성들이 서 있음을 알아차렸다. 주변을 살펴보니 대문뿐만이 아니라 집을 둘러싸고 있는 벽과 울타리마다 그런 사람들이 보였다. 마치 이곳을 경비하는 가드처럼 보였는데 그들의 분위기는 무척이나 삼엄해 보였다. 곧 대문을 지키던 한 남자가 나에게 영어로 이름을 묻더니 자신에 손에 들린 무전기를 통해 어떤 대화를 주고받았다. 잠시 후 커다란 대문이 끼익하고 열리자 바라가 나와서 나를 맞아주었다.

"데미안. 오랜만이군."

"아, 바라. 잘 지냈어요?"

우리는 인사를 주고받으며 문 안으로 들어갔다. 바라는 나에게 어깨동무를 하며 물었다.

"여기까지 오느라 고생 많았지?"

"고생은요. 그보다 저 검은 양복 입은 사람들은 대체 뭐에요? 꽤 많던데."

그러자 바라가 내 귀에 대고 속삭였다.

"사실 오늘 레지스탕스가 테러를 일으킨다는 정보가 있거든."

"여기 바라 집에 말인가요?"

"그래. 정확히는 플라이어즈 모임이지."

"하지만 그들이 모임의 날짜와 장소에 대해서 대체 어떻게 알고 있다는 거죠? 혹시 우리 쪽에서 정보가 새고 있는 거 아니에요?"

"그 가능성도 배제할 수는 없지만 개인적으로는 아니라고 굳게 믿고 싶군."

"확실한 정보인가요?"

"마리가 알려준 거야."

"확실한 거군요. 그럼 모임 장소를 변경해야 하는 거 아니에요?"

내 말에 바라는 코웃음을 치며 말했다.

"설사 이 집에 핵을 쏜다고 해도 소용없을걸? 외부에서 하는 공격은 무용지물이야. 저들도 그걸 알고 있고. 가드들도 혹시나 하는 마음에 세워둔 거니까 신경 쓸 필요 없어."

"그렇군요. 뭐 조심해서 나쁠 건 없죠. 근데 제가 참석해도 괜찮은 거예요? 제가 레지스탕스에게 노출될까봐 꺼려했었지 않아요?"

"아아. 이 집 안에서는 안전해. 게다가 올해는 외부활동도 모두 취소했거든. 아까도 말했지만 외부에서는 이 집에서 건질 수 있는 게 아무것도 없어. 걱정하지 마."

"이 집은 천의 요새인 셈이네요?"

"비슷해. 원래 그 녀석들이 테러를 일으키기 전만 해도 우리는 여기서 늘 모임을 했었어. 물론 노출의 위험이 있으니 너를 정식 멤버로 들일 수 없겠지만 꼭 한 번은 내 집에 초대하고 싶었어."

나는 그녀와 중앙에 있는 분수대를 지나쳐 가장 마지막에 있는 5층짜리 건물로 향했다.

"엇? 바라?"

"응? 왜?"

"혹시 다이어트 했어요?"

"다이어트는 왜?"

"저번보다 살이 많이 빠졌네요?"

"오 그래?! 다이어트 한 효과가 있나 봐. 어때?! 괜찮아?"

"예쁘네요. 하하."

그 말에 바라는 내 얼굴을 뚫어지게 쳐다보다가 말했다.

"데미안. 너는 거짓말을 못 하는 타입이군."

우리는 건물 앞에 멈춰 섰다. 바라는 나에게 1, 2층의 방들 중 빈 곳이면 아무 데나 사용하라고 말했다.

나는 강이 제일 잘 보이는 방으로 들어가 짐을 풀고 침대에 누웠다. 아직 이른 시간이라 멤버들이 전부 도착하려면 꽤 시간이 걸릴 듯했다.

한참을 자고 있는데 침대 옆에서 들리는 발소리에 잠에서 깼다. 누군가 내 방에 들어와 있는 것 같았다. 하지만 너무 졸려 눈을 뜨지도 못하고 다시 잠에 빠져들었다. 그러다 밖에서 들리는 소란스러운 소리에 다시 잠에서 깼다. 아마도 정원에 멤버들이 거의 다 도착한 모양이었다. 나는 대충 옷을 갈아입고 정원으로 나갔다.

정원에 바라, 뮤, 레프, 이안이 있었는데 나는 일일이 악수를 하고 그들이 있는 자리에 앉았다. 아까 막 도착했을 때는 없었던 고풍스러운 야외테이블과 의자들이 정원 한가운데에 펼쳐져있었다.

나는 문득 주위를 둘러보았다. 아직 레이와 볼트의 모습은 보이지 않았다. 바라도 그걸 느꼈는지 나에게 그 둘을 데려오라고 했다. 나는 여기저기를 기웃거리다가 5층짜리 건물 안으로 들어섰다. 그리고 2층 복도에서 대화 중인 레이와 볼트를 발견할 수 있었다.

"왜 부른 거야?"

"아. 마이 뷰티풀 레이디. 쌀쌀 맞기는~"

레이가 덤덤하게 묻자 볼트가 능청스럽게 답했는데 그들은 대화하느라 내가 온 것도 모르고 있었다. 내가 그 대화 속으로 끼어들어도 될지 고민하고 있을 때 다시 레이의 목소리가 들렸다.

"한 가지만 말해둘게."

"오 레이. 두 가지 말해도 돼요~ 큐티 레이디."

"너 레프 흉내를 내고 있군?"

그 말에 볼트는 말문이 막힌 듯 보였다. 레이는 말을 이었다.

"너랑 안 어울려. 허세 부리지 마."

볼트는 레이의 차가운 말투에 기가 죽은 듯했다. 볼트가 방금까지와는 다른 목소리와 말투로 레이에게 말했다.

"에잇. 맞아, 나 레프를 흉내 낸 거야."

"왜지?"

"너 때문에. 네가 좋아하는 남자는 바로 그런 남자니까."

"그렇군. 그래서?"

볼트는 태연한 표정으로 팔짱을 낀 채 자신을 바라보고 있는 레이를 보며 매우 당황스러워하고 있었다. 잠시 뒤, 볼트가 떨리는 목소리로 레이에게 말했다.

"레이. 시, 실은 부탁이 있어."

레이는 무표정하게 서 있을 뿐이었다. 볼트가 천천히 입을 열었다.

"저. 따, 딱 한 번만 너를 안아 봐도 될까?"

"아니."

"하하. 역시 그건 좀 그런가? 그럼 소, 손만 잡아 봐도 될까?"

"아니."

-띠리리리리리리리리리

볼트가 다시 레이에게 뭐라고 얘기하려는 찰나 애꿎게도 내 주머니 속에 있던 핸드폰이 울렸다. 분명히 이 집에 도착해서 잠깐 눈을 붙이려고 예약해놓은 알람이 지금 울리는 것 같았다. 대화하고 있던 두 사람은 자연스럽게 나를 보게 되었고 나는 황급히 핸드폰 알람을 끈 채 그들에게 겸연쩍게 손을 흔들어 보였다.

"레이. 볼트. 바라가 찾아. 모임 시간이 다 되었다고 빨리 오래."

그 말에 볼트가 약간은 기분 나쁜 듯이 나에게 말했다.

"알았으니까 바라한테 조금 있다 간다고 전해줘."

하지만 레이는 발걸음을 옮기며 나에게 한국어로 말했다.

"데미안. 같이 가. 나 지금 갈 거야."

그러자 볼트는 자신을 지나쳐 가려는 레이의 손목을 확 낚아 채며 위협적인 목소리로 그녀에게 말했다.

"지금은 가지마. 딱 1분만 더 있다 가."

그 말에 레이는 귀찮다는 듯 한숨을 내 쉬더니 볼트의 손을 뿌리쳤다. 그러나 볼트는 다시 레이의 손을 낚아 채더니 좀 더 낮은 목소리로 천천히 그녀에게 말했다.

"조금만 더 있다 가라고."

그 말에 레이는 코웃음을 치더니 볼트를 보며 가볍게 말했다.

"자꾸 까불면 죽여 버린다."

레이는 나와 함께 멤버들이 모여 있는 장소로 향했고 얼마 지나지 않아 볼트도 자리에 합류하게 되었다. 나는 간간이 그의 표정을 살폈지만 레프를 흉내 내는 말투와 표정은 그대로여서 조금 헷갈리기도 했다. 멤버들은 작년의 독일에서 했던 것처럼 고기를 굽고 술을 마시며 악기를 연주했다.

식사 분위기가 마무리되어가자 바라가 모두에게 말했다.

"배부른데 차나 한잔 할까? 일단 내가 물 좀 올려놓고 올게."

바라는 그렇게 말한 뒤 의자에서 일어나 두 채의 작은 건물 중 뒤쪽 건물로 들어갔다. 그녀의 말에 따르면 뒤쪽 건물은 야외 취사장이었고 앞쪽의 건물은 공용 화장실이었다.

모임은 자유로웠기에 누가 자리에 있든 없든 크게 개의치 않았다. 그저 모여 있는 사람들끼리 시시각각 즐길 뿐이었다. 그러다 자리에는 나와 바라, 레이 이렇게 셋만 남게 되었다. 바라가 문득 나에게 물었다.

"데미안. 너 레이의 일을 잘 도와준 모양이더라?"

"네? 왜요?"

"레이가 네 칭찬을 많이 하던데? 도움이 많이 되었다고."

나는 그 말에 레이를 쳐다보았다. 레이는 그런 날 보며 대답했다.

"덕분에 작품이 잘 완성됐어."

"나는 별로 한 것도 없는데."

내가 어색한 미소를 짓자 바라가 다시 나에게 물었다.

"데미안. 너 여행 다니는 중이랬지?"

"아, 네."

"그럼 레이와 함께 다녀. 레이도 지금 여행 중인데 말이야."

바라는 그렇게 말하고서는 다시 레이를 향해 물었다.

"레이. 데미안이랑 함께 여행 다니는 거 어때?"

"상관없어. 근데 바라. 물 넘치겠다."

"물? 물! 아! 맞다. 아까 전에 내가 물을 올려놓고 왔었지!"

바라는 황급히 일어났지만 내가 그녀를 만류했다.

"바라! 제가 다녀올게요. 어차피 화장실도 가야 해요."

나는 그렇게 말한 뒤 야외 취사장으로 향했다. 가보니 테이블에는 총 7개의 찻잔과 티스푼 그리고 여러 종류의 티백들이 놓여있었다. 물이 다 끓으려면 조금 더 기다려야 할 것 같아서 나는 일단 공공 화장실로 향했다. 곧 화장실에서 나와 다시 취사장으로 발걸음을 옮기려는데 약간 비스듬히 열린 취사장의 문틈 사이로 누군가의 모습이 보였다. 가만히 서서 살펴보니 그건 이안이었다.

저기서 뭐하는 거지? 물이 다 끓어서 차를 타러 온 건가?

나는 이안이 차를 끓이는 것을 도와줄 겸 취사장 안으로 들어가려 했지만 곧바로 걸음을 멈추었다. 그의 한 손에는 하얀 약봉지가 들려있었다. 그는 그것을 뜯어 찻잔 안에 쏟아붓고 있었다.

흰 가루? 차는 분명 다 티백인데? 이안이 지금 뭘 타는 거지?

"데미안."

그때 바로 뒤에서 누군가가 내 어깨에 손을 턱 하고 올리더니 내 이름을 불렀다. 레프였다. 나는 그에게 말했다.

"레프. 놀랬잖아요. 언제 왔어요?"

"난 잠시 뮤랑 얘기 좀 하다가 화장실 왔지. 근데 너야말로 지금 화장실 옆에 붙어서 뭐 하고 있는 거야?"

"아. 아니에요."

"뭐야. 싱겁긴."

나는 그 말과 함께 돌아가려는 레프를 붙잡고 물었다.

"레프. 혹시. 이 안에서 누가 누구를 좋아하는 경우도 있나요?"

"너 혹시 지금 이 안에서 서로 연애하는 사람이 있냐는 거야?"

"아, 네. 아니면 짝사랑이라든가."

"푸하하하하하하하하. 데미안. 이 안에 여자라고는 바라랑 레이뿐인데 대체 누굴 좋아해야 하냐?"

"아. 그, 그런가요?"

"물론 바라나 레이가 예쁘다는 건 인정해. 하지만 그렇다고 걔네를 여자로 느끼는 사람은 이 안에 없을걸?"

그 말에 나는 고개를 갸웃거렸다. 그때 바라의 목소리가 들렸다.

"이봐. 데미안. 차 가지러 다녀온다더니 잊었나 봐?"

"엇! 죄송해요. 빨리 가져올게요."

"괜찮아. 내가 갈게."

그녀는 그렇게 말하고 성큼 성큼 취사장을 향해 걸어갔다. 잠시 후 쟁반을 들고 나온 바라가 나에게 말했다.

"데미안. 벌써 차를 다 타놨네? 안 해놓은 것처럼 하더니만."

"네? 제가 한 게 아닌데요?"

"괜히 민망하니까 딴소리하기는."

그 말과 함께 바라는 잔들이 담긴 쟁반을 들고 다시 제자리로 돌아갔다. 나와 레프도 그녀의 뒤를 따랐다. 어느새 모든 멤버들은 다시 한 자리에 모여 있었다. 바라가 멤버들에게 말했다.

"자. 얼마 전에 선물 받은 차인데 향이 좋을 거야. 다들 마셔봐."

그녀는 그렇게 말하며 쟁반에 놓인 차를 멤버들에게 나누어 주었다. 그러던 중 나는 문득 바라의 찻잔만 무늬가 다름을 깨닫고 그녀에게 물었다.

"바라. 바라만 혼자 찻잔이 다르네요?"

"아. 내가 찻잔이나 접시 모으는 취미가 있어서 말이야. 이건 내가 차 마실 때 애용하는 거야. 영국에서 장인이 한 땀 한 땀 만든 건데 오래전 레이가 선물해주었지."

그녀의 말에 레프가 농담조로 말했다.

"바라. 그럼 지금 너만 그 좋은 찻잔을 사용하겠다는 거야?"

"레프. 너 그거 원샷 하고 싶냐? 그 잔이라도 주는 걸 다행으로 알아. 그것도 나름 비싼 찻잔이야."

모두 그 말에 웃더니 각자의 잔의 담긴 차를 맛보기 시작했다. 하지만 나는 가만히 앉아있을 뿐이었다. 그저 바라의 찻잔을 유심히 살피고 있었다.

곧 바라도 차를 마시기 위해 입을 찻잔에 막 대려하고 있었다. 갑자기 나는 나도 모르게 그녀에게 소리쳤다.

"바라, 안돼요!"

—쨍그랑

—스윽

깨져버린 찻잔이 바닥에 조각나 있었다. 바라를 향한 나의 외침보다 내 몸이 더 빨랐기 때문이었다.

시끌벅적하던 정원이 순식간에 고요해졌다. 그 정적을 베리는 듯 내 목에는 뮤의 칼날이 닿아있었다.

칼날이 닿은 내 목에서는 조금씩 피가 흐르기 시작했다. 멤버 모두 순식간에 벌어진 이 상황에 아무 말도 하지 못하고 있었다. 그럴수록 내 목에서는 더욱 많은 피가 흐르고 있었다. 그 광경을 본 레이가 뮤에게 소리쳤다.

"뮤! 그만해!"

그러나 뮤는 레이의 말을 듣지 않았다. 나는 뮤에게 무슨 말이라도 해보려 했지만 차마 말이 입 밖으로 나오지 않았다. 그때 바라가 조용히 입을 열었다.

"뮤. 그만둬. 죽이려 했다면 그는 날 벌써 죽였을 거야."

그녀의 덤덤한 어조에 뮤는 서서히 칼을 내려 자신의 칼집에 다시 꽂아 넣었다. 잠깐의 정적이 흘렀고 나는 목에 피를 흘리며 바닥에 주저앉아 있었다. 그 모습을 본 레이가 나를 향해 다가오려 하자 바라가 그녀를 제지했다.

"레이. 멈춰."

"바라! 설마 데미안이 너를 공격하려 했다고 생각하는 거야?"

"나도 그렇게 생각은 안 해. 그러나 자초지종은 들어 봐야겠지. 일단 앉아. 아무도 움직이지 말고."

바라는 몸을 돌려 나를 향해 천천히 입을 열었다.

"데미안. 방금 전에 네가 한 행동에 관해 설명해 봐. 여기 있는 사람 모두가 이해할 수 있도록 말이야."

그녀의 말에 나는 잠시 고민하다 입을 열었다.

"저는 단지. 바라가 위험하다고 생각했어요."

"뭐가?"

"솔직히 저도 잘 몰라요. 그냥 느낌이에요."

내 말에 모두 영문을 모르겠다는 표정이었다. 나는 다시 말을 이어보려 했으나 딱히 할 말이 떠오르지 않음을 느꼈다. 바로 그때 내 뒤에 있던 레프가 바라에게 소리쳤다.

"바라! 저, 저기를 좀 봐!"

레프는 매우 놀란 표정으로 어느 한 곳을 가리키고 있었다. 모두 동시에 그가 가리킨 방향을 바라보았다. 그곳은 바라의 찻잔이 깨져있던 바닥이었다. 그 바닥에 무성했던 풀들이 쏟아진 그녀의 차 때문에 하얀 김을 내며 타고 있었다.

"바라! 데미안이 맞았어. 누군가 네 차에 독을 탔다고! 너를 암살하려 한 거야. 이건 테러란 말이야!"
"나도 알아. 레프. 일단 진정해."
차가 닿았던 풀잎들은 여전히 녹아내리고 있었다. 레프의 말처럼 누군가 그녀의 차에 미리 독을 탔던 것이다. 멤버 모두의 얼굴은 심각해졌다. 바라는 내게 고개를 돌려 천천히 입을 열었다.
"고맙다는 인사는 상황이 정리되면 해야겠다. 일단 앉아. 데미안."
나는 그녀의 말에 제자리로 돌아가 앉았다. 그러자 레프가 멤버 모두에게 소리치며 물었다.
"이 차 누가 가져온 거야?!"
그 물음에 바라가 한숨을 쉬며 레프에게 말했다.
"나잖아."
"아 맞다. 그랬지. 그러면 이 차를 바라 네가 탔다는 거야?"
"아니. 데미안이 타러 갔었어. 그런데 너무 안 오길래 가봤더니 레프, 너와 대화를 하고 있더군. 그 뒤부터는 너도 함께였고."

레프는 고개를 돌려 나에게 물었다.

"데미안 이 차를 네가 탄 거야?"

"아니에요. 처음에는 차를 타러 취사장에 갔지만 아직 물이 끓지 않아서 일단 화장실에 들른 거예요. 거기서 레프를 만났고요."

"뭐지? 그럼 아까 우리가 대화하는 사이에 누군가 차에 독을 타 놓고 갔다는 거야?"

레프의 말을 끝으로 한동안 침묵이 계속되었다. 나는 잠시 고민하다가 천천히 입을 열었다.

"사실 그 전에 취사장에 있던 사람을 목격하긴 했어요."

그 말에 바라가 나에게 물었다.

"그게 누구지?"

나는 크게 한숨을 내쉬고 그녀에게 대답했다.

"이안이었어요."

모두 내 말에 놀란 눈빛 반, 의심스러운 눈빛 반으로 이안을 쳐다보았다. 그러자 이안은 당황하여 소리쳤다.

"뭐? 뭐라고? 지금 무슨 소리 하는 건가? 나는 취사장 근처에도 간 일이 없어!"

"아니요. 제가 분명히 봤어요. 그걸 보느라 화장실 옆에 서 있다 레프를 마주친 거예요."

이안을 향한 멤버들의 눈초리는 점점 더 따가워졌다. 그럴수록 그는 더욱 당황해하며 나에게 소리쳤다.

"그런 헛소리 집어치워! 나는 그런 적이 없어!"

"분명 제 눈으로 똑똑히 봤어요. 흰 약봉지에서 하얀 가루를 어떤 찻잔에 타고 있었어요."

그 말에 이안은 초조한 눈빛으로 멤버들을 둘러보기 시작했다. 레프가 이안에게 조용히 물었다.

"이안. 데미안의 말이 정말 사실이야?"

"아니! 거, 거짓말이야. 거짓말이라고. 지금 저 멤버도 아닌 녀석의 말을 믿는 건가? 지금껏 플라이어즈의 멤버였던 내 말보다 말이야?!"

그는 자리에서 벌떡 일어났다. 그리고는 미친 듯이 소리쳤다.

"저 녀석이 지금 거짓말을 하는 거야. 다들 왜 내 말을 믿지 않아? 그, 그래! 증거 있어? 증거가 있냐고?! 다들 저 녀석이 하는 말만 믿고 나를 범인으로 모는 건가?! 지금 나를?!"

그는 그렇게 말한 뒤 눈빛을 바꿔 나를 노려보기 시작했다. 그가 천천히 나에게 다가오며 입을 열었다.

"아하. 그래. 내가 너를 쭉 반대해왔다는 사실 때문에 네 놈이 지금 앙갚음을 하려는 거군. 역시 그랬어. 뭔가 믿을 수 없는 느낌은 바로 이 때문이었어."

"저는 그저 제가 본 그대로를 말했을 뿐이에요."

"거짓말!!!"

이안은 그렇게 외치더니 갑자기 나를 향해 달려들었고 우리는 한참을 멀리 날아가 버렸다. 갑작스러운 공격이기도 했고 그가 몸을 띄워 달려

들었기에 차마 막을 수가 없었다. 그는 내 목을 조르기 시작했고 그 광경을 본 다른 멤버들이 우리에게 급히 달려왔다. 나도 평소 같았으면 무엇이라도 해보았겠지만 목에 난 상처의 통증이 너무 심해서 아무것도 할 수가 없었다. 마침내 레프와 레이, 뮤가 우리를 잡아 억지로 떼어놓는 데에 성공했다. 바로 그 순간이었다.

-퍼어엉

갑자기 들린 폭발음에 나를 포함한 모두가 동시에 그 방향으로 고개를 돌렸다. 그리고 약속이라도 한 듯 다들 말없이 조심스레 그곳으로 다가갔다.

원래 중앙 분수대가 있던 그 자리에는 폭발로 인해 땅이 깊게 패여 있었고 그 주변에는 볼트로 추정되는 신체 일부분들이 여기저기 널려 있었다.

다들 멍하니 그 자리에 서 있을 뿐이었다. 하지만 뮤는 멈추지 않고 멤버들을 지나쳐 계속 앞으로 걸어가고 있었다. 그러다 그가 무언가를 발견한 듯 그 자리에 멈춰 서더니 소리쳤다.

"바라!"

곧 바라는 자신의 집에서 대대로 운영해오고 있는 병원으로 후송되었다. 밖에 서 있던 가드들은 정원에서 들린 폭발음에 놀라 안으로 뛰어들어 왔지만 이미 상황은 종료된 후였다. 뮤와 레이 그리고 이안이 바라의 후송을 도왔고 나와 레프는 바라의 집에 남아있었다. 곧 신고를 받고 도착한 경찰들에게 자초지종을 설명하고 나서야 상황은 정리가 되었다.

집 안에는 나와 레프 둘만 남게 되었지만 누구도 입을 열지 않고 있었다. 한참 뒤에 레프는 폭발로 인해 엉망이 된 정원을 보며 나에게 말했다.

"도저히 믿을 수가 없어. 볼트가 바라에게 테러했다는 사실을 말이야. 그 녀석은 오랫동안 플라이어즈의 멤버였거든."

그는 넋이 나간 듯 보였다. 나는 그런 그를 토닥이며 말했다.

"레프. 일단 우리도 병원으로 가요."

나와 레프는 택시를 타고 병원으로 향했다. 병원에 도착해 보니 이미 바라의 수술은 끝나 있었다. 수술실 앞에는 레이가 매우 상심한 표정으로 앉아있었다. 나는 가슴이 철렁 내려앉는 기분이었지만 애써 덤덤하게 그녀를 불렀다.

"레이."

하지만 레이는 내 말에 대꾸하지 않았다. 나는 그녀에게 물었다.

"레이. 수술은 다 끝난 거야?"

그녀는 내 말에 힘없이 고개를 끄덕였다. 나는 다시 물었다.

"바라는 어때? 괜찮은 거야?"

레이는 고개를 숙였다. 나는 마치 터널을 통과하듯 눈앞이 깜깜해지는 기분이 들었다. 나는 천천히 그녀에게 물었다.

"레이. 바라는 괜찮은 거야?"

내 물음에 레이는 한숨을 내쉬며 내게 말했다.

"수술은 성공적이고 생명에 지장은 없대."

그 말을 듣고 나서야 나는 안도의 한숨을 내 쉴 수가 있었다. 나는 레이의 어깨를 토닥이며 그녀에게 말했다.

"다행이다. 정말. 다행이야."

"그런데."

나는 레이의 말에 다시 고개를 돌렸다. 그러자 그녀가 말했다.

"바라. 이제는 한쪽 다리가 없어."

"바라. 나 왔어요."

나는 바라의 병실 문을 열고 안으로 들어갔다. 환자복을 입은 어린아이가 바라를 보며 연신 까르르 웃고 있었다.

"자! 봐라! 나는 후크 선장이다! 으하하 하하! 엇? 데미안! 왔어?"

그녀는 자신의 오른쪽 다리에 달린 의족을 딛고 절뚝이며 아이와 놀아주고 있었다. 나는 미간을 찌푸리며 그녀에게 물었다.

"바라. 지금 뭐 하는 거예요?"

"응? 왜? 이러고 있으니까 후크선장 같지 않아? 뭐 사실 예전부터 나는 피터팬이 꿈이었긴 했지만 말이야. 하하!"

그녀는 그렇게 말하고는 아이를 옆방으로 되돌려보냈다. 다시 병실이 조용해지자 나는 바라에게 물었다.

"근데 저 아이는 누구예요?"

"아아. 내 옆방에 입원한 꼬마인데 가끔 이렇게 데리고 놀아. 여기 생활도 꽤 심심하거든."

그녀의 병실은 1인실 VIP룸이었는데 상당히 큰 공간이어서 그런지 실내는 텅 비어 보였다. 그녀는 다시 침대에 누웠고 나는 그 옆에 간이 의자를 꺼내 앉은 후에 물었다.

"바라. 몸은 좀 어때요?"

"보는 대로야. 팔팔해."

나는 거의 일주일째 바라를 병간호해오고 있었다. 집과 병원을 왔다 갔다 하며 그녀의 심부름을 도맡아 해왔던 것이다. 바라의 곁에는 나 혼자뿐이었는데 뮤와 레이 그리고 레프는 현재 이 테러의 배후로 지목되는 쉬무트와 레지스탕스를 추적하는 중이었다. 그들은 떠나기 전 나에게 바라의 간호를 부탁했는데 그 후로 아직까지 소식이 없었다.

바라는 창밖을 바라보며 혼잣말로 중얼거렸다.

"큰일 났군."

"네? 큰일 나다니요? 뭐가요?"

"해야 할 일이 많았는데 몸이 이렇게 되니 막막해. 게다가 핵심정보도 사려졌고 말이야."

"핵심 정보라니요?"

"레보어 관련 정보야. 내가 심부름을 보내려고 볼트에게 맡겼었거든. 물론 이제는 그 녀석과 함께 폭발해 버렸겠지만 말이야."

"그거 혹시 제가 보냈던 정보인가요?"

"뭐 여러 가지야. 그렇지만 재판과는 별개였어. 쉽게 말해 보험이었지. 그들의 위협에서 우리를 보호해줄 무기 말이야."

"뭔지는 잘 모르겠지만 중요한 것 같은데 혹시 복사본은 없어요?"

그녀는 한숨을 내쉬며 고개를 저었다. 잠시 후 그녀가 물었다.

"그건 그렇고 나머지 애들은? 아직 안 돌아왔지?"

"아. 네."

"소식도 없고?"

"아직은요."

내 말에 그녀는 머리를 긁으며 나에게 말했다.

"멍청한 놈들. 누가 지네한테 복수해 달라 그랬나?"

그녀는 천천히 창밖에서 시선을 뗀 채 말을 이었다.

"이 상황이 되니 조금 보고 싶기는 하군."

"누구를요?"

"내 예전 동료들."

"바라. 예전 동료들과 오해를 푸는 거 어때요? 바라가 그들을 위해 일부러 그랬다는 걸 알면 그들도 다시 돌아올 거예요."

"그런가? 뭐 그나저나 이제 플라이어즈 멤버가 나까지 네 명뿐이네. 이거 신입이라도 더 뽑아야 하나."

"그게 무슨 소리에요? 멤버는 이제 다섯이잖아요."

"아아. 이안이 모임에서 탈퇴를 했어. 어떤 식으로든 책임을 지고 싶었던 모양이야. 데미안 너에게도 미안하다고 전해 달라더군."

"네?! 하지만 오히려 사과해야 할 사람은 저인데요? 제가 오해를 하는 바람에 일이 이렇게 됐으니까요. 제 잘못이 커요."

"잘못한 사람은 없어. 잘못하게 한 사람만 있을 뿐이지."

침묵만이 병실을 감돌았다. 잠시 후 바라가 다시 입을 열었다.

"데미안. 그때 이안이 하얀 가루를 타고 있었다고 했었지?"

"네. 그랬었죠. 분명 똑똑히 봤어요."

"그래. 네 말이 맞았어. 그가 그 가루를 탔다고 시인하더군."

"네?! 그럼 그 가루가 뭐였는데요?"

"그건 발기부전치료제였어. 얼마 전 중국으로 여행 갔을 때 구입한 거라더군."

나는 그 말에 고개를 갸웃거리며 그녀에게 물었다.

"이해가 안 돼요. 왜 하필 그 약을 그때 먹어요? 원래 그런 약들은 관계 1~2시간 전에 복용하는 거 아니에요?"

"나도 그렇게 물었지. 이안이 그러더군. 데일리 요법이라고. 최근에는 성행위와 상관없이 매일 꾸준히 복용하는 게 유행이라나 봐."

바라가 자신의 목을 주무르며 말을 이었다.

"데미안. 이안이 아내와 오래 전부터 별거 중인 건 알고 있니?"

"뭐 대충요."

"그 원인에는 성 생활 불만족이 있었어."

"그럼 그걸 해결하기 위해 그랬다는 건가요?"

"그래. 이안은 항상 아내와의 재결합을 원하고 있었어. 나름대로 최선을 다해 노력하고 있던 거지. 아무튼, 이안은 이번 플라이어즈 모임이 끝나면 자신의 아내를 만나기로 되어있었대. 그는 그 만남을 위해 그 약을 매일 꾸준한 시간에 복용해야만 했다더군. 우리가 모였던 날에도 복용시간이 되자 혼자 몰래 취사장으로 들어가 약을 물에 타 마셨던 거야. 내 생각에는 아마 데미안 네가 그 장면을 목격한 후, 레프와 얘기하는 사이 아마 볼트가 취사장에 몰래 들어가 독을 탔던 것 같아."

그 말에 나는 천천히 고개를 끄덕이다 그녀에게 물었다.

"결국, 이안은 그 사정을 멤버들에게 설명하는 것이 창피해서 거짓말을 했던 거군요?"

"그랬던 것 같아. 나에게 와서 너무 억울하다며 약봉지까지 보여주더군. 그리고 자신이 떠나고 난 후에 멤버들에게 이런 속사정을 알려도 좋다고 했어."

그렇게 말한 뒤에 그녀는 내 어깨를 가볍게 토닥여 주었다. 나는 그녀에게 물었다.

"볼트는 왜 테러를 한 걸까요? 바라와는 가까운 사이였잖아요."

"그러게 말이야."

그녀는 씁쓸한 미소를 짓더니 말을 이었다.

"너와 이안이 뒤엉켜있었고 다른 애들이 그걸 말리고 있을 때 나는 어떻게 할 도리가 없어 그저 뒤에서 그 장면을 지켜보고만 있었지. 그런데 갑자기 볼트가 나를 꽉 껴안았어. 나는 왜 그러냐고 물었지. 볼트는 눈물을 흘리고 있더군. 느낌이 이상해 힘으로 그를 제압해 떼어놓았지만 결국은 이 꼴이 된 거지 뭐."

그녀는 자신의 의족을 들어 나에게 보여주며 다시 말을 이었다.

"그 녀석이 왜 그런 결정을 내렸는지는 잘 모르겠어. 네 말처럼 우리는 꽤 가까운 사이였으니까. 하지만 내 생각에 이번 테러를 그 녀석이 혼자 결정하고 준비해온 건 분명 아닐 거야."

"왜 그렇게 생각하죠?"

"독살이 실패할 것을 대비해서 자살폭탄테러까지 준비했잖아? 볼트는 그런 치밀함과는 거리가 먼 녀석이야. 분명 어떤 식으로든 쉬무트의 영향이 있었을 거야."

"쉬무트요?"

"응. 사실 처음에 쉬무트가 멤버로 들어 왔을 때만 해도 친구가 없었어. 나는 그게 안 되어 보였고 그래서 볼트에게 그의 말동무가 되어주라고 부탁했지."

"그렇다면 그 이후로 볼트와 쉬무트가 가까워졌다는 말인가요?"

"그거야 정확히 알 수는 없지만 볼트가 어릴 적부터 귀 하나는 무지하게 얇았거든. 그래서 늘 휘둘리기만 했지. 내 생각에 아마 둘은 계속해서 긴밀한 관계를 유지해왔던 것 같아. 안타깝지만 우리 쪽에서 자꾸 정보가 새나갔던 것도 아마 그 때문이었겠지."

바라는 잠시 생각에 잠겨 있었다. 나는 그녀에게 말했다.

"바라. 사실은 그 테러가 있기 전에 레이와 볼트가 대화하는 모습을 목격했었어요."

"오호. 그래? 무슨 대화였는데?"

"대충 요약하면 볼트가 레이를 좋아하는 것 같았어요. 이성으로서요. 한 번만 안아보면 안 되겠냐고. 손이라도 잡아보면 안 되겠냐고. 레이에게 물어보더군요."

바라는 낄낄거리며 웃기 시작했다. 잠시 후 간신히 웃음을 멈춘 후 그녀가 나에게 물었다.

"내 그 녀석 허세가 얼마나 가나했다. 그래도 그 소심한 녀석이 죽기 전에는 나름 고백한 셈이 되었군. 레이는 뭐라 하던?"

"싫다 그러더군요. 단번에요"

그 말에 배를 잡고 웃던 바라가 나에게 말했다.

"그럴 수밖에. 사실 레이는 볼트를 싫어했거든. 아니 혐오했지."

"네? 왜죠?"

"그야 레이가 싫어하는 요소를 골고루 다 갖추고 있었으니까. 볼트는 말과 행동이 다르고 허세가 심한 녀석이었어. 물론 처음부터 그랬던 건 아니었지만 상처를 받을수록 애가 점점 변해가더군."

"아아. 볼트가 레이에게 상처를 많이 받았었나 보죠?"

"아니야. 어릴 적부터 그 녀석은 항상 여자 뒤꽁무니만 쫓아다니다 퇴짜맞기 일쑤였어. 그나마 딱 한 번 겨우 사귀었던 여자 친구도 갑자기 다른 남자와 결혼해 버리더군. 그 이후로 볼트는 자신의 상처를 감추기 위해 허세를 부리기 시작했어. 그리고 그때부터 말과 행동에도 큰 괴리가 생기기 시작했지. 볼트 엄마가 사이비이기는 하지만 어쨌든 목사였거든. 그래서 자기도 엄마를 이어 언젠가는 종교인의 길을 걸을 거라면서 사람들 앞에서는 성경을 읽고 기도를 하다가도 뒤로는 아무 여자나 대충 만나 임신시키고 애도 수십 번 지웠어. 레이는 그런 볼트를 항상 벌레 보듯 했지."

"그럼 바라랑 레이는 볼트가 그랬다는 걸 미리 알고 있었던 건가요?"

"아아. 우리뿐만이 아니야. 멤버 모두가 알고 있었지. 단지 모른 척해 줬을 뿐이야. 아직 어리고 우유부단해서 그렇지 천성이 나쁜 애는 아니었으니까. 어떻게 보면 불쌍한 아이야."

그 말과 함께 그녀는 의족을 쓰다듬고 있었다. 내가 물었다.

"아무튼, 그럼 정말 볼트가 레이를 좋아했던 거군요."

"꽤 오래전부터 좋아했었지. 덕분에 너도 고생이 많을 뻔했고."

"고생이라뇨? 그게 무슨 말이에요?"

"사실 네가 멤버에서 탈락된 것도 그렇고 이번에 참석 여부가 늦게 결정된 것도 그렇고 다 볼트의 반대 때문이었어."

그 말에 나는 어이없게 웃으며 바라에게 물었다.

"아하. 그 반대표를 볼트가 던졌던 거였어요? 대체 왜죠?"

"질투지. 볼트는 레이가 너에게 꽤 관심이 있다고 생각하는 것 같았거든."

"볼트가 착각했군요?"

"글쎄. 레이가 플라이어즈에서 네 얘기를 자주했던 건 사실이야. 맨날 생라면만 먹는다, 알바 할 때 일은 안 하고 책만 읽는다는 등 이상한 녀석이라고 했었지."

"관심이랑은 거리가 먼 내용 아닌가요?"

"뭐 그것도 관심이라면 관심이지. 아무튼, 그래서 나는 꽤 오랫동안 볼트를 설득해왔어. 너를 이번 모임에 참석시키기 위해서."

"음. 반전이네요. 전혀 몰랐어요."

"그럴 수밖에. 우리도 투표에서 그 녀석이 반대표에 손을 들 때 처음 알게 된 거니까."

그렇게 말한 뒤 잠시 창밖을 바라보던 바라가 분위기를 전환하려는 듯 화제를 돌려 나에게 말했다.

"그나저나 나도 이제 시집은 다 갔네. 졸지에 이런 후크 선장이 됐으니 누가 날 데려가겠어? 그렇지?"

"아. 네. 뭐."

"데미안. 너 참 유머가 없는 녀석이군. 이럴 때는 나한테 예쁘니까 괜찮다고 해줘야지. 이 여자를 모르는 녀석아. 그러면 레이가 널 좋아할 것 같아?"

"저랑 레이는 아무 사이도 아니에요."

"나도 알아."

며칠 뒤 바라는 퇴원했다. 모두가 병원에 더 입원해 있어야 한다고 강력하게 권유했으나 바라가 좀이 쑤셔 더는 못 있겠다며 난리를 피웠던 것이다.

뮤와 레이, 레프의 추적은 실패로 돌아갔다. 결국, 그들은 바라의 집으로 돌아올 수밖에 없었다. 레프의 말에 따르면 어디에서도 레지스탕스의 모습을 찾을 수 없었다고 했다.

나를 포함한 멤버 모두는 바라의 집에 더 머물며 그녀를 간호하겠다고 했지만 그녀는 자신을 병신 취급하지 말라며 극구 거절했고 나를 제외한 멤버 모두를 돌려보냈다.

"바라. 저도 이제 가볼게요."
"아. 벌써 가게? 비행기 시간은 아직 좀 남았잖아?"
"마음이 좀 불편해서요. 국제선이니 미리 가는 게 낫죠. 그나저나 다른 멤버들은 일주일 전에 다 돌려 보내놓고 왜 나만 계속 여기 있으라고 한 거예요?"
"혼자 있으면 심심하니까 그렇지."
"그럼 다른 멤버들도 다 같이 있었으면 되잖아요? 지금이라도 불러요."
"다른 애들은 성가셔."
"음. 바라는 날 무척 좋아하는군요?"
"그런 셈이지?"
"하지만 이제 나까지 떠나면 이 집에는 정말 아무도 없을 텐데 바라 혼자서 괜찮겠어요? 아직 다리도 많이 불편할 텐데."

제10장 후크의 꿈

"아무도 없기는. 집안일 해주시는 분들도 있는데 뭐. 그나저나 데미안 너는 어디로 여행 간다고 했지?"

"아순시온이요. 바라가 추천해줬잖아요. 기억 안 나요?"

"아아. 그랬었지. 그래. 그건 그렇고 데미안. 조만간 너에게 새 임무를 맡겨야 할지도 모르겠다."

"새 임무요?"

"응. 물론 예정에 없던 거긴 하지만 지금 상황이 상황인지라 어쩔 수가 없네."

"아. 그렇군요. 알겠어요. 새 임무가 뭐죠?"

"뭐 곧 알게 될 거야. 일단 그때까지는 되도록 근처에서 여행하도록 해. 내가 부르면 언제든 나에게 올 수 있게 말이야."

여행한 지 한 달이 다 되어갈 무렵, 한밤중에 바라의 연락을 받게 된 곳은 우루과이의 몬테비데오라는 항구 도시였다.

나는 곧장 라플라타 강을 가로질러 그녀의 집으로 날아갔다. 문은 열려있었는데 안으로 들어가 보니 정원의 모습이 많이 변해있었다. 초록 풀들은 누군가의 손질이 없었다는 것을 알리듯 황갈색으로 변해있었고 나무들도 힘없이 가지를 늘어뜨리고 있었다.

사방이 어두웠지만 유일하게 건물 5층에만 불이 켜져 있었다. 나는 그곳으로 걸어 올라가 문을 두드렸다. 잠시 후 바라가 문을 열더니 나를 반겨주었다.

"데미안. 오랜만이군. 생각보다 일찍 왔네?"

"네. 바라? 괜찮아요? 안색이 너무 안 좋아 보여요."

"아무래도 수술 후에 면역력이 많이 떨어져서 그런지 요즘에 영 컨디션이 별로네."

그 말에 나는 바라의 이마에 손을 얹으며 말했다.

"무리하지 마요. 안 그래도 의사가 무조건 쉬라고 했잖아요. 그런데 왜 집에는 아무도 없어요? 일하는 사람들은 다 어디 가고요?"

"아아. 내가 다 내보냈어. 비행연습에 방해가 될까 봐."

"네?! 지금 그게 무슨 말이에요? 그동안 그 몸으로 비행 연습을 했다는 거예요?"

내 말에 바라는 깊은 한숨을 내쉬더니 나에게 말했다.

"데미안. 나 예전처럼 날 수가 없어."

"그게 무슨 말이에요? 그럼 이제 아예 못 날아요?"

"아니. 그런 건 아닌데 다리가 한쪽이 없어서 그런지 균형이 잘 안 맞아."

"그럼 날 수는 있는 거예요?"

"응. 하지만 오래는 못 날아. 무거운 걸 들고 날 수도 없고."

"바라. 이 마당에 무거운 걸 들고 오래 날 일이 뭐가 있겠어요?"

내 물음에 바라는 잠시 뭔가를 고민하더니 절뚝거리며 침대로 몸을 옮겼다. 그리고는 나를 보며 천천히 입을 열었다.

"데미안. 지금부터 하는 얘기는 철저히 너와 나만 알아야 해. 약속할 수 있겠니?"

나는 망설였지만 이내 고개를 끄덕였다. 그러자 그녀가 말했다.

"데미안. 나는 이제 쉬무트를 죽이러 갈 거야."

"네? 쉬무트요? 그자가 어디 있는데요?"

"근처에 있어. 레지스탕스 무리와 함께."

"바라. 설마 그 몸으로 혼자 가겠다는 건 아니죠?"

"당연히 아니지. 혼자는 무리야. 데미안. 저것들을 운반해 줘."

그 말과 함께 바라는 손가락으로 방구석에 있는 커다란 가방 두 개를 가리켰다. 나는 그것들을 살피다 그녀에게 물었다.

"바라. 저게 뭔데요?"

"무기들이야. 레지스탕스는 현재 100명 안팎일 거고 기습이 성공한다면 충분히 혼자서 섬멸 가능해. 원래는 저걸 들고 정말 혼자 가려고 했었어. 오래전부터 생각해온 일이었지. 하지만 한쪽 다리가 없어진 이후 도저히 그건 불가능하다는 결론에 이르렀어."

바라는 내 표정을 살피더니 계속 말을 이었다.

"물론 나와 함께 싸워달라는 건 아니야. 말했듯이 단지 그 근처까지만 저것들을 운반해주면 돼."

그 말에 나도 모르게 내 입에서는 깊은 한숨이 새어 나왔다. 나는 그녀에게 다가가 말했다.

"바라. 다른 멤버들과 함께 가요. 다들 도우려 할 거예요."

"분명 그럴 테지. 하지만 그 녀석들은 앞길이 창창한 녀석들이야. 사지로 내몰 수는 없어."

"그래서 지금 바라 혼자서 사지로 가겠다고요? 바라. 이 상태로는 무리에요. 가서 거울을 좀 봐요."

"거울은 왜? 내가 너무 예뻐서?"

"바라."

"알았어. 그냥 농담한 거야. 죽자고 덤벼들기는."

"바라. 지금 너무 아파 보여요."

내 말에 바라는 침대 옆 탁자에 놓인 손거울을 들어 천천히 자신의 얼굴을 살피고 있었다. 그러던 그녀가 나에게 말했다.

"솔직히 조금 아프기도 해."

"거봐요. 바라. 일단 푹 쉬고 몸 좀 나아지면 그때 같이 가요."

그 말에 이번에는 바라가 깊은 한숨을 내쉬더니 나에게 말했다.

"늘 그렇게 미루다가 번번이 그 녀석을 놓쳤지. 데미안. 더 이상은 시간이 없어."

나는 바라의 말에 아무 대답도 하지 않고 있었다. 그러자 그녀가 나에게 가까이 다가오며 말을 이었다.

"데미안. 시간이 많을 때는 큰 산을 볼 수 있게 되고 반드시 봐야만 하지. 그러나 그 반대라면 내가 할 수 있는 일의 우선순위를 따져본 후 차례대로 그것들을 그저 묵묵히 해나가야만 해."

그 말과 함께 바라는 내 머리를 쓰다듬으며 말했다.

"좀 더 나중이 되면. 그때는 내 말을 이해할 수 있을 거야."

나는 대답 대신 바라의 다리를 쳐다보았다. 의족 때문인지 그녀는 굉장히 불편하게 서 있었다. 나는 그녀에게 조용히 물었다.

"바라. 정말 지금이 아니면 안 되는 건가요?"

내 물음에 바라는 천천히 고개를 끄덕인 뒤 내 두 손을 꼭 잡았다. 이윽고 그녀가 입을 열었다.

"데미안. 나를 도와줘. 부탁이야."

제11장

영원한 삶

바라는 가볍게 날고 있었다. 균형이 안 맞아 잘 날지 못한다고 했던 그녀의 말이 거짓처럼 느껴질 정도였다. 나는 양손에 무거운 가방을 든 채 그녀의 뒤를 쫓고 있었는데 어둠 속이라 자칫 그녀를 잃을까 온 정신을 집중하며 날고 있었다.

한 시간 뒤, 앞서가던 바라가 천천히 속도를 줄이기 시작했다. 그녀가 착지한 곳은 높이 솟은 언덕이었는데 그 밑으로 산봉우리가 여러 개 있었고 가운데에는 마치 분화구처럼 움푹 들어간 땅이 눈에 띄었다. 바라의 말에 따르면 바로 저곳이 레지스탕스의 본거지 중 하나였는데 저 정도 지형적 이점을 가지고 있는 장소라면 외부에서 발견하기가 쉽지 않았을 거라는 생각이 들었다.

한밤중이라 밖에 보이는 사람은 커다란 막사 앞을 지키는 불침번 두 사람뿐이었다. 바라는 잠시 그들의 모습을 살피더니 내가 방금 바닥에 내려놓은 가방을 열었다. 한참 동안 가방 안을 뒤적이던 그녀가 날 보며 말했다.

"데미안. 고생했다. 이제 너의 임무는 끝났어."

그 말과 함께 바라는 여러 가지 무기들을 손질하기 시작했는데 매우 익숙해 보이는 손놀림이었다. 그녀가 나에게 말했다.

"아 맞다! 인사를 잊을 뻔했네!"

"네? 무슨 인사요?"

"감사 인사. 저번 모임 때, 독이 든 차를 마실 뻔 했던 걸 데미안 네가 구해줬었잖아. 나중에 인사한다는 걸 깜빡하고 있었어."

그리고는 내 목에 난 상처를 쓰다듬으며 말을 이었다.

"그 상처는 미안하게 됐다. 내가 대신 사과할게."

"아니에요. 오해받을 만 했으니까요."

내 말에 그녀는 잠깐 웃어 보이더니 다시 무기를 손질하기 시작했다. 나는 그 모습을 지켜보다가 그녀에게 물었다.

"바라. 여기서 기습하는 거예요?"

"맞아. 여기서 포 몇 번이면 아마 전멸할걸? 남은 놈들이야 내가 직접 내려가서 처리하면 되고."

그녀는 이제 기관총과 박격포처럼 생긴 무기들을 바닥에 능숙하게 설치하고 있었다. 나는 그녀에게 물었다.

"바라. 내가 도와줄까요?"

"혼자도 충분해. 방해되니까 어서 가."

하지만 나는 그녀의 무기 손질 및 설치가 완료될 때까지 그녀의 뒤를 계속 지키고 있었다. 그런 나를 보며 바라가 말했다.

"데미안. 너 정말 안 갈 거야? 나 이제 곧 시작해야 돼."

그녀의 말에 나는 쉽게 입을 열지 못했다. 그러자 그녀가 고개를 절레절레 흔들며 나에게 말했다.

"데미안. 내적갈등이 심해 보이는군?"

그 말과 함께 바라는 바닥에 그대로 주저앉았는데 의족 때문에 상당히 불편해 보였다. 그녀는 손에 묻은 흙을 털어내며 말했다.

"그러면 우리 잠깐 얘기나 좀 할까? 혹시 모르니 유언 정도는 남겨야겠어. 막상 여기 오니까 좀 다르긴 하네."

그 말에 나도 그녀를 따라 바닥에 앉았다. 우리는 한동안 말없이 새까만 하늘을 올려다보고 있었다. 바라가 천천히 입을 열었다.

"데미안."

"네."

"레이를 부탁한다."

"그게 무슨 말이에요?"

"혹시라도 내가 잘못되면 레이를 잘 보살펴 달라는 소리야. 레이에게는 가족도 친구도 없어. 내가 유일하지."

그 말에 나는 천천히 고개를 저으며 바라에게 말했다.

"바라. 그 부탁은 차라리 다른 멤버에게 하는 편이 나을 것 같아요. 여기에 저밖에 없어서 그런 거라면 제가 전해줄게요."

"네가 아직 잘 모르나 본데 레이는 플라이어즈의 멤버 중 누구와도 가깝게 지내는 일이 없었어."

"저라고 다를 것 같지는 않은데요?"

"아닐 걸? 너도 느끼지 않아? 레이가 너를 아끼고 있다는 걸."

"글쎄요. 그런가요?"

"그럼. 특히 네가 레이의 복수를 돕고 난 이후에는 더 그렇지."

그 말에 나는 눈을 가늘게 뜨며 그녀에게 물었다.

"바라는 이미 알고 있었어요?"

"당연하지. 레이를 우리 집으로 데려올 때 그 애가 겪었던 사건의 전

후 맥락을 마리를 통해 조사했었거든."

"그럼 일부러 저한테 레이의 어시스턴트직을 수락하라는 임무를 줬던 거군요? 그녀의 복수를 도우라고요."

"그런 셈이지."

그 말에 나는 고개를 절레절레 흔들다 그녀에게 물었다.

"그럼 왜 바라가 직접 레이의 복수를 돕지 않았죠?"

"도움을 청하지 않더군. 멤버 중 누구에게도 말이야. 그래서 나도 그냥 모른 척 했을 뿐이야."

나는 잠시 생각한 뒤 바라에게 말했다.

"레이는 다른 멤버들이 자신의 복수를 돕기는커녕 방해할 거라고 했어요."

"그건 맞아. 멤버 모두가 결사반대하고 레이를 말리려 들었겠지. 나도 리더의 입장으로서 어쩔 수 없이 반대했을 거고."

그 말에 나는 고개를 끄덕이다 바라에게 말했다.

"하지만 애초에 레이가 저에게 어시스턴트직을 제안하지 않았더라면 바라의 계획도 물거품이 되었겠는데요?"

내 말에 바라는 가볍게 웃더니 나에게 말했다.

"그 제안도 내 작품이지. 레이가 보기와는 달리 내 말이라면 잘 듣는 편이거든. 그 당시에 레이한테 연락을 받았어. 네가 취직 준비 때문에 여유가 없어 모임에 들어오는 걸 거절하더라고 말이야. 그래서 내가 넌지시 말했지. 어시스턴트 자리라도 하나 내주라고. 그러면 모임에 들어오지 않겠냐고 말이야."

"바라. 생각보다 치밀한 사람이었군요?"

"운 좋게 들어맞았을 뿐이야. 사실 복수를 도우라는 의도보다는 레이를 보호하려는 의도가 더 컸었어. 너에게는 미안한 얘기지만 데미안 너는 레지스탕스에 노출이 되어있지 않은 플라이어였기 때문에 유리한 점이 많았거든."

"그러면 결국, 바라는 레지스탕스 소탕을 위해 저를 바라 친위대에 들였던 게 아니었군요?"

"복합적이었어. 물론 이렇게 최후까지 도움받을 거라고는 전혀 생각 못 했지만."

그 말과 함께 바라는 의족을 구부렸다 펴는 것을 반복했다. 나는 그녀를 보며 물었다.

"바라가 아니었더라도 레이는 결국, 새로운 플라이어를 찾아다니지 않았을까요? 복수를 위해서요."

"아니. 분명 혼자서 했을 거야. 하지만 그랬다면 위험했겠지. 복수도 복수지만 레지스탕스의 기습에도 신경 써야 했을 테니까. 내가 레이 옆에 레프를 붙여놓은 것도 그런 이유였거든."

"그럼 레이는 왜 제가 도와주기 전까지 복수하지 않고 있었던 거죠? 결국, 혼자서는 불가능하니까 자신을 도와줄 사람을 기다리고 있었던 거 아닌가요?"

내 말에 바라가 코웃음을 치며 말했다.

"데미안. 너 레이를 얕보다간 큰일 나."

"네?"

"레이는 때를 기다렸던 거야. 라파엘 덤라오가 대통령이 될 때까지. 그가 가장 정점에 서 있을 때 죽이고 싶어 했을 테니까."

"잔인하군요."

"맞아. 레이는 원래 그런 애였어."

그 말에 나는 잠시 주변을 훑어보다 그녀에게 물었다.

"결국, 시기가 절묘하게 맞아 떨어졌던 거군요?"

"그래. 운이 좋았다는 건 허언이 아니야. 만약 네가 때맞춰 등장하지 않았다면 레이는 그 계획을 혼자 진행해 나갔겠지."

"그렇군요. 하지만 정작 제가 레이를 도운 일은 별로 없었어요."

"그런 건 중요하지 않아. 위험을 감수하면서까지 나를 도와주려는 사람이 옆에 있다는 사실이 더 중요하지. 나도 지금 그런 사람이 내 옆에 있다면 당장에 눈물을 흘리고 말걸?"

그녀는 능청스럽게 우는 흉내를 내면서 말했다. 나는 그녀의 농담을 웃어넘기고는 다시 진지하게 그녀에게 물었다.

"결국, 레이와 가깝게 지내며 그녀를 보호하라는 건가요?"

"아니. 그 이상이야. 그 애에게 나 대신이 되어줘."

"그건 무리 아닐까요?"

"레프한테 듣기로는 레이가 너한테 포옹을 한 적도 있다던데? 그 애는 나한테조차 그런 거 안 해. 스킨십이라면 아주 질색을 하는 애니까.

너도 알다시피 레이는 너를 1년 넘게 관찰해왔잖아. 그때부터 너한테 알게 모르게 정이 많이 들었을 거야."

나는 바라의 표정을 천천히 살피다 그녀에게 말했다.

"바라는 레이를 무척 아끼는군요?"

"그럼. 그 애는 내 딸이나 다름없으니까. 단지 내가 엄마가 되는 법을 잘 몰라서 그렇지."

"그런데 왜 하필 엄마예요? 언니가 되어줄 수도 있잖아요? 사실 그편이 더 어울리기도 하고요."

"역할은 뭐든 상관없었어. 단지 가족이 되어주고 싶었던 것뿐이야. 그러려면 아무래도 언니보다는 엄마가 쉬울 것 같았고."

그 말에 나는 고개를 갸웃거리다 바라에게 물었다.

"왜 그런 결심을 하게 된 거죠? 레이가 불쌍해 보였나요?"

"글쎄. 연민이라고 해두지. 레이를 우리 집으로 데려오기 전에 함께 어떤 학교에 갔던 적이 있어. 특별히 뭘 하려던 건 아니었고 그저 발길 닿는 대로 걷다 도착한 곳이었지. 운동장 벤치에 앉아서 쉬고 있는데, 내 옆에 앉은 그 녀석의 모습이 어찌나 쓸쓸해 보이던지. 그 어린 녀석 혼자 세상의 모든 짐을 다 짊어진 것 같더군."

"그 모습을 보고 가족이 되어주겠다고 결심했던 거군요?"

"맞아. 사실 오래전, 가장 친했던 친구에게 큰 빚을 졌거든. 그 빚을 레이를 통해 대신 갚아야겠다고 생각했지."

그 말에 나는 깊은 한숨을 내쉬고 그녀에게 말했다.

"바라. 그냥 다 접고 돌아갈 생각 없어요? 터닝 포인트라는 게 있잖아요. 지금 돌아가면 레이랑 행복하게 살 수 있어요."

"나는 이미 터닝 포인트야. 이놈들을 제거하는 게 바로 그거지."

"역시 말이 안 통하는군요."

"칭찬이지?"

그녀는 그 말을 끝으로 어렵게 자리에서 일어나 몸에 묻은 흙을 털어냈다. 그리고는 나에게 말했다.

"데미안. 넌 이미 너의 몫을 다했어. 이건 내 몫이고. 어서 가."

내가 대답을 못 하고 서 있자 그녀가 물었다.

"예전에 내가 줬던 그 오르골 기억해?"

"네. 크리스마스 선물로 줬었잖아요. 그건 왜요?"

"덮개 부분에 쪽지가 들어있어. 그냥 주기 뭐해서 내가 급하게 몇 자 적었었거든. 나중에라도 꼭 확인해 봐."

나는 고개를 끄덕였다. 그녀도 나를 보더니 몇 번 고개를 끄덕인 후 긴 총을 어깨에 메었다. 그녀가 웃으며 말했다.

"데미안. 계속 그렇게 안 가고 서서 날 방해할 셈이야?"

그 물음에 나는 잠시 망설이다 어렵게 말을 꺼냈다.

"바라. 그럼. 나는. 이제 갈게요."

"그래. 그동안 고마웠어."

바라와 나는 짧은 포옹을 나누었다. 나는 공중에 떠 그녀를 바라보았다. 바라가 나에게 손을 흔들며 말했다.

"데미안. 혹시라도 내가 죽으면 레이한테 사랑한다고 전해줘!"

나는 가까스로 그녀에게 웃어 보였다. 그녀도 그런 나를 보고 웃으며 여전히 손을 흔들어 주었다.

나는 계속 어딘가를 향해 날고 있었다. 하지만 그게 어디인지는 정확히 알 수 없었다. 밑으로는 산밖에 없어서 의지할 불빛 하나 없었던 것이다. 결국, 그냥 몸이 가는 대로 날아가기로 마음먹은 채 허공에서 허우적거리고 있었다. 바로 그때였다.

-퍼어어어어엉 투투투투투투투투투 퍼어어어어어어엉

엄청난 총성과 폭발음이 들렸다. 나는 나도 모르게 공중에 멈춰서 고개를 돌렸는데 그곳은 엄청난 화염에 휩싸여 있었다.

총성과 폭발은 쉴 새 없이 이어졌다. 나는 계속 공중에 뜬 채로 그 광경을 바라보고 있었다. 나는 눈을 감았다. 그리고 크게 심호흡을 크게 세 번 한 뒤 천천히 눈을 떴다.

나는 몸을 돌려 빠른 속도로 바라에게 날아갔다.

도착해 보니 방금까지 요란했던 총성과 폭발음은 더 이상 들리지 않았다. 게다가 이미 바라의 모습도 찾을 수가 없었다. 아까까지 그녀와 대화를 했던 그 언덕에는 그녀가 무기를 담아놓았던 가방만 덩그러니 남겨져 있을 뿐이었다.

나는 아래로 슬쩍 고개를 내밀어 레지스탕스의 본거지를 살폈다. 불을 켰는지 막사 주변이 환해져 있었다. 나는 그곳을 더 자세히 보기 위해 근처의 풀숲으로 자리를 옮겼다. 자세히 보니 수십 명의 무장한 사람들이 둥그렇게 서 있었는데 주변의 수많은 시체들로 보아 바라의 기습이 어느 정도 성공했음을 알 수 있었다. 그리고 그들 안에 바라가 앉아있었다. 그녀는 무장해제 된 것 같았는데 움직이는 거로 봐서 크게 다치지는 않아 보였다. 나는 섣불리 움직이지 않은 채 그들의 모습을 지켜보고 있었다. 그러던 중 그 무리에서 한 남자가 나오더니 바라에게 말했다.

"바라. 오랜만이군."

"그래. 쉬무트."

그는 덩치가 바라보다도 작은 남자였다. 거리가 조금 있었기 때문에 얼굴은 잘 보이지 않았지만 얼굴 전체를 덮고 있는 수염들은 확실히 눈에 띄었다. 나는 그들의 대화를 들으려 노력하고 있었다.

"바라. 다른 멤버들은 어쩌고 이렇게 혼자 오셨나?"

"네놈들이야 나 하나로도 충분하니까."

"말하는 건 여전하군."

"너도 이 꼴로 사는 건 여전해."

그 말에 쉬무트는 바라를 노려보았다. 그러다 자신의 발로 바라의 의족을 툭툭 건드리며 말했다.

"어이구. 이 다리는 다쳤나 보네? 무척 안타깝군."

쉬무트는 말을 더 이으려 했지만 그럴 수 없었다. 바라가 머리로 그에게 박치기 해버린 것이다. 그는 으악. 이라는 짧은 비명을 내지르며 나가떨어졌고 그의 동료들은 그를 부축하는 동시에 바라를 거칠게 쓰러트렸다. 그러자 쉬무트가 외쳤다.

"그만! 그만둬! 내가 한다. 다 손대지 마."

쉬무트의 코와 입에서 피가 흘러내렸다. 그는 바라에게 말했다.

"바라. 성질도 여전하구나."

그 말과 함께 쉬무트는 입 안에 고여 있는 피를 뱉으며 말했다.

"바라. 볼트가 내 안부 좀 전해 주든가?"

"역시. 쉬무트 너였군."

"그래. 이제 너희 멤버도 얼마 안 남았군?"

"한때는 너도 우리 모임을 좋아했던 거로 아는데 안타깝군."

"네가 내 가족을 버린 날부터는 아니었지."

"나는 리더로서 내려야 할 결정을 내린 것 뿐이다."

"닥쳐. 너는 네 알량한 복수심 때문에 그랬던 거야. 왜? 내가 테러를 일으키고 다니는 난민 출신이기 때문이지."

그 말과 함께 쉬무트는 한 손으로 피를 닦아내며 말을 이었다.

"그래. 뭐. 과거의 일이야 상관없지. 그래 봤자 내 가족들은 이미 모두 죽었으니까."

"알고 있어. 정부군의 사린가스 공격 때문이었지. 유감이야."

"뭐? 하하. 유감?! 지금 유감이라고 했나?"

"그래. 진심이야. 하지만 그래도 내 선택에 후회는 없어."

-퍽 우당탕탕탕탕

쉬무트는 발로 바라의 복부를 강하게 걷어찼고 그녀는 한참을 밀려나 쓰러져 있었다. 그가 바라에게 다가가며 말했다.

"바라. 네가 그때 그랬었지? 아예 못 날도록 만들어주겠다고."

그 말과 함께 쉬무트는 자신의 주머니에 있던 단검을 꺼내어 바라의 왼쪽 무릎에 찔러 넣었다. 그가 천천히 말을 이었다.

"이제 바라. 너를 그렇게 만들어주지. 양쪽 다리가 없으면 아예 뜨지도 못할 거야. 내 동료 중 하나도 그랬으니까."

쉬무트는 단검에 잔뜩 힘을 주었지만 바라는 아무 소리도 내지 않고 있었다. 그저 쉬무트를 차갑게 쳐다보고 있을 뿐이었다. 그러자 그는, 단검으로는 무리라는 걸 깨달았는지 허리에 차고 있던 총을 꺼내어 그녀에게 겨누었다. 그가 바라에게 말했다.

"바라. 너도 나를 살려준 적이 있으니 나도 자비를 베풀도록 하지. 지금이라도 나에게 잘못을 빌어. 그러면 목숨은 살려주마."

그 말에 바라는 한참을 웃더니 그에게 말했다.

"그건 곤란한데? 어떤 녀석처럼 나도 싫은 건 절대 못 하겠거든."

그 말에 쉬무트는 코웃음을 치더니 방아쇠로 손가락을 옮겼다.

-퍽! 구당탕탕

"으아악!"

전속력으로 날아온 나의 몸통박치기에 쉬무트는 또 한 번 나가떨어졌다. 나는 그 틈을 놓치지 않고 주머니에서 섬광탄을 꺼내어 공중으로 던졌다. 그러자 곧 펑. 하는 폭발음과 함께 불빛과 소음을 내뿜고 있었다.

모두가 혼비백산 하고 있는 사이 나는 재빨리 바라에게 날아갔다. 내 모습을 본 바라가 놀란 눈으로 나에게 물었다.

"데미안! 어떻게 된 거야?! 너 왜 여기 있어?!"

"나중에 얘기해요. 일단 빛이 강하니 눈 감고 나한테 안겨요!"

"너는 어떻게 날려고? 너도 잘 안 보일 거 아냐?"

"아까 바라가 남기고 간 가방에 선글라스도 들어 있더라고요. 지금 쓰고 있어요. 아무튼, 시간 없으니까 빨리 안겨요!"

"아하. 이런. 나 원래 이렇게 쉬운 여자 아닌데."

바라는 싱거운 농담을 하며 내 품에 안겼고 나는 온 힘을 다해 그곳을 빠져나갔다. 물론 바라를 안고 나느라 충분한 속도를 낼 수 없었지만 다행히 레지스탕스도 아직 눈을 제대로 뜨지 못하고 있었다. 그들은 혼란스러워하며 나와 바라를 잡기 위해 아무 데나 총을 쏘아대고 있었다. 나는 일단 저들의 시야에서 벗어나기만 하면 바라를 내려놓고 잠시라도 휴식을 취해야겠다는 생각을 했다.

-탕탕탕 쿠당탕

"윽."

나는 신음 소리와 함께 그대로 땅으로 추락했다. 하지만 그러면서도 바라를 끝까지 놓지는 않았다. 잠시 후 바라가 쓰러져 있는 나에게 힘겹게 기어오며 물었다.

"데미안?! 괜찮아?!"

"좀 아픈데요."

"어디 봐봐!"

그렇게 말한 바라는 나의 몸 이곳저곳을 살펴보더니 말했다.

"데미안. 너 총에 맞았잖아?"

나는 그녀가 손으로 누르고 있는 부위를 쳐다보았다. 옆구리였는데 피가 많이 흐르고 있었다. 바라가 지혈은 해주고 있었지만 피는 쉽게 멎지 않고 있었다. 나는 급히 바라에게 말했다.

"바라. 일단 저기로 가요."

나는 그녀를 들고 앞에 보이는 언덕으로 향했다. 운이 좋았는지 일단 그 안쪽으로 들어가기만 하면 벙커의 역할을 해줄 수 있는 지형이었다. 게다가 주변 공간이 매우 협소해서 플라이어들이 날아다니기에도 무척 불리한 장소였다. 우리는 그 언덕에 나란히 등을 기대고 앉아있었다. 곧 서른 명 가까이 되는 레지스탕스가 모두 땅으로 내려왔다. 그리고 총을 꺼내 들고 우리에게 천천히 다가오고 있었다. 바라가 그 광경을 지켜보다 나에게 말했다.

"데미안. 내가 그냥 가라고 했잖아!"

"지금 이 상황에 그런 게 중요해요?! 잠깐만요."

나는 내 주머니 속에 있던 수류탄을 꺼냈다. 이것도 역시 바라의 가방에 남겨진 무기들 중 하나였다. 나는 깔끔하게 안전핀을 뽑은 뒤 레지스탕스를 향해 그 수류탄을 투척했다.

-툭 데구르르르 퍼어어어어엉!

-으악! 아! 억! 윽! 악!

폭발음과 함께 여기저기서 비명소리가 난무했다. 짐작하건대 절반 정도는 해치운 느낌이었다. 바라가 나를 보며 물었다.

"데미안. 너 어떻게 된 거야? 이런 무기들 다뤄본 적 있어?"

"나 예비군 7년차라 내년까지는 훈련도 없어요. 동사무소 가서 향방 작계도 안 한다고요."

"그게 무슨 말이야?"

"나 군대 갔다 왔다고요."

"예전에 군인이었다는 소리야? 왜 말 안 했어?"

"한국에서는 당연한 거니까요."

그때였다.

-우두두두두두두두 우두두두두두두두두두

수십 명이 한꺼번에 쏘아대는 총알들이 우리를 향해 빗발치고 있었다. 저들은 다시 수류탄이 날아올까 겁나서 쉽게 우리에게 접근하지 못한 채 그저 총알 세례만 퍼붓고 있었다. 그러나 우리가 등을 기대고 있는 언덕이 방벽의 역할을 하고 있어서 그들의 총알은 무용지물이었다. 그러자 바라가 신이 난 말투로 나에게 말했다.

"데미안! 수류탄 하나 더 던져버려!"

"없어요."

"뭐? 없다니?"

"아까 그게 마지막입니다. 하나 남은 거 갖고 온 거예요."

"뭐?! 그럼 총! 총도 없어?!"

"네. 아까 거기에 총은 없던데요."

그녀는 망연자실한 표정이었다. 내가 말했다.

"바라. 그래도 저 녀석들은 우리가 다른 무기가 있는 줄 알고 쉽사리 덤비지는 못할 거예요. 물론 얼마 못 가겠지만요."

"이거 큰일이네. 한 놈은 다리 두 쪽 다 망가져. 한 놈은 옆구리에 총알 박혀. 내 생각에 너 이 상태로는 날아서 도망도 못 가. 나는 건 고사하고 계속 이렇게 피 흘리다가는 곧 죽고 말걸?"

"방법 없을까요?"

"그러기에 내 말 들었어야지. 대체 왜 돌아온 거야?!"

"레이가 무서워서요."

"그게 무슨 말이야?"

"생각해봐요. 내가 바라를 혼자 남겨 두고 도망쳐서 결국, 죽게 만들었다는 사실을 나중에 레이가 알게 된다면?"

"알게 될까?"

"이번에는 20년을 캐서라도 알아낼 거예요."

"그럼 너도 잔인한 죽음을 맞이하게 되겠군?"

그 말과 함께 그녀는 잠시 고민하더니 나에게 조용히 물었다.

"후회는 안 해?"

"사실 좀 무서워요. 나 점점 죽어가는 느낌이 들어요."

나의 옆구리에는 아까보다도 더 많은 피가 흐르고 있었다. 그 피는 바라의 손등을 모두 붉게 물들인 지 오래였다. 그녀는 깊은 한숨을 내쉬더니 나에게 말했다.

"알았으니까 이제 말 그만해. 자꾸 떠들면 피가 더 날 거야."

"바라."

"입 좀 다물라니까."

"집에 가고 싶어요."

바라는 날 걱정스러운 표정으로 바라보고 있었다. 나는 자꾸 그녀가 희미하게 보였다. 그녀가 내 뺨을 몇 번 치더니 나에게 물었다.

"무슨 소리야? 집이 어딘데? 한국?"

"잘 모르겠어요."

"이 녀석이 피가 모자라니까 헛소리를 하네. 그게 무슨 소리야? 너 방금 나한테 집에 가고 싶다고 했잖아. 근데 지금은 왜 또 집이 어딘지 모르겠데?"

"아. 그냥… 여기가 제 집은 아닌 것 같아서요. 단지 그래서 집으로 가고 싶다는 생각이 들었어요."

여전히 우리가 있는 언덕을 향해 수많은 총알이 빗발치고 있었다. 나는 점점 졸음이 밀려와 눈을 감고 있었다. 바라가 소리쳤다.

"야. 데미안! 정신 차려! 너 지금 잠들면 영원히 자는 거야!"

"바라. 우리는 죽으면 어떻게 되나요?"

"뭐?"

"그냥 소멸하나요? 아니면 다시 태어나나요? 그것도 아니면 다른 세계로 가게 되나요?"

"나도 모르지. 내가 죽어본 적이 없잖아. 그리고 그런 말 하지 마. 진짜 죽을 것처럼."

여전히 나의 옆구리에서는 붉은 피가 마치 물을 틀어 놓은 것처럼 콸콸 쏟아지고 있었다. 잠시 후 한참 동안 이어지던 총성이 잦아들기 시작했다. 이어 발소리가 들렸는데 아마 저들도 우리에게 더 이상의 무기가 없음을 눈치챈 것 같았다.

바라는 한 손으로는 여전히 내 옆구리를 누르면서 나머지 손으로는 내 손을 꼭 잡고 있었다. 나는 이제 소리만 들을 수 있을 뿐이었다. 나는 천천히 바라를 불렀다.

"바라."

"응?"

"혹시 울어요?"

"아니. 왜?"

"자꾸 팔에 물이 뚝뚝 떨어지는 것 같아서요."

그녀는 내 말에 아무 대꾸도 하지 않았다. 한참 뒤에 바라가 다시 입을 열었다.

"땀이야. 신경 꺼."

나는 아예 두 눈을 감았다. 바라도 어느 정도 체념을 했는지 이제는 아예 등을 기대고 앉아있었다. 바라가 나를 불렀다.

"데미안."

하지만 나는 그녀의 부름에 대답할 힘도 남아있지 않았다. 그녀가 그런 날 보며 다시 말을 이었다.

"레이가 나한테 그러더라. 너 처음 본 날에, 꼭 어디선가 한 번은 만난 것 같은 느낌이 들었다고 말이야. 그때는 그게 무슨 헛소리인가 했었는데 막상 널 만나고 나니 이해가 가더군. 이상하게 나는 우리가 예전에 어디선가 한 번은 마주쳤었던 것 같아. 그래서 처음부터 네가 상당히 맘에 들었는지도 모르고."

발소리들이 점점 더 가까이서 들리고 있었다. 그녀가 속삭였다.

"고맙다. 이렇게 같이 있어 줘서. 사실."

잠시 뒤, 그녀는 내 머리를 쓰다듬으며 말을 이었다.

"나도 무서웠어."

우리는 편안히 어깨를 맞대고 앉아있었다. 그리고 그렇게 죽음이 오기만을 기다리고 있었다.

-펑 펑 펑 펑 펑 투투투투투투 펑펑

"으악!"

"아어어억!"

"크윽!"

나는 그 소리에 정신이 번쩍 들었다. 멀리서부터 들리는 소리였는데 수많은 총성과 폭격 그리고 방금까지 우릴 향해 다가왔던 적들의 비명

소리였다.

　잠시 후 누군가가 우리를 향해 다가오는 소리가 들렸다. 그러자 고개를 돌린 바라가 그 사람을 보며 말했다.

　"에드?! 네가 어떻게...?"

　"천하의 바라가 이거 꼴이 말이 아니구먼? 알 수 없는 연락 받고 왔어. 물론 마리의 연락이었겠지만."

　"그럼 마리가 에드 너한테 연락을 했단 말이야?"

　"나뿐만 아니야. 저기를 봐."

　그녀는 한동안 말을 잇지 못했다. 그러자 에드가 입을 열었다.

　"일단은 날 수 있는 사람들만 대형을 갖춰서 급하게 온 거고 나머지도 곧 도착할 거야."

　"대체 왜지?"

　"이봐, 바라. 네가 우리를 보호하기 위해 탈퇴하게끔 만들었다는 걸 우리가 전혀 몰랐다고 생각하는 거야? 우리도 나름 너한테 장단 맞춰준 거야. 그래야 네 마음도 편할 테니까."

　"에드..."

　"그래. 굳이 말 안 해도 네 마음 다 아니까."

　"저기 에드..."

　"이거 못 본 사이에 여자 다 됐네. 바라. 정말 굳이 말 안 해도 된다니까."

　"네가 지금 밟고 있는 거 내 의족이야."

제11장 영원한 삶　**383**

"아이쿠! 미, 미안하다."

바라가 자신의 의족을 툭툭 치며 그에게 말했다.

"하여튼 내가 너 같은 놈들 데리고 리더 하느라 고생이 많았던 걸 이제는 좀 알겠냐?"

"넌 정말 여전하구나?"

"시끄럽고. 일단 빨리 나머지 애들 데리고 여기를 전부 쓸어버려. 자비는 없다. 한 놈도 살리지 말고 다 죽여."

그들은 나의 존재를 까맣게 잊은 채 대화중이었다. 나는 아득해져서 마음속으로 살려달라고 몇 번을 외치다가 정신을 잃었다.

눈을 떠 보니 바라가 얼마 전에 입원해 있었던 병실 안이었다. 고개를 돌려 보니 내 반대편에는 바라가 누워 있었다.

"바라."

바라는 나의 부름에 몸을 일으키며 말했다.

"데미안! 깨어났구나?! 다행이다!"

"저 얼마나 누워있던 거예요?"

"이틀 째야. 그래도 생각보다 일찍 일어났군."

"이틀이나요? 오래 누워있었군요. 그런데 여기는 예전에 바라가 혼자 쓰던 병실 아니에요?"

"맞아. 내가 혼자 있기 적적해서 너도 그냥 여기다 넣어버렸어."

곧 의사와 간호사가 나를 찾아와 상태를 체크한 뒤 링거를 빼주고 돌아갔다. 다시 병실 안이 조용해지자 내가 바라에게 물었다.

"바라. 그런데 왜 아무도 없어요? 다른 사람들은요?"

"아아. 귀찮아서 아무도 오지 말라 그랬어."

"그래요? 근데 바라. 왜 그러고 있어요?"

바라는 구부정한 자세로 침대에 앉아있었는데 목까지 이불을 덮고 있어 뭘 하는지는 알 수 없었다. 그녀가 장난기 가득한 표정으로 나에게 물었다.

"데미안. 내가 멋진 거 보여줄까?"

"멋진 거요? 그게 뭔데요?"

"짜잔! 아이언 맨!"

나는 그녀의 모습에 놀라 나자빠질 뻔했다. 그녀는 두 다리가 없이 공중에 떠 양팔을 나란히 한 채로 나에게 날아오고 있었다. 내가 기겁을 하니 그녀는 다시 자신의 침대로 돌아가 말했다.

"뭘 그렇게 놀래?"

"안 놀라는 게 이상한 거 아닌가요?"

"그런가? 아무튼, 쉬무트는 불가능할 거라 했지만 난 두 다리가 없어도 날 수 있었어! 하하! 역시 난 불가능을 뛰어넘는 여자야!"

바라의 말에 따르면 레지스탕스는 전멸했고 쉬무트는 생포되었는데 결국, 바라가 직접 쉬무트를 사살했다고 한다.

나는 빠르게 회복하여 금방 퇴원하게 되었다. 그래서 다시 여행을 떠나려 했으나 바라의 만류로 그럴 수 없었다. 바라는 자신이 퇴원하기 전까지 내가 함께 있어주길 바라고 있었다. 나는 곧 무비자로 체류할 수 있는 기간이 끝나 그건 조금 어렵다는 핑계도 대보았지만 그녀는 비자 문제를 자신이 해결해줄 테니 걱정 말라며 나를 붙잡았다. 결국, 나는 여전히 그녀의 집과 병원을 왔다 갔다 하며 그녀의 심부름을 도맡아 하고 있었다.

"바라. 나 왔어요."

나는 바라가 옆 병실의 아이들과 장난치고 있을 거라 예상하며 문을 열었지만 웬일인지 그녀는 침대에 누워 책을 보고 있었다.

"바라?"

"아. 데미안. 왔구나?"

"무슨 책을 읽길래 사람이 왔는데도 몰라요?"

"그냥."

"엥? 바라. 지금 책을 거꾸로 들고 있잖아요?"

"아아. 그냥. 이렇게도 읽어 봤어."

"에이. 내가 오니까 괜히 책 읽는 척 한 거 아니에요?"

"이렇게 뒤집어 읽으면 세상도 뒤집힐까 해서."

"네? 그게 무슨 소리에요?"

"데미안."

"네?"

"그때 말이야. 나는 죽을 각오를 하고 레지스탕스의 본거지로 간 거였거든. 그리고 마지막에는 정말 죽겠구나 싶더라고."

"그런데요?"

"그런데 다시 살게 되니까 좋긴 좋더라."

"그걸 말이라고 해요?"

"그러면 안 될 것 같았는데."

"죽을 각오를 했다고 반드시 죽어야만 하나요? 죽을 각오 하다가 살면 그게 더 좋은 거지."

"그런가? 아무튼, 큰일이야 점점 더 죽기 싫어질 테니까."

그 말에 나는 고개를 갸웃거리다 그녀에게 물었다.

"바라. 근데 다른 멤버들은 다들 바빠요? 아니, 병문안을 어떻게 한 번도 안 와요? 심지어는 레이도 안 오잖아요?"

"말했잖아. 내가 오지 말라고 했다니까. 걔네들 오면 여간 귀찮은 게 아니라니까. 병원도 소란스러워지고."

"그럼 저도 오지 말까요?"

"너는 있어야지. 나 이제 다리도 없어서 아무 데도 혼자 못 가."

"알아요. 그래서 이렇게 왔잖아요. 그나저나 전 멤버들과 다시 잘 풀려서 다행이에요. 그렇죠?"

"그 녀석들한테 제대로 한 방 먹은 거지 뭐."

그 말과 함께 바라는 창밖으로 시선을 돌렸다. 내가 물었다.

"바라. 퇴원은 언제 해요?"

"조만간. 왜? 여기 오는 게 귀찮아?"

"그렇게 보이나요?"

"아니."

그녀는 천천히 침대에 누워 눈을 감은 채로 나에게 말했다.

"데미안! 오늘 여기서 자고 가면 내가 그동안 아무한테도 하지 않았던 얘기들을 너에게만 특별히 해줄게! 어때?"

"사양할게요."

"왜?"

"그 말에 속아서 요새 맨날 여기서 자고 갔잖아요. 막상 자면 별 얘기도 없으면서. 게다가 간이침대도 상당히 불편하고요."

몇 시간 뒤, 나는 그녀의 침대 옆에 놓인 간이침대에 이불을 덮고 누웠다. 어느새 창밖은 어두워져 있었지만 우리는 침대에 달린 작은 스탠드만 켜놓은 채 얘기를 나누었다.

"데미안. 사실 우리 엄마는 진짜 엄마가 아니었어."

"그럼요?"

"엄마는 사실 내 유모였던 거야. 내가 잘 따르니까 아버지가 진짜 엄마 행세를 하게 시킨 거였지."

"그럼 바라의 진짜 엄마는 어디 가고요?"

"몰라. 아버지에게 물어보려고 했는데 출장에서 돌아오는 길에 테러로 돌아가셨지. 결국, 내 가정사는 그대로 무덤 속에 묻힌 거야."

"그럼 마리한테 알아봐 달라고 해요."

"아아. 내가 거절했어."

"왜요?"

"글쎄. 뭐랄까? 무서워서?"

"진실을 받아들일 준비가 덜 되었다는 뜻인가요?"

"비슷해. 아무튼, 어느 날 매일 밤마다 외출을 하는 엄마의 뒤를 밟았지. 엄마가 들어간 곳은 외진 곳에 있던 작은 집이었는데 그 안에는 수많은 아이들이 있었어. 엄마의 진짜 자식들이었던 거야. 내가 자기를 진짜 엄마라 믿고 따르자 그분은 밤중에만 몰래 자신의 집으로 돌아가 자식들을 돌봤던 거였지."

"충격이었겠는데요?"

"아니. 충격보다 화가 났어. 나를 속였다고 생각했으니까. 그래서 그분에게 몹쓸 행동과 말을 했었지. 물론 지금은 그걸 후회하지만 그 당시에는 내가 잘했다고 생각했었어."

"그러면 그분은 그 후에 어떻게 되셨는데요?"

"유모 일을 그만두었지. 사실은 내쫓긴 거나 다름이 없었지만."

"그럼 두 분이서 그 후로 만난 적도 없고요?"

"만나려고 했었어. 나이를 먹고 나니 후회가 되더군."

"아아. 그래서 만나셨나요?"

"아니. 돌아오는 길에 자살폭탄테러로 인해 돌아가셨어."

그렇게 말한 뒤 그녀는 크게 숨을 들이마시고는 나에게 말했다.

"역시. 나중이란 건 없는지도 몰라. 그렇지?"

"그런가요?"

"지금이 아니면 안 되는 게 있는 거야."

"듣고 보니 그런 것도 같네요."

"내가 당장 내일 죽을 거라고 생각하면 이 세상에 해결되지 않을 문제가 없어. 그렇지 않니?"

"그러겠죠? 당장 내일 죽을 마당에 무슨 욕심을 더 부리겠어요."

내 말에 바라는 살짝 웃더니 천천히 하품을 했다. 나는 그 틈을 놓치지 않고 그녀에게 물었다.

"바라. 졸려요?"

"아. 음. 아니."

"졸린 것 같은데요?"

"아주 조금?"

"그럼 우리 이제 잘까요?"

"아니."

"졸리다면서요?"

"지금 자면 너무 졸릴 때 자는 거라 깊게 자버려서. 못 일어날 것 같아. 나는 못 일어나는 게 무섭거든."

"그럼 더 시간이 지나봤자 더 졸릴 때 자는 거 아니에요?"

"참 시끄러운 녀석이네. 아무튼, 조금만 더 참아볼래. 오랜만에 해 뜰 때까지 얘기하면 좋지 않아?"

"그게 뭐가 좋아요. 피곤하지."

"너는 젊은 녀석이 낭만이라고는 없냐?"

그 말에 나는 양쪽 어깨를 으쓱해 보이다 그녀에게 물었다.

"바라. 아무도 안 오니까 조금 외롭지 않아요?"

"뭐. 내가 오지 말라고 한 거니까."

"그래도 솔직히 외롭긴 하죠?"

"아니라고는 못 하겠네. 하지만 잘했다고 생각해."

"왜요?"

"나중에 보면 그편이 그들에게 더 도움이 될 테니까."

"글쎄요. 그건 잘 모르겠네요. 아무튼, 전 멤버들도 다시 돌아온다니까 바라도 퇴원한 후에는 플라이어즈 모임을 전처럼 자주 가지는 거 어때요?"

"뭐 상관은 없지만 그건 차기 리더가 알아서 잘하겠지."

"네? 그게 무슨 말이에요?"

"지금 내 상태를 봐. 내 몸 하나 추스르기도 벅차다고. 탈퇴했던 멤버들도 돌아올 테니 나 없이도 모임은 잘 굴러갈 거야."

바라는 등을 돌린 채 누워있었다. 나는 그녀에게 물었다.

"차기 리더가 누구인데요?"

"넌 어때?"

"그게 무슨 소리에요. 공식적으로, 저는 아직 플라이어즈의 정식 멤버도 아니잖아요."

"데미안. 너는 자신을 너무 과소평가하는 경향이 있군? 이번 사건으로 인해서 네 존재는 모임의 중심으로 급부상했어. 너는 이미 정식 멤버나 다름이 없다는 거야."

"그래도 사양할게요."

"그래? 왜지? 너는 하면 나름 잘할 거 같은데?"

"글쎄요. 저만 잘한다고 되나요? 남들이 인정해줘야지."

"너 스스로 자신이 없는 건 아니고?"

"그것도 그렇고요."

"너 자신한테만 떳떳하다면 나는 괜찮다고 봐."

"그래도 남들이 인정해주지 않는다면요?"

"신경 쓰지 마. 그런 녀석들."

"레이가 저에게 자주 하는 말이네요."

"아아. 내가 알려준 거야. 레이를 우리 집으로 데리고 와서 처음 학교에 보냈는데 적응을 잘하지 못하더라고. 그래서 말해줬지. 남들 신경 쓰지 말라고. 그러자 레이가 그게 무슨 의미냐고 묻더군."

"그래서요?"

"굳이 남들에게 너를 증명하려 애쓰지 말라는 거라고 했지."

"음. 그런 깊은 뜻이 있는 줄은 몰랐는데요?"

"운 좋게 얻어 걸린 거야. 사실 나도 내가 뱉고는 깜짝 놀라서 어록

수첩에 따로 적어 놓았지."

그 말과 함께 바라는 다시 내 쪽으로 몸을 돌리며 말했다.

"아무튼, 데미안. 너도 마찬가지야. 너 스스로 자신이 있다면 결국은 다른 사람들이 먼저 너를 알아봐 줄 거야."

"고마워요. 뭔가 위로가 되네요."

"그렇다면 다행이고. 근데 오히려 감사는 내가 해야지. 벌써 너한테 두 번이나 목숨을 빚졌잖아."

"아아. 그건 저도 마찬가지죠. 바라가 저를 테스트로 두 번이나 죽이려 했었는데 결국은 살려줬잖아요."

"오호. 데미안. 말에 가시가 있다?"

나는 바라의 말에 양쪽 어깨를 으쓱해 보이고는 말했다.

"바라."

"왜?"

"바라가 그랬었죠? 꼭 어디서 나랑 한 번은 만났었던 것 같다고."

"너 그거 들었어? 나는 네가 이미 기절한 줄 알았었는데?"

"아아. 의식은 있었어요."

"그랬었군. 그래서?"

"사실은 저도 그런 느낌을 받았었어요. 신기하지 않아요? 사실 우리가 언제 만나봤겠어요. 혹시 전생에서 만났던 거 아닐까요?"

"전생을 믿어?"

"믿는다기보다는 믿고 싶죠."

"왜지?"

"죽고 난 후에 다 없어지는 거라고 생각하면 너무 허무하잖아요. 게다가 딱 한 번만 사는 것도 너무 억울하고요."

"억울하다니? 뭐가?"

"한 번뿐인 인생인데 누구는 금수저 물고 태어나고 누구는 흙수저 물어서 맨날 흙이나 퍼먹고. 이건 좀 불공평하잖아요? 그러니까 이번에 흙수저였으면 다음 생에는 금수저로 태어나는 거죠. 공평하게."

"무논리의 극치인걸?"

"그럼 좀 어때요? 그냥 이렇게라도 정신승리 하면서 사는 거죠."

"그건 자기합리화 아니야?"

"비슷한 거겠죠?"

그녀는 다시 몸을 돌려 천장을 바라보더니 나에게 물었다.

"데미안. 죽음을 두려워하지 않는 사람이 있을까?"

"글쎄요. 아마, 바라?"

그녀는 내 말에 코웃음을 치며 말했다.

"아니야. 사실은 나도 두려워."

그 말에 나는 잠시 고민해보다 장난스럽게 그녀에게 말했다.

"그럼 뱀파이어? 영화에서 보면 불멸의 삶은 저주라며 늘 인간이 되어 죽고 싶어 하는 게 그들의 꿈이잖아요."

나의 농담에 무표정한 얼굴로 고개를 끄덕이던 그녀가 말했다.

"그런 식이라면 정말 영원히 사는 사람은 따로 있지."

"그게 누군데요?"

"체 게바라."

"혁명가. 체 게바라요?"

"응. 맞아. 그는 후세까지 길이 전해지잖아. 결국, 죽지 않고 사는 거나 마찬가지지. 아마 너랑 나보다도 오래 기억될 거야. 어떤 책에서 읽은 건데 사람이 진짜 죽는 건 잊혀지는 순간부터래."

"음. 그럼 바라가 말하는 건 위인들을 뜻하는 건가요?"

"비슷하지만 넓게 보자면 모두 문화겠지?"

"문화요?"

"그래. 인간이 문화를 만든 목적은 죽음이 두려웠기 때문이야."

"그게 무슨 말이죠?"

"인간이라면 누구나 죽음을 두려워하지. 그건 잊혀짐을 두려워하는 거고. 결국, 잊혀지지 않기 위해 인간들은 문화를 만들고 끊임없이 그것을 이어가는 거야. 인간의 생명은 유한하지만 그들이 만들어낸 문화는 무한하니까."

"지금 바라의 말도 역시 얻어걸린 건가요?"

"아니. 이건 아마 어떤 책에서 읽었던 것 같아."

그렇게 말한 바라는 자리가 불편한지 몸을 이리저리 뒤척였다. 잠시 후, 그녀가 나에게 얼굴을 가까이하고서 물었다.

"데미안. 너 혹시 글 잘 써?"

"글이요? 글쎄요. 그건 갑자기 왜요?"

"책 한 번 써 봐."

"네? 무슨 책이요?"

"소설 같은 거 말이야. 네 이름으로 된 책 한 권 나오면 결국, 데미안 너도 후세에 길이 남는 거 아니겠어? 그렇게 영원불멸의 작가가 되는 거지!"

"에이. 난 또 뭐라고. 바라. 작가는 아무나 해요?"

"요즘은 아무나 하는 시대지. 중요한 건 콘텐츠니까. 데미안. 나한테 좋은 소스가 있는데 한 번 써 볼 마음 있어?"

"뭔데요?"

"플라이어. 우리에 관해서 써 봐."

"플라이어즈에 대해서 말인가요?"

"그래! 우리랑 있었던 일들을 소설로 쓰면 재미있을 거야."

"그럼 플라이어의 정체가 탄로 날지도 모르는데요?"

"데미안. 너 사람들을 바보로 아는군? 그걸 진짜라고 믿을 것 같아? 흔한 SF 공상과학 소설이라고 생각하겠지."

"사람들을 바보로 아는 건 바라 같은데요?"

"아무튼, 재미있잖아? 그리고 덕분에 내 이름도 좀 남기고."

"바라는 이미 유명인사 아닌가요?"

"한때는 그랬었지만 그게 중요한 건 아니지. 내가 날아다녀서 유명해진 건 아니잖아? 플라이어로서 내 이름을 남겨달라는 거야. 아무튼, 꼭 한 번 써 봐. 너라면 잘할 것 같아."

"내가 쓴 글 한 번, 본적도 없으면서 그걸 어떻게 알아요?"

"여자의 감이라는 거지. 두 다리가 없다 해도 아직 난 여자니까."

바라는 그렇게 말한 뒤 나에게 씩 웃어 보였다. 나는 다시 물었다.

"근데 만약 글을 쓴다고 해도 누가 저 같은 아마추어의 책을 내주겠어요?"

"레이?"

"농담하지 마세요."

"농담 아니야. 실제로 레이의 출판사에서는 아마추어 작가들의 책을 꾸준히 출판해왔어. 잠재력을 보고 기회를 주는 거지. 게다가 너는 레이의 은인이잖아?"

"그런 청탁이라면 별로 달갑지는 않네요."

"선택은 자유지만 아무튼, 꼭 한번 해 봐. 분명 가치가 있을 거야."

"임무인가요?"

"비슷하다고 해두자. 월급 값은 해야겠지?"

나는 잠시 생각을 정리하다가 그녀에게 물었다.

"소설에 등장하는 바라에 대해 써주었으면 하는 것이 있어요?"

"많지. 일단 예쁘고 아름다운 건 당연한 거고. 아! 내 말투를 17세기 유럽의 귀족 같이 써줘."

"17세기 유럽 귀족의 말투가 어떤데요?"

"나도 모르지. 안 가봤으니까. 하지만 우아할 것 같지 않아? 사실 나는 어릴 적부터 내 말투가 맘에 안 들었거든. 근데 잘 안 고쳐지더라고."

그러니 소설에서라도 내 말투를 여성스럽게 바꿔줘."

"그건 힘들겠는데요?"

"왜?"

"그 말투가 바라의 트레이드마크니까요."

"보기보다 깐깐하군. 첫 만남에 한 줄도 힘든 거야?"

"충분히 고려는 해볼게요."

우리는 이제 둘 다 천장을 향해 똑바로 누워 있었다. 어느새 병실 밖은 점점 밝아지고 있었다. 나는 바라에게 말했다.

"아무튼, 장담은 못 하겠지만 나중에 혹시라도 책이 나오게 된다면 크리스마스 선물이라고 생각해줘요."

"응? 뜬금없이? 이 한여름에 웬 크리스마스 선물 타령이야?"

"저는 바라한테 크리스마스 선물로 오르골 받았었는데 바라는 아무것도 받은 게 없잖아요."

"아아. 난 또 뭐라고. 좋아. 나야 손해 볼 거 없지. 아무튼, 결국, 네 덕분에 나도 플라이어로서 불멸의 삶을 살게 되겠군."

"아직 쓴다고는 안 했어요."

내 말의 바라는 창밖으로 시선을 돌렸다. 잠시 후 그녀가 미소를 지으며 내게 말했다.

"그래. 알아. 하지만 데미안, 네가 펜을 드는 그 순간부터 나는 아마 영원히 살게 될 거야."

제12장

마리의 작별인사

바라의 장례식은 라플라타에 위치한 그녀의 집 정원에서 치러졌다. 여름과 가을의 어중간한 계절이었지만 날씨는 눈부시게 좋았다. 얼마 전까지, 퇴원한 그녀가 머물던 정원에는 다시 초록빛 풀들이 나고 있었고 나뭇가지마다 향기로운 과일들이 열려 있었다.

바라의 장례식은 소박했는데 철저하게 유지를 받은 것이었다. 덕분에 세계 각국에서 추모의 행렬은 있었지만 장례식만큼은 거의 플라이어즈의 멤버들만 참석하게 되었다.

그녀의 죽음은 매우 갑작스러운 것이었고 그래서 매우 어수선할 거라 예상되었지만 실제로는 정반대였다. 바라는 마리를 통해 자신의 부재를 미리 준비해 두었던 것이다.

바라가 세상을 떠나자 그동안 외부에 모습을 거의 드러내지 않던 마리가 전면에 등장했다. 마리는 이미 바라의 죽음을 수십 번은 경험해보았던 사람 마냥 침착하고 덤덤하게 모든 절차들을 진행해 나갔다. 평소 사람들과 접촉을 꺼리기로 유명한 그녀였기에 멤버들 모두는 그녀를 의아함 반, 호기심 반인 눈으로 바라보고는 했다.

바라가 자신의 불치병에 대해 알게 된 것은 나를 만나기 1년 전쯤이었다고 한다. 그리고 그 사실을 알게 되었을 때, 이미 몸 안의 모든 것들이 망가져 있었다고 한다. 웬만하면 손 써보려고 했던 그녀였겠지만 그럴 수 없자 생각을 바꿔 자신이 해야만 하는 일들을 차례대로 쉼 없이 처리해 왔던 것으로 보인다. 레프가 전에 언급했던 바라의 변화와도 무관하지 않은 것 같다는 생각이 들었다.

그녀의 병에 대해 알고 있던 유일한 사람은 마리였는데 바라는 장례절차를 비롯한 여러 가지 문제들을 오랜 시간에 걸쳐 마리와 상의해왔다고 한다.

바라의 죽음은 나에게도 무척이나 갑작스러웠다. 나는 그녀가 죽은 후에야 생전에 나에게 했던 말들이 하나씩 이해되기 시작했다. 한편으로는 그녀의 고통을 미리 알아채지 못했다는 죄책감을 갖기도 했다. 그녀는 그저 아팠을 뿐, 다이어트를 한 것도 바쁜 것도 귀찮은 것도 아니었다.

바라의 정원에는 생전 그녀의 바람대로 수많은 야외테이블과 의자 그리고 음식과 와인들이 준비되어있었다. 그녀는 일반적이고 통상적인 모든 장례절차를 거부했으며 단지 멤버 모두가 자신의 정원에서 즐겁게 술과 음식을 즐기길 원했던 것이다. 나는 그 선택마저도 그녀답다는 생각이 들었다.

바라의 정원 가운데에는 새로운 묘목이 심어졌는데 바라는 죽어서 그 나무의 뿌리가 되기를 소망했다. 우리는 그녀의 바람대로 바라를 그곳에 묻어주었다. 언젠가 그 나무가 자라 울창해지기를 기도하며.

그녀의 집은 레이에게 증여되었는데 전에 그랬듯 플라이어즈의 모임 장소로 사용되길 바라고 있었다. 바라의 병원 경영은 당분간 레프가 봐주기로 했는데 공공 병원으로의 전환을 추진 중이라는 얘기를 들었다. 그녀의 재산 중 절반은 비영리단체를 건립하는데 들어갔다. 그녀는 'FLYERSAID'라는 이름의 자선단체를 세우고 몇십 년간의 운영비를 미리 준비해 두었는데 차기 리더를 위시하여 모든 멤버가 투명하고 공정하게 그 단체를 운영하길 바란다는 유언을 남겼다. 나머지 절반의 재산은 마리가 맡아두고 있었다.

멤버들은 마리에게 차기 리더직을 제안했다. 누가 봐도 캡틴이나 뮤, 마리가 그 후보이기는 했으나 캡틴은 워낙 국가적인 업무로 바쁜 사람이었고 뮤는 장례식을 마치면 산속으로 들어가 다시 수련하겠다고 선언했기 때문에 멤버들은 마지막 후보였던 마리에게 그 제안을 했던 것이다. 그러나 그녀는 그 제안을 단칼에 거절했으며 또 언급할 시에 아예 모임에서 탈퇴하겠다고 선언하여 사람들의 입을 다물게 했다. 결국, 차기 리더를 선출하기 전까지만 공지사항을 마리가 전달하기로 했다.

며칠이 지나자 바라의 집에는 나와 레이, 뮤 그리고 마리만이 남아있었다. 곧 나를 포함한 나머지 사람들도 모두 떠날 채비를 하고 있었는데 나는 그들에게 가 저녁 식사를 함께 하자고 제안했다. 의외로 모두 흔쾌히 수락했기 때문에 우리는 짧은 저녁 식사를 함께할 수 있었다. 식사 도중 나는 레이에게 물었다.

"레이. 영국으로 다시 돌아간다고 했잖아? 그럼 이 집은 비워두는 거야?"

"출판사 때문에 잠시 가는 것뿐이야. 다시 돌아올 거야."

"그렇구나. 뮤! 뮤는 정말 산속으로 들어가실 건가요?"

내 말에 그는 그런 걸 왜 묻느냐는 표정으로 나에게 끄덕였다.

"그럼 산에는 언제 들어가시나요?"

"오늘 밤."

"오늘 밤이요? 너무 깜깜하지 않아요?"

그러나 딱히 대답은 없었다. 나는 고개를 돌려 마리에게 물었다.

"마리도 집으로 돌아가나요?"

"아니용. 여기저기 다녀야해요. 해야 할 일이 많아서용."

"아아. 그럼 이제 다들 한동안 못 보겠군요?"

내 말에 마리가 활짝 웃으며 나에게 말했다.

"걱정 말아요. 조만간 제가 파티를 열 거거든요."

"무슨 파티요?"

"곧 알게 될 거에요. 내가 초대하면 꼭 와줘용. 히히."

곧 식사를 마치자 뮤가 천천히 자리에서 일어나더니 들고 온 짐을 어깨에 둘러멨다. 그는 눈짓으로 나머지 사람들과 작별인사를 하고는 밖으로 걸어나갔다.

"아."

문을 나서려던 그가 나직이 내뱉더니 뒤를 돌았다. 그는 손가락으로 자신의 목덜미를 가리키며 나에게 말했다.

"미안하다. 그 상처."

아마 이전에 내 목에 칼로 상처를 냈던 것에 대한 사과 같았다. 나는 큰 소리로 괜찮다며 그에게 답했고 그는 살짝 웃더니 이내 모습을 감추었다.

그 다음으로 마리가 자리를 정리하고 일어났다. 그녀는 나와 레이에게 고개를 숙여 인사한 뒤 밖으로 걸어나갔다.

텅 빈 정원에는 나와 레이 둘만 남아있었다.

"데미안."

"응?"

"바라는 죽기 전에 왜 우리를 피했던 걸까?"

나는 그 물음에 깊은 한숨을 내쉬며 대답했다.

"글쎄. 사실 나는 그동안 바라가 사람들을 일부러 피했다는 것도 몰랐어. 여기 와서야 그 사실을 알게 된 거지. 아마 바라가 멤버들에게 정을 떼려고 그랬던 건 아니었을까?"

"그래도 너는 계속 만났었잖아?"

"바라가 입원한 동안은 그랬지. 지금 생각해보면 그녀는 그 큰 병실에 혼자 남아있는 게 외롭고 두려웠던 것 같아. 하지만 퇴원해서 집까지 데려다주니 나에게도 쿨하게 작별인사를 했었어."

그 말에 레이는 천천히 고개를 끄덕이더니 나에게 물었다.

"바라는 내 복수에 관해 알고 있었을까?"

나는 레이의 말에 어떻게 대답해야 좋을지 한참을 고민했다. 이내 모든 사실을 털어놓기로 하고 입을 열었다. 바라가 새 멤버를 원하게 된 이유와 내가 바라 친위대에 들어가게 된 과정 그리고 그녀의 임무를 받아 활동하던 얘기 마지막으로 그녀가 나에게 남긴 부탁까지 한참이 지나서야 얘기를 마칠 수 있었고 레이는 한동안 아무 말도 하지 않고 있었다. 이윽고 그녀가 천천히 입을 열었다.

"나 때문이었군."

"그랬던 것 같아. 그리고 바라가 혹시나 자기가 죽으면 너한테 꼭 사랑한다는 말을 전해달라고 했었어."

그 말에 레이는 코웃음을 치며 말했다.

"오글거려."

그리고는 이내 크게 한숨을 쉬더니 주머니 속에 있던 종이 한 장을 꺼내 나에게 보여주었다. 나는 그녀에게 물었다.

"이게 뭐야? 공문서 같은데? 근데 너와 바라의 이름을 제외하면 아무것도 못 읽겠어."

"입양 신청서야."

"뭐? 그럼 바라가 널 입양하려고 했었던 거야?"

"응. 끝내 법원에서 허가해주지 않았지만."

"아아. 그래? 결국은 안 된 거구나?"

"제한도 많았고 절차도 복잡했으니까."

"그랬군. 네가 실망이 많았겠네."

"아니라고는 못 하겠군. 그때는 더 어렸었거든."

그 말에 나는 레이의 표정을 살피다 조심스레 물었다.

"그 서류를 쭉 간직해오고 있었던 거야?"

"응. 바라는 버리라고 했는데 난 그렇게 못하겠더라."

그 말과 함께 레이는 서류를 접어 다시 주머니 속에 집어넣었다.

"레이."

"응?"

"너 이번에 운 적 있어?"

"아니. 너는?"

"나도 아직. 이상하지? 왜일까?"

"글쎄."

"나는 사실 아직도 잘 실감이 안 나. 바라가 분명 어딘가에서 여행을 하며 악의 무리를 소탕하고 있을 것만 같거든."

"실은 나도 그래."

우리는 밤하늘에 떠 있는 수많은 별들을 올려다보았다. 가끔 그것 중의 하나는 땅으로 뚝 떨어지는 것처럼 보이기도 했다.

"레이."

"응?"

"내가 어떤 책에서 읽었는데 말이야. 사람이 죽으면 몸은 썩어 없어지지만 영혼은 하늘 높이 올라가 저렇게 별이 된대. 그래서 하늘에는 저렇게 별들이 수없이 많은 거래."

"오글거려."

"낭만적이지는 않고?"

그녀는 내 물음에 대답하지 않은 채 밤하늘을 올려다보고 있었다. 이윽고 그녀가 다시 웃으며 말했다.

"역시 오글거려."

레이와 헤어진 다음 날 나는 비행기를 타고 한국으로 돌아왔다. 오랜만에 돌아온 한국은 전과 마찬가지로 여전히 여유 없는 모습이었다. 하지만 물론 일련의 변화들도 있었다. 상추와 배춧값이 올랐고 지하철과 버스요금이 올랐으며 전기와 가스요금도 올랐다. 실로 놀라운 변화였다.

부모님께 회사에 휴가를 내어 귀국한 거라고 했는데 역시 외국계가 좋다며 무척이나 뿌듯해하셨다. 여전히 나의 통장에는 월급이 차곡차곡 들어오고 있었지만 과연 내가 이 돈을 받을 자격이 있는지 고민되기도 했다.

지인들은 여전히 생각하는 대로 살지 않아서 사는 대로 생각하는 삶을 계속하고 있었다. 이디와는 얼마 전 연락을 했는데 필리핀에서 여전히 즐거운 생활을 하고 있었고 라일은 뭘 하는지 도통 연락이 없었다.

나는 문득 바라가 남겼다는 쪽지가 생각나 급히 오르골을 찾았다. 오르골은 내가 보관해둔 그대로였는데 열어보니 덮개 부분에 잘 보이지 않는 수납공간이 있었다. 나는 그것을 열어 안에 담긴 쪽지의 내용을 확인하고는 바라의 모습을 떠올리며 미소 지었다.

부모님 집에서 두 달 정도를 머무른 뒤, 부모님과 주변 지인들에게는 당연히 회사로 돌아가는 것으로 알리고서 나는 다시 세계 일주를 시작했다.

여행한 지 6개월이 지나 새로운 해의 5월 말이 되었을 무렵, 한 통의 메일을 받게 되었다. 마리의 연락이었는데 장례식 때 언뜻 얘기해주었던 파티에 관한 것이었다.

그 파티의 이름은 'Return Party'였고 날짜와 시간, 장소가 안내되어 있었다. 아마 멤버 전체에게 보낸 것 같았는데 놀라운 것은 파티에 참석하는 참석자의 여행 경비 전액을 마리가 전부 지불한다는 것이었다.

며칠 뒤 나는 그리스의 자킨토스 공항에 도착하게 되었다. 그리고 그곳에서 택시를 타고 브로미 항구로 갔다. 모임 장소는 나바지오 해변이어서 거기서부터는 작은 보트를 타고 1시간을 더 들어가야 했지만 나는 그대로 날아서 파티 장소로 향했다. 아침 공기를 가르며 날다가 내려다보니 바다는 보통의 파란색이 아닌 매우 청량감 있는 파란색이었다. 덕분에 몸속까지 시원해지는 기분이었다.

도착한 해변은 200m 높이의 절벽이 해변의 양옆과 뒤를 타원형으로 둘러싸고 있었다. 해변에는 하얀 모래가 깔려있었는데 그 한가운데에 난파선 하나가 덩그러니 놓여있었다.

내가 멤버들을 찾기 위해 주변을 둘러보고 있을 때 갑자기 뒤에서 나를 부르는 사람들의 소리가 들렸다. 뒤를 돌아보니 아까 날아오면서 미처 발견하지 못했던 하얀 배 한 척이 떠 있었다. 마치 해군 잠수함 같이 생긴 대형 여객선이었는데 그곳에 멤버들이 있는 것을 확인하고 나도 그곳으로 날아갔다. 150명 가까이 되는 멤버가 타고 있었기에 배 갑판은 시끌시끌했다. 내가 들어서자 많은 멤버들이 나에게 인사했다. 그렇게 인사를 주고받고 있을 때 레프가 내 뒤에서 나타나 인사했다.

"데미안. 오랜만이야."

"레프. 잘 지냈어요?"

나는 레프와 가볍게 포옹을 한 뒤 서로의 안부를 물었다.

"레프. 대체 이 배는 뭐에요?"

"아. 이거? 아마 마리가 최근에 구입한 거라지?"

"이 크루즈를요?"

"크루즈는 아니고 초호화 요트 정도라고 생각하면 돼. 뭐 이것도 상상을 초월하는 어마어마한 가격이겠지만."

"그래요? 근데 마리는 대체 이 배를 왜 산 걸까요? 세계 일주라도 가려는 걸까요?"

"그거야 모르지. 어쨌든 그간의 활동으로 막대한 재산을 모았다는 소문이 거짓은 아니었나 봐. 아마 이 근처도 우리만 있을 수 있게 마리가 손을 쓴 것 같아."

"대체 어떻게요?"

"난들 아나? 근처의 보트를 전부 빌려버렸을지도 모르지."

"마리는 정말 무서운 여자군요."

"그럼. 뭐, 자기야 계속 고사한다지만 바라도 없는 마당에 마리가 명실상부한 리더 아니겠어?"

나는 대화를 마친 후, 와인을 마시며 파티를 즐기기 시작했다. 그때 누군가 나를 불렀다.

"데미안."

"레이! 오랜만이다."

레이와 나는 반가움의 표시로 짧은 포옹을 했다. 그 포옹은 멤버 중 유일하게 나에게만 해주는 것이었기에 나는 그녀와의 포옹이 좋았다. 나는 레이의 머리를 보며 물었다.

"레이. 못 본 사이에 머리가 많이 길었네?"

"아. 귀찮아서."

"머리 긴 것도 어울린다."

"고마워."

그 후, 레이와 그간의 소소한 이야기들을 나누기 시작했다. 어느덧 해가 뉘엿뉘엿 지고 있었다. 붉은 노을이 파란 바다 여기저기를 출렁일 무렵, 갑자기 갑판 앞에 마련된 무대에 마리가 등장했다. 사람들은 누가 먼저랄 것 없이 마리를 위한 박수를 치기 시작했다. 그것은 이 파티를 주최해준 데 따른 감사의 의미였다. 하지만 나는 의아함을 느끼며 레이에게 물었다.

"레이. 마리가 최근에 남들 앞에 자주 나서네? 성격이 변한 걸까"

내 말에 레이는 잘 모르겠다는 듯 양 손바닥을 펼쳐 보였다. 그때 마리가 그녀의 앞에 마련된 마이크에 대고 이야기를 시작했다.

"다들 와주셔서 감사해용. 오늘은 제가 주최한 리턴 파티입니다. 사실 이 파티는 우리 모두를 위한 파티이지만 그 전에 바라와 저에게는 매우 중요한 의미를 가진 파티입니다. 플라이어즈가 만들어지기 전, 바라는 나중에 모임을 만들면 큰 배를 사서 모든 동료들과 즐거운 시간을 보내고 싶다고 늘 말해왔었거든용. 물론, 이제 바라는 우리 곁에 없지만 오늘 여기에, 이렇게 많은 분들이 와주셨으니 분명 어디에선가 무척 기뻐하고 있을 거라 생각합니다."

그 말에 사람들 모두가 천천히 박수를 치기 시작했다. 그것은 추모의 표시였다. 이윽고 박수소리가 멈추자 마리가 말을 이었다.

"바라가 입버릇처럼 했던 말이 또 있습니당. 아시는 분은 아시겠지만 바라는 죽을 때 자신의 모든 재산을 배에 실어 바다 한가운데로 갈 거라고 했어요. 그리고 그 배를 불태워 자신도 바다의 일부가 되고 싶다고 했었죠. 그래서 저는 바라가 생전 입버릇처럼 했던 얘기들을 오늘 이뤄주고 싶었습니당. 그게 오늘 이 파티를 주최한 이유입니다. 배는 지금 바다 한가운데로 향하고 있어요. 그리고 저는 오늘 이 자리에서 안락사할 생각입니다. 제가 죽은 후에 배가 목적지에 도착하면 차기 리더가 되실 분이 꼭 이 배에 불을 붙여주셨으면 합니다."

갑판 위는 쥐죽은 듯 조용해졌다. 노을은 짙어져 있었고 배는 여전히 바다를 가르며 나아갈 뿐이었다. 마리가 다시 입을 열었다.

"다시 한번 파티에 참석해주신 모든 멤버 분들께 감사드립니당. 모두 잘 날아서 돌아가실 거라 믿어요."

"자, 잠깐만요!"

내가 손을 들고 소리치자 모두의 시선이 일순간 나에게로 쏠렸다. 나는 멤버 모두를 둘러보며 그들에게 외쳤다.

"죄송하지만 왜 아무도 말리지 않는 거죠? 다들 동료의 죽음을 그대로 보고만 있을 건가요?"

하지만 배 안은 여전히 고요했다. 나는 마리를 향해 외쳤다.

"마리! 대체 왜 지금 여기서 죽겠다는 거예요? 바라가 죽은 것 때문에 상심이 큰 건 알아요. 하지만."

"물론. 바라가 죽은 후에 내 인생은 무의미해졌어요. 나는 이제껏 그녀를 위해 살아왔으니까요. 그렇다고 이 결정을 감정적으로 내린 것은 아니에요. 그랬다면 저는 이미 자살했겠죵. 죽더라도 내가 결정한 시간과 장소에서 의미 있게 죽고 싶어요. 분명 사는 것만큼이나 죽는 것도 의미가 있으니까요."

"하지만 마리."

"이건 바라의 꿈이었지만 동시에 제 꿈이기도 해요. 사랑하는 친구들과 함께 배를 타고 아름다운 바다로 나가서, 지는 노을을 바라보며 또 많은 이들의 따뜻한 눈빛을 받으며, 편안히 잠들듯 그렇게 죽어가는 것. 물론 바라가 함께였다면 더 좋았겠죵? 히히."

그 말에 내가 대꾸하려는 찰나 뒤에서 누군가가 내 어깨를 잡았다. 돌아보니 나보다 작은 키에 파마를 한 백인 남성이었는데 꽤 나이가 들어 보이는 얼굴이었다. 그는 나를 보며 말했다.

"아. 반갑네. 나는 에드야."

나는 그와 가볍게 악수했다. 그는 한숨을 쉬더니 말을 이었다.

"데미안. 자네 마음은 알겠지만 저건 마리의 선택이야. 존중해줘."

"그렇지만. 친구의 죽음을 두고 볼 사람이 어디 있겠어요?"

"물론 그렇지. 데미안. 자네는 같은 옷이 있다면 흰색을 사겠나? 아니면 검은색을 사겠나?"

나는 의아함을 느끼면서도 잠시 고민하다 대답했다.

"흰색이요."

"그럼 누군가가 만약 자네가 흰색 옷을 산다고 그것을 극구 말린다면 어떨 것 같아?"

"아무래도 이상하게 생각하겠죠."

"내 생각에는 마리에게 지금 자네가 그런 셈이지. 그녀에게 있어 삶과 죽음을 선택하는 건 마치 어떤 색의 옷을 살까 하는 고민과 별반 다르지 않아. 물론 친구를 더 이상 보지 못하게 되는 아쉬움은 여기 있는 모두가 다 똑같을 거야. 하지만 그래도 우리는 그녀의 선택을 존중해줘야만 해. 이건 바라의 꿈이었고 동시의 마리의 꿈이기도 하니까."

나는 말없이 에드를 바라보며 서 있었다. 그때 다시 한번 스피커를 통해 마리의 목소리가 들렸다.

"그리고 차기 리더가 되실 분은 아마 지금쯤 스스로가 알고 계실 겁니당. 꼭 부탁드립니다. 바라와 저의 꿈을 이뤄주세요."

무대에 섰던 그녀는 이제 갑판으로 내려와 멤버들 한 명 한 명과 작별의 포옹을 나누고 있었다. 모두 그녀를 향해 웃으며 인사했다. 누구도 슬퍼하지 않았고 누구도 아쉬워하지 않았다. 마치 바로 옆 나라에 여행을 떠나는 사람에게 인사하듯 다들 그녀를 배웅했다. 그녀는 마지막으로 나에게 다가와 포옹한 뒤 말했다.

"데미안. 많은 용기가 필요했을 텐데 그렇게 나서서 얘기해줬던 것. 고마워요. 역시 바라의 말대로였어요."

"바라가 저에 대해 뭐라고 얘기하던가요?"

"아직 자기 자신의 진정한 가치를 모르는 사람이라더군요."

"저에게는 과분한 칭찬이네요."

"데미안."

"네?"

"잘 부탁해요."

그녀는 그 말을 끝으로 갑판 가운데에 마련된 원목 흔들의자에 앉았다. 그리고 자신의 무릎에 미리 준비된 포근한 담요를 걸쳤다. 갑자기 그녀가 뭔가 생각난 듯 마지막으로 말을 덧붙였다.

"혹시나 해서 말씀드리는 건데 이 배 안에 있는 재산을 탐내시는 분이 있다면 그 생각은 접으셔야 할 거예용. 고통스럽게 죽어가는 것을 원하지 않으신다면용."

그 말과 함께 마리는 손목에 있던 시계를 쳐다보더니 자신의 주머니 안에서 작은 주사기를 꺼내 들었다. 그리고 뚜껑을 열어 주사기 바늘을 자신의 팔에 갖다 대었는데 노을빛에 닿아 바늘이 반짝거리고 있었다. 마리는 자신의 주변을 둘러보았다. 멤버들 모두가 그녀의 주변을 감싸고 있었다. 그리고 마리의 어깨와 머리 그리고 팔과 등을 따뜻한 손길로 어루만져주고 있었다. 곧 누구랄 것도 없이 다들 잘 가요. 다정한 인사를 마리에게 건네고 있었다. 그 인사에 마리는 몇 번 고개를 끄덕인 뒤 부드럽게 주사기 바늘을 자신의 팔에 찔러 넣고 그 안에 든 약물을 몸속으로 천천히 밀어 넣었다. 잠시 후 주사기를 땅에 내려둔 마리는 편안한 표정으로 앉아있었다.

—짝 짝 짝

누군가 치기 시작한 박수가 천천히 모두에게 전염되었다. 곧 멤버 모두가 그녀를 바라보며 박수 치고 있었다. 그녀는 미소를 지으며 천천히 눈을 감았는데 마치 고맙다는 인사를 하는 것 같았다. 곧 그녀가 완전히 눈을 감았지만 그녀는 여전히 흔들거리고 있었다. 이윽고 박수 소리가 멈추자 배 안의 분위기는 숙연해졌다. 멤버들 중 누구도 입을 열지 않았다. 대신 누군가 참지 못하고 눈물을 흘리자 곧 모두가 눈물로 그녀를 배웅해 주었다. 남아있는 사람들에게는 결국, 낭만보다 현실이 먼저 다가온 것이었다. 그러나 나는 울지 않고 있었다. 그때 레이가 옆에서 나에게 물었다.

"울었어?"

"아니. 너는?"

"나도."

"역시. 아직 실감이 잘 안 나기 때문이지?"

"그런 거겠지?"

제12장 마리의 작별인사

"차기 리더는 누구입니까?!"

곧 배가 목적지에 도착하자 누군가 그렇게 외쳤고 그 말에 배 안은 소란스러워지기 시작했다. 다시 한번 누군가 또 외쳤다.

"아무도 없는 겁니까? 마리의 말로는 리더가 될 사람이, 분명 자기 스스로도 그 사실을 알고 있을 거라 했습니다!"

웅성거림은 더욱 커지고 있었다. 어수선한 분위기가 계속되던 그때 인파 속에서 조용히 손을 든 이가 있었다. 그 손을 든 사람을 보며 멤버들이 한마디씩 거들고 있었다.

"에잉? 데미안? 아니, 이제 막 들어온 신입 멤버가?"

"데미안이 차기 리더라고? 보아하니 나이도 어린 것 같은데."

"바라를 대신할 수 있을 리가 없잖아. 레이 정도는 되어야지."

손을 든 이는 바로 나였다. 나는 그들의 말에 대꾸하는 것 대신 주머니 안에서 쪽지를 꺼내 들어 모두에게 보였다.

"이건, 플라이어즈의 전 리더 바라가 저에게 남긴 쪽지입니다. 이 쪽지에는 바라가 저를 차기 리더로 지목한 사실이 드러나 있습니다. 바라의 필체는 모두 아실 테니 확인해 보셔도 좋습니다."

[플라이어즈의 위대한 리더 나 바라는 데미안을 나의 후계자로 인정한다. 내가 죽거나 없다면 데미안이 리더가 된다. 멤버 모두는 나의 결정을 무조건 따르도록. 이상]

분위기는 더욱 어수선해져 있었다. 대부분의 멤버들이 쪽지의 내용을 확인했음에도 뭔가 석연치 않다는 표정이었다. 하지만 나는 오히려 마음이 편했다. 바라의 말처럼 굳이 남들에게 증명하려고 애쓰지 않았기 때문이었다. 그저 덤덤하게 결과가 나오기만을 기다리고 있었다. 하지만 어느 누구도 쉽사리 입을 열지 못하고 있었고 바로 그때 검은 그림자가 배 안으로 내려앉았다.

―척

"대체 누가 혼자서 그 빗발치는 총알들을 뚫고 바라를 구했지?"

그 사람은 뮤였다. 멤버들은 모두 놀란 눈으로 그를 쳐다보고 있었다. 하지만 뮤는 그런 시선들을 무시한 채 다시 말을 이었다.

"바로, 여기 데미안이다."

사람들은 더욱 웅성거리기 시작했다. 그러자 뮤는 천천히 오른손을 들며 멤버들을 향해 이렇게 외쳤다.

"나는 찬성이다."

뮤의 말이 끝나자 레이가 손을 들었다. 이어서 레프와 라이트 그리고 여기에 참석한 것도 몰랐을 만큼 조용히 있었던 이안도 구석에서 손을 들고 있었다. 나머지 멤버들도 서서히 손을 들었다. 곧 모든 멤버가 오른손을 들고 있었다.

"아, 알겠습니다. 그럼 그 건은 그쪽하고 좀 제휴를 해주세요. 네. 부탁드릴게요. 아! 그리고 이번 케냐에서 하는 봉사활동에 참여하는 인원이 확정되면 저희 쪽으로 서류 좀 보내주시고요. 네."

나는 전화를 끊자마자 책상에 놓인 서류들을 살피기 시작했다.

—똑똑똑

그때 노크 소리가 들리더니 문을 열고 레이가 들어왔다.

"레이? 출판사는 어쩌고 내 사무실까지 왔어?"

"그냥. 바빠 보이네?"

"아아. 방금 유니세프에서 연락이 와서 통화하고 있었어."

"그건 뭐야?"

"아, 이번에 케냐에 학교를 지을 계획인데 그거에 관한 서류들이야. 오늘까지 마무리해야 하거든."

"오오. 열심인데?"

그 말과 함께 레이가 손님용 소파에 앉자 나도 의자 등받이에 몸을 기대며 그녀에게 물었다.

"출판사는 어때?"

"좋아. 여전히. 너는 어때?"

"나도 괜찮아. 요즘은 기부금도 많이 들어와서 아직은 여유가 있어. 아! 저번에 도와준 건 고마웠어. 너희 출판사가 아니었으면 우리가 실행하려고 했던 잡지 계획은 아예 물거품이 되었을 거야."

"뭐. 덕분에 우리도 잡지까지 분야를 넓혔으니까."

"서로 윈윈이군? 아 레프한테는 연락받았어. 조만간 그 병원과 제휴할까 해. 내년에 함께 의료봉사를 갈 생각이야."

"레프가 출판사로 빨리 돌아와야 나도 여행이나 갈 텐데."

"이번 건만 잘 마무리되면 아마 그렇게 될 거야."

나는 플라이어즈의 차기 리더가 된 이후 바라의 유언대로 그녀가 설립한 자선단체 'FLYERSAID'의 대표를 맡게 되었다. 현재 직원은 60명 안팎이었는데 그중 플라이어는 이안과 에드를 비롯해 10여명 정도가 있었다. 그리고 얼마 전 회계 팀으로 이디가 합류하여 나와 함께 일하기 시작했다. 업무를 시작한 지는 1년이 넘어가고 있었다. 처음에는 부족한 것이 많았지만 곧 한국과 필리핀으로 지사를 확장하게 될 정도로 많은 성장을 이뤄낼 수 있었다.

가끔 바라의 생각을 할 때면 그녀가 '거봐! 데미안. 그게 진정한 너의 가치야!'라고 나에게 말하는 것만 같았다.

본사는 영국에 있었는데 그것도 레이의 출판사와 가까이 있었다. 그래서 우리는 종종 식사도 함께하고 가끔 이렇게 서로의 회사에 들러 여러 가지 얘기들을 주고받고는 했다.

"아, 맞다. 그때 나바지오 해변으로 뮤를 부른 게 레이, 너였다며?"

"누가 그래?"

"뮤가 그러던데?"

"그 녀석 보기보다 입이 가볍군."

"너는 내가 차기 리더가 될 거라는 걸 미리 알고 있었던 거야?"

"운 좋게 들어맞았을 뿐이야."

나는 그 말에 살짝 웃다 그녀에게 말했다.

"그거 알아? 마리 배. 얼마 전에 바닷속에서 폭발했어."

"정말? 왜?"

"마리 말대로 거기에 무슨 장치가 되어 있었나 봐. 보물선이라고 그동안 찾아다닌 사람들이 꽤 됐었는데 잘못 건드렸다가 폭발한 거지. 마리 정말 무서운 여자야."

내 말에 레이 역시 매우 공감한다는 표정을 지어 보였다. 그렇게 이런저런 얘기를 나누다 나는 다시 그녀에게 물었다.

"레이. 그건 그렇고 너 정말 여기에는 왜 온 거야? 원래대로라면 지금 회사에 있어야 할 시간이잖아?"

"아. 말을 안 했던가?"

"응. 아까 하다가 말았지."

"일 얘기야."

"일? 아아. 공적인 얘기라는 거군? 내 생각에는 아무래도 그 결과가 나온 모양이네? 그래. 좋아. 이제 진지하게 얘기 좀 해볼까?"

어느새 나와 레이의 표정은 진지해져 있었다. 한동안 나를 바라보던 레이가 천천히 입을 열었다.

"일단. 결과를 떠나서 그동안 수고 많았어."

"그렇게 말해줘서 고마워. 레이."

그녀는 내 말에 미소 짓더니 이내 진지한 표정으로 다시 말했다.

"일단 내부 회의는 마쳤어."

"냉정하게?"

"응. 냉정하고 공정하게."

그 말과 함께 레이는 작은 숨을 내쉬며 말을 이었다.

"물론, 문제가 되는 상호나 인물명은 수정이 필요하다는 결론을 내렸어. 아쉽겠지만 제목도 우리가 결정했고."

"레이. 그렇다면. 설마?"

"그래. 그것만 수정되면 통과야. 아마 다음 달 초에 초판이 인쇄될 거야."

그 말에 기뻐하는 내 모습을 보며 레이는 흐뭇한 미소를 짓고 있었다. 곧 레이가 나에게 말했다.

"데미안. 너의 책 제목은 〈플라이어〉야."

번외 III

라일의 이야기

"오빠. 우리는 잘 안 맞는 것 같아. 미안해. 헤어지자."

"뭐? 대체 왜지? 이유가 뭐야?"

번화가 대로변에 위치한 한 카페. 창가 앞에 마련된 테이블에는 연인으로 보이는 20대 커플이 커피를 마시고 있었다. 남자는 자신의 앞에 앉아있는 여자 친구에게서 방금 받게 된 이별 통보를 쉽게 납득하지 못하고 있었다.

"솔직히. 오빠는 비전이 없는 것 같아."

"설마 이번에 내가 공무원 시험에 떨어졌다고 이러는 거야?"

"그것도 그렇고."

그 말에 남자가 기가 차다는 듯 여자에게 말했다.

"너 때문에 유학 중간에 다 그만두고 한국으로 돌아왔어. 너희 엄마가 기도원 가서 기도했는데 네 배우자감은 무조건 공무원이어야 한다는 신의 말씀이 들렸다고 해서 말이야. 그리고 귀국해서 지금 겨우 두 달 공부하고 처음으로 공무원 시험 본 거야."

남자의 말에 여자는 짜증 난다는 듯 그의 말을 딱 잘랐다.

"아. 됐어! 그것도 그거고! 사실 그동안 장거리 연애하느라 많이 힘들었어. 오빠가 유학하는 동안 난 혼자 여기서 늘 외로웠으니까."

그 말에 남자는 한숨을 깊게 내쉬고는 여자에게 말했다.

"그래. 너희 부모님 이혼한 것 때문에 요즘에 너 힘든 거 알아. 하지만 너도 처음부터 내 상황 다 알고 사귄 거였잖아?"

"라일. 이제 그만하자. 나 다른 남자 생겼어."

그 말에 허탈한 웃음을 짓던 라일이 그녀에게 물었다.

"설마 나랑 통화할 때마다 맨날 같이 밥 먹는다던 그 같은 과 오빠라는 사람이야?"

"라일. 나 공대잖아. 같은 과에 오빠가 한둘인 줄 알아?"

그녀는 남은 커피를 다 마시더니 핸드백을 들고 일어섰다. 그리고 충격을 받은 듯 가만히 앉아있던 라일에게 말했다.

"그동안 고마웠어. 다음 공무원 시험은 꼭 합격하길 바랄게."

"잠깐. 그거, 주고 가."

"주고 가라니? 뭘 말이야?"

라일은 손가락으로 그녀가 들고 있는 핸드백을 가리키며 말했다.

"그 명품 백. 내가 준 거잖아. 정확히 할인받아서 198만 원에 산 거야. 두고 가."

라일은 오늘도 편의점에서 소주 두 병과 과자를 사 들고 한강으로 향했다. 여자 친구와 이별한 후 2주 내내, 그는 밤마다 한강에서 혼자 술을 마셨다. 자전거 도로를 건넌 후 잔디 언덕에 올라 잠겨있는 철문을 뛰어넘었다. 그곳은 하수처리장이었는데 대단히 높은 곳이라 사람들의 출입이 금지된 곳이기도 했다. 그는 익숙한 듯 자리를 잡고 과자를 뜯었다. 그리고 병째로 소주를 급하게 마시기 시작했다. 강에서 부는 바람이 온몸을 스쳐갔는데 4월인데도 불구하고 마치 한겨울처럼 느껴졌다.

귀국 후의 라일은 한국 생활에 깊은 회의감을 느끼고 있었다. 학창시절 주먹 하나로 주변 학교를 주름잡았고 수려한 외모로 주변 학교 여학생들에게는 선망의 대상이었던 그였기에 현재의 초라함은 그에게 무척 낯선 것이었다.

라일은 이럴 때면 자신의 가장 친한 친구가 무척이나 보고 싶었다. 하지만 그 친구는 지금 한국에 없었다. 물론 지금이라도 연락을 할 수 있지만 괜한 말로 그를 걱정시키고 싶지는 않았다. 사실 얼마 전에도 그와 연락을 했으나 라일은 그것에 대해 후회하고 있었다. 라일과 그 친구는 형제라고 해도 될 만큼 가까운 사이였기 때문에 서로의 미세한 감정변화도 잘 알아채기 때문이었다.

그는 어느새 소주 두 병을 거의 다 마셔가고 있었다. 급하게 마셨는지 그는 이제 몸까지 휘청대고 있었다. 그가 갑자기 자리에서 일어나더니 조용히 중얼거렸다.

"의미가 없어. 이렇게 살 바에는 깔끔하게 죽는 게 나아."

그는 크게 심호흡을 하더니 하수처리장의 꼭대기로 올라갔다. 사다리를 타고 한참을 오르니 좁은 바닥이 나왔는데 사람 한 명이 제대로 서 있기도 힘들 만큼 작은 크기였다. 라일은 그곳에 위태롭게 올라 서 있었다. 잠시 후 그는 두 팔을 벌리고 뛰어내릴 자세를 취했다. 그가 조용히 속삭였다.

"미련은 없다. 다들 잘 있어라."

그는 아래로 뛰어내릴 듯 다리를 구부렸다. 곧 뛰어내리려던 찰나 이

내 동작을 멈추었다. 그리고는 혼잣말로 중얼거렸다.

"아오씨. 이거 생각보다 높네?"

그는 아래를 살펴보았다. 상당한 높이라 떨어지면 즉사는 보장된 장소였다. 그는 두려움에 몸을 살짝 떨다 도저히 안 되겠다는 표정으로 몸을 돌렸다.

"어? 어? 엇!"

라일은 실수로 발을 헛디디게 되었고 그의 몸은 그대로 바닥을 향해 빠르게 낙하하고 있었다.

"뭐, 뭐야?!"

그는 자기도 모르게 혼잣말을 하고 있었다. 그는 자신이 보고 있는 광경을 도저히 믿을 수가 없었다. 자신의 몸이 공중에서 대략 4m 정도 떠 있었던 것이다. 그는 있는 힘을 다해 몸을 움직이려 해보았지만 그럴 수는 없었다. 그때 갑자기 하얀 연기가 올라왔다. 아래를 내려다보니 덩치가 라일보다 두 배는 큰 사람이 그의 바로 아래 잔디밭에서 혼자 고기를 굽고 있었다.

'아니. 이 시간에 누가 한강에서 고기를 구워? 그것도 혼자서.'

그가 혀를 차고 있을 때 갑자기 몸에 힘이 빠지는 것을 느꼈다.

"어어어!"

-쿵 우당탕탕탕

그는 아래로 떨어져 고기를 굽고 있던 사람과 충돌하게 되었다.

"죄송합니다. 괘, 괜찮으세요?"

라일의 말에 그 사람이 고개를 돌렸는데 예상과 달리 여자였다. 그녀는 씩 웃더니 다시 고기를 구우며 라일에게 말했다.

"아. 퀸차나효."

"다행이네요. 근데 한국분이 아니신가 봐요?"

"아. 네. 쵸는 한쿡분이 아닙니타. 쵸는 대만 사람입뉘타."

"아아. 대만분이셨구나. 그런데 한국어를 상당히 잘하시네요?"

"요키서 유학 충입니타. 한쿡에서 오래살았습니타."

라일이 그녀의 말에 고개를 끄덕이자 그녀가 물었다.

"궁데 날 수 이케 된 지 올마나 됫쏘효?"

그 물음에 라일이 대답을 망설이자 그녀가 말했다.

"아아! 퀸차나효! 쵸도 날 수 있쏘효! 줴 이름은 아이린 입뉘타!"

"아, 아이린 이게 정말 너희 집이야?!"

"넵! 두로오세효!"

대만 타이페이의 샹산에 위치한 아이린의 집은 라일의 예상보다 훨씬 큰 궁전 같은 집이었다. 아이린이 초인종을 누르고 집 안에 있는 사람에게 중국어로 얘기하자 곧 커다란 문이 열렸다.

아이린의 아버지가 정원으로 나와 그들을 맞아주었고 아이린의 통역으로 무난히 서로의 자기소개와 인사를 마칠 수 있었다. 그는 오른쪽에 있는 2층짜리 건물을 가리키며 그곳을 통째로 사용하라고 했다. 라일은 놀란 가슴을 진정시키고 침착하게 감사하다며 캐리어를 끌고 그 집으로 들어갔다.

첫 만남 이후 라일은 급속도로 그녀와 가까워지게 되었다. 그러던 중 아이린은 자신의 고향인 대만으로 돌아가게 되었는데 라일에게 자신과 함께 갈 것을 제안했다. 라일은 한 동안 고민했지만 아이린이 모든 경비를 지불하겠다고 하자 그 제안을 수락했다. 한국을 떠나는 것이 너무도 간절했기 때문이었다. 라일은 감사의 표시로 전 여자 친구에게서 돌려받았던 명품 백을 아이린에게 선물해주었다.

그리고 5월이 되자마자 워킹홀리데이 비자를 통해 대만으로 향했다. 물론 부모님과 주변 사람들에게는 원래 유학하던 두바이로 다시 돌아가 공부할 거라고 말해 두었다.

그렇게 라일의 대만 생활이 시작되었다. 라일은 아이린의 집안일을 틈틈이 도왔는데 주로 집 근처에 위치한 아이린 아버지의 가게로 저녁 식사를 배달하는 일을 도맡아 했다.

대만에서 지낸 지 두 달 정도가 지나니 라일은 자신이 머무는 동네의 지리를 완벽하게 파악할 수 있었다. 그래서 심부름을 갈 때도 인적이 드문 지름길을 자주 이용했는데 하루는 자신이 방금 지나온 길에서 한 여성의 비명소리를 듣게 되었다.

"살려주세요!"

중국어였지만 분명하게 알 수 있었다. 매우 간단한 문장이었을뿐더러 라일의 중국어 실력도 많이 늘었기 때문이었다. 그는 비명소리가 들린 장소로 달려갔다. 다섯 명의 남자들이 한 여자를 겁탈하려 하고 있었다. 라일은 그들에게 중국어로 소리쳤다.

"그만둬!"

그러자 그 무리는 한꺼번에 라일에게 다가왔다. 그러자 라일도 슬슬 자세를 고쳐 잡았다. 곧 무리 중 하나가 빠르게 달려 나와 라일에게 주먹을 휘둘렀다. 라일은 그 주먹을 가볍게 피한 뒤 몸을 회전시켜 곧바로 그 뒤에 있는 남자의 얼굴을 돌려차기로 가격했다. 그러자 그 남자는 그대로 기절해버렸다. 그러나 라일의 움직임은 거기서 멈추지 않았다. 땅에 착지하자마자 옆 남자의 턱 중앙에 주먹을 꽂아 넣고 다시 뒤를 돌아 자신에게 처음 주먹을 휘둘렀던 남자를 향해 주먹을 날렸다. 단 세 방의 공격에 세 명이 추풍낙엽처럼 쓰러져 버리자 남아있던 두 남자는 겁먹은 눈빛으로 라일을 바라보고 있었다. 라일이 그들에게 말을 하려는 찰나였다.

—퍽

뒤통수에서 느껴지는 통증과 함께 라일은 그대로 고꾸라졌다. 그러나 가까스로 고개를 들어 자신을 공격한 자를 올려다보았다. 그 사람은 아까 비명을 지르던 여자였다. 곧 쓰러져 있던 사내들까지 모두 합세해 점점 라일에게 다가왔다. 그러나 라일은 전혀 몸을 움직일 수가 없었다. 그들이 라일에게 보복하려던 그 순간, 그들의 뒤에서 누군가 나타나 엄청난 속도로 그 무리를 제압하였다. 라일은 그 장면을 끝까지 보지 못한 채 정신을 잃었다.

"이제 정신이 드는가?"

부드러운 인상의 노인이 라일에게 물었다. 머리가 백발인 것으로 보아 최소 70세는 되어 보이는 노인이었는데 키도 작고 체격도 왜소하지만 날카로운 눈매의 소유자였다. 라일은 그에게 물었다.

"여기가 어딘가요?"

"자네. 말이 서툰 걸 보니 이곳 사람은 아니군? 어디 사람인가?"

"네. 저는 한국인입니다."

"음. 내가 한국어는 못하니 필요하면 영어로 하게."

그는 자신을 '진'이라고 소개했고 라일에게 자신을 '진' 선생님으로 부르게 했다.

"진 선생님. 그런데 대체 여기는 어디입니까?"

"여기는 내 도장 안에 딸린 작은 방이라네. 자네가 정신을 잃어서 내가 여기로 데리고 왔다네. 사실 자네가 갔던 그 길은 너무 위험해서 이곳 현지인들도 꺼리는 길이야. 요즘에는 강도질도 치밀해져서 저렇게 한 여자가 비명을 지른 뒤 사람을 유인해서 한꺼번에 공격하더군."

"그러면 진 선생님께서 저를 구해주신 것입니까?"

"그렇다네. 지나가다 우연히 자네를 보게 되었지."

"그랬군요. 덕분에 큰 화를 면할 수 있었습니다. 감사합니다."

진 선생은 고개를 끄덕이더니 눈빛을 바꿔 라일에게 물었다.

"자네 이름은 뭔가?"

"제 이름도 말씀을 안 드렸네요. 라일이라고 불러주세요."

한국 이름은 외국인에게 너무 어려울 것 같아 라일은 자신의 애칭을 진 선생에게 알려주었다.

"음, 그래. 라일 군. 자네는 혹시 무술을 배워본 적이 있는가?"

"무술이요? 아뇨. 전혀 없습니다."

그 말에 진 선생은 잠시 생각하다 말을 이었다.

"아까 자네의 몸놀림이 예사가 아니더군. 한 번도 무술을 배운 적이 없다는 게 정말이라면 그건 내 평생에 못 본 재능일 거야. 자네. 혹시 나에게 무술을 배워보지 않겠나?"

"네? 무술이요? 어떤 무술이죠?"

"영춘권이라네. 사실 이 도장을 차린 지도 50년이 되었어. 하지만 나는 조만간 이 도장을 닫으려 한다네."

"네? 왜죠?"

"나야 너무 늙었고 다음을 이어줄 사람도 찾지 못했거든. 그동안 나는 내 수련에만 너무 바빠 단 한 명의 제자도 두지 않았다네. 물론 도장의 수강생들이야 많았지만 말일세. 그런데 바로 이 시점에서 자네를 마주친 거야. 어떤가? 나에게 무술을 배워보겠는가?"

"그건 선생님의 제자가 되라는 말씀이신가요?"

"그렇다네. 나는 이 도장을 닫기 전에 자네를 내 제자로 두고 내 모든 것을 전수해주고 싶네."

그 말을 들은 라일은 잠시 고민하더니 입을 열었다.

"진 선생님. 말씀은 감사하지만 저는 지금 이곳에 1년 정도밖에 머물지 못합니다. 게다가 선생님께 수업료를 낼 수도 없는 처지이고요. 오히려 일자리를 구해 돈을 벌어야 할 상황이거든요."

"내가 언제 자네에게 수업료를 받겠다고 했나?"

"네?"

"제자에게 돈을 받고 가르침을 주는 스승은 없다네. 수업료는 필요 없네. 게다가 1년이면 가르칠 시간으로는 충분하고 말이야. 일자리를 구한다고 했나? 정 필요하면 도장에 나와 내 일을 돕게. 충분한 돈을 주지. 그리고 잘 곳이 없다면 도장 안에 딸린 이 작은 방에서 지내도 괜찮다네. 나야 보통은 집으로 가니까 말일세."

라일은 그의 제안을 잠시 고민해 보았다. 여러모로 나쁠 것 없는 제안이었기에 그는 그 제안을 흔쾌히 받아들이기로 했다.

"알겠습니다. 오늘부터 선생님의 제자가 되도록 하겠습니다."

"좋다. 라일. 오늘부터 나를 스승님이라고 부르도록 해라."

그 다음 날부터 라일의 일상은 매우 의욕적이고 규칙적으로 흘러갔다. 새벽 4시에 일어나 명상과 체력훈련을 하고 5시에 도장으로 나가

진 선생에게 무술을 전수받았다. 그 후 정오까지 개인 연습을 한 뒤 아이린의 집으로 돌아가 점심 심부름과 함께 식사를 했다. 그 뒤 잠깐의 휴식과 영어 그리고 중국어를 공부했다. 저녁 심부름이 끝나면 도장으로 돌아가 청소와 뒷정리를 했고 자정까지 다시 개인 연습에 몰두하였다.

 그렇게 7개월이 지나 12월이 되자 라일의 중국어 실력은 웬만한 대화가 가능해질 만큼 발전했고 무술 실력도 일취월장하여 배운 지 6개월이 지나갔을 때 이미 모든 투로를 전부 익히기에 이르렀다. 1년을 생각하고 가르치려 했던 진 선생도 자신의 예상보다 훨씬 빠른 라일의 발전 속도에 혀를 내두를 정도였다.
 진 선생은 라일에게 매달 상당한 양의 돈을 주었는데 단지 도장 청소와 뒷정리를 하는 대가치고 너무 커서 받기 부담스러울 정도였다. 덕분에 라일은 꽤 많은 돈을 모을 수 있었다.
 라일은 무술연습과 더불어 가끔 공중에 뜨는 연습도 했는데 생각보다 진도가 쉽사리 나가지 않았다. 바닥에서 약간 뜨는 것까지는 쉬웠으나 그 상태에서 좀처럼 이동하기는 어려웠던 것이다. 라일은 자신의 옆에서 과자를 먹고 있는 아이린에게 물었다.
 "아이린, 너는 공중에 떠서 이동할 수 있어?"
 "옌날엔 했눈데 지쿰은 못해효."
 "왜?"

"살쪘더니 안 날아효. 날려면 살 빼햐 돼효."

12월 31일. 새해 하루 전이지만 대만 날씨는 한국의 10월 정도여서 선선했다. 언제나처럼 저녁 심부름을 마치고 도장에 도착하니 모든 수강생들이 떠난 뒤여서 안은 텅 비어 있었다. 도장의 앞쪽에는 진 선생이 혼자 앉아있었는데 평소라면 이미 열쇠를 두고 떠났을 그였기에 라일은 조금 의아함을 느꼈다. 라일은 진 선생에게 다가가 정중히 인사했다.

"스승님, 저 왔습니다."

"라일이구나. 앉거라."

그 말에 라일은 진 선생의 앞으로 다가가 앉았다. 진 선생이 부드러운 표정으로 라일에게 물었다.

"그래. 이곳 생활은 좀 어떠하냐?"

"네. 스승님께서 신경 써주신 덕분에 잘 지내고 있습니다."

"그래. 다행이구나."

"저. 스승님. 혹시 무슨 걱정이라도 있으십니까? 안색이 별로 안 좋아 보이십니다."

라일의 말에 깊은 한숨을 내쉬던 진 선생이 입을 열었다.

"라일아."

"네. 스승님."

진 선생은 라일에게로 몸을 가까이하며 말했다.

"네가 해줘야 할 일이 있다."

　라일은 집으로 돌아가 아이린에게 내일 필리핀 세부로 여행을 가게 되었다고 말했다. 그러자 아이린도 따라가겠다고 했는데 라일은 잠시 고민하다 그녀에게 그러라고 했다. 아이린은 여행 가방을 꾸리기 위해 급히 자기 방으로 돌아갔다.
　라일은 방으로 들어와 노트북을 켜고 오랜만에 메일을 확인했다. 그가 가끔 이렇게 메일을 확인하는 이유는 그의 가장 친한 친구와 연락하기 위해서였다. 그 친구는 2G 사용자였기 때문에 보통 메일이나 온라인 메신저를 통해서만 연락할 수 있었다. 메일을 확인해보니 그에게서 메일이 도착해있었는데 독일 회사에 취직하여 오늘 저녁 비행기로 떠난다는 내용이었다. 라일은 갑자기 웬 독일? 이라는 생각이 들었지만 곧바로 그에게 안부 인사를 남겨놓았다. 곧 노트북을 닫고 내일 떠날 짐을 꾸리기 시작했다.
　다음 날 라일은 언제나처럼 새벽에 간단한 수련을 한 뒤 아침 식사를 했다. 집을 나서기 전 혹시나 해서 노트북을 열어 보니 때마침 메신저를 통해 가장 친한 친구와 연락을 할 수 있었다. 하지만 비행기 시간이 다 되었기 때문에 아쉽지만 급히 그와의 대화를 종료할 수밖에 없었다. 그리고 그들은 공항으로 출발했다.

3시간 뒤 라일은 아이린과 필리핀 막탄 공항에 도착했다. 그들은 짐을 찾고 나와 택시를 타고 세부 시티 내에 위치한 자신들의 숙소로 이동했다.

  라일과 아이린은 20층으로 올라가 각자의 방에서 짐을 풀었다. 그러다 라일이 시계를 보니 오후 4시였다. 라일은 가방에서 붉은색 편지봉투를 열어 내용물을 꺼내보았다. 결혼식 초대장이었는데 장소는 이 호텔의 21층. 그러니까 자신이 묵고 있는 방 바로 위층의 웨딩홀이었고 시간은 오후 5시였다. 그는 초대장을 다시 봉투에 넣어놓고 진 선생과 나누었던 어제의 대화를 떠올렸다.

'스승님. 제가 해야 할 일이 무엇입니까?'
  진 선생은 한참을 말이 없었다. 이윽고 그가 붉은색 편지봉투와 포장된 선물 상자를 라일에게 건네주었다. 라일이 물었다.
'스승님. 이것들은 무엇입니까?'
'붉은 편지 봉투는 결혼식 초대장이다. 그리고 포장된 상자는 네가 신부 되는 사람에게 전해주어야 할 물건이다.'
  그 말과 함께 진 선생은 또 하나의 작은 봉투를 내밀었는데 그 안에는 비행기 표와 숙소 바우처 그리고 필리핀 화폐인 페소로 체류비가 담겨 있었다. 라일은 그것을 받고서 잠시 망설이다 그에게 물었다.
'스승님. 그런데 혹시 이 신부 되시는 분과 어떤 관계이십니까? 왜냐면 그분께 제가 누구 심부름으로 왔는지 정도는 그분께 말씀을 드려야

할 것 같아서 말입니다.'

그 말에 진 선생은 짧게 한숨을 내서더니 라일에게 말했다.

'그 애는 내 딸이다.'

'따님이시라고요?'

'그래. 나는 오래전 아내와 결혼해 세 딸아이를 두고 있었지. 하지만 곧 이혼했고 아내는 아이들을 데리고 필리핀으로 건너갔어. 그 후 거기서 한 재력가를 만나 재혼을 했지. 이번에 결혼하는 딸은 막내딸인데 어느 날 결혼한다는 초대장을 보냈더군. 내가 꼭 와주었으면 좋겠다는 거야. 별일이었지. 나머지 두 딸은 나를 아예 모른 척하고 살거든.'

'그러면 스승님께서 직접 가시는 편이 낫지 않으시겠습니까?'

'마음은 굴뚝같지만 내가 거기에 가봤자 그저 불청객일 뿐이지. 아. 그리고 그 물건은 그 애에게 줄 선물이야. 배냇저고리지. 막내딸이 막 태어났을 때 처음 입힌 옷이었는데 결혼할 때 준다고 약속을 했었거든. 잘 전해주었으면 좋겠구나.'

그 말에 라일은 고개를 몇 번 끄덕인 뒤 말했다.

'알겠습니다. 걱정 마세요. 잘 전해드리고 오겠습니다.'

'라일. 너에게 이런 사적인 일을 부탁해서 미안하구나.'

'아닙니다. 스승님.'

진 선생은 라일의 어깨를 토닥이더니 일어나 문 쪽으로 걸어나갔다. 그때 라일이 그를 불러 세웠다.

'스승님. 혹시 따님에게 따로 전해드릴 말씀은 없으십니까?'

'그동안 아비 노릇 한 번 제대로 못 한 내가 이제 와서 그 애에게 무슨 할 얘기가 있겠나?'

진 선생은 다시 몸을 돌려 밖으로 걸어나갔다. 그러다 이내 자리에 멈춰서더니 뒤를 돌아 라일에게 말했다.

'대신 그 신랑 되는 사람에게는 내 말을 전해주거라.'

진 선생의 눈은 아까와는 달리 날카롭게 빛나고 있었다. 그가 라일에게 천천히 말했다.

'내 딸에게 잘하지 않으면 찾아가 반드시 죽이겠다고.'

라일은 진 선생의 심부름을 완수했던 며칠 전을 떠올리며 정처 없이 세부 시티의 밤거리를 걷고 있었다. 새벽인데도 더위가 느껴지는 날이었다. 이미 깜깜한 거리에는 사람의 모습이라고는 찾아볼 수가 없었다.

진 선생이 라일에게 준 심부름 일정은 대략 한 달이었다. 그는 세부로 가는 김에 라일에게 휴양을 즐기고 오라며 필요한 것들을 미리 준비해 주었던 것이다. 라일은 그런 진 선생의 씀씀이에 커다란 고마움을 느끼고 있었다. 그가 그런 생각을 하며 거리를 걷고 있을 때 도로 반대편 공터에 사람이 있는 것을 발견했다.

'응? 뭐지? 이 시간에 사람이 있네?'

라일은 의아함을 느꼈다. 종종 이 시간에 나오지만 단 한 번도 사람을 본 일이 없었기 때문이었다. 라일은 그 사람이 뭘 하고 있는 건지 살펴보려 했지만 거리가 꽤 멀고 사방이 어두워 잘 보이지는 않았다. 라일은 그 자리에 멈춰 좀 더 자세히 그 사람을 살펴보았다.

그 사람은 땅을 천천히 두드리고 있었다. 그러다 이내 발로도 몇 번 눌러 밟고 있었다. 궁금함을 느낀 라일은 그 모습을 좀 더 제대로 관찰하기 위해 몸을 공중에 띄웠다.

갑자기 그 사람이 하던 것을 멈추고 자리에서 벌떡 일어났다. 그리고는 어딘가로 빠르게 걸어갔다. 라일은 그의 행동에 이상함을 느끼고 도로를 건너 그자를 빠르게 쫓기 시작했다. 그 사람은 점점 더 어둡고 좁은 골목으로 들어가고 있었다. 라일은 온 힘을 다해 그 사람을 쫓았다. 하지만 거의 다 따라잡았다고 생각한 순간 그 사람의 모습을 어디에서도 찾을 수 없었다. 말 그대로 사라져버린 것이었다.

'뭐야? 분명 여기로 왔는데? 어디로 사라진 거지?'

라일이 당황해하며 주변을 살피고 있는데 누군가가 그에게 영어로 물어왔다.

"왜 나를 쫓고 있지?"

라일은 소리가 들린 방향으로 고개를 돌리자 한 여자가 그곳에 서 있었다. 검은 옷과 검은 모자를 착용한 적당한 키의 소녀였는데 도저히 국적을 가늠할 수 없는 외모였다. 하지만 분명한 사실은 그녀가 대단한 미인이었다는 것이었다. 라일은 너무 놀라 자신도 모르게 그녀에게 한국어로 대답해 버렸다.

"죄송합니다. 저는 그냥... 아! 이건 한국어인데. 저는..."

라일이 재차 영어로 대답하려고 하자 놀랍게도 이번에는 그녀가 한국어로 답했다.

"다시 묻는다. 나를 왜 뒤쫓은 거지?"

"한국 분이었어요?"

그러나 라일의 물음에도 그녀는 대답이 없었다. 그녀는 그저 라일의 얼굴을 물끄러미 바라보고 있을 뿐이었다. 라일은 그녀의 눈빛에서 알 수 없는 위압감을 느끼기 시작했다. 라일이 천천히 한국어로 말했다.

"기분 나쁘셨다면 죄송합니다. 단지 저는 그쪽 분께서 하고 계셨던 일이 궁금했던 것뿐입니다."

"내가 뭘 하고 있었는데?"

라일은 상대의 반말에 슬슬 기분이 나빠지기 시작했지만 그녀가 대단한 미인이라 자동으로 참게 되었다. 라일이 대답했다.

"땅에 씨앗 같은 걸 심고 있지 않았나요?"

그 말에 그녀가 한참 동안 라일을 노려보았다. 이내 그녀는 천천히 라일 쪽으로 발걸음을 옮기기 시작했다.

라일이 다시 뭐라고 그녀에게 얘기하려는 찰나 그녀가 라일을 향해 빠르게 다가오며 주먹을 휘둘렀다. 라일은 그 주먹에 대단히 놀라고 있었다. 예상하지 못 한 공격이여서가 아니었다. 작은 여자의 펀치라고는 믿기 어려울 정도로 빠르고 정확했기 때문이었다.

라일은 그 주먹을 피할 시간도 없어 그저 팔을 들어 그녀의 펀치를 막을 뿐이었다.

-퍼억

라일의 팔에서 묵직한 통증이 느껴졌다.

"오호."

그러자 그녀는 자신의 펀치를 막은 라일이 예상 외라는 듯 그렇게 중얼거렸다. 그녀는 다시 점점 라일에게 다가왔다.

'뭐지? 이 여자? 이건 예사 주먹이 아니야.'

라일은 상대가 보통이 아니라는 것을 깨닫고 진지하게 자세를 고쳐 잡았다. 그러자 그 여자도 자세를 고쳐 잡더니 다시 빠르게 펀치를 날렸다. 라일은 그녀의 펀치를 왼손으로 막아내며 바로 오른쪽 주먹을 그녀의 목을 향해 뻗었다. 그러나 그녀는 살짝 몸을 기울여 라일의 주먹을 피하더니 이내 라일의 턱을 향해 어퍼컷을 날렸다. 라일은 그녀의 주먹을 오른손으로 쳐서 흘려보내고 이어 바로 자신의 왼쪽 주먹을 날렸다. 그러자 그녀가 백 스텝으로 라일의 주먹을 피하며 그와 살짝 거리를 두었다.

단 몇 번의 공방이었지만 라일은 그녀의 실력이 보통이 아니라는 것을 깨달았다. 영춘권을 익힌 후, 몇 년을 배워온 도장 수강생들과의 대련에서 단 한 번도 밀린 적이 없었던 그였기에 지금 이 상황을 이해하기가 더욱 힘들었다.

그 여자가 다시 자세를 고쳐 잡았다. 그리고 그 자세는 분명 라일도 본 적이 있는 것이었다. 라일은 직감적으로 생각했다.

'저건 복싱이야! 저 여자. 복서였어! 절대 아마추어가 아니야.'

그 여자는 아까보다 더 빠르게 달려 나왔다. 라일은 그녀와 좀 더 거리를 두려 했지만 그 여자의 움직임이 더 빨랐다. 그 여자의 왼손 잽을 자신의 왼손으로 가까스로 막은 라일이 여자의 오른손 스트레이트가 날아오는 것을 확인하고 그것을 막기 위해 자신의 오른손을 뻗었다.

-퍼억 쿠당탕 척

하지만 라일의 예상은 보기 좋게 빗나갔다. 그녀는 오른손을 곧바로 회수하더니 다시 왼손으로 라일에게 스트레이트를 날렸던 것이었다.

라일은 왼쪽 얼굴에 그 펀치를 정통으로 맞고 땅으로 밀려 쓰러졌지만 왼손을 지렛대 삼아 곧바로 일어섰다. 라일은 머리가 크게 울림을 느꼈다. 하지만 그에게는 넘어져 있을 시간은 없었다. 그녀가 쉴 틈도 없이 재차 라일에게 달려들었기 때문이다.

라일은 자신이 쓸 수 있는 모든 수기를 동원해봤지만 그녀의 소나기 같은 펀치를 막는 것조차 버거울 지경이었다. 그녀의 펀치는 매우 빠르고 정확했다.

라일은 힘으로 그녀를 제압하기 위해 그녀에게 달려들었다. 라일은 양손을 뻗어 그녀의 몸을 잡으려 했다. 그러나 그럴 때마다 그녀는 이미 라일과의 거리를 충분히 둔 뒤였다.

'이 여자. 아웃복서인가? 여간 까다로운 게 아니네.'

라일의 얼굴에는 그녀의 펀치에 맞아 생긴 상처들이 점점 늘어가고 있었다. 가까스로 피하거나 막아서 그렇지 조금만 늦었다면 아마 치명타였을 거라는 생각이 들었다.

그는 생각을 바꿔 발을 사용하기로 했다. 진 선생이 영춘권에서는 발을 2할 내지 3할만 사용한다고 했었지만 사실 학창시절부터 라일의 주특기는 발차기였다.

라일이 공격을 준비하며 뒤로 물러서자 그녀가 조롱하듯 말했다.

"이봐. 막기에만 급급하네? 지루한데?"

그 말에 라일이 곧바로 그녀에게 달려나가면서 왼발을 뻗었다. 그녀는 몸을 숙여 피한 뒤 곧바로 오른손 펀치를 날렸다. 라일은 그 펀치를 오른손으로 막음과 동시에 몸을 돌려 오른발로 돌려차기를 시도했다. 하지만 그 여자는 그것마저도 피하고서는 왼쪽 주먹을 정확히 라일의 턱에 꽂아 넣었다.

-퍼억 쿠당탕탕탕탕

라일은 엄청난 충격을 받고 뒤로 한참을 굴러갔다. 이번에는 곧바로 일어설 수 없을 정도의 충격이었다. 하지만 다행히 그 여자도 이번에는 라일에게 다시 달려들지 않고 있었다.

라일은 잠시 엎드린 채 자신의 턱을 만지며 치아 상태가 괜찮은지를 살폈다. 그 여자가 천천히 라일 쪽으로 다가오며 물었다.

"다시 묻는다. 뭘 봤지?"

라일은 천천히 자리에서 일어났다. 맞은 건 분명 턱인데 온몸이 저리는 느낌이었다. 그가 손을 털며 대답했다.

"말했잖아요. 뭘 심는 줄 알았다고요. 땅을 두드리기도 하고 밟고 있길래 무슨 씨앗이라도 심고 있는 줄 알았어요."

그녀는 라일의 대답에 뭔가를 생각하는 눈치였다.

라일은 그 틈을 놓치지 않고 재빨리 그녀에게 달려들었다. 순식간에 거리를 좁힌 라일은 그녀에게 왼쪽 주먹과 오른쪽 주먹을 차례대로 날렸다. 너무 가까운 거리였기 때문에 그녀는 다시 뒤로 물러나 라일과 거리를 두려 했다. 하지만 그것이 바로 라일이 의도한 바였다. 그녀가 거리를 두느라 공격이 비게 되는 바로 그 순간을 라일은 노렸던 것이다. 라일은 곧바로 그녀를 쫓으며 그대로 자신의 주특기인 돌려차기를 그녀에게 날렸다.

ㅡ퍼억

자신의 공격이 완벽하게 들어갔음을 직감한 라일은 그대로 착지해 몸의 방향을 돌렸다. 하지만 그녀의 모습을 보고 아연실색할 수밖에 없었다. 그녀는 라일의 회심의 일격을 양팔을 들어 막아냈던 것이다.

그 여자는 멍하니 서 있는 라일의 빈틈을 놓치지 않고 곧바로 왼쪽 주먹을 뻗어 그의 턱을 향해 스트레이트를 날렸다. 하지만 라일도 가까스로 그녀의 주먹을 막아냈다. 뒤이어 라일이 재차 공격하려 몸의 방향을 바꾸는 그 순간이었다.

ㅡ퍽

"윽!"

하지만 그 여자의 주먹이 더 빨랐다. 그녀의 주먹은 어느새 라일의 복부의 정통으로 꽂혀있었다.

라일은 그대로 무릎을 꿇고 가쁜 숨을 몰아쉬고 있었다. 복부에 펀치를 맞아 숨쉬기가 곤란했기 때문이었다. 그런 라일을 내려다보며 그녀가 말했다.

"남의 일에 관심 꺼."

—퍽

그 여자는 그 말을 남기고 라일의 얼굴을 향해 강한 펀치를 날렸다. 라일은 눈앞이 번쩍하는 것과 동시에 그대로 정신을 잃었다.

눈을 떠 보니 라일은 전날 자신이 기절했던 그 자리에 그대로 누워 있었다. 날이 밝은 것으로 보아 꽤 오랜 시간 쓰러져있었음을 알 수 있었다.

라일은 가까스로 몸을 일으켜 호텔 안으로 들어갔다. 그가 도착하자 방으로 찾아온 아이린은 여기저기 심하게 다친 라일의 얼굴을 보고서 무척이나 놀라는 얼굴이었다. 하지만 라일은 괜찮다며 아이린을 방으로 되돌려보냈다.

라일은 침대에 누워 한숨을 내쉬며 망연자실했다. 학창시절을 통틀어, 아니 인생 전체를 통틀어 수많은 싸움판을 전전했던 그였지만 단 한 번도 져본 적은 없었다. 유치하기는 해도 그것은 나름 라일의 자부심이었다. 그런데 남자도 아닌 자신보다도 작고 어려 보이는 여자와의 싸움에서 져 버린 것이었다. 이런 황당한 상황을 어떻게 받아들여야 좋을지 라일은 심각하게 고민하고 있었다.

라일은 잠시 눈을 감고 휴식을 취했다. 잠시 후 그는 절치부심해야겠다 마음먹고 비록 부상을 입은 몸이었지만 곧바로 방 안에서 수련을 시작했다.

그렇게 세부에 온 지도 보름 정도가 흘렀고 여전히 라일은 수련에 매진하고 있었다.

수련을 마치고 오후가 되자 여느 날처럼 라일은 아이린과 함께 호텔 내 식당에서 간단한 식사를 하고 있었다. 그런데 분위기가 다른 때와는 달리 매우 어수선했다. 알고 보니 방금 전 세부의 한 대형 몰 근처에서 폭발물 테러가 났던 것이었다. 그 여파로 필리핀의 대통령이 죽었고 세부 시내가 폐쇄되었다고 했다. 하지만 라일과 아이린은 외국인이었으므로 그 소식에 그다지 귀를 기울이지는 않았다.

라일은 식사를 마친 뒤 자신의 방으로 되돌아와 다시 수련에 매진하기 시작했다.

보름이 더 지나, 라일과 아이린이 대만으로 돌아가야 할 날이 가까워 오고 있었다.

라일과 아이린은 떠나기 전날이기도 해서 세부 시티 내에 있는 'IT PARK'로 외출을 나섰다. IT 계열의 회사들이 밀집된 지역으로 많은 편의 시설을 제공하고 있는 장소였다.

아이린은 호텔에서 챙겨온 과자를 먹으며 거리를 걷고 있었고 라일은 그 모습을 신기한 듯 바라보고 있었다. 그렇게 한참을 걷고 있는데 느닷없이 아이린이 소리를 질렀다.

"앗! 아. 제 손수건이! 쵸기 위헤!"

아이린이 가리킨 곳에는 커다란 나무가 서 있었는데 그 꼭대기에 아이린의 손수건이 걸려 있었다. 아무래도 과자를 먹다가 입을 닦으려던 아이린이 갑자기 불어온 바람 때문에 손수건을 놓친 모양이었다. 라일은 주변에 아무도 없음을 확인하고는 곧장 몸을 띄워 그 손수건을 아이린에게 가져다주었다.

그러고 나서 길모퉁이를 돌아 나오는데 한 커플의 뒷모습이 라일의 눈에 들어왔다. 현지인 같아 보이지는 않았는데 이 더운 날에도 남자가 여자를 꽉 껴안고서는 어디론가 급히 걸어가고 있었다.

'남자애가 여자애를 거의 안아서 끌고 가다시피 하네. 이거 해외라지만 스킨십이 너무 과한 거 아니야? 쯧쯧쯧.'

라일은 혀를 끌끌 차며 그들을 보다가 이내 시선을 돌렸다. 잠시 뒤 덥고 배고프다는 아이린의 말에 그들은 간단한 식사를 했고 저녁까지 시간을 보내다 호텔로 돌아왔다. 그리고 각자의 방으로 돌아가 대만으로 돌아가기 위한 짐을 꾸리기 시작했다.

"허스. 아무래도 우리 길을 잃은 것 같은데?"

라일이 허스에게 말했다. 허스는 그의 대학 동기였는데 '허베이 스피리트'라는 별명을 줄여 부른 것이었다. 그는 이따금 무책임한 행동으로 주변인들로부터 따가운 눈총을 살 때가 많아 그런 별명을 갖게 되었다.

"여행 첫날에는 원래 다 그런 거야. 너 내가 일본 여행은 처음이라고 지금 무시하는 건 아니지? 걱정 마. 내가 금방 찾을게."

"허스. 여기 산속이라 금방 어두워져. 지금 해도 지고 있잖아."

"라일. 길은 나와! 우리가 일본의 하고많은 곳 중에 이 한적한 시골 마을로 온 이유가 뭐야? 좋은 공기 마시며 여유 좀 부리자는 거 아니야? 여유 좀 갖자, 여유 좀."

그 말과 함께 허스는 눈치를 보며 잠시 쉬어가자는 제안을 했고 곧 그들은 커다란 바위 위에 멍하니 앉아있었다. 이윽고 분위기를 전환하기 위해 허스가 라일에게 물었다.

"라일. 이번에 들어간 회사는 어때?"

"아직까지는 괜찮아. 물론 언제까지 있을지는 잘 모르겠지만."

"너는 한 회사에 오래 좀 있어라. 다니는 회사마다 1년도 못 채우고 옮기냐? 보니까 네가 다녔던 회사들, 다른 애들은 들어가고 싶어서 안달이 난 회사들이고만."

"적성에 잘 안 맞아서."

"그래? 뭐 그래도 대만에서 살겠다던 놈이 갑자기 한국으로 돌아와 취직 준비해서 결국, 이렇게 직장생활 하는 거 보면 앞으로는 한국에 자리 잡고 살겠다는 거 아냐?"

"그래야겠지. 그래도 그때가 정말 좋긴 좋았는데."

"대만에서?"

"응. 맘은 편했거든."

"라일. 네가 한국에 돌아온 지 얼마나 됐지?"

"글쎄. 아마 2년인가 3년인가 됐을 거야."

"아! 걔는 어떻게 됐어? 너 좋아한다고 고백하고 따라다니던 대만 여자애 있었잖아."

"아아. 아이린? 아이린이랑은 요즘도 연락하고 지내지."

"걔 부자인가 봐? 어떻게 너 보러 한 달에 한 번씩 한국에 오냐? 저번에는 우리 셋이 같이 봤었잖아? 근데 사진하고 너무 달라서 깜짝 놀랐다. 걔 살 많이 뺐더라?"

"처음 만났을 때보다는 많이 빠졌지."

"근데 너는 그 정도로는 어림도 없나 봐? 걔가 그렇게 다이어트 한 거 너 때문 아니야? 네가 살 빼면 사귀어준다고 했다며?"

"내가 거절하니까 자꾸 울더라고. 그래서 그냥 둘러댔던 거야."

"그래? 걔한테 언제 고백받은 건데?"

"몰라. 오래전이라 기억도 안 나. 예전에 세부에 같이 갔던 적이 있었어. 근데 돌아오는 비행기 안에서 고백하더라고."

"그래? 근데 만약에 그 친구가 살을 더 빼서 지금보다도 엄청 예뻐져서 오면 너는 사귈 마음 있어?"

"그런 건 상관없어. 사실 살 빼라고 했던 건 다른 이유에서였으니까. 아무튼, 아이린이랑은 그냥 친구야."

"그래? 걔 살 빼면 상당히 예쁠 것 같던데?"

허스가 라일에게 더 물으려는 찰나 갑자기 풀숲에서 바스락거리는 소리가 들렸다. 그들은 깜짝 놀라 소리가 나는 방향으로 고개를 돌렸다. 그러나 거의 해가 진 상태였기 때문에 그것의 정체를 육안으로 확인하기는 쉽지 않았다.

허스가 슬며시 일어나며 라일에게 말했다.

"라일. 기다려. 내가 가서 봐볼게."

"야. 허스. 그냥 있어."

"괜찮아. 잠깐만 보고만 오면 된다니까."

"가지 말라고. 괜히 위험해."

"괜찮다니까. 기다리고 있어 봐. 내가 아. 아 아!!!!!악!!!아이쿠!"

─쿠당탕탕탕 데구르르르르르

갑자기 허스의 모습이 라일의 시야에서 사라졌다. 발을 헛디뎌 산 아래로 굴러떨어져 버린 것이었다. 라일은 급히 몸을 띄워 아래로 서서히 하강했다. 하지만 허스의 모습을 어디에서도 찾을 수가 없었다. 라일이 정신없이 허스를 찾고 있던 그때였다.

─스윽

라일의 목덜미에 닿아 있는 것은 바로 차가운 칼날이었다. 그는 매우 조심스럽게 고개를 돌려 상대를 확인했다. 잘 보이지는 않았지만 긴 머리의 남자였는데 머리를 뒤로 묶고 있었다. 라일은 그를 일본인으로 짐작하고 천천히 그에게 일본어로 물었다.

"당신은 누구십니까?"

"일본인인가?"

"아닙니다. 저는 한국인입니다."

"한국인?"

"네. 그렇습니다. 저는 한국인입니다."

라일의 대답에 그자는 혼잣말로 뭐라고 중얼거렸는데 라일이 언뜻 듣기에는, 그 녀석과 국적이 같군. 이라고 하는 것 같았다. 그러던 그자가 갑자기 라일에게 말했다.

"I believe."

그의 뜬금없는 말에 라일은 영문을 모르겠다는 듯 입을 열었다.

"무슨 말인지 잘 모르겠는데요?"

그는 라일의 말을 듣고서 한참을 생각하다 입을 열었다.

"플라이어즈를 아는가?"

"아니요. 처음 듣습니다만."

"네가 나는 걸 봤다."

그는 날카로운 눈매로 라일을 쳐다보았다. 그 눈빛에 라일의 온 감각들이 이 자와 맞서면 무조건 죽게 된다는 확신을 주고 있었다. 잠시 뒤, 그자는 조용히 자신의 칼을 내리더니 군더더기 없는 동작으로 그것을 칼집에 집어넣었다. 그리고 작은 명함을 라일에게 내밀었는데 하늘색 바탕에 흰 구름이 그려져 있었다. 그리고 그 구름 안에 'FLYER'라는 글자가 쓰여 있었다.

라일은 영문도 모른 채 그것을 받아들고 그에게 물었다.

"이게 뭡니까?"

그러자 그자는 명함 뒤편을 보라는 듯한 제스처를 취해 보였다. 라일이 명함 뒤편을 살펴보니 거기에는 시간과 날짜 그리고 장소가 안내되어 있었다. 라일이 그걸 확인하며 그에게 다시 물었다.

"이건. 날짜와 시간하고 장소 아닌가요?"

"맞다. 거기로 가라."

"여기는 뭐 하는 곳입니까?"

"날 수 있는 사람들이 모인 곳이다."

"그럼 저같이 날 수 있는 사람이 더 있다는 말씀이신가요?"

라일의 물음에 그자는 고개를 끄덕였다. 라일은 다시 한번 명함을 앞뒤로 살피다 그에게 물었다.

"오늘 처음 뵈었는데 왜 저에게 이런 걸 알려주십니까?"

"귀찮다. 대신 가라."

"그럼 가기 귀찮으니 저보고 대신 이곳에 가라는 말씀이신가요?"

그자는 고개를 끄덕였다. 라일은 잠시 고민하다 그에게 물었다.

"그럼 혹시 이 명함이 있어야만 여기에 갈 수 있는 건가요? 다른 게 아니라 친구 중에도 날 수 있는 사람이 한 명 더 있습니다. 함께 여기에 데려가도 될까요?"

"저 놈인가?"

그자가 가리킨 곳에는 허스가 기절해 있었는데 다행히 생명에 지장은 없어 보였다. 라일은 일단 대화를 마무리한 후 허스를 옮기기로 결정하고는 그에게 말했다.

"아닙니다. 그녀는 다른 나라에 사는 친구예요."

"알겠다. 내가 리더 녀석에게 말해 두지."

그는 그렇게 말하고는 곧바로 몸을 돌렸다. 그 모습을 본 라일이 그의 등을 향해 말했다.

"혹시 성함을 알 수 있을까요? 만약 제가 그곳에 가더라도 누구 소개로 왔다는 것 정도는 얘기할 수 있어야 할 것 같아서요."

그 말에 그자는 몸을 돌려 라일을 바라보았다. 그리고 음. 그런가? 하는 표정으로 천천히 입을 열었다.

"뮤. 내 이름은 뮤다."

에필로그

"빨리 와. 이러다 늦어."

20대로 보이는 한 남자가 자신의 뒤에 따라오는 여자를 재촉하며 성큼성큼 걷고 있었다. 그들은 모두 동양인으로 보였는데 남자는 소위 말하는 꽃미남의 외모를 갖고 있었다. 뒤따라오는 여자는 매우 마르고 키가 컸는데 상당한 미인이었다. 그녀의 옷과 머리는 잔뜩 치장되어 있었는데 그런 점으로 미루어 보아 자신을 꾸미는 데 많은 시간을 들이는 여자 같았다.

"힘들어. 조큼만 천천히 가자."

그 여자는 힘들다는 듯 앞서가는 남자에게 투정을 부렸는데 함께 대화하고 있는 언어가 모국어가 아닌지 조금은 서툴러 보였다. 그녀의 말을 들은 그 남자가 고개를 돌려 그녀에게 소리친 뒤 다시 길을 걸어갔다.

"안 돼! 이러다 모임 시간에 늦어!"

그렇게 한참을 걸어가니 곧 커다란 집이 보였다. 그 집을 둘러싸고 있는 담의 가장 왼쪽 끝에 커다란 문이 있었는데 그들은 그 문 앞에 도착해서야 잠시 숨을 고를 수 있었다.

7월이었지만 이곳 아르헨티나의 날씨는 그 남자가 살던 나라의 4월과 비슷해서 그리 덥지는 않았다. 그들은 잠겨진 문 앞에서 어떻게 해야 할지를 몰라 잠시 고민하고 있었다. 그때 문 안쪽에서 영어로 누군가가 그들에게 물었다.

"당신들은 누구지? 처음 보는 친구들 같은데 여기는 어떻게 알고 온 거야?"

그들은 그 목소리의 주인공을 살펴보았다. 그는 키가 거의 2m는 되어 보이는 거구의 백인이었는데 잘 어울리는 금발을 올백으로 넘기고 있었다.

"저희는 오늘 모임에 처음 참석하게 됐습니다."

"그래? 그런 얘기는 못 들었는데? 누구 소개로 왔지?"

"뮤라는 분의 소개로 오게 되었습니다."

그 말을 들은 금발의 남자는 잠시 생각하더니 뭔가 기억났다는 듯 환한 미소로 그들에게 말했다.

"아아. 너희가 그 신입이군? 얼마 전 뮤가 데미안에게 말했다던. 안 그래도 데미안이 얘기했었어. 자, 들어와."

그는 그렇게 말하며 친절히 문을 열어주었다. 그리고 들어오는 여자와 악수를 하며 말했다.

"이렇게~ 마르고 연약하신 여성 분이 여기까지 오려면 힘드셨겠군요. 마드무아젤? 당신의 이름은?"

버터를 삼킨 듯 느끼한 그 남자의 말투에 여자는 당황한 표정으로 입을 열었다.

"아이린입니다."

"아~ 아이린. 이름에서 좋은 향이 나는군요. 반가워요. 내 이름은 레프에요."

금발의 레프는 자신을 아이린이라 소개한 그 여자에게 살짝 윙크를 해 보였다. 그러더니 바로 옆에 있던 남자에게도 악수를 청하며 물었다.

"아, 네 이름은 뭐지?"

그 물음에 그도 반갑게 악수하며 레프에게 대답했다.

"반갑습니다. 저는 라일입니다."